SCANDALE À BATH

Sophie Irwin a grandi dans le Dorset avant de s'installer à Londres. Après des études à l'université où elle s'est passionnée pour les romans historiques, elle a travaillé dans l'édition pendant plusieurs années. Son premier livre, *Recherche gentleman fortuné*, a été un best-seller international.

Paru au Livre de Poche :

RECHERCHE GENTLEMAN FORTUNÉ

SOPHIE IRWIN

Scandale à Bath

TRADUIT DE L'ANGLAIS (ROYAUME-UNI)
PAR CLAIRE DESSERREY

CALMANN-LÉVY

Titre original :
A LADY'S GUIDE TO SCANDAL
Publié par HarperCollins Publishers, Londres, 2023.

ISBN : 978-2-253-93880-4 – 1re publication LGF

À Freya (et à l'alcool dans nos cocktails)

Elle avait été contrainte à la prudence dans sa jeunesse et avait appris avec l'âge l'amour romanesque – conséquence naturelle d'un début qui ne l'était pas.

Jane AUSTEN, *Persuasion*

1

Harefield Hall, 1819

« Eliza, tu pourrais au moins faire l'effort de verser une larme, murmura Mme Balfour à sa fille. C'est ce que l'on attend d'une veuve ! »

Eliza approuva d'un signe de tête mais ses yeux restèrent tout aussi secs. Depuis le temps qu'elle jouait le rôle de la fille obéissante et de l'épouse dévouée, elle ne pouvait toujours pas pleurer sur commande.

« Souviens-toi qu'aujourd'hui, la partie risque d'être délicate », reprit sa mère avec un coup d'œil éloquent vers l'autre côté de la pièce, où les membres de la famille du regretté comte de Somerset étaient assis.

Neuf mois après le cortège funèbre, ils étaient à nouveau réunis dans la bibliothèque de Harefield Hall pour la lecture du testament. À en juger par les regards froids qu'on leur adressait, Mme Balfour n'était pas la seule à se préparer à l'affrontement. Son mari la rassura à voix basse.

« Le douaire d'Eliza, d'un montant de cinq cents livres par an, était acté dans le contrat de mariage.

Il n'y a aucune raison que Somerset le conteste. C'est la plus petite part de la succession. »

Son ton était amer car pas plus lui que sa femme ne s'étaient résignés au changement brutal de situation de leur fille. Dix ans plus tôt, les noces de la timide Eliza Balfour, âgée de dix-sept ans, et de l'austère comte de Somerset, de vingt-cinq ans son aîné, avaient été le fait marquant de la saison. Les Balfour en avaient largement récolté les bénéfices : dans l'année qui avait suivi, leur fils aîné avait épousé une héritière, leur cadet avait été promu capitaine du 10e régiment d'infanterie, et les parquets de Balfour House avaient été entièrement remoquettés de velours coupé.

Personne ne s'attendait à ce que le comte, pourtant doté d'une constitution solide, succombe aussi rapidement au printemps à une inflammation pulmonaire. Veuve à vingt-sept ans, sans enfant pour hériter du titre, Eliza était désormais dans une position beaucoup moins enviable. Cinq cents livres par an… Certes, on pouvait vivre avec beaucoup moins – c'était d'ailleurs le cas de beaucoup de gens – mais, sur ce sujet, Eliza partageait l'opinion de son père : une décennie de vie conjugale avec un homme qui lui témoignait moins d'affection qu'à ses chevaux, d'isolement presque complet dans la froide et austère demeure de Harefield Hall, dix ans à rêver de l'existence qu'elle aurait pu avoir si les circonstances avaient été légèrement différentes… Si l'on prenait en compte ce à quoi – ou plutôt *celui à qui* – elle avait dû renoncer, cinq cents livres par an semblaient une somme dérisoire.

« Si seulement elle lui avait donné un fils... se lamenta M. Balfour pour la cinquième fois au moins.

— Elle a essayé ! » répliqua sèchement son épouse.

Eliza se mordit la langue avec force. Sa cousine, Mlle Margaret Balfour, pressa sa main sous la table. L'horloge sonna midi et demi. Ils attendaient depuis trente minutes le jeune comte, dont la présence était requise pour que la lecture puisse débuter. L'attente donnait des crampes d'estomac à Eliza. Il serait certainement – très certainement – là d'une seconde à l'autre.

« Quelle honte ! grommela Mme Balfour tout en conservant un visage placide et souriant. Déjà neuf mois de retard, et aujourd'hui encore. N'est-ce pas honteux, Eliza ?

— Oui, mère », répondit-elle par réflexe, car il était plus simple de ne pas la contredire.

Ce délai inhabituel était en réalité imputable à l'ancien comte, qui avait exigé que son testament soit lu en présence de toutes les parties mentionnées dans les clauses. Le capitaine Courtenay, comte de Somerset, neveu du mari d'Eliza et jusqu'alors héritier présomptif, étant en poste aux Antilles quand son oncle s'était éteint en avril dernier et les conditions de navigation ayant été en 1818 d'une lenteur sans précédent, son retour tardif était compréhensible. Fâcheux, mais compréhensible.

Les personnes réunies dans la bibliothèque attendaient donc depuis de nombreux mois et leur fébrilité était palpable : l'Honorable Mme Courtenay (belle-sœur de l'ancien comte et mère du nouveau) avait les yeux rivés sur la porte ; sa fille, Lady Selwyn, pianotait nerveusement tandis que son époux, Lord Selwyn, s'efforçait de calmer ses nerfs en régalant l'assistance de divers récits destinés à faire valoir son esprit supérieur.

« Je lui ai dit : "Byron, mon cher, il faut absolument mettre cela noir sur blanc !" »

À ses côtés, au centre de la pièce, M. Walcot, notaire de la famille Somerset, feuilletait ses documents avec un sourire forcé. Si l'impatience était partagée par tous, personne ne la ressentait plus qu'Eliza, dont les nerfs, à chaque seconde égrenée par l'horloge, étaient de plus en plus à vif. Après dix longues années, elle allait le revoir. Elle n'arrivait pas à y croire.

Il se pouvait qu'il ne vienne pas. Une existence riche en déceptions lui avait enseigné la vertu consistant à se préparer au pire. Il pouvait s'être trompé de date, sa calèche avait été endommagée ou il avait décidé de retourner aux Antilles plutôt qu'être contraint de la revoir. Être en retard n'était pas dans les habitudes de ce gentleman, d'une ponctualité sans défaut, du moins du temps où elle le fréquentait. Peut-être avait-il changé.

Finalement, au moment où l'horloge sonnait les trois quarts, la porte s'ouvrit et Perkins, le majordome, annonça :

« Le Très Honorable comte de Somerset. »

« Mes plus sincères excuses pour cette arrivée tardive, lança le jeune Lord Somerset en entrant dans la pièce. La pluie a rendu les routes extrêmement glissantes… »

La réaction d'Eliza fut immédiate : son cœur se mit à battre la chamade, sa respiration devint laborieuse, son estomac se noua et elle se leva, non par politesse, mais parce qu'en le reconnaissant, quelque chose en elle l'y obligea. Elle imaginait cet instant depuis des mois et ne se sentait pas du tout prête à le vivre.

« Oliver, mon chéri ! »

Mme Courtenay se précipita vers son fils, les yeux brillants, suivie de près par Lady Selwyn. Lord Somerset étreignit sa mère, puis sa sœur. D'un claquement de langue, Mme Balfour manifesta sa désapprobation devant ce manquement à l'étiquette – la bienséance aurait voulu qu'il s'adressât en premier lieu à Eliza. Celle-ci ne s'en offusqua pas. À bien des égards, il semblait n'avoir pas changé : il était toujours très grand, ses cheveux très blonds, ses yeux du même gris que ceux des membres de sa famille, et il émanait de lui autant d'assurance et de calme que par le passé. En revanche, les effets de dix ans de carrière dans la marine étaient visibles au niveau de ses épaules, beaucoup plus larges que dans sa jeunesse, et de sa peau, hâlée par le soleil. Cela lui allait bien. Très bien même.

Il lâcha les mains de sa sœur et se tourna vers elle. Elle prit conscience avec effroi que le temps n'avait pas été aussi clément avec elle. De par sa petite taille, ses cheveux châtains et ses grands yeux sombres, elle avait généralement l'air d'un animal nocturne effarouché, mais en cet instant précis, en tenue de veuve intégralement noire, la silhouette amincie par les incertitudes des derniers mois, elle redoutait de faire plutôt penser à un rat.

Il se courba devant elle.

« Lady Somerset. »

Sa voix n'avait pas changé non plus.

« Monsieur. »

Sentant ses doigts trembler, elle serra les poings, les enfonça dans les replis de sa jupe et fit une révérence vacillante en se préparant à lui faire face. Que verrait-elle sur son visage ? De la colère ? De la rancœur ? Elle n'osait espérer y déceler une affection qu'elle ne méritait pas. Ils se relevèrent simultanément et enfin, après tout ce temps, leurs regards se croisèrent. Elle plongea ses yeux dans les siens et ne vit… *Rien.*

« Je vous présente mes plus sincères condoléances pour la perte qui vous accable. »

Une phrase de circonstance énoncée sur un ton neutre. Son expression ne pouvait être qualifiée autrement que… polie.

« Merci… J'espère que vous avez fait bon voyage. »

Les civilités lui étaient venues toutes seules, ce qui était une bonne chose car elle était incapable de réfléchir.

« Autant qu'il fut possible, compte tenu du temps que nous avons eu. »

Rien ne montrait, dans son attitude, sa posture ou sa voix, qu'il éprouvait le trouble qui agitait Eliza. En vérité, il paraissait tout à fait indifférent. Comme s'ils ne se connaissaient pas.

Comme s'il ne lui avait pas un jour demandé sa main.

« Oui… s'entendit-elle prononcer comme de très loin. Les pluies… ont été violentes. »

Il acquiesça en souriant.

« En effet… »

Mais ce n'était pas le sourire d'autrefois. Celui-ci était courtois. Solennel. Affecté.

Lord Selwyn s'approcha, la main tendue.

« Content de te voir, mon vieux, vraiment très content ! »

Somerset la serra et lui fit un sourire qui avait retrouvé sa chaleur. Il s'éloigna des Balfour pendant qu'Eliza se remettait de ses émotions.

Elle n'en revenait pas. Après des années de séparation à se demander où il était, s'il était heureux, à se remémorer chaque détail des moments qu'ils avaient partagés, à regretter les événements qui s'étaient ligués pour les séparer, leurs retrouvailles se résumaient donc à un bref échange de banalités ?

Elle frissonna. L'air de janvier s'était infiltré dans la maison toute la matinée – la règle édictée par son défunt mari que les feux ne soient allumés qu'à la tombée du jour lui avait survécu – et était tout à coup positivement glacial. Après une décennie vécue littéralement à plusieurs océans de distance, Oliver – M. Somerset – ne lui avait jamais paru aussi éloigné qu'en cette seconde.

« Pouvons-nous commencer ? » proposa Lord Selwyn.

Avant même que Selwyn épouse la nièce du comte récemment disparu, les deux lords étaient des amis proches car leurs terres étaient mitoyennes. Pour la même raison, leur relation avait connu des hauts et des bas et leur dernier entretien avant le décès du comte avait dégénéré en une altercation suffisamment sonore pour briser les tympans de toute la maisonnée. Malgré cela, à voir son empressement, il était évident que Lord Selwyn s'attendait à un legs conséquent.

M. Walcot hocha la tête et étala les papiers devant lui sous le regard carnassier des Balfour, des Selwyn et des Courtenay, assis aux différents coins de la pièce. La scène aurait pu servir de sujet à un tableau d'une grande intensité dramatique. Une huile très colorée, peut-être. Eliza remua les doigts comme pour saisir un pinceau.

« Ceci est le dernier testament de Julius Edward Courtenay, dixième comte de Somerset… »

Elle relâcha son attention tandis que M. Walcot commençait à énumérer les nombreuses sources de l'opulence prochaine du jeune comte. Mme Courtenay semblait sur le point de pleurer de bonheur, Lady Selwyn se mordait les lèvres pour réprimer un sourire. Lord Somerset, pour sa part, plissait le front. Était-il intimidé, voire surpris, par l'ampleur du magot ? Il n'aurait pas dû. Malgré l'austérité de son prédécesseur, Harefield Hall était une vitrine de la richesse familiale. Avec ses murs recouverts de trophées de chasse, peaux de bêtes et bois de cervidés, ses ravissants services à thé en porcelaine, sa collection de casques persans et d'épées indiennes ornant l'escalier d'honneur et ses tableaux représentant les plantations de sucre qu'ils possédaient autrefois, la demeure exhibait fièrement ses butins. En quelques phrases concises, le jeune comte en devint propriétaire. Il était désormais l'un des hommes les plus fortunés d'Angleterre et, par voie de conséquence, l'un des plus beaux partis. À compter de ce jour, il aurait à ses pieds toutes les *ladies* à marier.

Quant à Eliza… Elle pourrait continuer à tenir la maison jusqu'à ce qu'il se marie, avant d'emménager dans le petit manoir réservé à la douairière en bordure de la propriété ou de retourner dans la maison de son enfance. Aucune de ces options ne l'enthousiasmait vraiment. Revivre à Balfour sous le regard vigilant de ses parents serait épouvantable. Habiter près d'un homme qui, à l'évidence, n'avait aucun sentiment pour elle alors qu'elle avait pensé à lui pendant dix ans avec nostalgie serait une torture.

« À Eliza Eunice Courtenay, Très Honorable comtesse de Somerset… »

Elle ne fut pas plus concentrée en entendant son nom, mais à la façon dont son père se cala sur son siège, les moustaches détendues, il parut clair que l'annonce de M. Walcot était conforme au contrat de mariage. Son avenir – pour ce qu'il valait – était assuré. Elle vit les prochaines années s'étirer devant elle, mornes et sans intérêt.

« En outre, eu égard à sa loyauté et son obéissance… »

Que c'était déprimant d'être décrite en ces termes, qui conviendraient aussi bien à un fidèle chien de chasse. Sa mère, en revanche, dressa visiblement l'oreille et une lueur avide s'alluma dans ses yeux. Elle espérait sans doute que le vieux lord avait prévu une dotation supplémentaire – un précieux bijou de sa collection, par exemple.

« … et sous réserve qu'elle ne jette aucun discrédit sur le nom des Somerset… »

C'était bien son style d'associer une clause de moralité au maigre legs qu'il avait jugé opportun. Mesquin jusqu'au dernier souffle.

« … l'intégralité de mes domaines de Chepstow, Chawley et Highbridge, pour son usage exclusif. »

Elle reprit soudain ses esprits. Qu'avait-elle entendu ?

La pièce jusqu'alors silencieuse devint brusquement très bruyante.

« Pouvez-vous relire la dernière phrase, Walcot ? J'ai sûrement mal compris ! » tonna Lord Selwyn en se redressant.

« Oui, M. Walcot, je ne suis pas sûre que ce soit correct ! » s'écria Mme Courtenay d'une voix suraiguë.

Elle se leva de sa chaise, imitée par M. Balfour, qui tendit le bras comme pour exiger de consulter le document.

« À Eliza Eunice Courtenay, répéta docilement M. Walcot, eu égard à sa loyauté et son obéissance, et sous réserve qu'elle ne jette aucun discrédit sur le nom des Somerset, je lègue l'intégralité de mes domaines de Chepstow, Chawley et Highbridge, pour son usage exclusif. »

Lord Selwyn éructa :

« C'est grotesque ! Julius devait transmettre ces terres à Tarquin, notre cadet.

— Il m'en avait parlé ! insista sa femme. Il l'avait même promis !

— Le douaire de Lady Somerset avait fait l'objet

d'un accord à la signature du contrat de mariage, n'est-ce pas ? avança Mme Courtenay. Cette clause n'en faisait pas partie.

— Les terres des Somerset ne sont-elles pas attachées au titre ? s'étonna Margaret avant de se faire rabrouer par un "Chut !" sonore de Mme Balfour.

— Si ce sont les dernières volontés du comte et qu'elles sont inscrites dans son testament, vous ne pouvez pas les contester ! » affirma M. Balfour à la cantonade.

Ils semblaient tous avoir complètement oublié Eliza. Le notaire expliqua calmement :

« Le comte avait hérité de sa famille maternelle les propriétés de Chepstow, Chawley et Highbridge. Il pouvait de ce fait en disposer à sa guise.

— Grotesque ! répéta Lord Selwyn. Vous n'avez pas le bon document !

— Je vous assure du contraire.

— Puisque je vous dis que ce n'est pas le bon ! s'emporta Lord Selwyn, abandonnant toute apparence de jovialité. Je l'ai vu, et il mentionnait Tarquin !

— En effet, à un certain moment. Mais feu monsieur le comte m'a donné l'instruction de modifier cette disposition environ deux semaines avant sa disparition. »

Son interlocuteur blêmit.

« Votre querelle… souffla Lady Selwyn.

— Nous discutions d'un prêt. Une simple conversation d'affaires, marmonna son mari. Il ne peut pas… Il n'aurait pas… »

Telle était donc la raison de leur différend : il l'avait sollicité pour un prêt. Eliza aurait pu le mettre en garde contre cette maladresse. Il devait être aux abois car il ne pouvait ignorer que le comte, à cause de son incorrigible ascétisme et son orgueil démesuré, considérait les demandes d'aide financière comme une attitude de la plus haute impertinence.

« Je vous certifie que sur ce point comme sur tous les autres, notre regretté comte était on ne peut plus clair, remarqua M. Walcot d'une voix posée. Les terres vont à Lady Somerset. »

Lord Selwyn lança un regard hostile à Eliza et l'apostropha :

« Quel poison lui avez-vous susurré à l'oreille ? »

Mme Balfour devint rouge d'indignation.

« Comment osez... »

La voix de Lord Somerset retentit, froide et réprobatrice.

« Selwyn ! »

Ce dernier recula.

« Mes excuses. Je ne voulais pas insinuer... Un... regrettable faux pas... »

Son épouse ne se laissa pas intimider pour autant.

« Que signifie cette clause de moralité ? Mon oncle a-t-il donné des détails, des indications sur ces comportements déshonorants ?

— Compte tenu de la réputation irréprochable de ma fille, je ne vois pas en quoi ce serait pertinent, répliqua sévèrement Mme Balfour.

— Si mon oncle a jugé bon de l'inclure dans son testament, cela me paraît au contraire tout à fait pertinent, madame Balfour, riposta Lady Selwyn, tout aussi acerbe.

— Loin de nous l'intention de lui manquer de respect, dit Mme Courtenay. Lady Somerset n'ignore pas l'affection que nous lui portons. »

S'il y avait une chose que Lady Somerset ignorait, c'était bien celle-là.

« Feu monsieur le comte a spécifié que l'interprétation de cette clause serait laissée à la discrétion du onzième comte de Somerset, et à lui seul », reprit le notaire.

Lord Selwyn, son épouse et Mme Courtenay ouvraient la bouche pour argumenter quand Lord Somerset prit la parole.

« Si ce legs est l'expression d'une volonté de mon oncle, je ne compte pas le remettre en cause.

— Bien entendu, approuva Lord Selwyn qui avait récupéré en partie son amabilité. Cela étant, mon cher, je pense qu'il nous revient de définir les comportements qui constitueraient…

— Ce n'est pas mon avis, répondit calmement Lord Somerset, apparemment indifférent aux regards furibonds de ses voisins. Et à moins que Lady Somerset ait beaucoup changé depuis que j'ai quitté le sol britannique, elle ne pourrait provoquer ne serait-ce qu'un froncement de sourcils. »

Eliza baissa les yeux en rougissant. Dans le passé, elle admirait son assurance et lui se désolait qu'elle n'en ait pas assez.

« Tout à fait, lança Mme Balfour, satisfaite.

— Cependant, étant donné le caractère singulier de cette disposition, ajouta-t-il, je suis d'avis que son existence ne doit pas sortir du cercle familial. Aucune des personnes ici présentes ne souhaite prêter le flanc aux commérages, j'en suis certain.»

Les hochements de tête se succédèrent autour de la pièce – enthousiastes de la part des Balfour, réticents de la part des Selwyn. Quant à Mme Courtenay, elle semblait à nouveau au bord des larmes. Il s'ensuivit un long, très long silence.

«Quel est le montant des intérêts de ces domaines ?» demanda Lord Selwyn.

M. Walcot consulta rapidement ses notes.

«Il est en moyenne légèrement supérieur à neuf mille livres. Si l'on y ajoute le douaire, on atteint un revenu annuel de dix mille livres.»

Dix mille livres par an.

Elle était riche.

Très riche.

Plus que Lady Oxford ou Lady Pelham, les célèbres héritières qui avaient brillé de tous leurs feux pendant leurs saisons respectives. Plus que de nombreux lords de Whitehall. C'était à peine croyable. Son mari ne lui avait jamais donné la moindre indication qu'elle était pour lui autre chose qu'une source perpétuelle de déceptions. Inférieure à tous égards à sa première épouse, et tout aussi incapable de lui donner un fils. Et pourtant, sa méchanceté – son irritation devant le comportement de Lord Selwyn – l'avait poussé à faire preuve vis-à-vis d'elle d'une générosité qu'elle n'avait pas connue de son vivant.

Dix mille livres par an.

Il avait fait d'elle une femme fortunée.

Elle avait l'impression que le fil qui la reliait à la

normalité venait d'être rompu et qu'elle s'en éloignait en tourbillonnant. Elle n'aurait pu répéter un seul des mots qui furent prononcés jusqu'à la fin de la lecture. Elle comprit que la réunion avait pris fin quand tout le monde se leva. Elle les imita mécaniquement.

« Dix mille livres ! chuchota Margaret à son oreille avec excitation tandis que tout le monde sortait de la pièce à la queue leu leu. Tu comprends ce que cela signifie ? »

Eliza remua la tête sans qu'on pût dire si c'était un signe d'approbation.

« Cela va tout changer, Eliza ! »

2

Le lendemain après-midi, sur le perron de Harefield, Eliza s'apprêtait à prendre congé de ses invités. Margaret, qui lui tenait compagnie depuis le décès du comte et le ferait encore deux semaines, serait la seule à rester. Eliza était impatiente d'avoir à nouveau la maison pour elle.

La jeune femme entendit ses parents avant de les voir : son père aboyait des ordres aux valets et sa mère gourmandait les bonnes. En les voyant franchir la grande porte en chêne, elle inspira profondément pour s'armer de courage.

« Tu vas y arriver », lui souffla sa cousine.

Depuis la lecture du testament, il était évident que M. Balfour comptait gérer la fortune de sa fille. Cet instant était la dernière chance pour elle de dissiper les illusions de ses parents.

« Nous te verrons dans quelques semaines, lui dit sa mère.

— Ne tarde pas. L'état des routes ne va qu'empirer », ajouta son père.

Elle osa un timide :

« Je me demandais si…

— Entretemps, les questions financières les plus urgentes auront été réglées, continua sa mère. N'est-ce pas, monsieur mon mari ?

— Oui, j'en ai touché un mot au notaire. »

Cette dernière phrase constituant l'adieu le plus sincère qu'il pouvait formuler, il fit un petit signe de tête à sa fille et dévala les marches, la laissant avec sa mère – l'adversaire la plus redoutable.

« Je me disais que… reprit Eliza.

— Nous sommes d'avis que le mieux serait que tu désignes le fils d'Hector comme héritier », lança Mme Balfour sans détour.

Hector était le plus jeune frère d'Eliza.

« Je ne sais pas si… »

La voix de sa mère couvrit la sienne.

« C'est Rupert qui en retirerait le plus de bénéfice. »

De tous ses hypocrites neveux, Rupert était le pire.

« Je crois que je préférerais…

— Ton père s'occupera des papiers dès que tu seras de retour à la maison. »

Elle lui tapota la joue en guise de conclusion. Si elle avait été plus intrépide, Eliza aurait répondu : « Cet argent ne vous appartient pas. Ce n'est pas votre fortune que vous pouvez dépenser, octroyer ou gérer à ma place. »

Elle soupira, vaincue.

« Oui, mère.

— C'est décidé. À très bientôt, donc. Et n'oublie pas que tu es toujours comtesse, ma chérie. Ne te laisse pas marcher sur les pieds par les Selwyn ! »

Cette ultime instruction énoncée, elle s'éloigna.

L'ironie du conseil maternel n'échappa pas plus à Eliza qu'à sa cousine, qui eut beaucoup de mal à se retenir de rire. En la regardant monter dans la voiture, Margaret commenta :

« Je sais qu'il s'agit de ta mère et de ma tante, mais si d'aventure je la voyais en équilibre précaire au bord d'une falaise, en grand danger de tomber dans la mer, j'hésiterais. Je ne la pousserais pas, mais *j'hésiterais*, c'est certain. »

À la différence d'Eliza, elle avait pour habitude d'exprimer son avis à la seconde où il lui venait à l'esprit. Pour sa famille, ce trait de caractère expliquait qu'elle ne soit pas mariée. Eliza remerciait le Ciel que sa mère fût suffisamment loin pour ne pas l'avoir entendue quand un toussotement les fit se retourner. Lord Somerset venait d'apparaître dans l'embrasure de la porte et, à en juger par son air amusé, il avait surpris la remarque irrespectueuse de sa cousine. Eliza rougit.

« Ah… fit Margaret, sans avoir l'air particulièrement mortifiée.

— Je ferai mine de n'avoir rien entendu », dit-il.

Plus jeune, il avait eu des relations amicales avec elle et il semblait avoir conservé son indulgence vis-à-vis de son manque de savoir-vivre.

« Si vous pouviez… » ajouta-t-elle.

Il lui fit un large sourire qui effaça sa réserve au moment où le soleil perçait les nuages. Eliza se retint de respirer. Puis il se tourna vers elle et la chaleur disparut aussi vite qu'elle était apparue.

« Votre père m'a informé que vous projetiez de retourner vivre à Balfour, madame. »

Il avait beau la regarder dans les yeux, elle eut la sensation qu'il voyait à travers elle. Elle avait envie de crier : « Regardez-moi ! Je suis ici, regardez-moi ! » Au lieu de quoi, elle glissa, aussi bas qu'une petite souris :

« Oui, en effet. »

Les dames n'élèvent pas la voix, quelle que soit la provocation.

Il hocha la tête sans que son visage trahisse quoi que ce soit. Était-il soulagé ? Probablement.

« Si tel est votre désir… »

Non, ce n'était pas son désir. Absolument pas. Mais avait-elle le choix ?

« Bien entendu, vous pourrez utiliser la voiture qui vous convient pour votre voyage, poursuivit-il. Et si vous voulez partir avec certains domestiques…

— C'est très gentil à vous.

— Ce n'est rien.

— Quoi qu'il en soit, je vous en remercie.

— Ce n'est pas nécessaire. J'accomplis simplement mon devoir de chef de famille. »

Sa réponse était plus douloureuse que son indifférence. *Devoir. Famille.* Des mots qui la brûlaient.

Lady Selwyn apparut à la porte et, d'une voix mielleuse qui ne trompa personne, s'écria :

« Adieu, ma chère Lady Somerset ! Nous ne vous remercierons jamais assez pour votre hospitalité. »

Mme Courtenay, moins bonne comédienne que sa fille, lança sans sourire :

« Adieu, madame. »

Lord Selwyn, quant à lui, agita un index devant elle.

« Soyez sage ! Nous n'aimerions pas devoir vous retirer cette fortune !

— Selwyn ! protesta sèchement Lord Somerset.

— Lady Somerset sait que je plaisante !

— Bien sûr qu'elle le sait, renchérit Lady Selwyn sur un ton crispé. Somerset, puis-je emprunter ton bras pour monter dans la voiture ?

— Celui de ton mari peut-il remplir cet office, Augusta ? J'ai quelques points à régler avec Lady Somerset. »

Lady Selwyn foudroya Eliza du regard, comme si elle la tenait pour responsable, et battit en retraite avec son mari et sa mère. Lord Somerset se tourna vers Eliza.

« Je serai en ville pendant les deux semaines à venir. Si vous avez besoin d'aide pour quoi que ce soit, n'hésitez pas à m'écrire. »

Elle hocha la tête et il s'inclina devant elle.

« Je vous souhaite une bonne journée, Lady Somerset.

— Lord Somerset. »

Quelle affreuse ironie qu'ils portent désormais le même nom ! Cruelle malice du destin quand on pensait à ce qu'ils auraient partagé dix ans plus tôt si sa mère avait été moins pressée de l'unir à un homme titré, et s'il n'avait pas été aussi facile de faire plier sa volonté.

Il redressa la tête et leurs regards se croisèrent à nouveau. Est-ce parce qu'il baissa la garde maintenant qu'il était proche du départ ou qu'il fut surpris par la soudaine proximité d'Eliza, toujours est-il que son expression polie se figea et sa main gantée serra nerveusement la sienne. Elle sentit qu'enfin, il la regardait vraiment. Pas négligemment, comme une vague connaissance, ou avec ennui, comme une corvée plus ou moins gênante dont il devait s'acquitter, mais avec sincérité. Elle, Eliza, et lui, Oliver. Deux personnes qui avaient été à une époque aussi proches qu'on pouvait l'être. Même si l'instant ne dura pas plus que deux secondes – l'équivalent de trois battements de cœur accélérés –, Eliza eut l'impression que quelqu'un avait plongé la main dans sa poitrine et serré son cœur avec force.

« Somerset ! Pressons, mon vieux ! »

L'instant était passé. Il lâcha sa main comme si elle le brûlait.

« Adieu, mademoiselle Balfour, ajouta-t-il. J'aurais préféré le faire dans des circonstances plus joyeuses, mais ce fut un plaisir de vous voir toutes les deux. »

Sur ces mots, il descendit les marches en hâte et monta dans la voiture.

« Pour moi aussi, murmura Eliza – trop tard, comme à l'accoutumée.

— On rentre ? » suggéra Margaret.

Elles se retirèrent dans le salon du premier étage, la pièce la moins majestueuse – les draperies étaient mangées par les mites et les tapis de brocart élimés – mais celle qu'Eliza préférait car sur l'un des murs était accrochée une marine peinte par son grand-père, artiste talentueux d'un certain renom. Le tableau, représentant un voilier voguant sur un océan froid et insondable, avait été apporté à Harefield par la première épouse du comte. Il était pour Eliza un réconfort permanent. Il lui rappelait quotidiennement ses après-midi enchanteurs avec son aïeul, avec qui elle avait appris à peindre pendant l'époque bénie de son enfance, avant qu'on rallonge ses jupes et qu'on relève ses cheveux, lorsqu'elle imaginait naïvement reprendre son flambeau artistique.

« Puis-je vous proposer une tasse de thé ? s'enquit Perkins.

— Oh, il nous faut une boisson plus forte que du thé, répondit Margaret en retirant la coiffe en dentelle qui retenait ses cheveux roux, puis ses ballerines en satin. Une larme de cognac, s'il vous plaît ! »

Perkins resta de marbre devant cette requête peu distinguée et revint peu après avec le meilleur cognac du regretté comte sur un plateau.

« Merci », dit Eliza quand il eut versé à chacune la dose qui convenait pour une lady.

Ce majordome lui manquerait quand elle partirait à Balfour.

« Fameux ! » déclara Margaret en se penchant vers la carafe en cristal pour remplir généreusement leurs verres dès qu'il eut refermé la porte.

Eliza songea que sa cousine lui manquerait plus que quiconque. Les neuf derniers mois, où elle avait été cloîtrée à Harefield pour la période de deuil, auraient été interminables si Margaret n'avait pas été dépêchée pour rester auprès d'elle. Avoir à ses côtés sa cousine – qui était aussi sa meilleure amie – après toutes ces années de séparation avait été une joie inattendue, mais maintenant…

« Allons-nous porter un toast à notre retour imminent dans nos familles aimantes ? demanda-t-elle en prenant son verre.

— Certainement pas. C'est une très mauvaise idée.

— Je sais. Malgré tout, je ne peux pas rester ici. Il a été courtois, mais j'aurais préféré l'hostilité à cet abîme d'indifférence. »

Il n'était pas nécessaire qu'elle explique qui elle désignait par « il ».

« Cela fait dix ans, Eliza. Tu ne peux tout de même pas… »

Le cognac qu'Eliza buvait à petites gorgées lui brûlait la gorge.

« Je sais, c'est ridicule, mais en le revoyant… »

Elle se remémora la secousse qu'elle avait ressentie à son entrée.

« J'ai cru être frappée par la foudre, reprit-elle en rougissant de révéler un sentiment aussi grandiloquent.

— Très déplaisant, observa Margaret. Je me réjouis de ne jamais avoir été amoureuse. Était-il comme dans ton souvenir ?

— Mieux. Inutilement beau, en fait. N'aurait-il pas pu revenir un peu plus laid ?

— Es-tu sûre qu'il est beau et pas simplement grand ? J'ai remarqué qu'on mélange souvent les deux !

— Oui, j'en suis certaine.

— Le petit manoir est assez loin de Harefield Hall. Tu n'aurais aucun mal à l'éviter si tu y vivais. Tu ne le supporterais vraiment pas ?

— Demeurer à la périphérie de sa vie en regrettant jusqu'à la fin de mes jours de ne pas la partager, pendant qu'il se porterait comme un charme et épouserait une autre femme avec qui il fonderait une famille ? Non, j'en suis incapable. »

Elle tressaillit en envisageant l'autre option – vivre à Balfour avec sa mère – et continua :

« Mais rentrer chez mes parents pour me faire harceler et tyranniser... Je... je vais disparaître, simplement. C'est au-delà de mes forces.

— Tu as été si malheureuse ces dernières années ? »

Elle s'était retenue de lui raconter les détails de sa vie conjugale dans les courriers qu'elles échangeaient chaque semaine et lors de leurs rares rencontres, car elle ne voulait pas qu'on pense qu'elle exagérait ou qu'elle était une enfant gâtée. D'autant que pour être sincère, malgré un époux qu'elle n'avait pas choisi, et un quotidien de comtesse de Somerset peu amusant, ces dix années n'avaient pas été sans plaisirs et heures agréables. Tout en tentant de plaire à un homme dont le penchant naturel était le reproche, elle avait dû trouver de petits plaisirs, des joies simples. Jusqu'au jour où elle avait commencé à s'inquiéter d'être devenue si minuscule et silencieuse qu'on aurait pu la ranger dans un placard avec la vaisselle et la laisser jusqu'à la prochaine occasion où l'on aurait besoin d'elle pour décorer la table.

« De toute façon, nous n'y pouvons rien, ajouta-t-elle après un silence. Je vais retourner à Balfour. Je n'ai pas le choix. »

Elle se faisait l'effet d'une créature pathétique et espérait que sa cousine prononcerait des paroles apaisantes en lui caressant les cheveux, par exemple.

« Franchement, tu frises le ridicule, commenta Margaret.

— Pardon ? »

Ce n'était pas du tout ce qu'elle souhaitait entendre.

Sa cousine se redressa sur son siège et agita une main accusatrice.

« As-tu oublié que tu es désormais l'une des femmes les plus riches d'Angleterre ? »

Eliza observait ses mouvements avec inquiétude car elle était dangereusement proche d'un vase Ming d'une valeur inestimable.

« Je ne l'ai pas oublié mais je ne suis pas sûre que cela change grand-chose. Je suis aussi coincée qu'avant. »

Margaret soupira.

« Quel gâchis d'hériter de cette fortune et de se comporter de façon aussi défaitiste !

— Où veux-tu que j'aille sinon ? »

Elle qui croyait que sa cousine la comprenait…

« Mais n'importe où ! Ouvre les yeux ! »

Eliza n'y avait effectivement pas songé. Selon sa mère, les femmes célibataires qui vivaient seules étaient complètement excentriques ou d'un âge canonique, quand ce n'était pas les deux. Or elle n'était ni vieille, ni extravagante.

« Sois sérieuse, Margaret.

— Je suis on ne peut plus sérieuse.

— Qu'est-ce que je ferais ?

— Mais *ce que tu veux*, Eliza ! On t'a tellement marché sur les pieds que tu n'as plus envie de rien ? »

Eliza la dévisagea, choquée par son ton acerbe.

« Moi, plus envie de rien ? Mais Margaret, ma liste d'envies est… interminable !

— Vraiment ? »

Sa cousine avait l'air si dubitative qu'Eliza sentit l'agacement la gagner.

« Oui, ma chère, vraiment. J'ai envie de porter des robes que j'aurai choisies moi-même parce que j'en ai par-dessus la tête d'être habillée comme un sac. J'ai envie de peindre du matin au soir si cela me chante. Et de gaspiller de l'argent à des frivolités si tel est mon plaisir. »

Elle ne pouvait plus s'arrêter. Les mots sortaient de sa bouche en flot continu.

« Je veux allumer des feux avant la tombée de la nuit, aller et venir à ma guise... Mais surtout, surtout, Margaret, j'aurais voulu épouser l'homme que j'aimais et non celui que le devoir m'imposait. Je ne l'ai pas fait et je ne peux rien y changer, donc tu me pardonneras si, après une vie entière où le moindre de mes désirs m'a été refusé, je te parais aujourd'hui défaitiste. »

Elle se frotta les yeux dans un geste de colère. Le souhait de sa mère qu'elle verse des larmes était exaucé, mais beaucoup trop tard pour être d'une quelconque utilité.

« Bien, dit Margaret après un instant de réflexion, tu n'obtiendras peut-être pas tout, mais si tu vivais dans un logement indépendant, tu pourrais essayer...

— Ils ne me laisseront pas faire. Je suis veuve, dans la première année de deuil. Les règles...

— E-li-za, tu n'es plus la timide et effacée Mlle Balfour. Tu es une *comtesse.* Propriétaire de cinq mille hectares de terres, plus riche que toute ta famille réunie. Est-ce que ce n'est pas le moment d'enfreindre les règles ? »

Eliza fixa sa cousine. Rien de ce qu'elle disait n'était

faux, mais elle lui présentait les faits sous un éclairage qui pouvait laisser penser qu'elle détenait un pouvoir. Ce qui ne semblait pas réel.

« Tu tiens enfin une chance de vivre ta vie, insista Margaret. Je ne supporterais pas l'idée que tu ne la saisisses pas. Qu'est-ce que je ne ferais pas pour avoir cette occasion ! »

Elle était penchée vers elle, les mains serrées, et Eliza songea tout à coup qu'il aurait mieux valu que sa cousine hérite de cette fortune plutôt qu'elle. Plus courageuse, plus intelligente – et plus spontanée –, Margaret aurait mieux profité de cette chance. Sans compter qu'elle en était digne. Elle méritait mieux de la vie qu'être envoyée chez ses sœurs pour s'occuper de leurs enfants sans qu'on s'intéresse à elle ou qu'on lui accorde de l'importance – piégée, pour tout dire – au motif qu'elle était la dernière à ne pas être mariée. Personne ne l'exprimait à voix haute, mais Eliza savait que pour sa famille, Margaret était un cas désespéré : une vieille fille. C'était injuste.

Plus encore que le cognac, le sentiment d'injustice générale lui donnait des aigreurs d'estomac. « Obéissante et loyale » avait écrit son époux dans son testament. « Incapable de provoquer le moindre froncement de sourcils » avait déclaré Lord Somerset devant la famille réunie. On l'avait toujours considérée ainsi. C'était d'ailleurs la principale raison qui avait poussé le comte à l'épouser, sa timidité étant pour lui la preuve d'un caractère malléable. Tout au long de leur union, elle ne lui avait jamais fourni le moindre motif de changer d'avis. Il se pouvait que Margaret ait raison. Elle tenait peut-être sa chance. Elles tenaient peut-être *leur* chance.

« Je ne pourrais pas le faire sans être accompagnée, glissa-t-elle lentement. Il serait malséant que je vive seule.

— Oh, la bonne société regorge de femmes célibataires ou veuves que tu pourrais inviter à se joindre à toi, répliqua Margaret en écartant son argument d'un revers de main. N'importe quelle dame respectable ajouterait à ton prestige. Je viendrais bien, mais Lavinia est de nouveau enceinte.

— Lavinia est une mégère.

— Une mégère très fertile, au demeurant. Dès que l'enfant naîtra, elle me convoquera, ma mère insistera pour que j'y aille, et l'affaire sera réglée. Tu devras te passer de moi. »

Sans sa cousine, les résolutions d'Eliza s'effondreraient en moins d'une semaine.

« L'enfant est attendu pour quand ?

— Mi-avril, en principe. » Margaret la fixa d'un air songeur. « Cela dit, elle n'aura pas besoin de moi d'ici là.

— Si j'écrivais à ta mère en la suppliant pour que tu restes avec moi trois mois supplémentaires ?

— Jusqu'à l'arrivée du bébé, enchaîna Margaret avec l'ombre d'un sourire. Trois mois, ce n'est pas déraisonnable. »

Le silence plana quelques secondes.

« Nous devrons être d'une extrême prudence, poursuivit Eliza, ce qui provoqua un franc sourire sur le visage de sa cousine. Je ne plaisante pas, Margaret. Si les Selwyn ont vent de la moindre entorse aux convenances, ils pousseront des hauts cris en invoquant la clause de moralité. Nous devons trouver une raison qui m'empêche d'aller à Balfour et soit acceptable par tout le monde.

— Où irons-nous ? À Londres ?

— Londres… » répéta Eliza d'une voix mélancolique.

Elle s'était très peu rendue dans la métropole depuis sa première (et dernière) saison. Elle se figura avec sa cousine, volant de leurs propres ailes, libres d'admirer autant d'œuvres d'art et de musées qu'elles voulaient. L'inauguration de l'exposition estivale de l'Académie royale aurait lieu en mai. Lors de sa dernière visite, elle avait dix-sept ans… Mais non.

« Tant que je suis en grand deuil, c'est impossible. Notre disgrâce serait immédiate.

— Une autre ville, dans ce cas. Qui offre suffisamment de divertissements pour nous occuper même si tu ne peux pas prendre part à la vie mondaine. Que dirais-tu de Bath ?

— Oui, répondit Eliza après un instant. Je crois que les distractions y sont de bon aloi et je pourrais arguer que le médecin m'a recommandé une cure thermale. Personne ne saura que c'est un mensonge.

— Je fréquenterai les bibliothèques, j'irai au concert, je rencontrerai des personnes intéressantes, ajouta Margaret avec un air rêveur.

— Tout à fait. Pendant que moi, je… »

Sa voix chancela à mesure que le doute s'insinuait en elle. Elle se représenta soudain la moue désapprobatrice de sa mère et se recroquevilla mentalement. Mme Balfour serait tellement déçue, ainsi que son père. Elle leva les yeux vers le tableau de son grand-père sur le mur, ce petit esquif intrépide qui se maintenait à flot au prix d'énormes efforts. Margaret claqua la langue comme on le fait pour rassurer un cheval effarouché et Eliza inspira profondément.

« Pendant que je deviendrai… une femme du monde ?

— Oui, répondit Margaret sans hésiter.

— Et que je peindrai, continua-t-elle sur un ton plus assuré.

— À longueur de journée si tu le souhaites.

— Jamais plus je ne me marierai par devoir ! lança Eliza, dont la gorge était soudain très sèche. Tout cela est désormais derrière moi. »

Margaret leva son verre.

« J'aime ce genre de toasts. Buvons à Bath ! »

3

Au cours des vingt-sept années de son existence, Eliza avait très peu offensé, froissé, ou même surpris la bonne société. Leur fuite de Harefield Hall était par conséquent particulièrement excitante. Même si son organisation les occupa deux semaines entières, si chaque membre de la famille Balfour fut informé de leur décision par courrier, et si elles voyageraient discrètement dans une voiture des Somerset, Eliza avait l'impression d'agir aussi illégalement que si elles fuyaient à Gretna Green pour célébrer un mariage clandestin.

« As-tu reçu une lettre de ta mère aujourd'hui ? » lui demanda Margaret tandis qu'elles montaient dans la calèche, suivies de Pardle, la femme de chambre.

Bath étant à moins de huit lieues et cette matinée de février très lumineuse, Eliza avait choisi ce véhicule pour qu'elles puissent profiter de la chaleur du soleil. Leurs malles étaient parties devant avec Perkins et deux bonnes, les seuls domestiques qu'Eliza avait pris avec elle. Elle se sentait déjà suffisamment coupable de priver la demeure de son majordome – ce qu'elle n'aurait pas fait s'il n'avait fait la demande explicite de l'accompagner – pour exiger des gens de maison supplémentaires.

« Il y en aura certainement une à Bath », dit-elle.

Comme on pouvait s'y attendre, sa décision n'avait été du goût de personne dans le clan Balfour mais, forte de l'enthousiasme de sa cousine et du prétexte fictif d'une prescription médicale, Eliza avait été inébranlable. Aucune des missives maternelles, dont le ton allait de la réprimande à la supplique, ne s'étant avérée efficace, l'autorisation que Margaret l'accompagne avait été accordée, bien qu'avec réticence, jusqu'à la venue au monde de l'enfant de Lavinia, qui signifierait le départ de sa cousine.

« Lord Somerset t'a répondu ? » reprit Margaret.

Sans un mot, Eliza prit le temps de disposer ses jupes autour d'elle. Grâce aux briques chaudes sous leurs pieds et aux couvertures sur leurs jambes, elles seraient confortablement installées jusqu'à ce qu'elles fassent étape pour une petite collation. Elle avait néanmoins revêtu pour l'occasion sa tenue la plus chaude, et la plus terne : une robe noire à manches longues et haut col sous un manteau en lainage épais, ainsi qu'un volumineux chapeau de voyage qui l'empêchait pratiquement de tourner la tête.

« Eliza ! Tu ne lui as pas écrit ? devina Margaret.

— Je vais le faire ! » répondit-elle, sur la défensive.

Le consentement de Lord Somerset pour leur projet était tout aussi crucial que celui de sa mère, car il avait le pouvoir de lui retirer sa fortune. Malgré cela, elle s'était assise à plusieurs reprises pour rédiger ce courrier et avait été chaque fois dans l'impossibilité de formuler ne serait-ce qu'une phrase. Comment rédiger un message officiel à un homme avec qui elle échangeait par le passé des lettres d'amour ?

« Je le ferai dès notre arrivée, je te le promets. »

Elle jeta un ultime regard à l'intimidant corps de bâtiments de Harefield. Elle se souvenait avec précision de son inquiétude en découvrant la demeure, à l'âge de dix-sept ans, tremblant des pieds à la tête, redoutant d'y être assassinée. Mais elle avait survécu et en repartait, non plus la craintive Mlle Balfour ou l'épouse effacée, mais l'indépendante Lady Somerset.

« Allons-y, Tomley », lança-t-elle avec toute l'autorité dont elle était capable.

Ils se mirent en route à un train soutenu en cahotant légèrement. Le cocher en titre était tombé malade et le jeune Tomley tenait les rênes de façon plus… cavalière. Elle grimaça quand elles furent secouées sur un nid-de-poule. Grâce au Ciel, pas plus elle que sa cousine n'était sujette au mal des transports.

« Qu'auras-tu envie de faire en premier ? » demanda-t-elle un peu plus tard à Margaret en ouvrant son carton à dessin. Il était de bon ton qu'une dame de qualité cultive ses talents artistiques, mais sous l'influence de son grand-père, membre éminent de l'Académie royale, elle avait bénéficié d'une éducation supérieure à la moyenne – qui ne l'avait cependant pas préparée à dessiner dans une voiture bringuebalant sur chaque petit gravillon.

« Nous serons sévèrement limitées par ton deuil. Je ne t'en blâme pas, bien sûr, répondit Margaret.

— J'apprécie ta compréhension… »

Eliza était soucieuse. Devait-elle conseiller à Tomley de réduire l'allure ? C'était le premier voyage qu'elle entreprenait sans que son père ou son mari soit là pour prendre la situation en main, et elle ne savait pas vraiment quelle était sa marge de manœuvre. La route était beaucoup plus étroite. Ne roulaient-ils pas à une vitesse excessive ?

« … mais cela nous laisse tout de même de nombreuses possibilités : les Sydney Gardens, évidemment, la Pump Room… Tomley, prenez garde ! »

Elle venait d'apercevoir devant eux une énorme fondrière juste avant un virage en épingle. Pour l'éviter, Tomley rabattit les chevaux sur la droite au moment où une berline surgissait dans un vacarme assourdissant. La collision se produisit à la fois très vite et très lentement – Tomley tira sur ses rênes, l'autre cocher tenta désespérément de stopper son véhicule – mais trop tard : le choc était inévitable. Les roues frottèrent l'une contre l'autre en projetant des éclats, Eliza et Margaret se cramponnèrent désespérément l'une à l'autre, la calèche rebondit vers la gauche, coussins, couvertures et réticules volèrent dans tous les sens. La calèche oscilla d'un côté, de l'autre, sembla sur le point de basculer, puis revint à l'équilibre dans d'horribles grincements. Les deux voitures s'immobilisèrent et le silence retomba au milieu des gazouillis indifférents des oiseaux dans les arbres en surplomb.

« Tout va bien ? » glissa Eliza, le souffle court.

Sa cousine leva la main pour rajuster son chapeau de guingois.

« Je… Je pense que oui.

— Pardle ? Tomley ?

— Oui, madame, murmura Pardle, agrippée aux flancs de la calèche.

— Mes excuses, madame, je vous demande pardon », bredouilla Tomley.

Il sauta à terre pour rassurer les chevaux, qui roulaient des yeux fous et avaient de l'écume aux lèvres. L'autre cocher en fit autant de son côté.

Eliza toucha ses bras comme pour vérifier que ses membres étaient intacts, ce qui était absurde. Par miracle, sa cousine et elle paraissaient indemnes, même si Margaret avait pâli sous ses taches de rousseur et qu'elle-même tremblait des pieds à la tête.

Soudain, le couinement d'une portière s'ouvrant lentement se fit entendre. Un homme descendit de la berline. Grand, cheveux bruns bouclés, teint mat. Contrairement au désordre de la tenue des deux jeunes femmes, le seul effet de l'accident sur sa personne était l'inclinaison de son chapeau qui, de désinvolte, était devenue précaire. Il observa la scène d'un air stupéfait ; son cocher, la calèche, et enfin, Margaret et Eliza.

« Avez-vous l'intention de me détrousser ? s'enquit-il, plus intrigué qu'inquiet. De me demander : “La bourse ou la vie” ? »

Eliza le regarda fixement. S'était-elle cogné la tête au cours de l'accident ?

« Non… bien sûr que non !

— Ou… de me faire la peau ?

— Pas du tout ! Qu'est-ce qui vous…

— Dans ce cas, puis-je connaître vos mobiles ? Vous

devez savoir que vous m'avez tiré d'un somme fort agréable. »

Elle était bouche bée. À qui avait-elle affaire ? Sa carnation évoquait une ascendance indienne – insolite dans ce cadre bucolique – et sa berline privée témoignait d'une aisance certaine. Était-ce un riche commerçant en route vers une ville des environs ? Pourtant, un négociant ne s'adresserait pas à elle en ces termes.

« Nous n'avions pas de mobile ! s'indigna Margaret.

— Il conduisait à une vitesse scandaleuse, monsieur ! s'écria le cocher qui, après avoir calmé ses bêtes, brandissait un index accusateur en direction de Tomley.

— Je n'étais pas le seul ! riposta ce dernier.

— Si nous disions que la responsabilité est partagée ? suggéra Eliza avant que les esprits ne s'échauffent plus.

— Ce verdict n'est-il pas prématuré ? dit le gentleman avec un petit sourire, comme s'il était tenté de trouver l'incident distrayant. Le jury ne doit-il pas écouter les témoignages avant de délibérer ?

— Je suis heureuse que cela vous divertisse, monsieur, répliqua Margaret d'un air pincé.

— Moi aussi. Le sens de l'humour est le bien le plus précieux de l'homme. »

Abasourdie, Eliza leva la main pour remettre à son tour son chapeau en place. On était bien loin du voyage paisible qu'elle avait prévu. Si elle avait pensé que des larmes auraient pu être d'une quelconque utilité, elle serait déjà en pleurs. À cette heure, elles auraient dû être à Peasedown, s'apprêtant à prendre un repas roboratif, et non coincées en rase campagne, en conversation avec un homme étrange dont elle n'était pas sûre qu'il avait toute sa tête.

« Tomley ! lança-t-elle. Pouvons-nous reprendre la route ? »

Le cocher secoua la tête.

« Non, madame, les rayons de la roue gauche sont brisés. Mais ne vous inquiétez pas, Peasedown n'est qu'à une lieue. Je vais partir avec un des chevaux et je reviendrai au plus vite avec un charron.

— En nous laissant ici ? » s'exclama Margaret.

Même si Eliza n'avait pas été en tenue de grand deuil, être abandonnée au bord d'une route, sans protection ni moyen de transport, n'avait rien d'idéal. Pour tout dire, c'était très inconvenant. Mais quel choix avaient-elles ? Elle leva les yeux vers le ciel. Elle ne pleurerait pas. Non, elle ne pleurerait pas. Pourquoi fallait-il que cette catastrophe se produise précisément le jour où elle avait décidé de partir d'un nouveau pied ?

« Loin de moi l'envie de m'immiscer… » La voix du jeune homme interrompit sa rêverie. De façon assez exaspérante, la situation semblait l'amuser. « Puisque mon véhicule est intact, et croyez que j'en suis navré, puis-je proposer de vous conduire jusqu'à… Peasebury ou Peasedown… où vous pourrez vous reposer au chaud ? »

C'était tentant, mais malgré le frisson qui la parcourut pendant qu'elle réfléchissait, comme si son corps était d'accord avec lui, elle secoua la tête.

« C'est très aimable à vous, monsieur, mais je ne peux accepter.

— C'est en effet aimable de ma part. Néanmoins,

et je vous prie de ne pas y voir de la grossièreté, je vais devoir insister. Je ne peux vous laisser sur un bas-côté.

— Il le faut pourtant.

— C'est impossible. Ce serait contraire au code d'honneur qu'on nous fait apprendre par cœur à Eton. "Jamais ne laisseras demoiselles sur une route où elles pourraient se faire dévorer par des ours." »

Elle se redemanda si elle souffrait d'une commotion cérébrale.

« Il n'y a pas d'ours sauvages en Angleterre, remarqua Margaret.

— Vous devrez éclaircir ce point avec Eton, répondit-il d'un ton grave.

— Ce ne serait pas correct, expliqua Eliza. Nous ne nous connaissons pas.

— Oh ! Voilà qui sera facilement résolu. » Il fit une magnifique courbette. « Puis-je me présenter ? Melville. »

Margaret sursauta. Tomley poussa un petit cri étouffé.

Oh. Ah.

La famille Melville était l'une des plus anciennes lignées de l'aristocratie britannique et chaque nouvelle génération semblait surpasser la précédente sur le plan de la mauvaise réputation : le septième comte, surnommé « Mad Jack », était célèbre pour avoir dilapidé sa fortune au jeu ; le huitième, pour s'être enfui le jour de son dix-huitième anniversaire et être revenu au bercail dix ans plus tard après avoir épousé une jeune femme de la noblesse indienne. Conformément à la tradition familiale, les frasques sentimentales du neuvième et actuel Lord Melville étaient commentées presque chaque semaine dans la presse à scandale. Pourtant, sa sœur, Lady Caroline, et lui avaient acquis une renommée tout aussi grande grâce à leurs prouesses littéraires : elle avait écrit un roman politique et lui des poèmes romantiques qui captivaient les dames de la bonne société.

Après un examen plus attentif de son interlocuteur, Eliza décida qu'il était aussi beau et aussi bien de sa personne qu'on le décrivait, et que, contrairement à ce qu'elle avait toujours cru, il n'était pas armé d'un coutelas. Elle voyait aussi que si sa tenue était décontractée plus qu'élégante, la coupe parfaite de sa redingote, ses bottes impeccablement cirées et la haute couronne de son chapeau en poil de castor témoignaient de son appartenance au grand monde. Alors que ses yeux remontaient jusqu'à son visage, elle comprit, en le voyant hausser les sourcils, que dans son état de choc, elle n'avait rien fait pour dissimuler son examen détaillé.

« Eh bien, reprit-il en écartant les bras comme pour l'encourager à le contempler davantage, ce qui la fit rougir, acceptez-vous mon offre bienveillante et généreuse ?

— Madame, si je peux me permettre… Je crois que ce n'est pas convenable », souffla Tomley à mi-voix.

Pardle hocha énergiquement la tête.

Eliza hésitait. Que faire ? D'un côté, la présence d'un séducteur patenté, voire libertin, était indubitablement déplaisante. De l'autre, elles ne pouvaient rester des heures dans le froid, en pleine campagne, à attendre le retour du cocher. Elle jeta un regard à Margaret, qui haussa les épaules, indécise. Il lui revenait donc de prendre la décision. Tomley revint à la charge :

« Feu monsieur le comte ne voudrait pas... »

Ce qui régla la question.

« Monsieur le comte n'est pas ici. C'est donc à moi de décider... et je ne tiens pas à m'attarder plus longtemps. Tomley, si vous voulez bien nous aider à descendre, vous nous suivrez avec les chevaux et vous vous assurerez des services d'un charron.

— Permettez-moi... »

Le comte lui offrit sa main et en un clin d'œil, les deux dames et Pardle montèrent dans la berline, qui était d'un grand confort. Lord Melville les rejoignit quelques instants plus tard, tendit à Eliza son carton à dessin maculé de boue et s'assit sur le siège opposé.

La voiture démarra. À l'intérieur, le silence régnait. Les deux cousines observaient Lord Melville et Eliza se creusait la tête à la recherche de quelque chose d'intéressant à dire mais ne trouvait qu'un grand vide. Heureusement, leur compagnon était tout à fait disposé à lancer la conversation.

« Quelle est votre destination, mesdames ? demanda-t-il poliment.

— Bath, dit Margaret. Nous y séjournerons pendant le deuil de ma cousine.

— Oh, pardon... Je tiens à vous exprimer toute ma compassion. »

Eliza ne savait comment réagir aux condoléances. Affecter d'être dans la peine quand la sienne avait si peu à voir avec ce qu'on attendait d'elle lui semblait malvenu. Ne pas l'évoquer du tout, en revanche, serait considéré comme déplacé. Elle reprit la parole après une pause.

« Merci. Et vous, monsieur, où vous rendez-vous ?

— Oh, par monts et par vaux… Aujourd'hui, bien entendu, ce sera plus par vaux que je l'aurais souhaité… Êtes-vous une artiste, madame ? »

Elle n'enregistra son interrogation qu'en le voyant fixer son carton à dessin.

« Je ne me décrirais pas en des termes aussi grandiloquents.

— Pourquoi ? Vous avez manifestement du talent.

— Qu'est-ce qui vous permet de le supposer ?

— Votre carton était ouvert et je n'ai pu m'empêcher de regarder. Vous avez su rendre parfaitement les traits de… »

Il s'interrompit. À sa grande honte, elle se rendit compte qu'elles ne s'étaient pas présentées et rougit.

« Je suis confuse. Je suis Lady Somerset, et voici ma cousine, Mlle Balfour. »

Il inclina la tête.

« Votre portrait de Mlle Balfour est très fidèle à la réalité. »

Ne sachant comment réagir, elle choisit de changer de sujet.

« Quant à nous, nous admirons beaucoup vos poèmes, monsieur. »

Ce devait être la millième fois qu'il entendait cette phrase mais elle n'était pas suffisamment experte en littérature pour tourner un meilleur compliment.

« C'est extrêmement gentil de votre part.

— Nous avons hâte de lire votre prochain recueil, ajouta Margaret d'une voix enjôleuse. Savez-vous quand… »

Il avait publié *Perséphone* en 1817 et *Psyché* en 1818 – des réécritures romancées de textes antiques – et ses lectrices attendaient son nouvel opus avec impatience.

« Je constate que votre flatterie était en réalité un stratagème destiné à me pousser à vous faire des révélations. Ma réponse va vous décevoir, je le crains : je n'ai rien écrit de neuf. »

Eliza ne put se retenir.

« Pourquoi ? »

Elle regretta aussitôt son impertinence car il haussa les sourcils. Mais sa réponse fut laconique.

« L'inspiration se dérobe à moi.

— Notre aventure de la journée vous remettra peut-être en veine, suggéra Margaret, espiègle. Nous découvrirons que votre prochain ouvrage débute par un accident de calèche – ou plutôt de char ! »

Eliza lui jeta un regard désapprobateur. Ne voyait-elle pas que Lord Melville ne désirait pas poursuivre cette conversation ? En réalité, il parut moins embarrassé par les questions de Margaret que par celles d'Eliza.

« Oh, même l'accrochage de deux chars serait trop prosaïque pour mes héroïnes, s'écria-t-il gaiement. À moins qu'ensuite, elles soient sauvées des griffes d'une foule déchaînée par un guerrier de l'Antiquité ? Si la belle dame blonde ici présente veut bien me pardonner cette licence poétique… »

Il se tourna vers Eliza, petit sourire aux lèvres et sourcils relevés en mimant une supplique. Elle le fixa. Lui faisait-il du charme ? Certainement pas. Quoi qu'il en soit, il semblait attendre une réponse, imaginant sans doute qu'elle tirerait de son chapeau une repartie amusante, coquette, voire intelligente, mais hélas…

« Je ne suis pas blonde, dit-elle.

— En effet… Vous me pardonnerez de ne pas m'en être aperçu sous ce couvre-chef… remarquable. »

Ses joues s'empourprèrent et elle se sentit plus disgracieuse que jamais.

Un coup sur le toit de la voiture les fit relever la tête.

« On dirait que nous entrons dans Peasedown, ajouta-t-il.

— Je vous présente tous nos remerciements pour votre aide.

— Oh, vous ne vous débarrasserez pas de moi aussi aisément, madame ! Je vais vérifier que vous êtes bien installées pendant que votre cocher partira en quête d'un charron. »

La calèche s'arrêta et il s'apprêta à bondir à l'extérieur.

Eliza avait sincèrement apprécié son assistance, mais elle continuait à considérer peu judicieux que les villageois les voient avec un homme célibataire, et surtout celui-ci, dont la triste notoriété était connue de tous.

« Non, vraiment. Nous n'allons pas vous retenir plus longtemps. Nous sommes parfaitement capables de nous débrouiller seules. »

Il l'observa quelques secondes puis se réadossa à son siège.

« Fort bien. Si c'est ce que vous préférez. »

Margaret ouvrit la portière et un jeune garçon se précipita pour les aider. Tandis que sa cousine descendait de la voiture, suivie de Pardle, Eliza glissa :

« J'espère que nous pourrons compter sur votre... discrétion à propos des événements de la journée. »

Les sourcils de Lord Melville s'envolèrent. Il glissa à voix basse :

« Vous pensez que je suis du genre à colporter des ragots ? »

Tout à coup, elle fut certaine de l'avoir offensé.

« Non... simplement...

— Je vous assure, madame, que si mon nom doit figurer cette semaine dans la rubrique des potins, ce ne sera pas pour un motif aussi banal que celui-ci. »

Elle rougit en entendant son ton sec et se dépêcha d'accepter le bras du jeune garçon d'auberge. Lord Melville referma la portière derrière elle et lança de la fenêtre :

« Bonne journée. Et bonne fin de voyage. »

Son cocher mit les chevaux en route avant qu'elle puisse répondre.

« Juste Ciel ! murmura-t-elle, abasourdie.

— J'écrirai à ma sœur dès que nous serons à Bath, s'exclama Margaret sur un ton espiègle. Tu devrais en faire autant avec Lady Selwyn : elle qui se prend pour une protectrice des arts sera verte de jalousie !

— Il est exclu que je lui écrive ! Nous ne devrons en parler à personne. N'oublie pas les conditions associées à l'attribution de ma fortune et l'odeur de soufre qui entoure ce monsieur. Ma réputation n'est pas une marchandise que nous pouvons nous permettre de gaspiller.

— Quel est l'intérêt d'avoir des aventures passionnantes si nous ne pouvons pas nous en vanter ? » grommela sa cousine.

Une flambée réconfortante, un excellent repas et l'annonce que la calèche serait réparée en moins d'une demi-journée firent beaucoup pour apaiser les nerfs d'Eliza. Elles arrivèrent à Bath au crépuscule, avec seulement quelques heures de retard. Elles ne virent pas grand-chose de la ville en roulant dans les rues, mais en pénétrant dans leur nouvelle demeure, une maison mitoyenne située sur Camden Place, Eliza éprouva un immense soulagement. La résidence que Perkins avait choisie correspondait si exactement à ses goûts qu'elle aurait pu avoir été construite et meublée pour son usage : une salle à manger, un salon, une pièce de réception, trois chambres à coucher et les logements des domestiques, répartis sur quatre niveaux. C'était un foyer confortable, raffiné, lumineux et spacieux, à mille lieues de la solennité de Harefield.

« Tout cela est absolument parfait, Perkins », dit-elle en humant les arômes délicats d'une tasse de thé parfaitement infusé.

Le majordome, qui n'était pas d'un naturel expansif, se contenta d'incliner la tête.

« Autre chose, madame ?

— Non, merci, répondit-elle avant d'ajouter, sur une impulsion : Quoique… Pouvez-vous faire du feu ? Dans toutes les pièces ? »

Elle n'en pouvait plus d'avoir froid.

4

Pour le grand monde, Bath n'était plus une station thermale aussi huppée qu'un siècle auparavant. Depuis quelques années, elle était fréquentée par des personnes âgées, en mauvaise santé ou respectables mais désargentées plus que par les gens riches et en vue. Pour Eliza, en revanche, c'était la ville la plus splendide qu'elle avait jamais vue. Elle semblait avoir été entièrement conçue sous le principe de l'élégance : ses majestueuses rues semi-circulaires et ses immenses places avaient toutes été construites dans une pierre couleur de miel qui, par temps lumineux, ravissait le regard par son éclat. Les collines du Claverton qui l'environnaient étaient suffisamment proches pour garantir la pureté de l'air. Le centre-ville était doté de nombreux jardins, commerces, bibliothèques, ainsi que de deux imposantes Assembly Rooms. En un mot, la cité offrait une incroyable gamme de ressources pour deux jeunes femmes qui, pour la première fois de leur vie, pouvaient s'occuper à leur guise.

Elles prirent d'abord le temps de se mettre au diapason de la vie mondaine et si Eliza inscrivit leurs noms sur les listes d'abonnés de la Lower et des

New Assembly Rooms, ce fut plus par courtoisie envers les maîtres de cérémonie que dans l'intention véritable de participer aux divertissements. Elle était au dixième mois de son grand deuil. La période d'isolement le plus strict – pendant laquelle elle devait absolument éviter de se montrer en public – était terminée, mais l'arrivée en ville de la comtesse de Somerset en habits de veuve était suffisamment insolite pour susciter l'attention. Avec tous ces regards braqués sur elle, elle ne devait à aucun prix attirer des critiques. Elle pouvait aller à la Pump Room et dans les magasins de Milsom Street, assister à un ou deux concerts, voire donner quelques dîners en petit comité, mais tant qu'un an (et un jour) après le décès de son époux ne se seraient pas écoulés, elle ne pourrait prendre part à de grandes réceptions ou réunions ni être vue dans des lieux très animés. La danse lui serait strictement interdite pendant six mois supplémentaires après cette échéance. Pour une lady de premier plan, le deuil était un sujet avec lequel on ne plaisantait pas.

Plaçant la bienséance au premier plan de leurs préoccupations, Eliza et Margaret eurent à cœur, dans leurs premiers contacts avec la bonne société de Bath, d'évoquer à la fois le chagrin et la faiblesse d'Eliza tout en respectant la retenue qu'exigeaient les usages. À cet égard, la vivacité d'esprit et l'éloquence de Margaret s'avérèrent indispensables, car si la tromperie plongeait Eliza dans le plus grand embarras, sa cousine n'avait aucun scrupule à maquiller la vérité jusqu'à la rendre méconnaissable.

« Le choc l'a beaucoup fatiguée », glissa-t-elle à

mi-voix à Lady Hurley, la plus distinguée des douairières de la ville, lors de leur première visite à la Pump Room, pendant qu'Eliza, la tête recouverte d'un voile, s'étouffait en buvant l'eau réputée curative (et au goût infect).

« Le médecin a évoqué une fluralgie aiguë », expliqua-t-elle aux deux maîtres des cérémonies venus leur rendre à tour de rôle une visite de courtoisie pour leur souhaiter la bienvenue à Bath.

« Qu'est-ce que la fluralgie ? lui demanda Eliza dès qu'elles furent seules.

— Je n'en ai pas la moindre idée, répliqua-t-elle avec entrain. Mais cela sonnait bien, n'est-ce pas ? »

Lorsque M. Walcot, le notaire, se présenta le troisième jour, Margaret était devenue si habile dans sa description de la fragilité émotionnelle et physique d'Eliza qu'il ne fut pas loin de penser qu'elle avait pratiquement un pied dans la tombe.

« Vous vous sentez la force de gérer vos affaires, madame ? s'inquiéta-t-il. Je croyais que votre père…

— Oh, ma santé est déjà bien meilleure », répondit-elle aussitôt.

Il ne faisait aucun doute que M. Balfour aurait été mieux placé pour superviser ses terres car il avait l'expérience et les compétences qui lui manquaient, mais pour la première fois, elle possédait des biens en propre et n'avait pas envie de s'en défaire de quelque façon que ce soit.

« Si vous voulez bien avoir la gentillesse de me recommander un intendant et de me renseigner sur quelques points… »

Elle laissa sa phrase en suspens en rougissant.

« Je me suis mis au service du jeune Lord Somerset sur ces questions, dit-il avec réticence. Vous aurez beaucoup à apprendre, madame. Êtes-vous prête à accomplir cette tâche ?

— Je crois », déclara-t-elle avec un sourire forcé et une voix qu'elle s'efforça de rendre ferme.

Il parut peu convaincu.

« Si vous en êtes sûre… Le jeune comte est quelqu'un sur qui vous pourriez compter en cas de souci. D'ailleurs, je m'étonne qu'il n'ait pas mentionné votre venue dans son dernier courrier. Si je l'avais su, je serais venu plus tôt. Il avait certainement ses raisons… »

C'était indéniable, la principale étant qu'Eliza ne lui avait toujours pas écrit. Le soin qu'elle mettait à repousser cette tâche devenait chronique.

« Il se peut que ma lettre ne lui soit pas parvenue. Nous nous sommes décidées il y a peu…

— En raison de la fluralgie », ajouta obligeamment Margaret.

La mine soucieuse du notaire réapparut et jusqu'à son départ, Eliza s'efforça de paraître aussi « capable » que « dévastée par le chagrin » pour le rassurer autant que possible.

Sous couvert de l'affliction, les premières journées d'Eliza et Margaret furent occupées, onéreuses et exaltantes. Elles explorèrent une à une les boutiques qui se succédaient dans Milsom Street, respirèrent tous les flacons de la parfumerie, admirèrent, fascinées, les diamants de la bijouterie Basnett, s'attardèrent devant les rayonnages de la bibliothèque Meyler – où elles surprirent un groupe de jeunes filles pépiantes qui harcelaient l'employé pour obtenir le dernier recueil de poèmes de Lord Melville.

« J'ai lu dans le journal qu'il devrait être paru ! » affirma l'une d'elles en entendant la réponse négative du bibliothécaire.

« Que diraient-elles si elles savaient que nous l'avons rencontré en chair et en os ? murmura Margaret à l'oreille d'Eliza.

— Ne t'en avise pas ! » répliqua fermement celle-ci, ce qui fit lever les yeux au ciel à sa cousine.

Un peu plus loin, elles entrèrent à l'Entrepôt des Arts de M. Fasana, aux étagères remplies de fournitures en tout genre – chevalets, palettes, pinceaux (d'une largeur d'une épingle à celle d'une branche), boîtes d'aquarelles aux coloris qu'Eliza n'aurait su nommer. Les vendeurs étaient si érudits qu'elle se sentit un peu perdue. Elle aurait voulu acheter la moitié du magasin, mais cela aurait occasionné une certaine surprise, et elle se contenta d'un assortiment de crayons, d'une boîte d'aquarelles et d'un ouvrage intitulé *L'Art de la peinture*, car elle se souvenait que son grand-père le possédait.

« Puis-je savoir… si vous broyez les peintures à l'huile ? » demanda-t-elle timidement au comptoir.

Son grand-père préparait lui-même ses couleurs par un processus laborieux consistant à réduire en poudre les pigments naturels avant de les mélanger à différents médiums pour obtenir la consistance voulue. On pouvait aussi se les procurer auprès des marchands de matériel pour beaux-arts.

M. Fasana, qu'on avait arraché de son bureau pour servir cette éminente cliente, parut surpris de sa requête. Il était courant que les dames peignent à l'aquarelle, mais l'huile était une technique rarement pratiquée, surtout par les amateurs, car elle était salissante et nécessitait des savoir-faire particuliers.

« Bien sûr, madame, c'est tout à fait possible, mais puis-je vous suggérer des pastels, qui seront peut-être plus adaptés à votre usage ?

— Oh… oui, merci », répondit Eliza, perdant contenance devant l'incrédulité du monsieur et les regards intrigués des clients.

Tout compte fait, les pastels n'iraient-ils pas aussi bien ?

Leur dernière étape fut le magasin d'articles de mode. Elles étaient habituées à les fréquenter : s'afficher dans une collection de tenues différentes occupait une place essentielle dans la vie des femmes de qualité. Jusqu'alors, néanmoins, leur garde-robe avait été destinée à satisfaire les goûts des autres : dans le cas d'Eliza, celui de son mari, qui préférait le style suranné de sa génération ; dans le cas de Margaret, celui de sa mère, convaincue que les fanfreluches et les tons pastel garantiraient une jeunesse éternelle à sa fille.

En pénétrant dans le royaume de Mme Prevette, Margaret déclara à voix haute :

« J'ai l'impression d'être depuis des années une dinde farcie et bardée. »

En voyant leurs toilettes, cette dernière hocha la tête en signe d'acquiescement. Sans attendre, elle les fit monter sur des petits tabourets dans son arrière-boutique et leur présenta des gravures de mode pendant que ses assistantes virevoltaient autour d'elles avec des rouleaux de soieries, de crêpe et de bombazine dans tous les coloris imaginables.

Elles se sentaient au cœur d'un tourbillon. Elles touchèrent des dentelles, de la mousseline, du coton, de la gaze, et sous le regard avisé de Mme Prevette (réfugiée en Angleterre pour fuir la Révolution française), elles choisirent des robes pour toutes les occasions. Eliza ne pourrait porter que du noir jusqu'en avril, mais aux yeux de la couturière, ce défi était facile à relever : elle mettrait l'accent sur le style et la coupe en utilisant des tissus damassés, des broderies et des volants, remplacerait la couleur par l'ornementation. Margaret, qui était parente éloignée du comte par alliance, ne portait plus le deuil depuis longtemps. On prit donc ses mesures pour des robes du jour dans des tons bleus et verts, des robes de soirée d'un violet très sombre et des tenues de promenade aux lignes strictes, d'inspiration militaire, chacune assortie de chapeaux, d'étoles et de gants.

Une fois qu'elles estimèrent avoir fait le tour de leurs besoins, Mme Prevette dit à Eliza :

« Je peux m'arranger pour que les premières tenues soient prêtes dans une semaine. »

C'était un délai très court et Eliza la remercia avec un grand sourire. En cherchant des yeux Margaret, elle la vit caresser avec envie une zibeline épaisse.

« Elle te plairait ? »

La facture était déjà longue et élevée.

« Elle est très chère », répondit Margaret, ce qui ne constituait pas un refus.

À la vue du prix, Eliza sentit ses sourcils se relever de leur propre initiative. Une dépense indécente, aurait estimé son mari. Mais il n'était pas là. Elle décidait dorénavant si les dépenses étaient ou non justifiées.

« Nous en prendrons deux ! » lança-t-elle.

« On dit pourtant que l'argent ne fait pas le bonheur, commenta Margaret, incapable de retenir un sourire béat, quand elles sortirent de la boutique, suivies de leur valet chargé de cartons.

— Une théorie que je me propose de mettre à l'épreuve ! »

Fidèle à son engagement, Mme Prevette livra la première boîte en moins d'une semaine. C'est ainsi que le deuxième mercredi après leur arrivée, Eliza et Margaret étaient prêtes pour leur premier concert aux New Assembly Rooms – une sortie tout à fait appropriée, à condition qu'Eliza entre sans se faire remarquer, reste assise durant l'entracte et reparte aussitôt après la fin du spectacle. À dire vrai, même si cela n'avait pas été parfaitement convenable, dès qu'Eliza avait vu leurs robes dans le miroir en pied, elle aurait été tentée d'y aller malgré tout.

En réfléchissant rationnellement, elle savait qu'un vêtement neuf, même dernier cri, ne pouvait modifier radicalement son apparence. Pourtant… Dans ce modèle en crêpe noir aux ourlets bordés de passementeries en velours, elle se sentait transformée. Elle n'était plus une terne douairière dissimulée sous une débauche de bombazine noire, mais une jeune femme assez élégante. Elle remarqua aussi qu'au cours des dernières semaines, ses joues s'étaient remplies, ses cheveux avaient épaissi, les cernes sous ses yeux s'étaient estompés, son regard était plus vif, moins apeuré. De façon indescriptible, c'était comme si son être s'harmonisait avec ces atours distingués, qu'elle se tenait plus droite, gagnait quelques centimètres, rayonnait plus que depuis des années.

C'était sans doute accorder un pouvoir disproportionné à des vêtements, une coiffure et des rubans, mais en voyant sa cousine – qui n'était jamais satisfaite de son allure – s'observer dans le miroir, les yeux grands ouverts, désarmée et si timidement contente qu'elle crut que son cœur allait se fendre d'attendrissement, cela ne lui parut plus ridicule. La robe de crêpe vert d'eau à manches courtes et encolure basse, ornée d'un simple ruban autour du corsage, contrastant à ravir avec ses cheveux roux, son teint pâle et ses taches de rousseur, mettait admirablement en valeur sa silhouette.

« C'est presque trop beau pour être vrai, s'écria-t-elle en faisant un grand geste pour englober leurs toilettes, la maison, leur nouvelle vie. Tu n'es pas d'accord ? »

Sa question interrompit la rêverie de Margaret, qui répliqua avec un petit rire :

« Je pourrais… s'il n'y avait pas la cascade de missives de nos mères respectives. Et les Winkworth. »

Les Winkworth étaient leurs voisins à Camden Place : madame, une arriviste forcenée, son époux, un amiral grincheux sans qualité visible, et leur fille, la demoiselle la plus silencieuse qu'Eliza eût jamais rencontrée. Margaret les avait immédiatement pris en grippe.

« Mme Winkworth est une dame des plus influentes dans la bonne société de Bath. Nous devrions faire quelques efforts, lui rappela Eliza.

— J'ai une sainte horreur des efforts », déclara sa cousine d'un air sombre.

Emmitouflées dans d'épaisses pelisses, elles se mirent en route avec pour toute escorte Staves, leur valet. Les collines sur lesquelles la ville était édifiée rendait l'emploi des voitures à cheval difficile, et donc rare, mais la plupart des destinations étant aisément accessibles à pied, cela ne posait pas de réel problème, sauf par temps de pluie, auquel cas on se déplaçait en chaise à porteurs ou en fiacre. Les Assembly Rooms, situées dans la ville haute, étaient un ensemble architectural majestueux de construction récente, qui se targuait de posséder une salle de bal de cent pieds de long, une salle de concert et un salon de jeu, meublés avec extravagance et éclairés par des lustres en cristal. En y pénétrant, Eliza regarda de tous côtés car elle avait entendu dire que des portraits signés par Gainsborough et Hoare étaient accrochés aux murs. Elles n'avaient pas fait un pas qu'elles furent hélées. En se retournant, elles aperçurent la famille Winkworth au grand complet se dirigeant à grands pas vers elles. Ils avaient tous une allure qu'on aurait pu qualifier d'ovine : Mme Winkworth, une belle brebis, Mlle Winkworth, une frêle agnelle, et l'amiral Winkworth, un bélier dépourvu de charisme.

« Bonsoir, Mme Winkworth, lança Eliza en dissimulant sa consternation sous une façade enthousiaste.

— Vous auriez dû nous prévenir que vous veniez au spectacle ce soir, nous vous aurions accompagnées ! »

C'était justement pour cette raison qu'elle ne l'avait pas mentionné.

« Excusez-nous.

— Il faut absolument que vous vous joigniez à notre groupe – nous nous réunissons dans l'Octogone », ajouta Mme Winkworth en leur faisant signe de les suivre.

Margaret écrasa volontairement le pied de sa cousine.

« En fait, je crois que nous allons nous asseoir… » tenta Eliza.

Ce n'était probablement pas judicieux de se mettre leur voisine à dos, mais son cercle ne serait sans doute pas celui qu'elle privilégierait pour se faire des relations à Bath.

« J'espérais vous faire connaître certaines personnes », insista la dame avec une pointe d'inflexibilité dans sa voix doucereuse qui lui rappela si distinctement sa mère qu'Eliza capitula et la suivit.

Elles furent aussitôt englouties dans le brouhaha des conversations, le frou-frou des toilettes et le scintillement des parures. Eliza inspira profondément pour se calmer. On aurait pu penser que son titre de comtesse, ainsi que les innombrables parties de chasse organisées à Harefield Hall l'avaient immunisée contre ce genre d'appréhension, mais elle s'était sentie tellement dépassée au milieu des aristocrates de haut vol que le vieux comte considérait comme ses amis que cette expérience avait miné son assurance en société au lieu de la renforcer.

« Lady Somerset, mademoiselle Balfour, voici quelques-uns de mes meilleurs amis… »

Tout en leur présentant les membres du petit groupe, qui leur faisaient une révérence ou une courbette, Mme Winkworth réussit, sans mentir véritablement, à insinuer qu'elles étaient beaucoup plus proches que dans la réalité – peut-être dans l'espoir que le titre d'Eliza apporterait du lustre à son statut. Eliza, quant à elle, s'efforça de garder les noms en mémoire – M. Broadwater avait des lunettes, Mme Michels, un volumineux turban – et de ne pas se tordre les mains de nervosité.

« M. Berwick, notre célèbre artiste… »

Elle le regarda avec un intérêt non feint.

« Oh, Mme Winkworth, vous ne devriez pas me flatter ainsi, dit-il avec une humilité peu convaincante en s'inclinant vers Eliza. Vous êtes presque pire que M. Benjamin West, le président de l'Académie royale. Voyez-vous, Lady Somerset, il me couvre d'éloges à la moindre occasion, à ma grande honte… »

Sa tirade prétentieuse doucha l'intérêt d'Eliza.

« Puis-je vous faire part de ma peine profonde pour votre perte, madame ? poursuivit-il. Nous autres artistes sommes doués d'empathie mais je ne peux me figurer ce que vous ressentez. »

Elle l'espérait bien.

« J'ai traversé une période très éprouvante », mentit-elle.

Des murmures compatissants s'élevèrent autour d'elle.

« Dans l'éventualité où une distraction se révélerait salutaire, reprit-il, je serais très honoré si vous acceptiez de poser pour un portrait. Mme Catalani le fait pour moi en ce moment mais ce serait un privilège bien supérieur de vous avoir. Une émouvante élégie de l'affliction d'une veuve… »

Son regard se perdit dans le lointain comme s'il se la représentait déjà.

« Je ne suis pas certaine que ce soit bienséant, monsieur Berwick », commenta Mme Winkworth, irritée.

Lady Hurley apparut à point nommé pour l'interrompre.

« Chère Lady Somerset, mademoiselle Balfour, quelle allure divine vous avez ! »

Elle pressa le bras d'Eliza en guise de bienvenue – un geste familier qu'elle n'hésitait pas à prodiguer, étant également une lady, alors qu'elles ne s'étaient vues qu'à trois reprises, mais que Mme Winkworth observa avec envie.

« Vous avez de très jolies boucles d'oreilles », observa Margaret.

Lady Hurley, vêtue pour l'occasion d'une robe en velours rubis à passementeries argentées, était une belle femme d'âge indéterminé, dotée d'un humour espiègle et d'une poitrine généreuse.

« Ces vieilleries ? Un cadeau de feu mon époux, fit-elle avec un geste gracieux vers ses diamants de la taille d'une noisette. Quel plaisir de voir ces salles enfin remplies !

— Excellent ! » acquiesça jovialement M. Fletcher.

Bien que plus jeune que Lady Hurley d'une bonne dizaine d'années, le beau M. Fletcher, son fidèle cavalier, l'escortait partout avec une grande dévotion.

« Nous redoutions que Bath devienne morne, n'est-ce pas ? ajouta Lady Hurley sans s'adresser à quelqu'un en particulier.

— Je ne vous suivrai pas sur ce point, répliqua Mme Winkworth. Camden Place est habitée toute l'année et nous ne manquons jamais de compagnie. Cela dit, j'imagine qu'à Laura Place, c'est en effet beaucoup plus calme. Le n° 4 a-t-il été loué ? Cela doit faire au moins un an qu'il est vide. »

En moins de deux semaines, Eliza avait déjà été témoin d'une dizaine de ses réflexions acides – l'époux défunt de Lady Hurley avait acquis son titre grâce à ses activités commerciales et le mépris de Mme Winkworth pour ces origines était notoire.

Lady Hurley déclara, tout sourire :

« Vous serez donc heureuse d'apprendre qu'il est occupé depuis cette semaine. Connaissez-vous Lord Melville ? Sa sœur, Lady Caroline, et lui l'ont loué pour trois mois. »

Mme Winkworth fit la tête de quelqu'un à qui l'on tente de faire avaler un artichaut, Mme Michels écarquilla les yeux et M. Broadwater se racla la gorge bruyamment. Eliza et Margaret échangèrent des regards incrédules. Leurs journées avaient été si occupées qu'elles n'avaient pas eu beaucoup de temps pour repenser à Lord Melville. Leurs ecchymoses s'étant depuis longtemps effacées, l'accident avait pris l'aspect d'un rêve. Que le comte réapparaisse à Bath, et nulle part ailleurs, était hautement improbable, et à en juger par les questions dont Lady Hurley fut bombardée, elles n'étaient pas seules à être surprises.

« Que dites-vous, Lady Hurley ? »

« Combien de temps séjourneront-ils ? »

« Est-il aussi charmant qu'on le dit ? »

« Vous savez que je suis bien trop discrète pour me livrer à des spéculations, répondit-elle, très contente d'elle. De toute façon, vous pourrez les interroger vous-mêmes car je les ai invités à se joindre à nous ce soir. D'ailleurs, quand on parle du loup… »

5

Lady Hurley n'aurait pu rêver d'une mise en scène mieux réglée. Dans un même mouvement, ils se tournèrent vers la porte au moment où le frère et la sœur la franchissaient : Lord Melville en queue-de-pie, pantalon et bas de soie ; sa sœur, presque aussi grande que lui, dans une ravissante robe en satin de soie d'un bleu céleste qui chatoyait contre sa peau brune. Lady Hurley leur fit signe de sa main chargée de bagues et tandis qu'ils approchaient nonchalamment, de nombreux regards les suivirent. À en juger par les conciliabules qui agitèrent soudain l'assistance, ils avaient été reconnus.

« Oh-mon-Dieu, murmura Margaret à l'oreille d'Eliza en prononçant chaque mot comme s'il constituait une phrase à lui seul.

— Bonsoir monsieur, madame, lança Lady Hurley, ravie de son effet. Je suis si heureuse que vous soyez venus !

— Tout le plaisir est pour nous, dit Lady Caroline d'une voix grave et mélodieuse. J'ai rencontré Mme Catalani l'an dernier à Rome et je me réjouis de l'écouter à nouveau. »

Les attraits conjugués du prestige littéraire de Lady Caroline, de sa toilette dernier cri et de l'évocation de voyages en Europe se révéla irrésistible pour Margaret, qui ouvrit la bouche et fit un pas pour s'adresser à elle. Eliza posa une main sur son bras en signe d'avertissement : elles n'avaient pas été présentées en bonne et due forme.

« Puis-je vous présenter ma chère amie, Lady Somerset ? » reprit Lady Hurley.

Eliza s'obligea à conserver son calme. Lord Melville se souviendrait certainement qu'elle lui avait recommandé la plus grande discrétion avant de prendre congé, mais par acquit de conscience, elle lui jeta un regard éloquent lorsqu'il se tourna vers elle. Il haussa les sourcils, lui fit un petit sourire et s'écria :

« Lady Somerset ! C'est une joie de vous revoir. »

Malheur.

« Vous vous connaissez ? s'écria aussitôt Lady Hurley. Comment cela se peut-il, Lady Somerset ? Je croyais que vous n'aviez pas mis les pieds à Londres depuis des lustres.

— Voulez-vous le raconter ou le fais-je ? » répondit-il d'un air espiègle. Eliza sentit son cœur s'emballer. « L'histoire est très amusante.

— Nous nous sommes croisés brièvement il y a des années lors d'un… bal, glissa-t-elle avant qu'il en dise plus.

— Ce qui n'est pas d'une extrême drôlerie », nota Lady Caroline.

Lady Hurley, intriguée, agita son éventail.

« Nous ne savons sûrement pas tout. »

Eliza avait l'impression d'avoir été soudain placée sous une lumière aveuglante et tentait désespérément de trouver une explication qui satisfasse leur curiosité sans nuire à sa réputation ni offenser Lord Melville, mais aucune réponse magique ne lui venait à l'esprit. Par chance, ils furent interrompus par le maître des cérémonies, venu leur signaler qu'il était temps de rejoindre leurs sièges.

Lord Melville fit un grand moulinet du bras et lui tendit la main.

« Si nous ouvrions la marche, Lady Somerset ? »

Après une seconde d'hésitation, elle la prit.

« Je n'aurais pas cru qu'on m'oubliait aussi facilement, ajouta-t-il pendant qu'ils avançaient vers la salle de concert. Avez-vous des accidents de calèche si fréquents que mon souvenir s'est déjà effacé de votre mémoire ?

— Non… Ce n'est pas cela, bredouilla-t-elle. Simplement, je préférerais que les… circonstances de notre rencontre ne soient pas étalées sur la place publique. Du fait de leur caractère… insolite, vous comprendrez certainement qu'elles provoqueraient facilement des propos malveillants. Vous… vous rappelez que j'avais insisté sur l'importance de votre discrétion ? »

Elle avait prononcé la dernière phrase sur un ton méfiant et il sourit.

« En effet, dit-il en la guidant vers les premiers rangs et non vers le siège à l'abri des regards qu'elle aurait choisi. Ma mémoire est déplorable. Puis-je vous complimenter sur votre ravissante toilette ?

— Oh… oui, répondit-elle, surprise. Oui, je pense que vous le pouvez.

— C'est un immense progrès de pouvoir contempler votre visage. Il vous sied bien.

— Mon visage… me sied ?

— Le hasard fait bien les choses, n'est-ce pas ? »

L'espace d'un instant, elle se demanda s'il cherchait à la séduire avant d'écarter cette hypothèse tant elle était extravagante. Il courtisait les dames les plus chics et les plus en vue de la bonne société – Lady Oxford et Lady Melbourne, d'après les rumeurs –, ce qu'elle n'était en aucune façon.

Pendant que les spectateurs les suivaient en file indienne, de nombreux regards curieux se posèrent sur eux, ce qui ne sembla pas affecter son voisin. Elle supposa qu'il était habitué à les attirer : sa sœur et lui, descendants d'aristocrates indiens et britanniques, étaient depuis leur naissance l'objet d'une véritable fascination dans le pays.

Même lorsque Mme Catalani fit son apparition, l'intérêt de l'auditoire se partagea à parts égales entre leur rang et la scène, jusqu'au moment où la soprano commença son récital. Ensuite, sa voix limpide et chargée d'émotion les transporta tous.

Lord Melville se pencha vers elle et lui souffla :

« Comprenez-vous l'italien ?

— Je dois avouer que non.

— Moi non plus. À votre avis, quel est le thème de ce morceau ?

— Je l'ignore. »

Elle avait répondu par réflexe, mais ce n'était pas tout

à fait la vérité. La cantatrice mettait tant de pathos dans chaque note qu'Eliza n'avait pas besoin de connaître le sens des mots pour comprendre qu'elle exprimait un chagrin d'amour. On ne pouvait l'écouter sans songer aux occasions où l'on avait soi-même éprouvé cette profonde mélancolie. Ses pensées revinrent malgré elle à Lord Somerset mais elle les repoussa.

L'entracte arriva trop vite à son goût. Elle avait été tellement absorbée par la magnifique mélodie que son intention de rester assise ne lui revint que dans le salon de thé, où Lady Hurley poursuivait ses présentations. Grâce au Ciel, le mystère des circonstances de sa rencontre avec Lord Melville fut oublié et remplacé par un barrage de questions, qu'entama Mme Winkworth.

« Depuis combien de temps êtes-vous à Bath ?

— Une journée, dit Lady Caroline.

— Et demie ! corrigea Lady Hurley.

— Oui, Caroline, tu ne dois pas négliger cette demi-journée, ajouta son frère.

— Est-ce votre premier séjour ? s'enquit M. Berwick.

— Oh, non ! se récria Lady Caroline. J'y ai passé un mois quand j'étais petite, à la suite d'une lubie de ma mère qui tenait à ce que je suive une scolarité normale.

— Au pensionnat de jeunes filles ? intervint Mme Michels. N'est-ce pas l'établissement que vous avez fréquenté, mademoiselle Winkworth ?

— C'est exact, affirma la mère, comme si sa fille était une enfant.

— Un mois seulement ? L'établissement ne vous convenait pas ? s'étonna l'amiral Winkworth, moustache hérissée, prêt à s'indigner.

— C'est plutôt moi qui n'ai pas convenu, répliqua Lady Caroline en haussant gracieusement une épaule. Comme je savais déjà dire en français ce qu'une femme doit savoir, ma mère m'a autorisée à leur fausser compagnie. »

Eliza mourait d'envie de savoir quels termes elle considérait comme essentiels, mais elle s'abstint de lui demander. De toute évidence, la réponse aurait certainement poussé Mme Winkworth à coller ses mains sur les oreilles de sa fille.

« Bath vous plaît-elle mieux pour cette seconde visite ? l'interrogea Margaret, impatiente de se mêler à la conversation.

— Autant qu'on peut l'être en une journée, dit froidement Lady Caroline.

— Et demie, Caroline ! répéta son frère. C'est la deuxième fois que tu omets cette demi-journée. »

Margaret revint à la charge.

« Combien de temps comptez-vous résider ?

— Aussi longtemps que nous y serons bienvenus ! » déclara Lord Melville.

Lady Hurley agita son éventail avec un geste enjôleur.

« Prenez garde, monsieur. Si c'est votre unique condition, il se pourrait que votre visite se prolonge. »

Il s'inclina vers elle plus près que l'étiquette le recommandait.

« Serait-ce un sort si funeste ? Depuis que j'ai vu par moi-même les diamants que cette ville recèle, je ne suis pas impatient de repartir. »

Elle rayonnait sous ses galanteries. À ses côtés,

M. Fletcher gonflait ses plumes tel un pigeon contrarié ; plus loin, Mme Winkworth s'éventait avec tant d'énergie qu'on aurait cru qu'elle allait s'envoler. La scène était si savoureusement ridicule qu'Eliza s'efforça de graver chaque détail dans sa mémoire pour essayer de la reproduire de retour chez elle. Elle devrait travailler au crayon et à l'aquarelle pour rendre au mieux les différentes expressions.

« Avez-vous le projet d'écrire durant votre séjour, monsieur ? s'enquit Mme Michels.

— À vrai dire, non. »

Sans paraître le moins du monde gêné par les visages surpris qui le fixaient, il tira de sa poche une boîte à priser, qu'il proposa à la personne la plus proche – en l'occurrence, Mlle Winkworth, qui rougit autant que s'il s'était agi d'un écrin de bague et baissa le front derrière ses cheveux.

« Vous devez mettre fin à notre calvaire, insista Lady Hurley. Quand pouvons-nous espérer votre prochaine parution ?

— Nous sommes venus à Bath nous reposer, glissa Lady Caroline.

— Un repos bien mérité, à n'en pas douter, affirma M. Berwick, car vous avez eu une activité débridée, monsieur, selon Lord Paulet, qui est, je crois, un de nos amis communs. »

Lord Melville fronça légèrement les sourcils.

« Vraiment ?

— C'est à lui et à personne d'autre que je dois ma réception à l'Académie royale, s'empressa d'expliquer M. Berwick. Je suis très obligé envers mes chers amis

M. Turner et M. Hazlitt, qui ont œuvré pour nous mettre en relation. »

Lord Melville ouvrit de grands yeux en regardant le parquet et se tourna vers sa sœur.

« Prends garde, Caro. Avalanche de célébrités sur ta droite. »

Eliza ne put retenir un petit rire étouffé, qui lui valut un clin d'œil de Lord Melville. Il lui faisait donc du charme ? Après tout, le clignement était le geste le plus aguicheur que l'on pouvait faire avec les yeux. Mon Dieu. C'était... très inconvenant. Elle était veuve de fraîche date, il devrait se montrer plus respectueux. Sa réputation de libertin était incontestablement méritée ! Pourtant, en son for intérieur, elle n'était pas convaincue que ce fût un affront. Cela faisait si longtemps qu'elle n'avait pas bénéficié des attentions d'un gentleman – *a fortiori* d'un gentleman aussi prisé que lui – qu'elle en tira, malgré elle, une certaine satisfaction.

« Je crois qu'il est temps que nous reprenions nos places », dit M. Broadwater d'une voix grave.

En s'asseyant, cette fois sur un siège plus éloigné de Lord Melville, Eliza ne put s'empêcher de l'observer de biais. C'était indéniablement un très bel homme, au maintien distingué. Quand elle découvrit que son intérêt avait été remarqué par le monsieur et qu'il soutenait son regard avec un petit sourire, elle se détourna aussitôt.

La fin du récital fut saluée par des applaudissements feutrés et des bravos. Ensuite, Mme Catalani vint se mêler au public et se plaça aussitôt aux côtés de Lord Melville, avec qui elle engagea une conversation animée qui la conduisit à toucher son bras à plusieurs reprises.

Eliza et Margaret avaient poussé les limites des convenances aussi loin que possible et ne pouvaient s'attarder plus longtemps. Elles prirent la direction du vestiaire.

« Mazette ! » s'écria Margaret de façon familière en attendant qu'on apporte leurs pelisses.

Eliza était du même avis. Ces deux dernières semaines à Bath avaient été plus animées et passionnantes que tout ce qu'elles avaient connu jusque-là. La présence des Melville, de surcroît, était comme un vin délicieux qui deviendrait tout à coup pétillant. Elle devait se méfier de l'entreprise de séduction de Lord Melville car son existence future reposait sur une conduite irréprochable, mais elle se sentait, elle aussi, très excitée.

« Tout à l'heure », promit-elle à sa cousine.

Elles relanceraient le feu dans la cheminée, demanderaient à Perkins de monter du thé et elles reparleraient de tout.

Les employés mirent si longtemps à récupérer leurs effets qu'en sortant dans la rue – derrière le valet qui partit héler un fiacre –, elles découvrirent que les Melville les avaient précédées. Lady Caroline triturait l'agrafe de son manteau et son frère battait la semelle avec impatience.

« Allons leur souhaiter le bonsoir », murmura Margaret.

Avant qu'elles aient pu s'approcher, Lord Melville s'adressa à sa sœur.

« Dépêche-toi, Caroline. J'ai hâte que cette ennuyeuse soirée se termine. De ma vie, je n'ai eu à subir une compagnie aussi insipide. Franchement, je me demande comment nous allons survivre dans cette ville.

— Ils n'ont pas une once d'esprit à eux tous. Nous n'avons plus qu'à espérer pouvoir rentrer à Londres au plus vite.

— Espérer et prier, en effet. Que Dieu nous délivre de ces péquenauds, ces vieilles filles et ces veuves ! Plus raseurs les uns que les autres… »

Lady Caroline éclata de rire et prit son frère par le bras.

« Oh… » murmura Margaret.

Le visage d'Eliza la brûlait. Figées sur place, le regard éteint, elles les regardèrent s'éloigner dans l'obscurité. D'une voix dont toute animation avait disparu, Margaret ajouta :

« Je suppose qu'en comparaison de leur cercle habituel, nous sommes sans intérêt. »

Eliza s'efforça de contrôler le tremblement de ses lèvres.

« Nous ne sommes pas sans intérêt. Et… quand bien même nous le serions, nous ne méritons pas d'être insultées de la sorte ! »

Elle était bouleversée, furieuse et au bord des larmes. Elle monta dans le fiacre avec des gestes raides et s'assit en serrant les mains pour tenter de se maîtriser.

Ce n'était pas la première fois qu'on ne l'appréciait pas, loin de là. Elle avait subi tellement d'affronts et de rebuffades qu'elle s'attendait toujours à essuyer ce genre de critiques. Mais pas ce soir. Et pas de la part de ce monsieur. Rouge d'humiliation, elle ne pouvait accepter que quelques dizaines de minutes plus tôt, elle était flattée qu'il s'intéresse à elle alors qu'il la dénigrait en esprit. Elle était d'une telle sottise !

Sans se concerter, elles montèrent dans leur chambre dès leur retour. Il n'y avait plus aucun plaisir à espérer d'une conversation sur cette soirée, mais le sommeil n'était pas non plus très probable. Après que Pardle l'eut aidée à se déshabiller, Eliza s'assit sur son lit, immobile. Les phrases des Melville tournaient en boucle dans son esprit comme les ritournelles que répètent les enfants faisant la ronde : « ennuyeuse », « insipide », « sans esprit ». Ces épithètes auraient été moins cinglants si elle avait été certaine qu'ils étaient immérités. Mais en l'occurrence… Son époux l'avait qualifiée d'« obéissante et loyale » dans son testament, Lord Somerset avait déclaré devant le notaire qu'elle était « incapable de provoquer le moindre froncement de sourcils », et après l'avoir croisée deux fois, Lord Melville avait une opinion tout aussi piètre d'elle. En préférant Bath à Balfour, elle pensait avoir fait la preuve de son courage mais c'était manifestement faux. La force d'âme de sa cousine, et non la sienne, les avait conduites ici. Et depuis qu'elles y étaient, ne s'était-elle pas laissé gouverner par l'opinion et la volonté d'autrui, comme toujours ?

La conduite la plus sensée, si l'on s'estime bonne à rien, consiste à tenter de se remonter le moral avec des réflexions et des activités agréables. En cet instant précis, Eliza fut au contraire tentée de tout faire pour aller plus mal. Elle alla jusqu'au secrétaire, dans un coin de sa chambre, ouvrit un tiroir et en sortit le coffret qu'elle y avait rangé avec soin le premier jour. Elle le posa et s'assit devant.

Elle aurait dû brûler son contenu depuis longtemps. Au lieu de cela, elle l'avait apporté en cachette à Harefield à l'âge de dix-sept ans, puis à Bath dix ans plus tard. Cela expliquait sans doute en partie pourquoi les flammes de son sentiment pour Lord Somerset vacillaient encore, car dès que ses souvenirs menaçaient de s'étioler, elle pouvait soulever le couvercle et se remémorer qu'ils avaient été très épris l'un de l'autre.

Au-dessus des feuilles de papier, il y avait un portrait. Un simple croquis à la mine de plomb de Lord Somerset, exécuté de mémoire et non sur le vif, et manquant par conséquent de détails et de précision. Ce n'était pas le meilleur qu'elle avait réalisé. Néanmoins, on comprenait au premier coup d'œil l'amour que l'artiste éprouvait pour son modèle. Le grand-père d'Eliza disait qu'elle dessinait avec le cœur autant qu'avec la main et c'était visible dans les hachures régulières, le rendu minutieux des yeux… Leur expression faisait tout le charme de cette étude. La douceur avec laquelle le modèle fixait la portraitiste, comme si elle lui était infiniment précieuse… Exactement celle qu'il avait avant que…

Elle le mit précautionneusement de côté. Les lettres étaient empilées dessous. Au fil des ans, le papier avait jauni, était devenu cassant et l'encre avait pâli, mais elle n'avait pas besoin de lire les mots. Elle pouvait retracer leur histoire uniquement grâce à la calligraphie : le billet joint aux fleurs qu'il lui avait envoyées après leur première rencontre avait été rédigé d'une écriture nette et précise. Sa cour avait suivi les canons de la tradition : elle avait pour le prouver ses carnets de bal où son nom était inscrit partout. Ils s'étaient rencontrés à l'occasion d'un bal, avaient dansé lors d'un second, avaient bavardé et s'étaient rapprochés au cours de réceptions, de parties de cartes, de sorties aux courses... Quelques semaines plus tard, ils s'adressaient des pages et des pages d'aveux sincères dans une écriture nerveuse, rapide... Jusqu'à la toute dernière, au fond du coffret, qui se terminait par deux phrases qu'Eliza avait suivies du doigt un nombre incalculable de fois : « La considération que j'éprouve à votre égard est si profonde qu'elle me pousse à agir. Je rendrai visite à votre père demain. »

On aurait pu se dire que le récit s'arrêtait là. L'autorisation d'un père sollicitée et accordée, la demande présentée et acceptée. Mariage. Enfants. Bonheur. Cela ne s'était pas déroulé ainsi. Et le fait que les derniers mots qu'ils avaient échangés l'avaient été de vive voix et non par écrit ne les rendait pas moins réels.

« Il faut leur dire que vous ne le ferez pas, Eliza, avait-il répété avec insistance, aussi blême que la lune luisant au-dessus d'eux. Il faut leur dire que vous êtes amoureuse d'un autre.

— J'ai essayé, avait-elle murmuré, la voix nouée. Ils refusent de m'écouter.

— Obligez-les à le faire ! Ils ne peuvent vous forcer à accepter sa cour ! »

Elle avait agrippé les mains qu'il retirait.

« Je ne peux m'opposer à eux, vous devez me croire. Tout ce que cette union va apporter à ma famille… Je ne peux lutter contre leurs désirs.

— Il s'agit de mon oncle, Eliza ! Vous ne pouvez pas… Vous ne pouvez tout de même pas me faire cela ! »

Elle avait tenté de lui faire comprendre – elle pensait qu'elle mourrait sinon – mais il n'y avait pas eu moyen. Pour lui, la seule explication était sa faiblesse de caractère. Il avait fini par lâcher :

« Vous n'avez aucun courage, Eliza. Aucun courage. »

Alors comme aujourd'hui, ses paroles l'avaient blessée parce qu'elles paraissaient fondées.

Elle referma la boîte d'un coup sec. Assez. Elle ne pouvait pas se permettre d'être encore hantée par les paroles de Lord Somerset, pas plus qu'elle ne pouvait laisser celles de Lord Melville gâcher la vie qu'elle avait ici avec sa cousine. Si elle ne pouvait prouver à l'un ou à l'autre qu'elle était courageuse, elle se le prouverait au moins à elle-même.

Elle sortit une feuille vierge d'un second tiroir. Le soin qu'elle avait mis à éviter d'écrire à Lord Somerset n'était probablement pas uniquement dû à l'embarras que lui inspirait cette correspondance. Peut-être pressentait-elle dès le début qu'elle aurait un caractère définitif : ce courrier impersonnel provoquerait une réponse du même ordre qu'elle déposerait dans ce coffret et qui attesterait de façon irréfutable la fin définitive de leur relation amoureuse. Alors que de fait, elle l'était. Elle ne devait pas se voiler la face plus longuement. Il était urgent qu'elle cesse de se laisser ballotter par les événements, qu'elle agisse enfin pour elle-même.

Elle rédigea en hâte un court billet dans lequel elle espérait que sa santé était bonne, l'informait sans s'étendre de sa décision de séjourner quelque temps à Bath, et lui demandait de l'excuser pour l'envoi tardif de ce message. Quand elle eut terminé, elle plia la feuille, la scella à la cire et inscrivit son adresse. Elle la ferait partir dans la matinée. C'était un petit pas, mais il augurait bien de la suite. C'en était fini de son manque de courage.

6

Eliza ne s'estimait pas particulièrement sujette à la colère. Elle avait, bien sûr, fréquemment éprouvé cette émotion, mais de façon passagère. La plupart du temps, cela ne servait à rien d'être fâchée longtemps. Il fallait simplement passer à autre chose. Elle fut donc extrêmement surprise, le lendemain matin, de se réveiller dans une fureur noire. Par une étrange alchimie, son humiliation, sa tristesse et ses timides résolutions de la veille s'étaient combinées pour engendrer une rage qu'elle n'avait jamais ressentie. Comment Lord Melville avait-il pu employer ces termes à propos d'elle et sa cousine alors qu'elles n'avaient rien fait pour les mériter ? Comment osait-il gâcher leur plaisir d'être à Bath, se considérer à ce point supérieur à elles ? Comment osait-il ? Cet homme était d'un culot incroyable !

L'indignation jointe à l'emportement eurent sur elle un effet étrangement stimulant. Elle n'avait pas besoin pour se dynamiser de deux tasses de café au petit déjeuner mais elle les but néanmoins.

En grignotant du bout des lèvres un morceau de pain grillé, Margaret dit d'un air morose :

« Si nous restions à la maison aujourd'hui ? J'ai l'impression que le vent est glacial. »

Elles avaient manifestement tiré des enseignements radicalement différents de la nuit.

« Certainement pas ! Nous irons à Milsom Street dès que tu as terminé. »

Malgré les bougonnements de sa cousine, elles quittèrent Camden Place au pas de course et furent les premières clientes à pénétrer dans l'Entrepôt des Arts. Eliza fit sursauter le vendeur en déclarant :

« Je suis venue acheter des peintures à l'huile. »

Un M. Fasana inquiet sortit de son antre et elle ne chercha pas à modérer son courroux, qui, étrangement, semblait également faire office de bouclier émotif. Elle énuméra des références dans presque toute la gamme de coloris existants, du vermillon au sépia, du bleu de Prusse au jaune indien. Il lui promit qu'elle serait livrée avant la fin de la journée et lui demanda :

« Ce sera tout, madame ?

— Oui. Quoique, tout bien réfléchi… »

Elle fit ajouter des chevalets, des palettes, dix mains de papier, des brosses de toutes tailles, des crayons à esquisse et des pinceaux en soies de porc, du tissu apprêté, de la toile et des panneaux de bois. La liste était si longue que Margaret remarqua en sortant :

« Tu aurais mieux fait de lui dire ce que tu n'avais pas prévu d'acheter… »

Ensuite, à la bibliothèque Duffield, Eliza s'abonna à la revue *Annales des Beaux-Arts* et emprunta tous les textes sur l'agriculture qu'elle put glaner.

« Quoi qu'en dise M. Walcot, cela ne doit pas être si

difficile de se documenter», affirma-t-elle sur un ton catégorique.

Elles firent un saut chez Mme Prevette pour lui commander deux habits de cavalière (car elles auraient une écurie, une liberté qui valait bien quelques froncements de sourcils), et terminèrent par la Pump Room. En marchant de plus en plus vite, Eliza annonça :

« Demain, je demanderai à M. Fasana qu'il m'indique le nom d'un professeur de dessin. J'envisage de reprendre des cours. Pourquoi l'éducation d'une femme cesserait-elle le jour de son mariage ? Et toi, veux-tu apprendre le français ? Je sais que tu en as toujours eu envie. Nous en avons largement les moyens dorénavant.

— Est-ce que tu te sens bien ? Tu me parais exaltée.

— Je vais très bien. Simplement, je pense que nous devons poursuivre nos objectifs avec plus d'ardeur. Il n'est pas question que je sois insipide un jour de plus !

— Ah, je vois…

— Lady Somerset ! »

En se tournant, elles se trouvèrent, pour la seconde fois en deux jours, nez à nez avec Mme Winkworth, accompagnée de sa fille. Elle leur lança :

« Bonjour ! Allez-vous également à la Pump Room ? Faisons le chemin ensemble.

— Avec joie, grommela Margaret sur un ton sarcastique.

— Avez-vous apprécié le concert d'hier soir, madame ? demanda Mme Winkworth à Eliza. J'espère qu'il ne vous a pas trop exténuée. Vous m'avez l'air un peu fatiguée, si je peux me permettre. »

Non, vous ne pouvez pas, songea Eliza, irritée.

« Nous l'avons beaucoup aimé, répondit-elle. Et vous, était-il à votre goût ?

— Pour tout dire, commença Mme Winkworth avec emphase, je ne suis pas persuadée qu'il soit judicieux de la part de Lady Hurley de faire si grand cas des Melville. Elle n'est certainement pas au courant de la réputation de cette famille... Son mari a obtenu son titre en faisant du commerce et l'on ne peut pas attendre d'elle qu'elle saisisse ces subtilités. »

Mme Winkworth étalait avec complaisance sa respectabilité en la comparant à celle de Lady Hurley (en oubliant que son amiral de mari avait acquis sa richesse tout aussi récemment grâce à son affectation dans la East India Company).

« Ce fut un joli scandale quand l'ancien comte a épousé une femme aussi... exotique ! C'était du jamais-vu... »

Elle s'interrompit, attendant certainement d'Eliza ou Margaret qu'elles l'incitent à poursuivre, ce qu'elles ne firent pas. Malgré sa rancœur à l'encontre de Lord Melville et de sa sœur, Eliza ne tenait pas à écouter des paroles aussi déplaisantes.

« Je déteste les ragots, poursuivit la dame en baissant la voix, mais il se murmurait qu'en Inde, le regretté comte s'habillait en musulman, participait à leurs fêtes et Dieu sait quoi d'autre...

— Si la reine avait accepté leur union, je ne vois pas qui pourrait la critiquer », l'interrompit Eliza.

Les Melville étaient des parents éloignés de la reine Charlotte du côté maternel et les témoignages publics d'amitié de la souveraine envers la mère de Lord Melville avaient beaucoup compté pour favoriser son intégration dans la haute société.

« Paix à son âme, répondit Mme Winkworth avant d'ajouter, comme si c'était plus fort qu'elle : Quoi qu'il en soit, j'ai du mal à croire que la raison de leur venue à Bath soit aussi innocente qu'ils l'affirment. Les échos des scandales londoniens nous parviendront sous peu… »

Par chance, cette conversation cessa car elles arrivaient à la Pump Room. Dans cet édifice, aussi beau à l'intérieur qu'à l'extérieur, à la façade ornée de deux rangées de grandes baies et d'une frise de colonnes corinthiennes, on venait prendre les célèbres eaux de Bath, soit en s'y baignant au rez-de-chaussée, soit, plus couramment, en les buvant dans la salle située à l'étage. Son importance était sociale autant que médicale car les habitants de Bath et les visiteurs s'y réunissaient à toute heure du jour pour déambuler, rejoindre des amis et, le cas échéant, repérer de nouvelles têtes.

Jusqu'alors, à chaque visite d'Eliza, la salle résonnait de l'agréable bourdonnement des conversations, qui couvrait à peine la musique des violons chaque après-midi à partir de treize heures. Ce jour-là, en revanche, c'était une véritable cohue. La raison du changement était facile à comprendre : le frère et la sœur Melville se tenaient au centre de la foule, entourés d'une cour d'admirateurs. Elle portait une robe en crêpe vert dont la simplicité raffinée faisait paraître les autres femmes terriblement guindées, et dont l'étoffe moulante mettait parfaitement en valeur sa silhouette.

« Il semble que nous ayons sous les yeux les appas de Lady Caroline dans toutes les acceptions du terme, observa Mme Winkworth, caustique.

— Elle est splendide », glissa sa fille si doucement qu'Eliza ne l'aurait pas entendue si elle n'avait été si proche.

Malheureusement pour la demoiselle, sa remarque n'échappa pas non plus à sa mère.

« Cette robe est indécente et tu ne dois pas l'admirer ! Veux-tu que Lady Somerset pense que tu es frivole ? »

La jeune fille leva vers Eliza de grands yeux effrayés, comme si elle avait huit ans et non dix de plus.

« Ce n'est pas du tout le cas, s'empressa de répondre Eliza. Je trouve moi aussi sa tenue splendide. »

« Bonjour ! Quel soleil magnifique ! »

Lady Hurley et M. Fletcher venaient d'apparaître, suivis quelques secondes plus tard de Mme Michels et de M. Broadwater.

« Excellent ! » lança M. Fletcher.

Eliza avait beau le connaître depuis peu, il choisissait systématiquement, pour donner son avis sur n'importe quel sujet, l'une de ces trois réponses : « Excellent », « Inacceptable » ou, au pire, « Je n'en sais fichtre rien ».

« Prenez-vous les eaux aujourd'hui ? demanda-t-elle à Lady Hurley.

— Tout à fait. D'ailleurs, M. Fletcher s'apprête à aller me chercher un verre. En voulez-vous un ?

— Oui, si cela ne le dérange pas trop... Pourrez-vous les porter tous ?

— Je n'en sais fichtre rien, dit-il en s'éloignant d'un pas résolu.

— Quel langage ! commenta M. Broadwater avec réprobation. Devant des dames, par-dessus le marché.

— Oh, nous ne nous en formalisons pas, affirma Lady Hurley en balayant la salle du regard. M'est avis que mes voisins font sensation !

— Comme devraient le faire les personnes qu'on honore ! » intervint M. Berwick, surgissant à sa gauche et s'inclinant pour la saluer.

Contrairement à son aspect soigné et sage de la veille, ses cheveux étaient coiffés avec un désordre étudié. Il n'était pas difficile de comprendre où il avait puisé son inspiration.

« Je demanderai à Lord Melville de poser pour moi dès que possible, ajouta-t-il. Saviez-vous qu'il ne l'a pas fait depuis son enfance ? »

Cette annonce fut accueillie par des exclamations intéressées. Eliza, pour sa part, ressentit une pointe d'envie, non parce qu'elle souhaitait faire son portrait – après la soirée de la veille, elle aurait préféré le voir au diable –, mais pour la facilité avec laquelle M. Berwick énonçait ce projet. Elle n'avait jusqu'alors fait le portrait que des membres de sa famille, et s'il existait quelques femmes peintres réputées, le scandale et la calomnie éclaboussaient encore celles qui recherchaient la renommée. Même son grand-père, qui avait été son mentor et son soutien, estimait inconvenant que les femmes soient admises à l'Académie royale.

« Vous le peindrez peut-être, M. Berwick, répliqua Lady Hurley, mais c'est moi qui organiserai leur première soirée à Bath ! Je regrette de ne pas être en ville vendredi et samedi, sinon je l'aurais fait à l'une de ces deux dates.

— Est-ce si urgent ? demanda Eliza, que sa fébrilité amusait.

— C'est que je ne veux pas me faire griller la politesse ! Lady Keith a invité Mme D'Arblay à son arrivée à Bath, Mme Piozzi les étudiants perses en novembre... Je tiens à recevoir les Melville ! »

Mme Winkworth émit un petit grognement, peut-être pour exprimer son incrédulité que Lady Hurley souhaite concurrencer des dames aussi distinguées, mais Eliza ne releva pas.

« N'êtes-vous pas inquiète de la présence en ville de personnes aussi... flamboyantes ? l'interrogea Mme Michels, tandis que M. Berwick s'approchait de Lord Melville.

— Ils ont une réputation sulfureuse ! renchérit M. Broadwater.

— Allons ! répondit avec dédain Lady Hurley. C'est une aubaine pour nous d'avoir des visiteurs aussi chics – sans compter qu'ils ne manquent pas d'esprit.

— L'intelligence est louable, mais en excès, elle est fatale chez les femmes », observa M. Broadwater sur un ton péremptoire.

Lady Hurley et Margaret poussèrent les hauts cris. Eliza s'éloigna du brouhaha et reporta son attention sur les Melville. En voyant le comte parler – et son auditoire conquis opiner du chef –, elle ressentit au bout des doigts la même démangeaison que la veille. Si elle le dessinait perdu en mer, privé de distractions et sur le point de faire naufrage, cela la dédommagerait-elle de son affront ? Comme s'il avait conscience d'être observé, il tourna la tête, leurs regards se croisèrent et il leva le bras pour la saluer.

Elle qui ne s'était jamais comportée grossièrement se tourna ostensiblement et l'ignora. Le pire affront qui soit. Elle n'arrivait pas à croire à son audace. Son cœur battait la chamade, ses paumes étaient moites. En vingt-sept ans, elle n'avait pas une seule fois traité quelqu'un par le mépris. On l'avait rabrouée à maintes reprises et elle n'avait ni protesté, ni même réagi. Elle avait ravalé son orgueil en affichant un sourire placide. Mais c'était terminé. Cela ne se produirait plus.

Elle accepta avec gratitude le verre que lui tendait M. Fletcher, but une gorgée d'eau… et manqua s'étouffer en entendant une voix très reconnaissable.

« M'avez-vous snobé ? »

Elle pivota sur elle-même. Lord Melville lui faisait face, la tête penchée. Elle ouvrit la bouche, horrifiée, et bégaya en rougissant :

« Je… euh…

— Vous l'avez fait ! Absolument ! » s'écria-t-il, intrigué et ravi.

Elle le dévisagea, prise de panique. Elle ne s'attendait pas à lui parler. Car si l'on snobe quelqu'un, n'est-ce pas précisément parce qu'on ne souhaite pas s'adresser à lui ?

« Puis-je savoir la cause ? »

Il ne paraissait pas offusqué, gêné, ni même déconcerté. Au lieu de calmer Eliza, cela raviva son indignation. Se croyait-il à ce point supérieur pour ne pas être affecté qu'elle l'ignore ?

« Dites-moi, madame, de quelle manière vous ai-je froissée ? » reprit-il devant son silence.

Sentant la colère accumulée au cours des dernières vingt-quatre heures monter, elle se redressa de toute sa hauteur.

« Mais de toutes les manières possibles, monsieur, répliqua-t-elle en le toisant autant qu'elle pouvait tout en gardant une voix posée, car même si les personnes qui les entouraient étaient en pleine discussion, elle ne voulait pas prendre le risque d'être entendue.

— Je suis d'une étonnante polyvalence ! dit-il en clignant des yeux. Pouvez-vous m'en dire plus ? »

Ayant déjà fait fi de toute prudence, elle décida qu'il ne servait à rien de revenir en arrière.

« Nous vous avons entendu parler avec votre sœur hier soir en partant, répondit-elle en baissant d'un ton pour éviter d'éventuelles oreilles à l'affût.

— Vous allez devoir me rafraîchir la mémoire…

— "Que Dieu nous délivre de ces péquenauds, ces vieilles filles et ces veuves, plus raseurs les uns que les autres !"

— Aahh… Quel dommage que vous ayez surpris ce commentaire indélicat, bien qu'incisif. »

Elle le fixa, les yeux écarquillés.

« Comment ? Vous n'en éprouvez pas de honte ?

— Pourquoi le ferais-je ? riposta-t-il sans se départir

de son insupportable sourire. Après tout, c'est vous, et non moi, qui avez commis le péché d'indiscrétion. »

Elle sentit avec effroi des larmes de frustration monter et cligna désespérément des paupières pour les refouler.

« Je m'en félicite car je connais désormais le fond de votre pensée, lança-t-elle en conservant un timbre aussi neutre que possible. Cela étant, à supposer que nous soyons aussi ternes que votre sœur et vous le jugez, nous ne méritons pas autant de méchanceté de votre part. »

Elle termina sa phrase sur une note beaucoup plus chevrotante qu'elle avait commencée. Devant une émotion aussi audible, Lord Melville perdit son air narquois et parut enfin la prendre au sérieux.

« Vous me mortifiez, madame. Ces dernières semaines ont été... éprouvantes pour Caroline et moi... Mais cela ne justifie rien. Vous avez raison, c'était très méchant. J'en suis navré. »

Ses excuses semblaient sincères. Elle prit le temps de les apprécier car il n'était pas fréquent qu'un gentleman admette ses torts, quels qu'ils soient. Pendant toute la durée de leur mariage, le comte ne l'avait jamais fait, pas même une fois. Elle hocha la tête pour indiquer qu'elle les acceptait.

« Merci. »

En jetant un œil par-dessus l'épaule de Lord Melville, elle vit plusieurs dames se diriger vers eux.

« Je ne voudrais pas monopoliser votre attention. J'ai l'impression que Mme Donovan souhaite s'entretenir avec vous.

— Peu importe. C'est à vous que je veux parler. »

Elle l'observa avec circonspection, redoutant une boutade. Elle avait accepté ses excuses mais ne commettrait plus l'erreur de prendre son badinage au sérieux.

« Est-ce si surprenant ? continua-t-il.

— Vous me traitiez de raseuse pas plus tard qu'hier.

— Madame, si nous devons être amis, vous devez absolument me pardonner cet épisode.

— Devons-nous être amis ? »

Il posa la main sur son cœur.

« C'est mon vœu le plus cher, et pour la vie. Il faut que vous veniez dîner à Laura Place avec votre cousine.

— Cela m'est impossible.

— Pourquoi cela ?

— Je ne peux pas dîner en dehors de chez moi, expliqua-t-elle en montrant sa tenue de veuve. Et puis, nous n'avons pas échangé de visites de courtoisie. Ce serait… étrange. Les gens jaseraient.

— Ce qui constituerait un changement notable », remarqua-t-il sèchement.

Elle le scruta. Pouvait-il se désintéresser à ce point des commérages et des rumeurs qui le suivaient partout ?

« Les gens de la bonne société glosent sur moi depuis ma naissance, poursuivit-il, semblant lire dans ses pensées. Si je commençais à me soucier de leur opinion, je n'aurais plus qu'à m'enfermer dans un couvent.

— Ou plutôt un monastère ? observa-t-elle sans relever les implications plus sérieuses de sa réponse.

— Non, un couvent. Il me faudrait quand même quelques distractions… »

Elle ne put retenir un petit rire scandalisé.

« Elle rit ! » s'écria-t-il avec un sourire triomphant.

« Madame, monsieur, bonjour ! J'espère que je ne vous dérange pas ? »

Mme Donovan avait fini par prendre son courage à deux mains et s'approcher avec ses trois filles, qui serraient un exemplaire de *Perséphone* sur leur cœur dans l'espoir d'une dédicace.

« Pas du tout ! Je vous prie de m'excuser », répondit Eliza sans tenir compte du regard appuyé de Lord Melville.

Elle s'éclipsa pour rejoindre sa cousine. En vérité, cette interruption l'arrangeait. Ce monsieur avait une conversation divertissante mais aussi imprévisible, et elle n'était pas habituée à ce que son esprit de repartie soit sollicité si intensément.

« Tu l'as snobé ? Je n'y crois pas », lui dit Margaret sur le chemin du retour.

Eliza laissa libre cours à son contentement maintenant qu'elle n'avait plus que sa cousine et Pardle, quelques pas en arrière, comme public.

« Exactement, je l'ai fait ! C'est la première fois qu'un gentleman me présente ses excuses ! »

En arrivant à Camden Place, elle remarqua que le lacet de sa bottine s'était défait et se baissa pour le nouer tout en continuant à parler.

« Ni mon père, ni mon mari, ni mes frères…

— Lord Somerset », la coupa Margaret.

Elle tira sur son lacet en fronçant les sourcils.

« Lord Somerset ? Je ne suis pas sûre…

— Non, Eliza, Lord Somerset », répéta sa cousine.

Elle leva la tête et suivit son regard. À quelques mètres, de façon tout à fait incompréhensible, le comte de Somerset sortait de chez elle.

7

Elle mit quelques secondes à enregistrer ce qu'elle voyait.

« Que se passe… murmura-t-elle.

— Relève-toi ! » lui dit Margaret, mais elle ne l'entendit pas.

La présence de Lord Somerset à Bath, sortant de chez elle, n'avait aucun sens. Elle n'en croyait pas ses yeux et resta penchée, bouche bée. Lui, de son côté, tourna la tête au portillon et s'arrêta net en l'apercevant à moitié accroupie.

« Lady Somerset ? Que faites-vous ? »

Sa question la galvanisa. Elle se redressa brusquement.

« Monsieur ! Nous ne vous attend… »

Son mouvement avait été si rapide qu'elle eut un étourdissement et perdit l'équilibre. Margaret saisit aussitôt son bras gauche, Pardle tendit les mains en avant, et Lord Somerset se précipita vers elle.

« Lady Somerset ! Est-ce un malaise ? »

La réserve et la froideur qu'il avait manifestées à leur dernière rencontre avaient disparu. Il la dévisageait, le front plissé, presque… inquiet ?

« Je vais… très bien, répondit-elle, embarrassée par sa posture peu élégante. C'est simplement ma bottine… »

Comme s'il avait affaire à une centenaire, il s'adressa à Margaret par-dessus sa tête.

« Ne devrions-nous pas la faire entrer à l'intérieur ? »

Margaret échangea un regard surpris avec Eliza et répondit :

« Certainement.

— Pouvez-vous marcher, madame ?

— Bien sûr que oui ! (Ne pouvait-on pas avoir une seconde de faiblesse sans être considérée comme invalide ?) Il n'est pas nécessaire de… »

Elle était sur le point d'affirmer qu'elle était parfaitement capable de marcher sans assistance mais il la prit par la taille et elle songea que tout compte fait, elle voulait bien un peu d'aide.

« Madame ! » s'écria Perkins, alarmé, en la voyant pénétrer dans le hall.

« Il faudrait aller chercher un cordial pour madame la comtesse, déclara calmement Lord Somerset. Apportez-le au salon immédiatement. »

Pardle fila vers la cuisine. Eliza était à la fois stupéfaite devant la tournure imprévue que prenait la journée, indignée de voir le comte distribuer les ordres à ses domestiques et, elle devait l'avouer, un peu admirative devant l'efficacité avec laquelle il prenait les choses en main. Elle comprenait mal pourquoi il était persuadé qu'elle était atteinte de malaises, mais on ne pouvait nier qu'il agissait avec fermeté.

Il ne la relâcha qu'après qu'ils eurent gravi l'escalier, atteint le salon – Perkins tenant la porte pour qu'ils puissent passer – et qu'elle fut installée sur le sofa.

« Je… Je vous remercie de votre aide, monsieur, dit-elle, un peu essoufflée, décidant que la meilleure solution serait de faire comme si cette rencontre n'avait pas eu lieu. J'espère que votre famille est…

— Il est préférable que vous évitiez de parler tant que vous n'aurez pas bu le cordial », répondit-il en coupant court à ses civilités tandis que Pardle arrivait avec un plateau.

Eliza accepta un verre, fit signe à la femme de chambre de se retirer et tenta de s'expliquer.

« Je vais très bien. C'est mon lacet qui…

— Notre chère amie est un peu déboussolée, la pauvre », intervint Margaret avec une lueur malicieuse dans les yeux.

Eliza la foudroya du regard. Lord Somerset s'adressa à sa cousine :

« Mademoiselle Balfour, pourriez-vous mettre la main sur des sels au cas où Lady Somerset serait à nouveau prise de vertiges ? »

Elle fit une moue perplexe.

« Je vais essayer. Pardle saura peut-être où ils sont. »

Elle sortit de la pièce d'un pas nonchalant qui laissait entendre que la situation n'était pas d'une urgence extrême. Eliza, renonçant à comprendre ce qui se passait, but à petites gorgées le cordial tout en observant Lord Somerset à la dérobée. Il prit un siège en face d'elle, mais s'assit sur le bord, comme s'il redoutait qu'elle s'évanouisse d'une seconde à l'autre.

« Nous ne nous attendions pas à vous voir à Bath, observa-t-elle après une longue pause.

— C'est réciproque. Je suis venu directement de chez M. Walcot, qui m'a appris votre présence en ville et votre état de santé. J'ignorais complètement que vous étiez souffrante. »

Oh. Son comportement devint tout à coup plus compréhensible. Elle se doutait que Margaret avait exagéré en décrivant ses symptômes au notaire. Dieu seul savait comment il avait à son tour présenté sa « fluralgie » à Lord Somerset pour que celui-ci accoure aussitôt alors qu'il était si pressé de la fuir à Harefield.

« Ce n'est pas grave du tout.

— M. Walcot estime qu'au contraire…

— C'est un malentendu. Il n'y a pas lieu de s'inquiéter et je vais bien maintenant. »

Elle n'aimait pas devoir lui mentir, mais ne pouvait pas non plus lui dire la vérité.

« Je suis heureux de l'entendre. Ce qu'il m'a dit m'a fait… »

Il s'interrompit.

« C'était de la fatigue, tout au plus. »

Il fronça les sourcils.

« Dans ce cas, puis-je vous demander pourquoi je n'ai pas été informé de votre départ à Bath ? La gravité de votre état aurait expliqué cette omission, mais si ce n'est pas sérieux… »

Aïe.

« Vous n'avez pas reçu ma lettre ? » Sa voix partit

dans les aigus comme chaque fois qu'elle mentait de façon imprévue. « Je vous ai écrit pour vous avertir de notre changement de projet, mais elle a dû être… retardée. »

Il haussa les sourcils en signe d'incrédulité polie.

« Quand l'avez-vous envoyée ? »

Misère.

« Je ne sais plus très bien… Nous avions tellement à faire… »

Il la considéra froidement et reprit après un long silence.

« Madame, je n'ignore pas que mon oncle était déçu que je sois son héritier. Il m'a fait savoir sans ambiguïté que j'étais un piètre remplaçant du fils qu'il espérait, ce qui explique probablement qu'il ne m'ait pas associé à la gestion de ses domaines. Il se peut d'ailleurs que vous partagiez son opinion. Quoi qu'il en soit, je ne peux assurer ma fonction de chef de famille si vous ne la respectez pas.

— Oh, mon Dieu, non ! s'écria-t-elle, horrifiée. Cela n'avait rien à voir avec… J'ai beaucoup de respect pour vous, croyez-moi.

— Il n'empêche que j'ai découvert votre lieu de résidence par M. Walcot, qui, pour sa part, était fort surpris d'entendre que je l'ignorais. Je ne vous cache pas que j'étais extrêmement gêné. »

Sa voix s'était durcie. Sous le feu de ses critiques, Eliza se sentait retomber en enfance.

« J'aurais dû vous écrire plus tôt. C'est grossier de ma part. »

Il hocha la tête, légèrement apaisé.

« Lorsque vous serez remise, prévoyez-vous toujours d'aller vivre à Balfour ?

— Je… Je ne sais pas encore. »

On était mi-février et elle pourrait compter sur la présence de Margaret pendant huit semaines tout au plus avant qu'elle soit rappelée. Elle se plaisait de plus en plus à Bath mais l'idée d'y séjourner sans sa cousine, ou de trouver une autre dame de compagnie, était trop intimidante pour qu'elle l'envisage.

« Je vois. »

Il baissa les yeux vers son chapeau, qu'il tenait entre ses mains, et le fit tourner lentement. Elle connaissait ce geste, qu'il avait coutume de faire quand il était nerveux pour tenter de contenir son agitation. Elle avait un souvenir très précis de lui tournant ainsi son chapeau lors de sa première visite dans la résidence londonienne des Balfour. Il reprit la parole sans quitter son couvre-chef du regard.

« J'ai bien conscience que dans la situation actuelle, la… nature de nos liens passés provoque un certain… trouble.

— En effet, ce n'est pas une situation idéale », dit-elle, la bouche sèche.

Il releva la tête.

« Certes. Je ne voudrais cependant pas que cela vous empêche de vivre à Harefield si tel est votre souhait. Vous y aurez toujours une place, je vous en donne ma parole. »

Cela lui ressemblait tellement de faire cette promesse, lui qui était incorrigiblement respectueux des convenances.

« Merci, dit-elle. Mais nous sommes heureuses ici. Bath nous apporte un changement de cadre que nous n'aurions ni à Balfour ni à Harefield.

— Je peux le comprendre. Vivre en permanence avec son souvenir serait difficile. »

Eliza se tut. Elle avait le désir très incorrect de lui confier le peu d'amour qui avait existé entre elle et son époux. De lui dire que l'affection n'avait pas grandi entre eux au fil des ans, que le gouffre qui les séparait était devenu de plus en plus glacial à mesure que les mois s'écoulaient sans qu'un enfant s'annonce. Mais cela aurait été malséant. Et il n'aurait de toute façon pas voulu l'entendre.

Un bruit de pas dans l'escalier annonça le retour de Margaret. Quand elle entra, Lord Somerset se mit debout.

« Pas de sels ? s'enquit-il en souriant.

— Oh, quelle tête de linotte je fais ! déclara-t-elle, désinvolte. Vous ne nous quittez pas déjà, Lord Somerset ?

— Je crains bien que si. Je vous en prie, Lady Somerset, ne vous levez pas. »

Son devoir accompli, sa mission d'homme d'honneur terminée, il n'avait pas de raisons de s'attarder plus. Eliza s'efforça de ne pas être déçue et lui demanda :

« Repartez-vous à Harefield ce soir ?

— Pas ce soir, non. J'ai quelques affaires à traiter avec M. Walcot demain matin. » Il marqua une pause, tourna une fois de plus son chapeau entre ses mains et ajouta : « Je pourrais venir vous voir si cela vous convient ? »

Elle réfréna l'excitation qui montait en elle.

« Certainement. Cela me convient tout à fait. »

Il inclina la tête.

« Dans ce cas, à demain. Lady Somerset, mademoiselle Balfour. »

Elles attendirent que la porte d'entrée se referme, puis Margaret courut vers l'embrasure de la fenêtre pour le regarder s'éloigner.

« Il est parti. De quoi avez-vous discuté en mon absence ? J'ai essayé d'écouter dans l'escalier, mais vous parliez trop bas. »

Eliza était un peu hébétée. Que s'était-il vraiment passé ?

« De pas grand-chose, en fait. Il a répété que je serais la bienvenue à Harefield si je souhaitais y retourner.

— Ce que tu ne souhaites pas ?

— Ce que je ne souhaite pas, en effet. C'était très gentil de le proposer. Est-ce qu'il t'a paru… préoccupé quand il me croyait malade ?

— Très préoccupé, je dirais.

— Et soulagé en apprenant que j'allais bien ?

— Très soulagé.

— Il a l'intention de revenir demain… »

Elle se demandait presque si elle ne l'avait pas rêvé. Il se pouvait donc, après tout, qu'il ne l'ignore pas complètement. Elle posa une main sur ses lèvres pour s'empêcher de sourire tout en se morigénant intérieurement : *Ne fais pas la bêtise de reprendre espoir. N'oublie pas que pendant la moitié de sa visite, il t'a fait des reproches.* Une petite voix rêveuse protesta : *Mais il était gentil. Et il a prévu de revenir.*

« Est-ce que tu crois… commença-t-elle.

— Est-ce que je crois quoi ?

— Son attitude était beaucoup plus chaleureuse à la fin. Est-ce un signe qu'il pourrait… me pardonner un jour ? »

Margaret plissa le front.

« Lui, te pardonner ? Mais te pardonner quoi ?

— Margaret, tu sais quoi.

— Je ne comprends pas que tu te sentes encore coupable. La situation était impossible pour vous deux mais toi seule en as subi les conséquences : épouser ce vieux bouc. Lui était libre et sans entraves.

— Il s'est engagé dans la marine ! On ne peut pas appeler cela une liberté sans entraves.

— Allons… Faire des ronds dans l'Atlantique sur un navire avec des camarades ? Beaucoup de gens paieraient pour ce genre de distraction. »

Les connaissances de Margaret à propos de la marine étaient clairement limitées.

« J'ai toujours eu de l'affection pour lui, poursuivit-elle. Mais s'il t'en veut après toutes ces années, il ne mérite pas que tu penses à lui. »

Eliza se leva pour sonner Perkins.

« Nous devrions grignoter quelque chose pour le déjeuner. »

Elle n'avait pas envie d'argumenter. Margaret l'avait soutenue inconditionnellement et elle l'aimait pour cela, mais elle n'était pas présente quand Lord Somerset avait appris ses fiançailles. Si cela avait été le cas, elle comprendrait pourquoi elle avait autant de remords.

Le majordome se présenta à la porte.

« Madame, une livraison de M. Fasana vient d'arriver. Elle est, hum… plus volumineuse que la précédente et j'aimerais savoir où vous souhaitez que je la… »

Elle se rappela les achats qu'elle avait faits dans la matinée.

« Oh ! Vous n'avez qu'à les mettre ici.

— Ainsi que le chevalet ? »

Elle regarda autour d'elle. Le salon de réception bénéficiait déjà de la présence d'un pianoforte ; l'ajout d'un chevalet risquait de l'encombrer et de susciter des questions de la part des visiteurs. Comme Lord Somerset le lendemain.

Il a prévu de revenir.

« En fait, il vaudrait mieux tout entreposer dans le petit salon. Après tout, il est orienté au nord. »

Perkins acquiesça d'un signe de tête. Avec son efficacité habituelle, il mit moins d'une heure à réaménager la pièce : il retira deux fauteuils pour installer le chevalet un peu en retrait de la fenêtre afin qu'Eliza profite de la lumière naturelle tout en étant à l'abri des regards des passants ; il vida les étagères de la bibliothèque et y disposa la collection de carnets de croquis d'Eliza, vierges et remplis ; il transféra un petit secrétaire du grand salon dans lequel elle pourrait entreposer ses peintures. L'esprit d'Eliza étant très agité, cette activité se révéla une distraction idéale. Pendant que Margaret lisait son livre, blottie sur le sofa, elle fit des essais avec ses couleurs à l'huile. L'air fut aussitôt chargé de leur odeur forte et âcre, qui ramena Eliza dans son enfance au point qu'elle dut refouler des larmes de joie tout en recouvrant la toile d'un fond ocre jaune. Plus tard, elle utiliserait un rose crémeux pour rendre la lumière de fin de journée et commencerait un portrait de sa cousine avec un carmin assorti à ses boucles rousses. Comme la lumière faiblissait, elle obtura avec une punaise les petites bourses en vessie de porc qui contenaient ses couleurs et prit un crayon pour dessiner de mémoire les scènes du concert : Lord Melville badinant avec Lady Hurley, la mine renfrognée de M. Fletcher, le visage outré de Mme Winkworth.

Quand elle posa son matériel, le feu était presque éteint, ses yeux commençaient à fatiguer et elle était enfin assez calme pour se coucher.

En se déshabillant, elle se promit que le lendemain, elle serait prête. On ne la trouverait pas le nez au-dessus du trottoir comme un gamin des rues. Elle serait sereine, maîtresse d'elle-même. Tout se passerait bien.

8

L'horaire traditionnel des visites – entre midi et trois heures de l'après-midi – permettait à Eliza et Margaret de vaquer à leurs occupations une grande partie de la journée, mais elles ne firent pas leurs emplettes habituelles pour être sûres de ne pas manquer Lord Somerset quelle que soit l'heure à laquelle il se présenterait. Elles s'installèrent dans le grand salon et l'attendirent patiemment.

« De quoi allez-vous parler, à ton avis ? demanda Margaret.

— Des sujets habituels, j'imagine. » Eliza en avait dressé une liste au cours de la matinée. « Je prendrai des nouvelles de sa famille, de Londres, de… »

Margaret fit la moue.

« De quoi parliez-vous… quand vous vous fréquentiez ?

— Au début ? De nos lectures, de nos amis communs, de l'évolution de la guerre…

— Et ensuite ? »

Ensuite… À un moment donné, au cours de brefs apartés pendant les bals, les réceptions ou au théâtre, la réserve de Lord Somerset et sa timidité personnelle s'étaient suffisamment effacées pour qu'ils découvrent qu'ils avaient la même tournure d'esprit, mais aussi un profond attachement l'un pour l'autre.

« Pourquoi cela t'intéresse-t-il autant ? » s'étonna Eliza au lieu de répondre – se laisser aller à un attendrissement nostalgique ne ferait rien pour améliorer l'état de ses nerfs.

Margaret haussa les épaules.

« N'ayant pas eu d'amour de jeunesse, je n'ai pas d'autre choix que de m'intéresser au tien.

— Vraiment ? Tu n'as jamais eu un faible pour quelqu'un en particulier ?

— J'ai aimé flirter avec certains, mais pas au point d'envisager d'aller plus loin. Être une riche veuve, comme toi, serait une perspective intéressante. À condition que le monsieur rende l'âme dans un délai rapproché.

— … sans que tu sois pour autant passible de faire un long séjour à la prison de Newgate ! »

L'horloge sonna douze coups. Elles entendirent un bruit de porte au rez-de-chaussée. Eliza se leva. Elle avait mis beaucoup de soin à s'habiller d'une robe de crêpe noir près du corps assagie par un haut col. Margaret lui glissa tout bas :

« Tu es très convenable. »

Elle perçut des pas dans l'escalier et la voix feutrée de Perkins, à qui elle avait recommandé avec la plus grande fermeté de faire monter d'éventuels visiteurs dès leur – *son* – arrivée. Elle prit une grande inspiration. Il n'y avait pas de raison d'être nerveuse. C'était une simple visite de courtoisie, tout à fait normale.

Perkins ouvrit la porte et annonça :

« Lord Melville et Lady Caroline Melville, madame.

— Non ! lâcha-t-elle, interdite.

— Bonjour ! » s'écria Margaret pour couvrir sa bévue.

Lord Melville entra d'un pas nonchalant, l'air un peu perplexe.

« Bonjour. Attendiez-vous quelqu'un ? »

Elle lança, beaucoup trop fort :

— N… Non, bien sûr que non. Nous n'attendons personne ! »

Lady Caroline se tourna vers son frère.

« Tu n'avais pas dit que nous étions invités ?

— Tout à fait ! Quoique à la réflexion… Peut-être de façon implicite ? »

À tout le moins : Eliza avait simplement évoqué la possibilité.

Lady Caroline haussa un sourcil.

« Devons-nous nous retirer ? »

Eliza voulait plus que tout être honnête. Lord Somerset pouvait se présenter d'une minute à l'autre et elle ne se sentait pas prête à jongler entre des visiteurs aussi disparates. En outre, que penserait-il s'il la découvrait prenant le thé avec deux des plus grands séducteurs du pays ?

« Non, bien sûr que non ! répéta-t-elle en tordant ses mains dans les plis de sa jupe. Asseyez-vous, je vous en prie. Puis-je vous proposer une boisson ? »

Lady Caroline se laissa tomber avec grâce dans le fauteuil situé en face d'Eliza.

« Avec plaisir, c'est très aimable à vous. »

Sans obéir à l'invitation de son hôtesse, Lord Melville s'avança vers la fenêtre pour observer la rue en contrebas et commenta :

« Charmant ! »

Désemparée, l'esprit vide, Eliza fixait sa sœur. Avec d'autres, elle aurait évoqué la nature décevante du ciel gris et blafard, mais le fait que Lady Caroline la considère comme une personne fade ne rendait pas ce thème particulièrement attractif. Pour finir, ce fut cette dernière qui prit la parole.

« Madame, mademoiselle Balfour, je vous dois des excuses. Mon frère m'a appris que vous aviez entendu nos propos discourtois à la sortie du concert. Nous avons été d'une épouvantable incorrection et je ne sais si vous nous pardonnerez un jour. »

Margaret prit Eliza de court.

« Oh, nous ne l'avons pas fait. Avec le temps, qui sait ? »

Eliza retint un grognement, mais Lady Caroline ne parut pas offensée. Elle dévisagea même Margaret d'un air approbateur, comme si elle la considérait différemment, et remarqua :

« Vous avez la dent dure.

— J'en ai trente à ce qu'on m'a dit, répliqua Margaret.

— Mercredi soir, on n'en voyait pourtant aucune.

— Mercredi soir, je me conduisais correctement.

— Une affreuse maladie. Je me réjouis que vous en soyez guérie. »

Elles se sourirent. Ou plutôt, Eliza décida qu'elles se souriaient et non, ce qui était probablement plus juste, qu'elles montraient leurs dents. Voyant Perkins entrer, elle l'accueillit d'un ton enjoué.

« Ah, voici la collation ! »

Le plateau qu'il apportait était moins garni que d'habitude : une cafetière, des tranches de gâteau et des fruits. Elle lui lança un regard reconnaissant, auquel il réagit par un hochement de tête à peine perceptible. Elle pouvait compter sur lui pour avoir le bon réflexe en toute circonstance. Elle devait s'arranger pour que les Melville ne s'attardent pas trop. Il n'était que midi. Si tout se déroulait bien, les deux visites ne se chevaucheraient pas.

« Prendrez-vous du lait, monsieur ? demanda-t-elle tout en tendant une tasse à sa sœur.

— Je suis déçu, lança-t-il de l'autre coin de la pièce, où il examinait un tableau – un joli paysage qu'Eliza avait acheté une semaine plus tôt à un artiste qui exposait à la Pump Room.

— Oh… Si vous préférez du thé, je peux…

— J'espérais que vos murs seraient décorés de vos œuvres, poursuivit-il comme si de rien n'était. Or celle-ci n'est sans doute pas de votre main. »

Elle était surprise qu'il se soit souvenu de ce détail.

« Non, non, évidemment pas. Elle est de loin supérieure à ce que je pourrais réaliser. »

Lady Caroline l'observa de derrière sa tasse.

« Vous dessinez ?

— Un peu…

— Elle peint aussi, admirablement, glissa Margaret.

— À l'aquarelle ?

— Et à l'huile.

— Remarquable ! Cette technique n'est pas souvent enseignée aux femmes. » Son regard passa d'Eliza à Margaret. « Vous êtes toutes deux beaucoup plus intéressantes que ce qu'on pourrait penser à première vue. »

Ne sachant pas s'il s'agissait d'un éloge, Eliza but son café à petites gorgées.

« Je me demande si c'était un compliment, nota Margaret.

— Je me demande si c'était mon souhait, répondit Lady Caroline. Vous ne devriez pas vous cacher. »

La conversation prenait un tour inattendu. Par ailleurs, non seulement Lord Melville n'était pas assis, mais il avait entrepris d'inspecter la bibliothèque.

« Monsieur, que diriez-vous d'une tranche de cake aux fruits confits ? proposa Eliza en désespoir de cause.

— Eh bien, où sont ces tableaux ? Je n'en vois aucun.

— Il y en a des piles à l'étage, déclara Margaret sous le retard furibond de sa cousine.

— Puis-je les voir ? »

Eliza secoua la tête.

« J'espère que vous pardonnerez ma réserve, mais je n'ai pas l'habitude de montrer mes travaux à des gens que je connais très peu.

— Dans ce cas, nous devrons faire en sorte de mieux nous connaître », dit-il en se dirigeant vers le sofa.

Elle regarda l'horloge. Ils étaient dans les temps. Tout irait bien.

C'est évidemment à cet instant précis que le bruit

identifiable entre tous d'un attelage s'arrêtant devant la maison se fit entendre. Elle sursauta.

« Ciel, qu'y a-t-il ? s'écria Lady Caroline.

— Ce doit être Lord Somerset », lâcha Margaret.

Eliza était paniquée. Comment allait-elle faire face en présence des Melville ? Lord Somerset serait-il contrarié, voire offusqué, de la voir en si insolite compagnie ? Elle aurait préféré que Lady Caroline n'ait pas si belle allure dans sa tenue à la dernière mode londonienne. Il était plus que probable qu'il tomberait aussitôt amoureux d'elle.

« Une visite familiale, déclara Lady Caroline.

— Il n'est pas de la famille », se récria Eliza sans réfléchir.

Lady Caroline, intriguée, fronça les sourcils. Eliza rougit de son insolence.

« Je voulais simplement dire qu'il a été absent si longtemps qu'on ne peut pas... »

Elle tendait l'oreille dans l'espoir d'entendre ce qui se passait au rez-de-chaussée, mais en vain.

« Vous n'êtes pas proches ?

— Pas vraiment. Quand il était M. Courtenay... quand il vivait en Angleterre... Mais très peu. C'était il y a fort longtemps et... »

Elle avait l'impression de se transformer en pie jacasse. Margaret prit le relais pour éviter qu'elle se perde dans des détails inutiles et incohérents.

« Cela m'intéressera de l'écouter parler de ses voyages, il aura certainement des récits captivants à nous raconter.

— À votre place, je modérerais mes espoirs,

remarqua Lord Melville. Il paraît qu'il est ennuyeux comme la pluie.

— Absolument pas ! » s'exclama Eliza.

Cette fois, Lady Caroline haussa les deux sourcils.

Un coup sonore se fit entendre au rez-de-chaussée. Eliza jeta par réflexe un regard impatient vers la porte.

« Ah, je vois… dit Lady Caroline, qui semblait en effet avoir compris. Mon frère, nous allons prendre congé. »

Elle se leva. Il protesta.

« Mais… Je n'ai pas goûté au gâteau !

— Ne vous sentez surtout pas tenus de… » glissa Eliza.

Les voix de Lord Somerset et de Perkins approchaient.

« Je viens de me rappeler que je devais effectuer certains achats de toute urgence, reprit Lady Caroline d'une voix ferme. Melville, je t'attends. »

Eliza n'aurait su dire si elle était mortifiée ou reconnaissante : c'était embarrassant que Lady Caroline l'ait comprise aussi vite, mais aussi attentionné de sa part de lui venir en aide.

« Le comte de Somerset, madame », annonça Perkins.

Lord Somerset hésita sur le pas de la porte, apparemment surpris de voir tant de monde. Eliza l'accueillit d'une voix mal assurée. La rencontre était inévitable.

« Bonjour, monsieur. Puis-je vous présenter Lord Melville et Lady Caroline Melville ?

— Bonjour. » C'est seulement quand il s'inclina que le nom chemina dans son esprit. « Melville ?

— Vous me connaissez ? lança ce dernier en se courbant à son tour.

— De réputation seulement, monsieur.

— Elle est donc parvenue en Amérique ? Quelle merveille qu'elle ait enfin traversé l'Atlantique ! »

Lord Somerset se figea. Il désapprouvait les gentlemen qui jouaient avec les sentiments des femmes.

« Merveille n'est pas le mot que j'aurais choisi. »

Eliza n'aurait pu dire si Lord Melville avait perçu la froideur de son ton. Quoi qu'il en soit, il n'en semblait pas affecté.

« J'admire les hommes qui ont des avis tranchés sur le vocabulaire, dit-il sur le ton du compliment. Que diriez-vous d'"exploit" ? Ou d'"événement" ? »

Le visage de Lord Somerset se durcit un peu plus.

« Non, j'ai trouvé ! lança Lord Melville. "*Tour de force**".

— Nous nous apprêtions à partir, dit sa sœur.

— J'espère que je ne vous chasse pas, reprit Lord Somerset.

— Non, nous devons accomplir une emplette urgente, bien qu'indéfinie, expliqua Lord Melville en faisant une courbette primesautière devant Eliza. Lady Somerset. Lord Somerset. Mademoiselle Balfour. »

Après leur sortie, un long, très long silence plana. Lord Somerset, sourcils froncés, fixait la porte comme si Lord Melville était encore devant.

« Je ne savais pas qu'il était à Bath.

---

* Les termes en italique suivis d'un astérisque sont en français dans le texte original. *(N.d.T.)*

— C'est très récent, s'empressa d'annoncer Eliza. Je vous en prie, prenez un siège.

— Les connaissez-vous bien ?

— Pas du tout.

— Ils ont l'air résolus à ce que cela change, glissa Margaret avec un petit sourire satisfait.

— Je vois, dit-il.

— Tout va bien à Harefield ? demanda Eliza. J'avais oublié de vous poser la question hier. »

Un échange de banalités ne pourrait qu'apaiser l'atmosphère tendue.

« Oui, très bien, répondit-il, le front plissé. Nous rénovons l'aile Est. L'humidité devenait un peu… » Se rendant compte que cela pouvait être entendu comme une critique par l'ancienne maîtresse de maison, il ajouta : « C'est si fréquent dans les vieilles demeures ! »

Ce n'était pas cette partie de la phrase qui avait éveillé l'attention d'Eliza. Incapable de se retenir, elle répéta :

« "Nous" ?

— Oui. Mon intendant supervise les travaux, cela va de soi.

— Vous m'en voyez ravie. »

Cela allait de soi. Il ne pouvait s'être marié, ni même fiancé sans qu'elle en ait été informée. Quelle peur stupide avait traversé son esprit !

« Espérons que ce remue-ménage ne vous perturbera pas trop.

— Je ne pense pas… » Il marqua une pause. « En effet, il est probable que ce soit très incommodant. Je resterai à Bath les deux semaines à venir pour éviter le plus gros des dérangements. »

L'espace d'une seconde, elle crut avoir mal entendu.

« Ah... Ah bon ? Je l'ignorais. Vous ne l'avez pas mentionné hier.

— Hier, je ne connaissais pas l'ampleur des réparations.

— Une coïncidence providentielle », commenta Margaret d'une voix neutre.

Eliza sentit que sa cousine aussi le soupçonnait de dissimuler quelque chose. Mais pourquoi mentirait-il ? À moins ce que fût parce que... Que ce fût pour... Non. Elle prenait certainement ses désirs pour la réalité.

« Ce sera de toute façon plus simple pour moi de gérer mes affaires d'ici, remarqua-t-il. Et j'aimerais être proche de... »

Elle retint sa respiration.

« ... de ma sœur, qui vit à deux lieues de Bath, vous vous en souvenez ?

— Oui, bien sûr. Eh bien, nous nous en réjouissons. »

C'était peu de le dire. La surprise confinait au vertige. Deux semaines ! Deux semaines entières en sa présence...

« Mon valet doit aller à Harefield chercher des effets supplémentaires, ajouta-t-il. Je voulais vous demander si vous souhaitiez qu'il vous rapporte quelque chose... Vous êtes partie pratiquement les mains vides alors que cette maison a été votre foyer pendant des années. »

Elle eut un petit pincement au cœur. C'était si gentil de sa part.

« Je ne voudrais pas…
— Si, j'insiste. »
Elle eut une pensée fugace pour la marine de son grand-père, qui était sans conteste la plus belle œuvre d'art à Harefield – même si elle n'était pas exposée à son avantage dans le petit salon –, mais la repoussa aussitôt. Ce tableau avait trop de valeur et si lui l'ignorait, sa sœur le saurait certainement.
« Qu'est-ce ? » demanda-t-il. Il avait toujours su lire sur son visage. « N'hésitez pas. »
Elle ne voulait pas prendre le risque qu'il la croie intéressée.
« La théière du grand salon, proposa-t-elle en citant l'objet qu'elle aimait le plus après le tableau. Si personne d'autre… »
Pour la première fois de l'après-midi, elle le vit sourire.
« Une théière ? Alors que vous teniez l'occasion de me demander les bijoux de famille ? »
Elle n'imaginait pas entendre à nouveau ce ton moqueur dans sa voix et ses joues rosirent.
« Si vous aviez bu le thé qu'on prépare avec, vous comprendriez.
— Alors je devrais l'essayer avant d'accepter. » Puis, plus sérieusement : « Êtes-vous sûre que je ne peux pas vous persuader de choisir un souvenir plus précieux ? »
Elle secoua la tête et il lui sourit plus largement.
« Cela vous ressemble tellement de solliciter un objet modeste, d'exiger si peu. »
Elle aurait pu répondre que ce n'était pas par désintéressement, qu'il n'y avait rien qu'elle désirait moins

que le poids des diamants de sa famille autour de son cou, mais elle ne le ferait pas alors qu'il la regardait comme… Comme avant que tout s'écroule.

« Vous n'avez pas changé », ajouta-t-il.

Leurs sourires s'effacèrent. Le lourd souvenir du passé, de ce qu'ils avaient été l'un pour l'autre, parut tout à coup les accabler.

Margaret brisa leur complicité.

« Si personne n'en veut, je ne refuserai pas ces diamants !

— Mademoiselle Balfour, je constate que vous non plus n'avez pas changé, dit-il en souriant. Vous avez conservé votre humour caustique.

— Les eaux de Bath ne guérissent pas tout, commenta Eliza, ce qui fit rire Margaret, mais effaça le sourire de Lord Somerset.

— Comment vous portez-vous ? s'inquiéta-t-il comme si elle était une tante très âgée et clouée au lit.

— Bien.

— Ne donne-t-elle pas l'impression de se porter comme un charme ? » renchérit Margaret.

Eliza lui jeta un regard destiné à la faire taire.

« C'est vrai, en effet, observa-t-il. Est-ce une robe neuve ?

— Oui, répondit-elle, la bouche sèche.

— Elle vous va bien. »

Son compliment, bien que simple, n'en fut pas moins apprécié.

« Prenez-vous toujours les eaux ?

— Oui, mais autant pour voir nos nouveaux amis que pour la cure.

— Comptez-vous les Melville parmi vos… nouveaux amis ?

— Non ! s'écria-t-elle.

— Oui », affirma Margaret en même temps.

Sa mine redevint soucieuse.

« En vérité, expliqua Eliza, nous ne les avons croisés qu'en de rares occasions… Je ne dirais donc pas d'eux qu'ils sont…

— Je ne tiens pas à m'immiscer, madame, mais je vous invite à la plus grande prudence les concernant. Les histoires que j'ai entendues… »

Sa façon mesurée de s'exprimer, comme s'il choisissait chaque mot avec soin, éveilla la curiosité d'Eliza. Elle ne voulait pas paraître avide de détails, mais un peu quand même. Qu'avait-il pu apprendre sur Lord Melville alors qu'il était rentré en Angleterre depuis si peu de temps ?

« Sont-elles de nature scandaleuse ?

— Ce ne sont en tout cas pas des récits que je répéterai devant des dames.

— C'est bien dommage », grommela Margaret.

Eliza admirait le sens des convenances de Lord Somerset mais ne pouvait s'empêcher d'être du même avis que sa cousine – sans le dire.

« Je me contenterai de ne pas vous recommander leur fréquentation, poursuivit-il. Une femme de votre… De votre rang se doit d'être prudente. »

Son envie de la protéger était réconfortante et Eliza fut brièvement tentée de l'encourager, mais non, ce serait trop injuste.

« Ils sont pleins d'entrain, expliqua-t-elle. Et dans le

cadre très limité des liens que nous entretenons, leur inconvenance s'arrête là. »

Il n'était pas utile de mentionner l'accident de calèche, ni les phrases offensantes qu'elles avaient surprises à la dérobée, car ces deux épisodes semblaient brusquement appartenir à l'histoire ancienne – hors de propos, même, en comparaison avec la joie que lui procurait la visite de Lord Somerset. *Deux semaines entières.*

« Si vous les voyez plus souvent, je ne doute pas que vous serez de mon avis », lança-t-elle.

Il haussa les sourcils avec un air dubitatif.

« Je suppose que j'en jugerai par moi-même. »

Une heure sonna à l'horloge. Il se leva pour prendre congé.

« Je vais vous souhaiter une bonne journée. Avez-vous prévu d'aller à la Pump Room demain matin ?

— Oui, bien sûr.

— Nous nous y verrons donc. »

Il s'inclina brièvement et sortit.

« Oh, mon Dieu », lâcha-t-elle dès qu'elles entendirent la porte d'entrée se refermer derrière lui. Il restait. Il restait et elle allait le revoir. Demain. « Oh, mon Dieu.

— Je crois bien que notre vie à Bath va devenir très intéressante », ajouta Margaret avec une joie malicieuse, tel un chat devant une jatte de crème.

9

Qu'Eliza ait réussi à dormir cette nuit-là tint à peu près du miracle. Pendant très longtemps, elle ne put fermer les yeux et pour finir – ce qui était presque devenu une habitude depuis une semaine –, elle alla chercher son carton à dessin et se recoucha avec, dans l'espoir que le frottement régulier du crayon sur le papier calmerait son esprit. Elle eut beau s'efforcer de représenter la majesté de Camden Place ou la façade de la Pump Room, images empreintes de sérénité, cela se terminait systématiquement par des croquis du grand salon plus tôt dans la journée : le sourire espiègle de Margaret dans sa joute oratoire avec Lady Caroline, Lord Melville inspectant ses rayonnages et Lord Somerset, toujours lui : ses mains serrant son chapeau, son front plissé, son regard moqueur…

Elle finit par s'assoupir sur son carton. Le lendemain matin, Pardle tiqua en découvrant des traces de fusain sur les draps.

« La bombazine, aujourd'hui, madame ? demanda-t-elle.

— La soie, plutôt. »

Cette robe était plus habillée que celle qu'elle

mettait généralement pour aller à la Pump Room, mais compte tenu de l'importance particulière de cette journée, elle semblait mieux adaptée. Son impatience à l'idée de revoir Lord Somerset atteignait des sommets et elle dut se répéter que ce n'était plus nécessaire puisqu'elle pourrait le voir chaque jour jusqu'en mars – à l'établissement de bains, au spectacle, à l'église… Après des années de manque, cette abondance était presque excessive. Elle avait hâte qu'il soit dix heures. Dès que l'horloge sonna les trois quarts, elle partit avec Margaret dans les rues sinueuses, d'un pas aussi vif qu'il était séant de la part de dames de leur rang.

À l'entrée, tout en saluant quelques personnes, elle parcourut nerveusement la salle du regard à la recherche de Lord Somerset et finit par l'apercevoir, en grande discussion avec Mme Winkworth et sa fille.

« Le pauvre ! » commenta Margaret.

Eliza en convint de tout cœur et s'apprêtait à les rejoindre, mais sa cousine la retint par le bras.

« As-tu envie d'être coincée avec elles ? Attends qu'il vienne vers nous.

— Comment se fait-il qu'ils aient été présentés si rapidement ? » se lamenta Eliza en essayant d'attirer son attention.

Aborder un inconnu et converser avec lui était en effet de la plus grande impolitesse. On devait attendre d'être présenté en bonne et due forme, ou prier une relation commune de le faire. Sa mère, qui ne transigeait pas sur cette règle pour les autres, s'en exemptait aisément. Eliza ne fut donc pas surprise que Mme Winkworth agisse de même. Pourvu que

Lord Somerset n'ait pas été froissé par ses manières envahissantes…

« À mon avis, il a suffi qu'elle remarque sa chevalière pour l'accoster, dit Margaret, dont les pensées avaient suivi le même chemin.

— Si j'invitais Lord Somerset à se promener avec nous demain ? murmura Eliza. Lady Hurley a mentionné qu'après l'office, elle allait souvent dans les Sydney Gardens. Nous pourrions faire un tour tous ensemble. »

Cette vision paradisiaque envahit son esprit au moment où Lord Somerset leva les yeux et les remarqua. Il s'excusa auprès de ses interlocutrices et vint vers elles. Dans la lumière dorée du soleil entrant par les grandes baies, elle le trouva plus grand, plus large d'épaules et plus blond que la veille.

Il jeta un regard bref et – peut-être ? – appréciateur sur sa robe.

« Bonjour madame, mademoiselle Balfour. Vous avez belle allure. »

Elle avait eu raison d'opter pour la soie.

« Merci. Je vois que vous avez fait la connaissance des Winkworth.

— Vos voisines, si j'ai bien compris. D'après Mme Winkworth, nous nous serions rencontrés à l'Opéra, mais je n'en ai pas le souvenir, et comme Mlle Winkworth n'aurait pu avoir plus de huit ans à l'époque, je ne peux m'empêcher d'en douter. »

Margaret pouffa.

« Elles n'ont pas été trop effrontées, j'espère ?

— Elles étaient tout à fait charmantes. Cela étant,

Mme Winkworth a beaucoup critiqué la posture de sa fille. » Il marqua une pause. « J'ai l'étrange impression que cette dame me rappelle quelqu'un… »

Un sourire malicieux se dessina sur ses lèvres et elle sentit les siennes se retrousser.

« J'ai eu le même sentiment la première fois que je l'ai vue.

— Je n'en suis pas surpris. »

Ravie que la réserve de Lord Somerset se soit atténuée depuis la veille, elle eut du mal à retenir un franc sourire. Elle pria pour que les deux semaines à venir soient remplies de multiples occasions du même ordre et qu'il soit de plus en plus à l'aise en sa présence.

« Avez-vous vu M. Walcot ce matin ? reprit-elle.

— Oui, mais il préférerait certainement me voir au diable. Être propriétaire foncier nécessite un vaste savoir si l'on veut s'acquitter correctement de ses obligations. »

De nombreux gentlemen s'intéressaient à leurs domaines uniquement pour les revenus et les privilèges qu'ils leur procuraient. Ceux qui accordaient plus d'importance à leurs devoirs envers leurs administrés étaient beaucoup plus rares. Eliza n'était pas étonnée qu'il fasse partie du second groupe.

« C'est une chance pour moi qu'il ait la patience d'un philosophe », ajouta-t-il avec une moue sarcastique.

Elle haussa les sourcils. Ce n'était pas du tout ce qu'elle avait retenu de ses entretiens avec le notaire.

« Je suis sans aucun doute son élève la moins brillante », déclara-t-elle sur un ton désabusé.

Il l'avait laissé entendre sans ambiguïté lors de son second rendez-vous.

« Votre père ne s'occupe plus de vos affaires en votre nom ?

— Non, mais je dois rencontrer un intendant la semaine prochaine. J'ai une kyrielle de questions à lui poser. Il jugera probablement que je suis d'une grande bêtise. »

En lisant consciencieusement les ouvrages rébarbatifs qu'elle avait empruntés à la bibliothèque, elle avait été frappée par la quantité de notions qu'elle devait maîtriser.

« Ne dis pas de sottises, s'écria Margaret. Tu es bien plus intelligente que la moitié des lords que je connais.

— Hormis notre présente compagnie, évidemment », enchaîna Eliza d'un air entendu avec un signe de tête vers Lord Somerset.

Margaret examina le jeune comte comme si elle comptait évaluer son niveau intellectuel sur-le-champ.

« Je vous en supplie, épargnez-moi vos conclusions, mademoiselle Margaret, je suis certain qu'elles seront peu flatteuses, dit-il avec un regard rieur. Je vous accorde que Lady Somerset a l'esprit fin et ne manque pas de bon sens, mais si je peux lui être d'un quelconque secours… »

Eliza hésita. Elle avait réfuté l'allusion de M. Walcot que son père, son frère ou n'importe quel homme serait mieux habilité à superviser ses domaines. Accepter de l'aide maintenant n'équivaudrait-il pas à capituler ? D'un autre côté, s'associer à Lord Somerset – leurs têtes penchées l'une près de l'autre au-dessus des livres de comptes – ne manquait pas d'attrait…

« C'est très gentil à vous. La propriété de Chepstow, notamment, pose certains problèmes.

— Vous devriez solliciter l'avis de mon beau-frère : la sienne est mitoyenne. »

Elle n'avait aucune sympathie pour Lord Selwyn, qui, de son côté, apprécierait sans doute peu qu'elle lui demande conseil après l'épisode pénible de la lecture du testament. Cette suggestion n'était pas judicieuse.

« C'est une excellente idée, affirma-t-elle au mépris de la vérité. Je n'y manquerai pas lorsque nous nous verrons.

— Vous en aurez l'occasion aujourd'hui même car il est à Bath avec ma sœur, qui avait des gens à voir. D'ailleurs, les voici ! »

En tournant la tête, elle vit avec effroi Lord et Lady Selwyn s'approcher.

« Lady Somerset ! tonna ce dernier en s'inclinant. C'est un plaisir de vous voir ! »

Après avoir échangé courbettes et révérences, Lady Selwyn mit un point d'honneur à contempler sans retenue Eliza des pieds à la tête.

« Nous étions inquiets d'apprendre que vous étiez souffrante, lança-t-elle avec un manque de sincérité flagrant. Mais je constate que ce n'était pas nécessaire. Vous êtes d'une rare élégance. »

Son compliment, qui résonnait comme une insulte, fit rougir Eliza. Elle avait eu tort d'opter pour la soie.

« J'ignorais que vous étiez en ville, répondit-elle.

— Seulement pour la journée, répliqua Lady Selwyn

avec un sourire mordant. Dès que j'ai su que mon frère projetait de séjourner deux semaines dans une auberge, j'ai pensé qu'il était de mon devoir de l'en déloger !

— Ma sœur associe le Pelican à une annexe de l'enfer, expliqua Lord Somerset. En fait, il me convient parfaitement : il est à proximité de mon notaire, de mon intendant et de mes propriétés.

— Tout comme Sancroft ! insista sa sœur. Où tu serais en famille. Ici, à part Lady Somerset, tu ne connais personne.

— Tu oublies Mlle Balfour. »

Elle posa un regard froid sur Margaret avant de l'effacer de son esprit.

« Suis-je négligente ! Tu devrais au moins venir quelques jours chez nous. Les filles seraient ravies de te revoir. »

La mention de ses nièces sembla attendrir Lord Somerset.

« D'autant que si j'ai bien compris, ajouta Lord Selwyn en se penchant comme pour livrer un secret d'importance, la cuisinière prépare un plat de veau pour ce soir… »

Il conclut sa phrase par un hochement de tête. Lord Somerset éclata de rire.

« Je dois avouer que j'ai un faible pour le veau. »

Eliza se figea. Les Selwyn allaient repartir avec lui ! Il arrivait tout juste, il commençait à peine à se comporter normalement avec elle, et après une journée sur les quinze promises, les Selwyn l'enlevaient ? Pour une courte visite, certes, mais la mine satisfaite de sa sœur laissait entendre qu'une fois Lord Somerset chez elle, il y resterait.

« Chère Lady Somerset, vous devriez le supplier aussi, glissa Lady Selwyn. Vous conviendrez que mon frère ne peut dîner seul dans ce genre d'endroit ? Ce serait affreux. »

Elle ne pouvait pas accepter cela. L'ancienne Eliza l'aurait fait, elle se serait résignée à son sort sans réagir, même s'il la rendait très malheureuse. Pas la nouvelle.

« En vérité, s'écria-t-elle impulsivement, j'étais sur le point de demander… D'inviter Lord Somerset à dîner à Camden Place afin de le présenter à quelques membres de la bonne société. Ce soir. »

Faire ce genre de surenchère n'était pas digne d'une lady. Les sourcils de Lord Somerset se froncèrent tandis que les yeux de sa sœur fixèrent sans équivoque sa robe noire. Eliza se jeta à l'eau.

« Maintenant que mon dixième mois de deuil est entamé, ma mère m'a suggéré d'organiser à la maison des petits dîners informels, avec cinq ou six amis proches. »

Sa mère n'avait rien suggéré de tel, mais si elle, plus attachée que quiconque aux usages, l'estimait convenable, Lord Somerset ne pourrait s'y opposer.

« Je ne voudrais pas, bien sûr, vous priver d'une visite à Sancroft, poursuivit-elle, mais si ce que votre sœur redoute, c'est que vous dîniez seul… »

Le front de Lord Somerset se défroissa.

« Quelle coïncidence ! remarqua Lady Selwyn d'une voix suave. Puis-je demander qui y prendra part ? »

Eliza la regarda, médusée.

« Eh bien, nos chers amis, bien sûr… » Elle passa en revue mentalement les personnes sur lesquelles elle pouvait espérer compter pour le soir même. Elle tomba malheureusement sur… « Les Winkworth, nos voisins. Et évidemment, les…

— Melville, souffla Margaret.

— Le comte ? s'enquit Lady Selwyn.

— À Bath ? s'étonna son époux.

— Oui, ils sont là depuis peu », déclara Eliza en tâchant de ne pas montrer son inquiétude.

Lord Somerset grimaça de nouveau. *Zut.* Margaret était-elle obligée de mentionner les seules personnes qu'il semblait avoir prises en grippe ? Les seules avec qui il n'aurait *pas* envie de dîner ?

« Nous aurons également du veau au menu, conclut-elle en désespoir de cause.

— Je serai ravi de me joindre à vous, dit-il. Ma sœur sera rassurée : je ne serai pas seul, abandonné de tous, au Pelican. »

Elle sourit, soulagée. Il y eut ensuite un silence. Les Selwyn et Lord Somerset la regardaient, l'air d'attendre quelque chose d'elle.

Oh.

« Nous vous aurions conviés avec plaisir si nous avions su que vous étiez en ville, reprit-elle à contrecœur. Quel dommage que vous rentriez à Sancroft ce soir. »

Non, ce n'était pas dommage.

« Voilà qui est simple à résoudre ! lança Lady Selwyn. Il suffit que nous reportions notre départ à demain matin. Nous pourrons aisément nous loger au Pelican.

— Excellente idée, ma chère, ajouta son époux,

ce qui effaça le sourire d'Eliza. À quelle heure nous attendez-vous ?

— On dîne tellement tôt à Bath. Je suppose que vous ne nous accueillerez pas plus tard que six heures ? » observa Lady Selwyn.

Eliza ne voyait pas d'issue. Sa vivacité d'esprit l'avait désertée.

« Six heures… et demie, répondit-elle d'une petite voix. Je suis ravie que vous puissiez vous joindre à nous. »

Après une profonde révérence, elle prit congé. Pendant qu'elle s'éloignait avec Margaret, celle-ci lui glissa :

« J'espère que tu ne m'en voudras pas d'être aussi terre à terre, mais peux-tu m'expliquer pourquoi tu les as conviés à ce qui ressemble fort à une soirée imaginaire ?

— Tu étais avec moi ! Les Selwyn allaient le… l'allécher avec leur plat de veau et j'ai paniqué. J'ai simplement parlé… »

L'ampleur des conséquences de son invitation irréfléchie commençaient à lui sauter aux yeux. Elle s'arrêta sur la première marche de l'escalier.

« Qu'est-ce qui m'a prise d'organiser un dîner alors que je suis en grand deuil ? Ma mère va me tuer. Je dois annuler immédiatement. Oui, mais Lord Somerset ira à Sancroft et les Selwyn auront gagné… Comment faire autrement ?

— Tout se passera bien. »

Margaret la tira par le bras. Voyant qu'Eliza ne réagissait pas, elle la tira plus fort.

« Ce sera une soirée privée, à notre domicile, la moitié des invités sont quasiment de la famille… »

C'était un peu forcé et Eliza comprenait son argument, sauf que…

« Nous n'en avons pas d'autres !

— Tu iras directement chez les Winkworth, puis chez les Melville. De mon côté, je parlerai à Perkins et très vite, ce dîner ne sera plus fictif. D'accord ? dit-elle en lui donnant un petit coup de coude.

— Oui… Oui ! Ai-je annoncé… que nous servirions du veau ? »

Margaret pinça les lèvres pour ne pas rire.

« Tout à fait, et même moi, j'ai pensé que c'était audacieux. »

Il était presque onze heures, un samedi. La probabilité que la cuisinière se procure une pièce de viande était quasiment nulle. Eliza laissa échapper un gémissement désespéré.

Une fois à Camden Place, elles se séparèrent. Eliza, suivie d'une Pardle perplexe, se rendit chez les Winkworth dans l'espoir que son invitation serait rapidement transmise et acceptée, mais elle ne trouva personne. Elle laissa un petit mot dans lequel elle sollicitait leur présence et s'excusait de les convier si tardivement. Si Mme Winkworth le recevait à temps, Eliza savait qu'elle viendrait. Sinon…

Elle se hâta ensuite vers Laura Place et s'aperçut en chemin qu'elle ne se souvenait pas si les Melville étaient les voisins de gauche ou de droite de Lady Hurley. Était-ce le n° 4 ou le n° 8 ? Elle s'arrêta, hésita à confier à Pardle la mission de frapper aux portes, quand elle entendit l'une d'elles s'ouvrir. En tournant la tête, elle vit Lord Melville descendre sur le trottoir à hauteur du n° 4 tout en parlant à quelqu'un derrière lui.

« Lord Melville ! » lança-t-elle, soudain rassérénée.

Il sursauta et mit la main sur son cœur.

« Juste Ciel ! Vous voulez ma mort ?

— Toutes mes excuses.

— Que me vaut le plaisir – si je peux dire –, madame ? demanda-t-il en lissant le tissu de son manteau comme pour en faire tomber sa surprise. Je vous inviterais bien à entrer, mais tel que vous me voyez, je vais en ville.

— Puis-je vous escorter ? »

Elle rougit aussitôt de ce mot mal choisi.

« M'escorter ? répéta-t-il, amusé. Vous voulez protéger ma vertu au cas où nous croiserions des bandits de grand chemin ? »

Il lui offrit néanmoins son bras et elle le prit sans répondre. Ils partirent d'un bon pas. Elle se demandait comment formuler au mieux sa demande – si possible, de façon spontanée et charmante plutôt qu'avec une lenteur embarrassante – mais il la prit de court.

« J'espérais vous rendre une visite cet après-midi. Légèrement plus longue que la précédente. »

Dans l'excitation de la journée, elle avait complètement oublié cet épisode et rougit jusqu'aux oreilles.

« Je vous présente mes plus sincères excuses. Il n'était pas du tout dans mes intentions d'insinuer que vous deviez l'écourter.

— Ce n'est pas grave. Caroline m'a expliqué que

vous étiez amoureuse de Somerset… Simple curiosité : l'appelez-vous "mon neveu" ? »

Elle en eut le souffle coupé.

« Je… Je… Comment osez-vous ? Ce n'est pas du tout mon neveu ! Et je ne suis pas amoureuse de lui !

— Je ne le répéterai à personne, si c'est ce qui vous préoccupe.

— Si c'est ce qui me préoccupe ? Monsieur, vous prenez un malin plaisir à me poser les questions les plus importunes et les plus déplacées… Beaucoup de gens les considéreraient d'une grande impertinence.

— J'espère que vous n'en faites pas partie. Ils me font l'impression d'être très ennuyeux. »

Elle tenta de reprendre les rênes de la conversation.

« Nous pourrions aborder des sujets traditionnels. Le beau temps dont nous bénéficions, par exemple… »

Il jeta un regard dubitatif vers le ciel.

« Devrons-nous parler longtemps des conditions climatiques avant de revenir à des choses plus intéressantes ? Pourquoi avez-vous préféré épouser l'oncle ? Le titre ? »

C'était décidé. Elle ne pouvait définitivement pas, en toute conscience, le recevoir à sa table. Elle devait renoncer à ce projet. Elle dirait à Lord Somerset que leurs invités avaient été contraints d'annuler pour raisons de santé… Mais ce mensonge risquait d'être vite découvert. Elle pouvait aussi prétendre qu'elle était souffrante, puisqu'il la pensait malade… Dans ce cas, Mme Winkworth, impertinente comme elle l'avait été avec lui, ne mentionnerait-elle pas l'invitation tardive et presque aussitôt retirée ? Quel que soit le résultat, elle en sortirait humiliée. Elle imaginait l'air suffisant de Lady Selwyn apprenant que le dîner avait été décommandé à la dernière minute, le front plissé de Lord Somerset devant un comportement si peu distingué. Non, elle ne pouvait pas. Elle devait essayer de s'en tirer au mieux. Elle s'obstina donc.

« Je suis venue vous convier, ainsi que Lady Caroline, à un petit dîner que je donne.

— Dansera-t-on ?

— Certainement pas. On ne peut pas danser en noir.

— Dommage. Quand aura lieu ce charmant événement ?

— Euh… Ce soir, à vrai dire. Une décision impulsive. J'espère que vous me pardonnerez de m'y prendre à la dernière minute. »

Il lui jeta un regard en coin, comme s'il la soupçonnait de ne pas tout lui dire.

« Y aura-t-il d'autres invités ?

— Lord Somerset, les Selwyn et les Winkworth, j'espère.

— Ah… Eh bien, après mûre réflexion, et compte tenu d'un engagement antérieur, je crains de ne pouvoir accepter.

— Quel engagement antérieur ?

— Je me suis engagé à fuir les Winkworth autant qu'il m'est possible. Je n'ai que mépris pour eux. Quant à leur fille, elle me paraît simplement inintéressante.

— Vous ne les avez vus qu'une seule fois !

— Elle m'a suffi.

— Ce n'est pas une excuse valable !

— Pourquoi aurais-je besoin d'une excuse ? Tout indique que je ne m'amuserai pas. Pourquoi y prendre part ? »

Elle s'arrêta brusquement de marcher, tellement déçue par lui et tout le reste qu'elle était au bord des larmes.

« Je croyais que vous souhaitiez être mon ami, monsieur. Qu'est-ce que l'amitié, sinon des actes charitables comme celui-ci ? »

Il la fixa un long moment avant de répondre :

« Nous pourrions conclure un accord. »

Elle leva les yeux au ciel en implorant Dieu de lui accorder la patience.

« Quel genre d'accord ?

— Si nous y assistons… énonça-t-il lentement comme s'il réfléchissait tout en parlant, vous me montrerez vos tableaux. »

Elle le regarda, surprise. Elle s'attendait à une requête beaucoup plus extravagante.

« Rien n'est plus simple.

— C'est ce que je me tue à vous répéter.

— J'accepte. Venez à six heures et demie, s'il vous plaît.

— Six heures et demie de l'après-midi ? » s'exclama-t-il avec un effarement non feint.

Elle partit sans se retourner pour lui répondre.

10

Le désastre ne fut pas immédiat. Jusqu'à l'arrivée des invités, tout se déroula pour le mieux : quand Eliza rentra à Camden Place, la salle à manger était joliment décorée de fleurs fraîches et un petit mot de Mme Winkworth l'attendait, l'informant de son accord. En outre, Perkins et la cuisinière avaient réussi à concocter un menu délicieux qui, par miracle, comprenait un plat de veau. Dès qu'elle et sa cousine furent habillées – elle d'un fourreau en gaze italienne noire froncée par une broche de jais, Margaret d'une robe en soie de Berlin assortie à ses yeux –, elles étaient si satisfaites de leur reflet dans la glace qu'Eliza nourrit le timide espoir qu'en dépit de la nature improvisée de cette soirée et du fait qu'on n'aurait pu réunir dans tout le pays un groupe de convives plus mal assortis, la soirée ne se passerait peut-être pas trop mal.

Son espoir dura jusqu'à ce que les Winkworth se présentent avec dix minutes d'avance. Dès qu'ils surent que les Melville étaient attendus, leur joie de partager un repas avec des membres de la noblesse retomba considérablement. L'amiral s'adressa à sa femme sur un ton sec :

« Le saviez-vous ?

— Lady Somerset n'en faisait pas mention dans son billet.

— Est-ce un problème ? » demanda Eliza.

Elle savait qu'ils n'appréciaient pas les Melville, mais elle avait jugé que leur ambition sociale les motiverait suffisamment pour surmonter cet obstacle. En frottant sa moustache avec assez d'ardeur pour balayer le parquet, M. Winkworth répondit :

« Lorsque j'étais en poste à Calcutta, il était courant que les hommes de troupe frayent avec des indigènes, mais qu'un aristocrate britannique épouse... qu'il mêle son sang à celui de... »

Elle l'interrompit, affolée.

« Lord Melville et Lady Caroline sont mes invités ! Je vous demanderai de les traiter avec courtoisie.

— Pour être franc...

— Non ! Pardonnez-moi, mais je préférerais vraiment que vous vous en absteniez, monsieur. » Son cœur battait à un rythme inquiétant. Elle jeta un regard angoissé à sa cousine. « Si vous ne vous sentez pas à l'aise en leur présence... »

Elle ne pouvait tout de même pas leur demander de partir ? Non. L'horloge sonna la demie et la porte d'entrée s'ouvrit. Il était trop tard.

Mme Winkworth fronça les sourcils à l'intention de son époux.

« Bien sûr que si ! N'est-ce pas, mon mari ?

— Le Très Honorable comte de Melville et Lady Caroline Melville », annonça Perkins.

Comme toujours, les Melville avaient une allure

folle : elle dans une robe en gaze de satin gris tourterelle ornée de galons en dentelle blanche sur la jupe, et des perles dans les cheveux ; lui en habit noir ajusté, gilet blanc et pantalon assorti, les cheveux humides en raison de la pluie qui s'était mise à tomber. Il s'inclina élégamment devant Eliza.

« Bonsoir, murmura-t-elle.

— Vous pouvez vérifier : nous sommes ponctuels. »

Avec plus de calme qu'Eliza s'en sentait capable, Margaret remarqua :

« Vous semblez en tirer une grande fierté.

— Parce que c'est un exploit ! s'écria sa sœur. Nous ne l'avons pas été depuis des années.

— Dans la marine, nous fouettions les retardataires », commenta l'amiral.

Après un court silence, Lady Caroline observa :

« On comprend pourquoi les militaires sont aussi ennuyeux. »

Margaret éclata de rire, M. Winkworth grommela dans sa barbe, son épouse redressa les épaules et sa fille resta muette, tremblante d'inquiétude, si bien que lorsque Lord Somerset fut annoncé quelques instants plus tard, Eliza en fut si soulagée qu'elle aurait pu défaillir. Elle se réjouit même de voir les Selwyn.

« Lord Somerset, vous connaissez Lord Melville et Lady Caroline, lança-t-elle. En revanche, je ne crois pas que Lord et Lady Selwyn…

— Non, en effet, et c'est un scandale ! dit cette dernière, tout sourire. Nous avons quantité d'amis communs qui auraient pu nous mettre en relation depuis des années. »

Elle avait du charme quand elle le voulait et Lord Melville donna l'impression d'y être sensible. Il répondit à sa révérence par une courbette et un large sourire.

« De qui s'agit-il ? Nous allons les réprimander sévèrement pour ce regrettable manquement », répliqua-t-il en feignant l'indignation.

Lord Selwyn le prit au premier degré.

« Southey, pour commencer… Et Sheridan.

— Mon Dieu, Sheridan… glissa Mme Winkworth, éblouie.

— Décédé, maintenant, bien sûr, ajouta Lord Selwyn.

— Lord Somerset, je crois que vous avez rencontré Mme et Mlle Winkworth, reprit Eliza, mais peut-être pas l'amiral… »

Mme Winkworth fit un pas en avant.

« Oh, mais nous avons tous déjà croisé monsieur le comte, n'est-ce pas, mon époux ?

— Aux courses, c'est cela ? dit ce dernier.

— À l'Opéra, m'a-t-on assuré », précisa aimablement Lord Somerset en lançant un coup d'œil à Eliza, qui baissa la tête pour dissimuler son amusement.

Cesserait-elle un jour d'être stupéfaite par le simple fait de le voir ? Quelques minutes plus tôt, elle était dans un état de nerfs pitoyable et grâce à un seul regard, elle avait à nouveau dix-sept ans, aussi frémissante et excitée qu'à l'heure de sa première danse.

Sur ces entrefaites, Perkins revint pour indiquer que le dîner était prêt. Un peu rassérénée, elle les entraîna au rez-de-chaussée. Les Selwyn, jusque-là ses bêtes noires, représentaient désormais son salut, et tant que Lord Somerset lui sourirait, elle serait satisfaite.

Ils se placèrent en fonction de leur sexe et de leur rang: Eliza en tête de table, Lord Melville et Lord Somerset à sa droite et à sa gauche, Lady Selwyn et Lady Caroline de part et d'autre, puis l'amiral Winkworth et Selwyn, Margaret et Mme Winkworth, et enfin Mlle Winkworth. En s'asseyant, Lady Selwyn jeta un regard attristé vers le siège vide à l'extrémité de la table et lança à la cantonade:

«Quel sombre rappel que mon cher, très cher oncle aurait dû être parmi nous ce soir… »

Dans la mesure où elle n'avait eu aucun scrupule à s'attabler le jour de ses funérailles, Eliza avait du mal à croire à la sincérité de son chagrin. Quoi qu'il en soit, sa remarque jeta un froid.

«On m'a rapporté que c'était un grand homme, marmonna l'amiral.

— Le meilleur», renchérit Lord Selwyn.

Eliza cherchait désespérément un autre sujet de discussion.

«En vérité, ce n'est pas moi qui mérite votre soutien mais Lady Somerset, reprit Lady Selwyn. J'ai rarement vu un couple aussi épris que celui qu'elle formait avec mon oncle.»

Son mensonge était si inattendu qu'Eliza en perdit la voix. Lord Somerset, gêné, remua sur sa chaise. Elle se tourna vers lui mais il baissa les yeux. Poussant son avantage, Lady Selwyn tendit la main vers elle et d'une voix débordant de compassion affectée, lui dit:

«J'admire votre force d'âme, madame. Le simple

fait de voir cette chaise inoccupée me met les larmes aux yeux. Je ne sais comment vous pouvez le supporter. »

À ces mots, les cordes vocales d'Eliza se remirent à fonctionner.

« Votre admiration me touche beaucoup, madame, mais elle n'est pas nécessaire car le dernier gentleman à avoir occupé ce siège – un certain M. Martin – est tout à fait vivant et en bonne santé, et sa chaise ne me chagrine pas du tout.

— En effet, il n'est pas utile de pleurer sur un seul des meubles de cette maison, ajouta Margaret. À moins que ce soit le chêne qui vous attriste, Lady Selwyn ? »

Sa réplique effaça la morgue de la dame et fit rire doucement Lady Caroline. Mme Winkworth, quant à elle, n'en perdait pas une miette. Eliza pressentait qu'elle préparait les cancans qu'elle s'empresserait de colporter dès le lendemain.

« Je crains que nous n'en ayons pas fini avec la pluie », déclara-t-elle avec une vivacité forcée.

Le majordome entra avec le premier service : soupe à la crème, tête de morue, la longe de veau promise, accompagnée de ris de veau bardés, d'une tourte et de légumes cuits au beurre.

Dehors, un coup de tonnerre retentit à grand bruit.

« De toute évidence, vous avez raison, glissa Lady Caroline.

— Il n'y a qu'en Angleterre que la pluie occupe les conversations, enchaîna mielleusement Lord Selwyn. À Paris, elles sont d'un autre niveau, n'est-ce pas, Lady Caroline ? »

Sans se préoccuper de lui, Margaret s'immisça dans la conversation.

« Avez-vous séjourné longtemps à Paris, Lady Caroline ?

— Oui, et c'est certainement la ville d'Europe qui m'est la plus chère. J'aurais beaucoup préféré que nous y allions au printemps, mais mon frère a considéré que c'était trop onéreux et donc… ce fut Bath. »

Son commentaire dépréciateur eut pour effet d'irriter Margaret et Mme Winkworth – association par ailleurs très improbable. La première répliqua :

« Pour notre part, nous considérons que nous avons beaucoup de chance.

— Y a-t-il une possibilité que vous changiez d'avis ? avança la seconde.

— Oh, *brava*, Caroline, tu as froissé la moitié de l'assistance en une seule phrase, commenta son frère. Dois-je m'attendre à te servir de témoin si Mlle Balfour te provoque en duel ?

— Mon pauvre, tu tires beaucoup trop mal ! »

Sa réponse provoqua quelques rires autour de la table. Les écueils paraissaient évités. Eliza interrogea Mme Winkworth, qui était en très bons termes avec les maîtres de cérémonies, sur les concerts auxquels ils pouvaient espérer assister le mois suivant. Ce thème fut bien accueilli : Mme Winkworth apprécia son hommage et Lord Selwyn fut ravi d'étaler sa culture musicale, si bien que les échanges durèrent jusqu'au plat de résistance.

« Maintenant, Melville, il faut que je vous demande quand nous pouvons espérer votre prochaine publication, lança Lord Selwyn sur un ton solennel au moment où des plats de perdrix et de crabe froid arrivèrent sur la table, ainsi qu'une fricassée de poulet et une crème d'épinards.

— Nous attendons votre prochain recueil avec une grande impatience, renchérit son épouse.

— Comme tout le monde, marmonna Lady Caroline dans son verre.

— Navré de décevoir une dame, répondit Lord Melville, mais les circonstances m'y contraignent : je n'écris pas actuellement.

— Pourquoi ? s'écria Lord Selwyn. Toute la bonne société brûle d'envie de vous lire ! »

Lord Melville haussa les épaules et but une gorgée de vin.

« On ne sait jamais quand la Muse viendra vous visiter. »

Lord Somerset prit la parole pour la première fois depuis plusieurs minutes.

« Je vous envie, Melville. »

Celui-ci se tourna vers lui.

« Plaît-il ?

— Ce doit être agréable d'avoir en permanence sous la main l'explication de son impuissance. Dans l'armée, ce genre d'excuses n'était pas accepté.

— Vous aviez des problèmes avec votre mousquet ? »

Lord Somerset s'étouffa en avalant une gorgée de bourgogne. Eliza interpella Lady Caroline :

« Êtes-vous en train de rédiger un nouveau roman ?

— Tout à fait. La suite de *Kensington*.

— Vraiment ? »

Trois ans s'étaient écoulés depuis la parution d'un ouvrage qui avait fait grand bruit : son pamphlet ridiculisait tellement les aristocrates du monde politique qu'on lui avait, à ce qu'on disait, interdit l'accès à l'Almack. Eliza croyait que cette sanction sévère aurait suffi à l'empêcher de récidiver.

« De nombreux personnages de la société ont échappé à ma plume, ajouta Lady Caroline.

— Devons-nous nous inquiéter ? s'enquit Mme Winkworth avec malice. Si vous songez à écrire dans notre ville, avez-vous prévu de nous y faire figurer ?

— Cela dépend. Avez-vous prévu de faire quelque chose d'intéressant ? »

Mme Winkworth referma la bouche d'un coup sec, Margaret étouffa un rire pendant que Lady Selwyn scrutait les convives tour à tour et que son mari secouait la tête en signe de désapprobation. Quant à l'amiral, il était heureusement trop occupé par le contenu de son assiette pour s'intéresser à la conversation.

« Simple curiosité, Melville, reprit Lord Somerset. Est-ce uniquement par mesure d'économie que vous avez choisi Bath plutôt que Paris ? »

Eliza croyait cette question abandonnée depuis longtemps, mais apparemment non.

« L'excellente compagnie est un atout supplémentaire, observa ce dernier. Ainsi que… le… les paysages.

— Ceux de votre domaine ne convenaient pas ?

— Alderley Park est beaucoup trop vaste pour nous

deux. Nous l'avons loué à des amis qui en profiteront mieux que nous. »

Lord Somerset embrocha un fleuron de chou-fleur avec une hargne inhabituelle.

« C'est fort charitable.

— Je vous remercie, Somerset, je suis flatté que vous le pensiez.

— Je ne l'entendais pas nécessairement comme un compliment. »

L'air vibrait de tensions dont Eliza ne comprenait pas vraiment la cause.

« Je choisis néanmoins de le prendre comme tel.

— C'est que ma formulation était incorrecte.

— Ah, le maniement des mots n'est pas à la portée de tous...

— Perkins, nous sommes prêts pour le dessert », déclara Eliza.

Perkins, son unique allié au cours de cette soirée, fit débarrasser la table en un clin d'œil et disposa un plat de fruits au sirop, un gâteau de Savoie et des châtaignes grillées.

Le silence était retombé. Les convives semblaient épuisés par ces échanges à couteaux tirés et Eliza se creusait la tête à la recherche d'un sujet qui ne soit ni ennuyeux ni conflictuel. Rien ne lui venait à l'esprit. Elle n'osait pas regarder Lord Somerset, qui devait regretter d'avoir accepté son invitation autant qu'elle regrettait de l'avoir lancée. Elle suppliait son cerveau de penser à quelque chose, n'importe quoi. Pour finir, le secours arriva de là où elle ne l'attendait pas.

Si doucement qu'on ne l'aurait sans doute pas

entendue si la tablée n'avait pas été aussi silencieuse, Mlle Winkworth s'adressa à Lady Selwyn :

« Comment va votre fille, madame ? »

Celle-ci leva les yeux de son assiette.

« Très bien, merci. Vous la connaissez ?

— Elles ont fréquenté la même école », annonça fièrement sa mère.

Lord Somerset sourit à la demoiselle.

« Vraiment ? »

Devant son air indulgent, elle parut sur le point de réunir assez de courage pour prendre la parole, mais à l'instant où elle ouvrait la bouche, Mme Winkworth la prit de vitesse.

« Oui, tout à fait. Winnie espère beaucoup la revoir.

— Vous aurez peut-être cette chance, indiqua-t-il à la jeune fille comme si c'était elle qui avait parlé. Ma sœur compte louer un logement à Bath au printemps.

— Quelle bonne nouvelle ! dit Mme Winkworth en se penchant en avant.

— Ce n'est pas encore décidé, ajouta Lady Selwyn, mais il se peut qu'Annie fasse son entrée dans le monde avant notre départ à Londres en avril pour la saison.

— C'est une excellente idée. L'expérience lui serait certainement profitable.

— Je suis d'accord avec vous, remarqua Lord Somerset. La première saison peut être une expérience… écrasante. »

Il pivota brièvement vers Eliza, qui se demanda s'il avait en tête les mêmes images qu'elle : les danses partagées, leurs confidences, leurs discussions à mi-voix.

« Mlle Selwyn n'est-elle pas trop jeune pour faire ses débuts ? » avança-t-elle.

La dernière fois qu'elle l'avait vue, c'était une fillette avec de grands yeux, des cheveux en bataille et une langue si bien pendue que même sa mère ne pouvait la réfréner.

« Elle vient d'avoir dix-sept ans, répondit Lord Selwyn.

— Un âge canonique », murmura Margaret.

Malgré sa sympathie pour la jeune fille, Eliza lui fit les gros yeux.

« Pour notre part, nous sortons Winnie depuis un an, remarqua Mme Winkworth. Nous espérons la guérir de sa timidité avant qu'elle aille à Londres. »

Mlle Winkworth rougit.

« Une légère réserve n'est pas gênante quand elle est aussi charmante que celle de votre fille, avança Lord Somerset.

— Tout à fait, renchérit Eliza avec une bouffée de gratitude pour la gentillesse qu'il manifestait.

— Légère, c'est bien, commenta l'amiral Winkworth. Excessive, c'est fatal. »

Le teint rose de Mlle Winkworth devint cramoisi.

« Avez-vous un beau parti en tête pour votre fille ? » enchaîna Mme Winkworth.

Eliza espérait pour le bien d'Annie que Lady Selwyn n'était pas aussi ambitieuse que sa mère l'avait été. Le passage de l'adolescence à l'âge adulte n'était pas une période facile. Elle avait un souvenir très précis du fardeau des espoirs qu'on avait placés en elle, des reproches incessants, de l'obligation d'être plus délicate, plus jolie, meilleure à tous égards, de son angoisse permanente que tout cela ne suffirait pas.

« Bien entendu, affirma Lord Selwyn. On ne laisse pas sa fille se marier au hasard.

— Non, bien sûr que non, intervint Margaret en prenant une voix grave imitant à s'y méprendre le ton fanfaron du monsieur. On ne peut pas laisser les femmes prendre des décisions elles-mêmes. »

Eliza réprima un grognement de désespoir. Était-ce nécessaire de l'imiter ?

« Cela tombe sous le sens, appuya Lady Caroline. Où irions-nous ? »

Était-il trop tôt pour que les dames se retirent pour prendre le thé ?

Lord Somerset se porta à la défense de sa sœur et de son beau-frère.

« Il va de soi que Lord et Lady Selwyn n'accepteraient jamais que leur fille épouse un homme pour qui elle n'éprouverait aucun sentiment. Ils veulent tout au plus lui donner des conseils. »

Eliza baissa les yeux. Le mot qu'il avait choisi était anodin mais elle savait mieux que quiconque à quel point ces « conseils » pouvaient être insistants et inflexibles. Lord et Lady Selwyn ne forceraient pas Annie à épouser l'homme de leur choix, mais ils la presseraient vigoureusement à le faire, lui recommanderaient de ne pas se montrer égoïste, de penser à ses frères, à ses cousins, à sa famille. Ils lui répéteraient que le premier amour ne dure pas, que l'affection grandit avec le temps, lui promettraient que d'ici un an, elle aurait un bébé dans les bras et aurait oublié le jeune homme dont elle était éprise. Ces conseils-là n'étaient pas bienveillants. On ne pouvait y résister car ils étaient rabâchés jusqu'à ce qu'il soit plus facile, plus simple, voire libérateur, de baisser les bras.

« Il est impératif de prodiguer des conseils, ajouta Mme Winkworth. On ne peut prendre le risque d'une mésalliance. »

Eliza sentit sa bouche se tordre dans un sourire amer. Les yeux de Lord Somerset volèrent brièvement jusqu'à elle puis se détournèrent. Elle se demanda s'il songeait aussi à l'ironie de la situation : dans sa jeunesse, c'était lui qui avait été considéré comme un parti moins intéressant parce que dépourvu de titre et de fortune ; aujourd'hui, il était à la place qu'occupaient alors ses parents.

« Et si ses sentiments ne sont pas en accord avec vos conseils ? » demanda Margaret.

Lady Selwyn haussa un sourcil mais se tut.

« C'est peu probable, dit son époux.

— Dans ce cas, indiqua Lord Somerset, Annie donnerait certainement son point de vue. »

Eliza décida qu'elle ne supporterait pas d'en entendre plus sur ce thème et déclara :

« Avez-vous goûté le gâteau de Savoie ? »

Elle préférait qu'ils reviennent à n'importe lequel des thèmes épineux de la soirée plutôt que de consacrer une minute de plus à envisager l'avenir d'Annie.

« Il est délicieux, annonça Lord Melville en voyant son air implorant. Je peux repasser le plat si vous voulez… »

Margaret interpella Lord Somerset.

« À supposer qu'un tel événement se produise, en tant que chef de famille, accéderiez-vous à ses désirs ? »

Eliza faisait des efforts désespérés pour attirer son attention. Elle ne comprenait pas ce que sa cousine cherchait à obtenir, mais son entêtement était déplaisant. Si ces allusions à son histoire étaient délibérées, le moment était mal choisi. À quoi cela pouvait-il servir ce soir ?

« Absolument », répondit-il.

Trop bien élevée pour exprimer publiquement son désaccord avec son frère, Lady Selwyn pinça les lèvres mais ne dit mot.

« Et si elle tombe amoureuse d'un homme désargenté ? insista Lady Caroline.

— Je… Nous… »

Il s'arrêta brusquement. Sous le feu croisé des critiques de Margaret et de Lady Caroline, il sentit son cou s'empourprer.

« Elle ne le ferait pas, répéta Lord Selwyn.

— C'est exclu, renchérit son épouse.

— Parce qu'il ne lui viendrait pas à l'idée de désobéir ? proposa Margaret.

— Parce que, intervint Lord Somerset, nous en discuterions et… »

Il ne termina pas sa phrase, faute de réponse satisfaisante.

« Parez l'assaut, monsieur, parez », l'encouragea Lord Melville.

Lord Somerset lui jeta un coup d'œil sévère.

« Annie sait où est son devoir, elle obtempérerait », reprit Lord Selwyn.

Eliza ferma les yeux et aurait aimé pouvoir le faire avec ses oreilles.

« Nous n'en viendrions pas à cette extrémité », répliqua Lord Somerset, poussé dans ses retranchements.

À nouveau, son regard glissa vers Eliza puis revint à Margaret.

« Si Mlle Selwyn est telle que dans mon souvenir, murmura Mlle Winkworth avec un sourire à l'attention de Lord Somerset qui creusa deux fossettes, elle a suffisamment de caractère pour donner son avis.

— Tout à fait, enchaîna-t-il aussitôt en fixant Eliza. La faiblesse de caractère n'est certainement pas son problème. »

Elle eut l'impression de recevoir un seau d'eau glacée sur la tête. Sous le choc, elle essaya désespérément d'aspirer un peu d'air. Ses poumons s'étaient vidés d'un coup. Tous les visages se tournèrent vers elle mais elle n'en eut pas conscience. Frappée jusqu'à la moelle des os, elle ne pouvait détacher les yeux de Lord Somerset.

« Madame… » souffla à voix basse Lord Melville.

Sans le décider consciemment, elle se leva en faisant crisser les pieds de sa chaise sur le parquet.

« Je crois qu'il est temps que les dames se retirent pour prendre le thé. » Elle entendait à peine le son de sa voix tant son sang battait fort dans ses oreilles. Elle reprit sa respiration. « Margaret, si tu veux bien les accompagner au salon, je vous rejoins dans un instant. »

11

Elle monta les marches quatre à quatre sans trop savoir où elle allait, hormis qu'elle avait besoin d'être seule, à l'abri des regards, pour se ressaisir. Elle entra dans sa chambre, ferma la porte et s'adossa au battant, paupières closes, en essayant de respirer normalement. Elle ne pouvait pas se laisser aller car les pleurs qui menaçaient d'éclater n'étaient pas des larmes sages et bien élevées qu'elle pourrait laisser couler quelques minutes avant de tamponner ses joues pour redescendre au salon. Ce seraient de gros sanglots qui gonfleraient ses paupières et rougiraient ses joues. Tous les invités en seraient témoins et elle s'était déjà suffisamment donnée en spectacle en exposant son désarroi. Elle pressa sa main sur sa bouche pour contenir sa détresse.

Il ne lui avait pas pardonné. Elle ne s'y attendait pas vraiment, mais en avoir la preuve irréfutable, de façon aussi éclatante, avec ces paroles mordantes, ce regard accablant… C'était un choc. Il n'avait pas pardonné. Il ne le pouvait pas, ne le ferait pas, et les espoirs qu'elle avait nourris après leurs retrouvailles étaient ridicules. Tout comme ce dîner. Comment avait-elle pu imaginer qu'en faisant en sorte qu'ils se voient, en l'éloignant des propos perfides de ses proches, il pourrait retomber amoureux d'elle ?

Elle avait couru les magasins toute la journée, s'était pomponnée des heures devant son miroir pour s'attirer les bonnes grâces d'un gentleman qui n'avait que du mépris pour elle. Qui l'avait offensée à sa propre table, au vu et au su de tous, par des phrases peut-être volontairement destinées à faire mal. Elle appuya sur son sternum, comme si sa souffrance pouvait être apaisée par une simple pression de la main. Cette soirée n'avait servi qu'à rouvrir une blessure qui aurait dû être guérie depuis longtemps… Au moins, elle savait qu'elle supporterait la douleur : au fil des ans, elle avait appris à l'endurer.

Elle inspira profondément pour se calmer, redressa les épaules, repoussa ses souvenirs, rouvrit la porte et descendit l'escalier. Il était temps de se jeter dans l'arène. Elle mourait d'envie de renvoyer tout le monde en faisant fi des conséquences, mais elle devait sauver la face : elle boirait du thé en devisant poliment pendant une heure avant de mettre un terme à cette horrible et humiliante soirée.

Juste avant d'entrer dans le grand salon, elle aperçut un rai de lumière dans le couloir. La porte du petit salon était entrebâillée. Inquiète à l'idée d'avoir laissé une chandelle allumée, elle poussa le battant… et découvrit Lord Melville en train de contempler ses aquarelles empilées sur la table.

« Lord Melville ? »

Comment prend-on à partie quelqu'un que l'on

surprend dans un endroit où il n'a aucune raison d'être ?

« Mille pardons pour m'être introduit sans autorisation, dit-il sans paraître du tout contrit. Vous étiez d'accord pour que je les voie.

— Je ne pensais pas que vous envisagiez de le faire ce soir », répondit-elle à mi-voix. Dans cette éventualité, elle en aurait préparé quelques-unes et ne lui aurait certainement pas donné carte blanche pour qu'il les passe toutes en revue. « Avez-vous laissé Lord Selwyn, Lord Somerset et l'amiral Winkworth en tête à tête avec leur porto ?

— Je m'y suis vu contraint. »

Elle jeta un regard inquiet par-dessus son épaule et lui fit signe de parler plus bas. Si on les trouvait seuls ici, cela provoquerait plus que des froncements de sourcils et la pièce de réception n'était qu'à quelques mètres. Il baissa d'un ton.

« Winkworth dressait la liste des hommes qu'il avait tués pendant le siège de Seringapatam, Selwyn énumérait les auteurs classiques dont je devrais m'inspirer et Somerset avait sombré dans un silence lugubre. Un interlude s'imposait. »

Elle se sentit soudain coupable.

« Je suis navrée. Quelle affreuse soirée ! Je n'aurais pas dû vous persuader de venir. Si j'avais su que M. Winkworth… »

Elle laissa sa phrase en suspens. Elle avait remarqué l'aversion de son épouse pour les Melville mais pour être honnête, elle s'était surtout focalisée sur l'organisation du dîner.

« Nous ne romprons plus le pain avec eux », commenta-t-il sans cesser de tourner les feuilles.

Elle répéta :

« Quelle affreuse soirée.

— La fricassée était bonne, concéda-t-il avec une moue amusée.

— Dans ce cas, ce n'est plus la peine que je m'inquiète », répliqua-t-elle sur le même ton.

Il approcha une aquarelle de la lumière.

« Vous savez que vous avez du talent ? »

Elle le regarda. Avec lui, on n'était jamais sûr.

« Vous… vous moquez de moi ?

— Pourquoi le ferais-je ? Je ne prétends pas être un spécialiste mais elles sont aussi réussies que celles que j'ai vues à l'Académie royale. Vous parvenez à rendre une telle émotion ! »

Il passa ensuite à une vue de Harefield Hall sous un ciel d'orage incandescent.

« Est-ce Harefield ? »

Elle hocha la tête sans rien dire, ébahie de l'admiration qu'elle lisait dans son regard.

« Je n'avais pas compris que vous détestiez autant cette demeure. Vous l'avez représentée si austère, si désolée. Avez-vous déjà songé à exposer ? »

Elle laissa échapper un petit rire surpris et secoua la tête.

« Pourtant, vous avez dû y consacrer des heures. Que d'efforts…

— Je le fais pour moi et cela ne le rend pas moins important à mes yeux. »

Il la dévisagea longuement avant de se remettre à

examiner ses croquis, les prenant délicatement et lui faisant des compliments si aimables qu'elle put s'en délecter et oublier son absence de mérite. Les craintes qu'elle avait eues en le surprenant devant des travaux que seule Margaret avait vus s'évanouirent. Elle était si touchée par ses éloges, si impatiente d'en recevoir d'autres, qu'elle oublia complètement ce sur quoi il pouvait tomber. Il s'arrêta soudain devant l'une d'elles.

« Est-ce moi ?

— Non ! » s'écria-t-elle en tendant la main.

Trop tard. Il l'avait extraite de la pile et exposée à la lumière : lui-même, penché vers Lady Hurley avec un regard charmeur, sous les yeux furibonds de Mme Winkworth et de M. Fletcher.

« Mais oui, c'est moi ! »

Elle ne pouvait nier.

« Je... Je... C'est simplement que ce premier soir au concert, vous... Cela a attiré mon attention... Je peins souvent des scènes auxquelles j'ai assisté dans la journée. J'espère que cela ne vous dérange pas...

— Remarquablement précis. Quoique... Je dois être un peu plus grand en réalité. »

Le plancher, têtu et peu accommodant, refusa de s'ouvrir pour engloutir Eliza.

« Nous devrions redescendre. Notre absence a dû être remarquée.

— Savez-vous que M. Berwick veut me convaincre de poser pour lui ? »

Elle posa ostensiblement la main sur la poignée de la porte.

« J'ai cru comprendre, en effet.

— J'ai refusé. » Elle fit un geste en direction du vestibule. « Bien qu'on m'ait assuré que cela pourrait m'être utile d'ajouter mon portrait sur la couverture de mes ouvrages.

— Nous pourrions en reparler à une autre occasion... »

Il planta son regard dans le sien.

« Le feriez-vous si je vous le demandais ?

— Je ne vois pas...

— Voulez-vous réaliser mon portrait ? »

Il paraissait sérieux. Il ne pouvait pas l'être.

« Je ne suis pas sûre de comprendre où est la plaisanterie, mais j'aimerais que vous cessiez pour que nous rejoignions les autres convives.

— Je ne plaisante pas. Vous êtes douée et vos portraits – de moi et d'autres – sont très fidèles. Ils ont du caractère et ne cherchent pas à flatter. »

Enfant, elle imaginait souvent une scène identique : un beau et jeune lord séduit par son talent au point qu'il lui passait aussitôt commande, avant de lui demander sa main. Mais ce genre de choses ne se produisent pas dans la réalité. C'était ridicule. À supposer qu'elle maîtrise la technique picturale, ce qui n'était pas le cas, cela provoquerait tant de ragots, sans compter l'inconvenance de s'afficher... Elle mit la main sur son front ; une migraine s'annonçait. C'était trop. Après les épreuves du repas, elle ne pouvait affronter cela en plus.

« J'aimerais vraiment que vous le fassiez, reprit-il devant son silence.

— Vous me flattez, monsieur, mais vous devriez faire appel à quelqu'un du métier.

— D'après ce que je vois, vous l'êtes.

— Ne venez-vous pas d'admettre que vous n'étiez pas un expert ?

— Je parlais avec humilité, dit-il avec un sourire qu'elle ne lui rendit pas.

— Je dois décliner votre offre.

— Pourquoi ?

— Pour de multiples raisons. C'est inconcevable.

— Vraiment ? »

Elle aurait aimé qu'il abandonne le sujet. Refuser quelque chose qu'elle désirait ardemment était déjà assez difficile en soi.

« Vous avez été très bon, monsieur mais en vérité, je ne suis pas ce que votre bonté vous fait croire : je n'ai pas suivi de formation, je manque d'expérience, je n'ai pas fait mes preuves. Et cela susciterait trop de commérages. »

Il pencha la tête d'un côté, puis de l'autre.

« Cela signifie que vous ne voulez pas ?

— Je... »

Comment lui expliquer ? Si sa situation avait été différente, si le monde avait été différent, elle aurait déjà accepté. Peut-être même aurait-elle été la première à le lui proposer, à l'instar de M. Berwick. Mais ce n'était pas parce qu'elle le voulait – ou que c'était l'occasion dont elle rêvait depuis qu'elle savait tenir un pinceau – qu'elle pouvait le faire. C'était inconcevable. En principe.

« Je ne veux pas vous forcer la main, ajouta-t-il. Si vous ne le souhaitez pas, c'est absolument...

— Non. Non, enfin... si... Je pourrais... »

Il attendit, avec plus de patience qu'elle l'en croyait

capable, pendant qu'elle s'efforçait d'ordonner ses pensées. Elle était incapable de réfléchir sous ce torrent d'émotions. Elle ne pouvait pas.

« Nous pourrions… en discuter, conclut-elle.

— J'adore discuter. »

Lui obéissant enfin, il franchit la porte et la suivit dans l'escalier.

Dans le grand salon, Lady Caroline était en train de raconter une histoire amusante à propos d'une religieuse parisienne, d'un gant et d'une horloge de parquet, qui faisait pleurer de rire Margaret.

En l'entendant entrer, Lady Selwyn et Mme Winkworth se tournèrent vers elle.

« Vous sentez-vous bien, madame ? demanda Mme Winkworth.

— Très bien, merci.

— Vous vous êtes absentée longtemps. Nous commencions à nous inquiéter.

— Ce n'était pas nécessaire.

— Ai-je entendu Lord Melville monter à l'étage ? intervint Lady Selwyn. J'aurais juré…

— Si votre audition vous préoccupe, répliqua Eliza, il faudrait que vous consultiez un médecin.

— Lady Hurley ne jure que par M. Gibbes, au cas où vous auriez besoin d'une recommandation, glissa Lady Caroline en levant des yeux malicieux par-dessus sa tasse.

— Oh, je ne me fierais pas à son jugement, s'écria Mme Winkworth à l'intention de Lady Selwyn. C'est l'une des excentriques de la ville. Mon mari dit parfois qu'elle "hurle" beaucoup. »

Lady Selwyn poussa un gloussement complice.

« Très fin, commenta Margaret d'une voix plate.

— Elle a été très aimable avec mon frère et moi », nota Lady Caroline en haussant un sourcil.

Lady Selwyn cessa aussitôt de glousser et Mme Winkworth rougit, mais les messieurs les rejoignirent avant que l'une ou l'autre puisse poursuivre. Eliza les accueillit avec un sourire serein sans poser les yeux sur Lord Somerset car elle savait qu'elle ne pourrait le faire sans que son humiliation colore ses joues.

« Avez-vous apprécié votre digestif ? s'enquit Lady Selwyn.

— Beaucoup, répondit Lord Somerset. L'amiral Winkworth et moi avons découvert que nous avions été en poste aux mêmes endroits.

— C'est formidable ! s'exclama Mme Winkworth.

— Je me suis également rendu dans un certain nombre de ces ports, remarqua Lord Melville en s'asseyant près de Margaret, mais je dirais que c'était à un poste différent. »

Margaret éclata de rire. Eliza, de son côté, réprima un sourire.

« Quel magnifique pianoforte, madame, ajouta Mme Winkworth. En jouez-vous ?

— Non, malheureusement, nous le négligeons un peu.

— Vous n'êtes pas musicienne ? demanda Lord Melville en se versant du thé.

— Je n'ai pas plus de voix que d'aptitudes.

— Au grand désespoir de feu votre mari ! » s'esclaffa Lord Selwyn.

Margaret lui jeta un regard noir.

« Vous rappelez-vous, Lady Somerset, enchaîna son épouse avec un rire cristallin, que le soir de l'annonce de vos fiançailles à Grosvenor Square, il vous avait prié de chanter pour nous ?

— Je m'en souviens très bien. »

Il est rare qu'on fasse l'expérience de son pire cauchemar et cela ne s'oublie pas facilement.

« Vous étiez très réticente, reprit Lord Selwyn, et nous avons vite compris pourquoi ! »

Elle songea qu'elle n'avait jamais autant détesté quelqu'un que lui.

« Selwyn… intervint Lord Somerset d'une voix posée.

— Je plaisantais, Somerset !

— Cela ne me fait pas rire. »

Une heure plus tôt, le fait qu'il prenne sa défense aurait été un réconfort pour elle, mais maintenant, cela ne faisait qu'empirer son mal de tête lancinant. Avait-il décidé de lui envoyer des signes contradictoires ? De passer d'une minute à l'autre de l'indifférence à la taquinerie, de la sécheresse à la compassion ? Elle en avait le vertige.

« Oh, les messieurs ne peuvent s'empêcher d'espérer que leur femme possède des dons, observa Mme Winkworth. Quel que soit le gentleman que Winnie épousera, il aura de la chance de ce point de vue, car elle chante très joliment depuis toujours. »

Après quelques murmures polis, elle s'écria, comme si elle venait d'être frappée par une très bonne idée :

« Mais au fait… Winifred pourrait vous interpréter une chanson, Lady Somerset !

— Mère… souffla sa fille en secouant la tête.

— Je suis persuadée qu'un peu de musique serait bienvenu », insista sa mère.

Eliza se demandait si son tourment allait prendre fin ou si les moments pénibles allaient se succéder indéfiniment sans qu'elle puisse les éviter ou les contourner.

« Oui ! s'exclama Lord Selwyn. Pourquoi pas une gigue ?

— Le finale parfait pour une soirée parfaite, susurra son épouse à voix basse.

— Je ne peux pas, dit Mlle Winkworth.

— Lady Somerset, je vous en supplie, joignez vos prières aux miennes ! reprit sa mère. Winnie est trop modeste pour chanter sans qu'on la supplie.

— Si Mlle Winkworth préfère s'abstenir, je ne crois pas que je… commença Eliza sur le ton le plus ferme dont elle était capable.

— Allons, c'est simplement de la timidité, affirma l'amiral. Ne nous fais pas attendre, ma fille. »

Lord Melville se porta à son tour au secours de la jeune fille.

« Ne la forcez pas, monsieur. Je me sentirais tenu de pousser la chansonnette à mon tour et je sais à l'avance que ma voix ne ravira pas vos tympans ! »

Margaret et Lady Caroline rirent mais Eliza ne pouvait détacher son regard de Mme Winkworth murmurant des remontrances à l'oreille de sa fille, qui respirait à un rythme inquiétant. La douleur, derrière ses yeux, monta d'un cran.

« S'il vous plaît, ne… » reprit-elle alors que Mme Winkworth insistait pour que sa fille se lève.

Elle rêvait à nouveau de mettre fin sur-le-champ à cette soirée. Braver les conventions, violer les règles de l'hospitalité, renvoyer ses hôtes sans se soucier des effets de ses mauvaises manières. Si seulement elle pouvait agir ainsi !

Quoique… Pourquoi pas ? Ce serait mal élevé, certes, indélicat, assurément – une atteinte choquante aux usages du beau monde, mais… Elle était chez elle. Ils buvaient son thé. Dînaient à sa table. Pourquoi resterait-elle assise, à faire comme si les railleries des Selwyn ne la blessaient pas, comme si les Winkworth n'avaient pas de préjugés, comme si elle était heureuse d'être là ? Il n'y avait plus personne pour lui reprocher son indélicatesse. Elle était adulte, dotée d'un esprit et même d'une fortune. Elle ne l'endurerait pas une minute de plus.

Pour la seconde fois de la soirée, elle se leva. Son cœur battait aussi vite que si elle s'apprêtait à sauter du haut d'une falaise.

« Je suis désolée mais je souffre d'un horrible mal de tête. Je suis persuadée que la prestation de Mlle Winkworth me ferait très plaisir mais je me vois dans l'obligation de me retirer. »

Le silence stupéfait qui suivit sa déclaration l'aurait plongée dans l'embarras si elle n'avait vu le regard ébahi de Mlle Winkworth fixé sur elle, telle une souris qu'on vient, contre toute attente, de libérer d'un piège.

« Merci pour cette agréable soirée », conclut-elle.

Lady Caroline reposa sa tasse à moitié pleine en la faisant tinter et se mit debout. En silence, abasourdis, les invités l'imitèrent pour prendre congé.

« *Brava* », glissa Lord Melville à Eliza en s'inclinant.

Elle ne réagit pas et tendit la main à Lady Selwyn, qui leur jeta un regard lourd de sous-entendus. Lord Somerset fut le dernier à partir. Debout à la porte, hésitant, il ouvrait et fermait la bouche comme un poisson.

« Madame...

— Bonsoir, Lord Somerset. »

Quoi qu'il voulût dire, présenter des excuses pour son incorrection ou lui adresser une critique, elle ne voulait pas l'entendre. Elle était sur le point de s'effondrer.

Après leur départ, la maison lui parut merveilleusement paisible et silencieuse. Elle s'adossa au sofa, ferma les paupières et poussa un long soupir. Elle pressentait qu'elle se repentirait sous peu de l'horrible infraction aux convenances qu'elle venait de commettre mais pour l'instant, elle ne regrettait rien.

« Une soirée en tout point mémorable », remarqua Margaret.

Eliza sentit le sofa fléchir sous son poids.

« C'était mon objectif, répliqua-t-elle.

— Tu en avais donc un ? Ce n'était pas un simple accès de folie ?

— Sûrement que si. Autant d'efforts pour que Lord Somerset ne parte pas de Bath, pour contrecarrer les Selwyn... Tout cela pour quoi ? » Elle déglutit et poursuivit d'une voix plus rauque : « Il ne m'a pas pardonné. Je n'aurais pas dû m'attendre à... Je savais que c'était stupide, mais... »

Elle entendit le frou-frou du tissu quand sa cousine se déplaça, puis sentit sa main caresser ses cheveux.

« Étant donné la façon dont il se comportait, commenta Margaret, ce n'était pas stupide. Je pensais la même chose que toi. »

Les yeux d'Eliza se remplirent de larmes en même temps qu'elle était submergée par la honte.

« Pourquoi recherche-t-il ma compagnie s'il me méprise autant ? Je n'aurais pas… si je n'avais cru…

— C'était injuste. Et impardonnablement grossier en public. Il n'a pas d'excuse. Je m'en veux d'avoir cherché à le provoquer. J'essayais simplement d'exposer mes arguments. »

Eliza eut un petit rire amer.

« Tu y es parvenue au-delà de toute espérance.

— Excuse-moi. »

Eliza hocha nerveusement la tête. Malgré le silence, sa douleur à la tête ne s'était pas calmée. Elle avait même l'impression qu'elle gagnait son corps : elle irradiait dans son cou et ses épaules, s'ajoutait à l'oppression pesant sur sa poitrine. *Tu as déjà connu cela. Cette fois, ce sera plus facile.*

« Quoi qu'il en soit, il n'est là que pour deux semaines, ajouta Margaret avec son pragmatisme habituel. Tu pourras facilement l'éviter dans ce court laps de temps et ensuite, rien ne t'obligera à le revoir.

— Ne dis pas cela. Ce n'est pas ce que je veux.

— Que veux-tu alors ? »

Elle ne savait pas. Son esprit était désespérément embrouillé. Elle voulait ne plus jamais poser les yeux sur lui mais ne supporterait pas de ne plus le voir. De façon incompréhensible, ces deux affirmations étaient vraies.

« J'ai surtout besoin de calme. Cela fait trop entre les Selwyn, Lord Somerset, les Melville... »

Margaret se raidit.

« Qu'ont fait les Melville ? »

Eliza n'avait plus l'énergie de lui parler de la proposition de Lord Melville. Ses pensées étaient si confuses qu'elle n'aurait su dire si elle en était effrayée ou enthousiasmée.

« Rien. C'est juste... Rien.

— J'ai beaucoup d'admiration pour eux, continua Margaret. Lady Caroline est sans conteste la femme la plus intelligente et la plus drôle que j'aie jamais rencontrée.

— Et belle, aussi. »

Margaret détourna les yeux.

« Je me demande pourquoi elle ne s'est pas mariée, reprit Eliza. Elle a dû recevoir des dizaines de propositions.

— Tant mieux. Le plus souvent, les femmes célibataires n'ont aucun statut social, aucune importance, aucune influence. Je suis contente de constater que ce n'est pas toujours vrai.

— Pour moi, tu as un statut, une importance et une influence. Tu es ma plus chère amie, la personne qui compte le plus au monde.

— Je n'arrive pas à décider si c'est la déclaration la plus merveilleuse ou la plus déprimante qu'on m'ait faite... »

Margaret lui pressa le bras pour adoucir l'amertume de sa réponse.

« Méchante, dit Eliza sur un ton affectueux. Cela

aurait pu être un moment délicieux si tu n'avais pas tout gâché.

— C'est mon principal talent. Je ne sais pas peindre, chanter ou broder, mais je suis tout à fait capable de gâcher n'importe quelle situation. »

Eliza éclata de rire et en fut extrêmement soulagée. Elle pouvait compter sur sa cousine pour la faire rire – elle avait d'ailleurs ri en un mois plus que dans toute son existence, peut-être. Elle ne devait pas l'oublier.

De même, elle ne devait pas oublier qu'avant l'arrivée de Lord Somerset à Bath – avant que son univers tourne à nouveau autour d'un seul homme –, elle avait été plus heureuse que jamais. Elle avait Margaret, Camden Place, des amis et même la perspective – si surprenante fût-elle – d'une commande artistique. La perte de Lord Somerset n'était pas un coup aussi fatal qu'il l'avait été autrefois.

Elle aurait simplement aimé qu'il soit un peu moins douloureux.

12

Le culte dominical à l'abbaye de Bath était toujours soporifique mais le lendemain matin, le ronron laborieux du pasteur Green fut particulièrement insupportable. Habituellement, Eliza était capable de plonger dans une sorte de torpeur – s'attachant, par exemple, à déterminer quelle robe elle préférait parmi celles de l'assemblée. Ce jour-là, toute distraction se révéla impossible. Elle s'était réveillée aussi inquiète qu'elle l'avait été au coucher, les événements de la soirée tournant en boucle dans sa tête, précis et douloureux. Son agitation n'avait été en rien apaisée par la décision de Lord Somerset de s'asseoir sur le banc situé devant le sien.

Il aurait facilement pu s'installer ailleurs, car si l'abbaye – l'un des lieux où l'on venait pour voir et être vu – était très fréquentée, elle était aussi suffisamment vaste pour qu'on puisse choisir sa place. C'était d'ailleurs ce qu'elle et Margaret avaient fait en ignorant le geste d'invitation de Mme Winkworth avant de se glisser près de Lady Hurley et M. Fletcher, qui rentraient à peine d'un séjour à la campagne.

«… Car Dieu ne peut être tenté par le mal et lui-même ne tente personne… »

Elle s'agita sur son banc. Lord Somerset tourna la tête et elle baissa les yeux, persuadée que si elle les posait sur lui, elle se mettrait à pleurer. Ne tenant pas à alimenter les médisances plus que Mme Winkworth l'avait probablement déjà fait, elle s'obligea à ne pas le regarder du tout. Mais serait-ce possible alors que ses épaules, d'une largeur qui aurait pu rendre un chêne jaloux, remplissaient son champ de vision ?

« Cela vous dirait-il de faire une promenade dans les Sydney Gardens après l'office ? lui souffla à l'oreille Lady Hurley qui, apparemment, avait aussi relâché son attention. Lord Melville et Lady Caroline sont partants. »

Le frère et la sœur étaient arrivés en retard. Leur entrée, qui avait provoqué un mouvement général des têtes dans leur direction, avait, de façon inattendue, soulagé Eliza. Car si elle avait ruminé jusqu'à l'obsession les paroles de Lord Somerset, elle avait aussi réfléchi à celles de Lord Melville. Quand bien même il aurait entre-temps oublié sa proposition – qui n'était peut-être pas sérieuse –, elle ne pouvait s'empêcher d'espérer qu'il la renouvellerait.

Lord Melville quitta du regard le pasteur, croisa le sien et lui fit un clin d'œil. Elle reprit aussitôt sa position et répondit tout bas à sa voisine :

« C'est une excellente idée. »

Un « *Amen* » murmuré en chœur par la centaine de fidèles marqua la fin du service. Elle se leva en espérant que les personnes qui la précédaient avanceraient rapidement.

« Madame ? »

Elle fit mine de ne pas entendre Lord Somerset et regarda devant elle en exhortant mentalement la vieille Mme Renninson à presser le pas. *Allez, plus vite !*

« Lady Somerset. »

Voyant qu'elle ne se retournait pas, il toucha légèrement son bras et bien qu'il eût les mains gantées et qu'elle portât une épaisse pelisse, elle eut un mouvement de recul comme si elle avait été ébouillantée.

« Je ne voulais pas vous effrayer… » dit-il.

Elle leva les yeux vers lui, sentit qu'ils commençaient à piquer et sa gorge à se serrer. Elle baissa le front.

« Bonjour. Avez-vous apprécié le sermon ?

— Madame, je voulais vous présenter mes excuses à propos d'hier. »

Son sens des convenances lui interdisait évidemment de ne pas revenir sur la soirée, mais elle ne pourrait conserver son calme dans cette épreuve et cela devrait attendre.

« Nous sommes dans le passage », répondit-elle en progressant dans la nef derrière Margaret.

Il la suivit de près tandis que l'assistance sortait dans la cour. Elles se dirigèrent vers Lady Hurley, M. Fletcher et les Melville. Lord Melville était en train de déclarer :

« Que ce fut ennuyeux…

— Inacceptable ! acquiesça avec emphase M. Fletcher, qu'Eliza soupçonnait d'avoir dormi tout du long.

— Le pasteur s'éternise chaque fois qu'il prêche sur la tentation, remarqua Lady Hurley. Le pauvre ne peut s'en empêcher.

— On dirait qu'il projette de se mêler à la foule, nota Lady Caroline en le voyant apparaître et commencer à serrer des mains.

— Il aime bavarder avec ses ouailles, expliqua Lady Hurley.

— Que peut-il avoir encore à leur dire ? s'interrogea Lord Melville.

— Je n'en sais fichtre rien », répondit M. Fletcher.

Lord Melville lui donna une petite tape sur l'épaule.

« Nous nous comprenons parfaitement, monsieur. Heureusement que vous êtes des nôtres.

— Excellent ! »

La monotonie du service à part, Lord Melville semblait d'une humeur plus joviale que jamais. Ses yeux brillaient, son sourire était radieux, au point qu'Eliza se sentit aussitôt dans une meilleure disposition d'esprit.

« J'ai cru comprendre que vous veniez avec nous dans les Sydney Gardens, madame, reprit-il en proposant son bras avec un grand geste. Nous mettons-nous en route ?

— J'ignorais que vous vous intéressiez aux activités de plein air, monsieur, intervint Lord Somerset.

— Oh, vous êtes injuste avec moi. Selon Lady Hurley, ces jardins d'agrément sont plus beaux que ceux de Vauxhall et je suis curieux de voir le labyrinthe.

— Je n'aurais pas cru qu'un labyrinthe était une distraction recommandée le jour du Seigneur.

— Seconde erreur ! J'ai prévu de faire une lecture des *Sermons pour les jeunes dames* de Fordyce au cours de notre flânerie, ce qui créera une atmosphère pieuse tout à fait bienséante.

— Excellent ! commenta M. Fletcher, perplexe.

— Souhaitez-vous en écouter un tout de suite, Somerset ? poursuivit Lord Melville en tapotant sa poche. Ils ont l'avantage de clarifier l'esprit.

— Merci, cela ne sera pas nécessaire, répliqua ce dernier avant de s'adresser à Lady Hurley. Je suis très heureux de faire votre connaissance, madame. Acceptez-vous que je me joigne à vous ?

— Oh, mais c'est merveilleux, dit-elle d'une voix flûtée. Puis-je profiter de votre aide ? M. Fletcher doit rendre visite à sa mère et je souffre quand je ne peux m'appuyer sur l'épaule d'un gentleman. »

Elle lui prit le bras en papillotant des cils et démarra si prestement qu'il n'eut d'autre choix que de la suivre.

« Lady Caroline, je marche également très vite, glissa Margaret à mi-voix en agitant ses jupes. Êtes-vous sûre que vous pourrez m'accompagner ?

— Je vous assure, mademoiselle Balfour, que c'est sans doute moi qui fixerai l'allure. »

Elles partirent dans le sillage de Lady Hurley, laissant en dernière position Eliza et Lord Melville, suivis de Pardle.

Les Sydney Gardens étaient à courte distance de l'abbaye : il suffisait de traverser l'Avon et de longer Pulteney Street jusqu'au bout. Les deux couples de tête marchaient d'un si bon pas que dès qu'ils furent dans l'enceinte du jardin, ils disparurent au premier détour du chemin. Eliza et Lord Melville avançaient plus lentement car ils avaient toutes sortes de vues à admirer : berceaux de verdure ombragés, pièces d'eaux romantiques, nature domestiquée le long des allées sinueuses. Au lieu de contempler le paysage, Eliza observait Lord Melville.

« Avez-vous réellement un exemplaire des *Sermons* de Fordyce dans votre poche ?

— Dieu m'en garde ! se récria-t-il en extrayant de son manteau un petit carnet relié en cuir. Le jour où je lirai Fordyce à Caroline sera celui où je perdrai la vie dans des circonstances suspectes.

— Qu'auriez-vous fait si Lord Somerset avait accepté votre proposition ?

— J'ai été surpris qu'il ne le fasse pas tant il est décidé à me défier à tout propos. »

Le sourire d'Eliza s'effaça.

« Je suis désolée. Je ne sais pas pourquoi il agit ainsi. »

Ce n'était pas tout à fait vrai. Elle avait soupçonné que son comportement était dû à la jalousie, mais après la soirée de la veille, cela devenait douteux.

« Il est jaloux, répondit-il. Vous en êtes parfaitement consciente et il est probable que vous en jouez habilement. »

Elle sursauta.

« Absolument pas ! Et il ne l'est pas. »

Même si elle le souhaitait ardemment.

« Il n'y a aucune raison d'en avoir honte. Nous avons tous fait pire au nom de l'amour. En ce qui me concerne, cela ne me gêne pas le moins du monde que l'on m'utilise à ces fins. Et même, je vous supplie de profiter de moi, madame. »

Elle devint cramoisie et rentra la tête dans les épaules, mais il ne s'arrêta pas là : ainsi qu'il l'avait fait le jour de leur rencontre, il écarta les bras comme pour l'encourager à l'examiner.

« Je suis à votre disposition, faites de moi ce qui vous chante. »

Elle jeta des regards affolés de chaque côté du chemin bordé d'arbres pour vérifier que personne ne les avait vus.

« Je vous en prie, cessez, c'est absurde. »

Absurde et déplacé, même de sa part. Elle ne savait comment réagir à une telle outrance, si elle devait rire ou…

« Aujourd'hui, nous pourrions nous faire surprendre en tête à tête dans une charmille, reprit-il. Somerset n'aurait pas d'autre choix que me provoquer en duel. À moins que ces jardins possèdent une orangerie ? J'avoue avoir un faible pour les orangeries. »

Cette fois, elle se mit à rire. Il était irrésistible.

« Elle rit ! fanfaronna-t-il. Enfin ! »

Il lui proposa à nouveau son bras. En le prenant, elle remarqua de petites taches d'encre sur les poignets de sa chemise.

« Avez-vous écrit du courrier ce matin ?

— Pas des lettres, non. »

Il agita son carnet sous son nez avant de le reglisser dans sa poche.

« Vous vous êtes remis au travail ?

— Je n'en ai parlé à personne, mais oui, en effet. *Médée*. Vengeance, passion, distiques héroïques, *et cætera*. »

Son ton était dégagé mais son visage témoignait une joie sincère.

« Je brûle d'impatience, dit-elle sincèrement. J'avais pourtant compris que vous étiez ici en villégiature.

— Le repos m'épuise. C'est extrêmement lassant.

— Ce carnet vous sert à noter des idées ?

— En quelque sorte. Des expressions qui me plaisent, des mots que je souhaite employer... Tout et rien, des sottises, en vérité.

— Mon grand-père le faisait aussi. Pas des mots, mais des esquisses de scènes ou d'objets pour s'en souvenir plus tard. Il me disait que tout artiste digne de ce nom devait prendre cette habitude.

— Avez-vous suivi son conseil ?

— Je ne suis pas une artiste.

— Nous avons déjà constaté notre désaccord sur ce point. »

Ils abordaient enfin le sujet qu'Eliza avait rêvé de soulever toute la matinée. Elle se tut quand ils arrivèrent en vue du canal, fit semblant d'admirer le pont chinois ornementé et le gravit en s'armant de courage pour lui poser les questions qu'elle retournait dans son esprit depuis la veille. Le faire dans un lieu public était audacieux mais dans ce cadre verdoyant cerné par les collines de Bathampton, avec le souffle de la brise dans les arbres pour se joindre au bruit de leurs pas, il était facile de s'imaginer en pleine campagne, et seuls. Elle lui jeta un regard de biais et osa :

« Étiez-vous sérieux à propos du portrait ? »

S'il ne l'était pas, elle réagirait avec flegme.

« Tout à fait. Êtes-vous d'accord pour le faire ?

— Est-il destiné à être mis en couverture de vos ouvrages ?

— Oui. On me l'a conseillé pour élargir mon lectorat.

— Votre célébrité ne vous suffit pas ? Y a-t-il une seule dame de la bonne société qui n'ait pas lu vos recueils ?

— La bonne société représente une infime partie de la population anglaise, madame, et j'aimerais que mes poèmes soient lus par un public plus large. »

Elle réfléchit en silence à son argument.

« J'ai bien conscience qu'une aspiration aussi triviale ne concorde pas avec mon insouciante *joie de vivre**, ajouta-t-il.

— Puisque ce portrait a tant d'importance pour vous, pourquoi me le demandez-vous ? Ma formation académique est limitée et si mon seul atout est la commodité, vous savez que vous pouvez solliciter M. Berwick, qui ne manque pas de talent, à ce qu'on dit.

— Je pourrais, en effet, mais cela nécessiterait que je lui adresse la parole, et je ne le souhaite pas. Je préfère de beaucoup être peint par une jolie femme que par un monsieur prétentieux.

— C'est exactement pour cette raison que je ne devrais pas accepter, marmonna-t-elle, à la fois flattée – ce n'était pas tous les jours qu'on la qualifiait de jolie – et déconfite, car s'il l'avait choisie uniquement pour lui faire du charme…

— Je ne vous le demanderais pas si je ne vous en estimais pas capable », affirma-t-il d'une voix soudain si sérieuse qu'elle fut presque médusée de le voir perdre sa désinvolture habituelle.

Comme la veille, entendre ces éloges témoignant d'une réelle confiance dans ses capacités lui donnait l'impression de respirer soudain plus librement.

« Je ne crois pas que quiconque pourrait faire mieux », conclut-il.

Elle ne pensait pas que les Balfour, les Selwyn – ni même, pour être honnête, Lord Somerset – jugeraient cette activité convenable pour une comtesse dans la première année de deuil. S'il venait à se savoir qu'elle passait de nombreuses heures en compagnie d'un gentleman d'aussi mauvaise réputation, sa fortune serait indéniablement en péril. Accepter ce projet était de la folie mais… décliner l'occasion dont elle rêvait depuis son enfance paraissait une folie bien plus grande.

« Ferez-vous mon portrait, Lady Somerset ? »

Elle baissa les yeux. Elle ne devrait pas. Elle en avait envie.

« Je le ferai. »

Il lâcha un cri de joie.

« Mais à certaines conditions ! enchaîna-t-elle aussitôt. J'insiste sur votre discrétion !

— Je suis *très* discret.

— En tout état de cause, cela doit demeurer un secret, insista-t-elle, aussi amusée qu'impatiente. Permanent. Mon nom ne devra jamais y être associé.

— Accordé.

— Nous devrons réfléchir à un prétexte justifiant vos visites. Le fait que vous fréquentiez assidûment

Camden Place sans raison serait aussi dommageable que la vérité.

— Quand commencerons-nous ? »

Devant eux, Lord Somerset et Lady Hurley apparurent sur le quai, près de la porte principale, aux côtés de Margaret et Lady Caroline. Ils avaient terminé leur promenade.

« Demain ? proposa-t-il.

— Mardi. Tôt, pour que nous ne soyons pas interrompus. Vous devrez venir avec votre sœur. J'aimerais être chaperonnée autant que possible.

— Chaperonnée ? Lady Somerset, vous vous méfiez de moi à ce point ? »

Elle sentit ses joues rosir.

« Vous voilà enfin ! s'écria Margaret. Nous étions sur le point de lancer des recherches.

— Lady Somerset attirait mon attention sur une très belle orangerie, répondit Lord Melville avec un sourire destiné à Eliza.

— Je vais escorter Lady Somerset et Mlle Balfour à Camden Place, décréta Lord Somerset sur un ton autoritaire.

— Es-tu fatiguée, Caro ? demanda Lord Melville à sa sœur.

— Pas du tout. Si nous essayions de dénicher ce labyrinthe ? »

Ils leur firent leurs adieux et partirent sous le regard des deux cousines.

« Mademoiselle Balfour, je vais profiter de votre bras », déclara Lady Hurley en entraînant Margaret.

Puisqu'il n'y avait manifestement pas moyen

d'éviter Lord Somerset, Eliza s'approcha de lui à contrecœur, tout en laissant entre eux suffisamment d'espace. Il leva un peu son bras puis le laissa retomber. Ils se mirent à marcher derrière Lady Hurley et Margaret. Par comparaison avec la paix et la verdure des jardins, Pulteney Street était grise et bruyante, mais Eliza regardait résolument devant elle, comme s'il n'y avait pas de vue plus fascinante à contempler.

« Lady Hurley va vite en besogne », remarqua-t-il d'une voix posée.

Elle se demanda s'il faisait référence à son allure ou à… autre chose. Avec un regard éloquent, elle répliqua :

« N'est-elle pas incroyable ? »

Il fronça les sourcils avant de poursuivre :

« Je sais que ce n'est pas de mon ressort, madame, mais je me demande si vous ne devriez pas vous montrer plus prudente quant aux amitiés que vous nouez. Lady Hurley est… hum… Quant aux Melville, je n'ai aucune confiance en eux. J'ignore ce qui les a amenés à Bath mais je doute que leur motivation soit aussi angélique qu'ils aimeraient nous le faire croire.

— Non, c'est certainement lié à un scandale ou un autre. (N'était-ce pas désormais de notoriété publique ?) À moins que ce soit une liaison ?

— Madame ! »

Elle pinça les lèvres. Sa promenade avec Lord Melville lui avait délié la langue.

« Pardonnez-moi, monsieur, il n'était pas dans mon intention de vous choquer. »

Il laissa échapper un petit rire surpris et secoua la tête, comme si l'idée l'amusait.

« Me choquer ? Vous n'étiez pas aussi informée des affaires de ce monde dans le passé.

— Dans le passé, j'avais dix-sept ans. »

Le sourire s'effaça des lèvres de Lord Somerset. Il n'était plus question des Melville.

« Madame, dit-il, soudain plus grave, vous devez me laisser vous présenter mes excuses.

— Ce n'est pas nécessaire », glissa-t-elle d'une voix tremblotante.

Si seulement ils pouvaient arriver rapidement à Camden Place…

« Permettez-moi d'insister. J'ai été d'une impardonnable goujaterie…

— En vérité, je préférerais que nous ne revenions pas sur cet incident. »

Ses regrets ne pouvaient concerner que son comportement indélicat. Devoir écouter ses regrets et lui faire grâce alors que la douleur qu'il avait provoquée devait plus à son honnêteté qu'à sa grossièreté… Elle ne se sentait pas en mesure de le supporter.

« Je pense qu'il vaut mieux que nous discutions…

— Je ne crois pas qu'…

— Pardieu, me laisserez-vous parler ? » s'exclama-t-il en arrêtant de marcher.

Elle faillit continuer sa route sans lui mais s'arrêta aussi. De toute évidence, elle allait devoir l'écouter.

« Excusez-moi. C'était impoli. Une fois de plus. Hier soir, je vous ai manqué de respect de façon inqualifiable. »

N'étant pas certaine de pouvoir parler, elle se contenta de hocher la tête avec raideur.

« Je tiens à m'excuser… pour ce qui a eu lieu au cours de ce dîner. J'ai été brutal, désagréable, et mes excuses seront insuffisantes. » Il retira son chapeau malgré l'air froid. « Je suis profondément navré. Si vous souhaitez que je parte de Bath dans la journée, je le ferai. »

Elle leva les yeux vers le ciel dans l'espoir que cela empêcherait d'éventuelles larmes de couler.

« Non. Je ne veux pas que vous partiez. »

C'était la vérité. Même si être en sa présence paraissait impossible, même s'il ne partagerait jamais ses sentiments. Elle avait été séparée de lui dix ans et ne pouvait désirer qu'il s'éloigne, y compris en ce moment.

« J'étais contente de vous revoir », poursuivit-elle en s'armant de courage pour le regarder en face.

Vraiment, était-ce permis d'avoir des yeux de ce bleu ?

Il fit une sorte de grimace.

« Moi aussi. »

Margaret et Lady Hurley s'étaient retournées et les observaient, intriguées.

« Nous devrions les rattraper. »

Il lui tendit son bras et cette fois, elle l'accepta. L'atmosphère entre eux était moins tendue, mais pas moins pesante.

« Je voudrais également vous présenter des excuses pour ma sœur. »

Elle se força à sourire.

« Y a-t-il quelqu'un pour lequel vous n'allez pas le faire ?

— Selwyn aussi, continua-t-il sans se décourager. J'avais prévu de les réprimander sévèrement ce matin mais ils sont partis très tôt et je n'ai pu le faire. Ils ont été blessants, certainement plus affectés que je le pensais par la modification du testament de mon oncle.

— Ils ne m'ont jamais beaucoup appréciée. J'ai fini par m'y habituer.

— J'aurais préféré que vous n'ayez pas eu à le faire, murmura-t-il si bas qu'elle se demanda s'il souhaitait qu'elle l'entende. J'aurais aimé… »

Il ne finit pas sa phrase et ils avancèrent en silence.

« J'espère que je n'ai pas tout gâché », finit-il par dire.

Elle retint son souffle avant de pousser un long soupir. Que répondre ? Tout avait été gâché – pour elle, du moins. Malgré tout, elle souhaitait encore qu'il fasse partie de sa vie. Elle devrait étouffer ses sentiments, apprendre définitivement à ne plus être amoureuse de lui.

« Nous avons sans doute cru à tort que nous pouvions nous voir sans que notre passé ne ressurgisse à l'occasion. » Elle s'obligea à soutenir son regard. « Maintenant que nous l'avons fait, nous serons peut-être capables d'être à nouveau amis.

— Le souhaitez-vous ? Même après…

— Oui. »

C'était mieux que rien.

« Amis… dit-il, songeur.

— Seulement si c'est aussi votre souhait », se hâta-t-elle d'ajouter.

Elle ne commettrait pas une seconde fois l'erreur d'imaginer ce qu'il éprouvait.

« Considérez-vous, demanda-t-il abruptement, que des amis séjournant à Bath pourraient se voir le matin à la Pump Room ?

— Il me semble, dit-elle avec prudence.

— Ou assister à des concerts ? »

Elle n'arrivait pas à interpréter son expression.

« Ils le pourraient, oui.

— Sortir à cheval si le temps le permet ? »

Un petit sourire se formait aux commissures de ses lèvres et elle le lui rendit, timidement.

« Je pense. »

Était-ce seulement à ses oreilles qu'une amitié de ce type s'apparentait à une cour amoureuse ? Elle repoussa de toutes ses forces l'espoir qui tentait de se déployer dans sa poitrine.

« Dans ce cas, conclut-il en s'inclinant pour prendre congé, j'aimerais beaucoup être votre ami. »

Balfour House
Le 14 février 1819

Ma chère Eliza,

J'ai bien reçu ta dernière lettre, mais je ne répondrai pas ici à tes questions concernant la famille – tu n'auras qu'à présumer que tout le monde est en bonne santé – car une rumeur des plus déplaisante est parvenue à mes oreilles.

J'ai su, par le biais de Lady Georgina, qui le tenait de sa cousine, elle-même l'ayant appris d'une Mme Clemens, que Lord Melville et Lady Caroline Melville étaient installés à Bath. Comment est-ce possible ? Si c'est la vérité, tu devines sans doute mon épouvante ! Je m'étonne en outre d'avoir reçu ce rapport de Lady Georgina – par l'entremise de sa cousine, etc. – et non de toi !

Je t'enjoins avec la plus grande fermeté à te montrer extrêmement prudente dans la fréquentation de ces personnes. Les indignités associées à leur nom sont nombreuses, diverses et, qui plus est, récentes : il se murmure que Lord Melville et Lady Paulet ont une liaison depuis plusieurs années. Lady Paulet, tu t'en souviendras certainement, est la femme peintre dont les œuvres étaient très prisées du beau monde l'an dernier. La fureur de Lord Paulet, par ailleurs fidèle mécène de Lord Melville, en découvrant son cocufiage fut paraît-il terrible. Avec un tel scandale qui couve, je compte sur toi pour ne pas laisser croire à Lord Melville qu'il peut espérer ton amitié.

Attends-toi à recevoir sous peu d'autres informations. J'ai donné mon accord en ton nom pour certaines dépenses relatives à l'éducation de Rupert. Malgré l'indifférence choquante dont tu fais preuve vis-à-vis de ton héritier, sache qu'il est en possession d'une nouvelle molaire.

Affectueusement,

Ta mère

13

« Pourriez-vous essayer de rester tranquille ?

— Je suis tranquille.

— Vous ne tenez pas en place.

— Souhaitez-vous que j'arrête de respirer ? »

Eliza jeta un regard sévère à Lord Melville par-dessus son carton à dessin en essayant d'imiter l'expression inflexible avec laquelle son grand-père intimidait ses modèles les plus difficiles.

« Vous sentez-vous bien ? Vous m'avez l'air terriblement mal installée », dit-il.

Elle voyait dans ses yeux qu'il était tout à fait conscient de ce qu'elle tentait de faire et qu'il était résolu à se montrer aussi peu accommodant que possible.

Elle se cacha derrière sa feuille pour sourire. On était jeudi matin, jour de la deuxième séance de pose. En se fondant sur ses souvenirs de la méthode de son aïeul pour réaliser ses portraits, elle avait décidé de consacrer les premières heures à des croquis dans différentes postures pour familiariser son crayon et son œil au sujet. Le défi était plus grand que ce qu'elle escomptait, en partie parce qu'elle n'avait jamais dessiné quelqu'un qui se trémoussait autant sur son siège, mais surtout parce que être seule avec lui dans une pièce la rendait nerveuse. Ce n'était pas ce qu'elle avait envisagé lorsqu'il était arrivé mardi avec sa sœur, peu après le petit déjeuner, et qu'ils s'étaient enfermés dans le petit salon.

Tandis que Lady Caroline examinait ses tableaux, Eliza avait répété qu'il était impératif qu'ils justifient la présence de son frère à Camden Place. Il avait protesté :

« Devons-nous vraiment nous livrer à cette parodie ?

— Oui, j'y tiens. Je ne veux pas qu'on me voie m'afficher. »

La solution, pour finir, était venue de Margaret.

« Si Lady Caroline m'apprenait le français ? Elle viendrait avec Lord Melville, qui te rendrait visite pendant mes leçons. »

Lady Caroline avait haussé les sourcils.

« Et je… traînerais ici pendant la séance ? Passionnante perspective…

— Vous pourriez me l'enseigner réellement, avait proposé avec douceur Margaret. J'ai toujours eu envie de le parler et… ce ne serait vraisemblablement pas la première fois que vous joueriez le rôle de préceptrice ? »

Lady Caroline l'avait dévisagée et Margaret avait soutenu son regard sans faiblir.

« En effet, avait répondu Lady Caroline avec un petit sourire. Très bien. »

Eliza avait imaginé que les cours auraient lieu dans le petit salon – Lord Melville et elle près de la fenêtre,

Lady Caroline et sa cousine sur le sofa. Ils seraient un peu à l'étroit mais ce serait chaleureux et plaisant. Ce matin, néanmoins, Lady Caroline avait lancé en faisant un geste à Margaret :

« Il n'y a pas assez de place, nous allons dans le grand salon.

— Mais... le chaperonnage ? » s'était écriée Elisa.

Son âge et sa condition de veuve rendaient la présence d'un chaperon moins essentielle que pour une jeune fille, mais c'était plus sage, compte tenu de la proximité qu'impliquait la pose.

« Nous viendrons toutes les demi-heures pour nous assurer que vous vous conduisez bien ! » avait répliqué gaiement Margaret.

Dès leur sortie, le silence s'était fait plus présent et Eliza avait rougi sans raison. *Tout va bien, tu ne fais rien de mal.* Contre toute logique, elle aurait préféré que Lord Melville ne la regarde pas aussi fixement. Ses mains étaient malhabiles, ses coups de crayon moins confiants que depuis des années.

Que dirait Lord Somerset s'il apprenait ce qu'elle faisait ? Elle chassa cette pensée. Ils étaient amis, tout au plus, et à peine, car leurs rencontres des derniers jours avaient été pour le moins timides. Elle repoussa aussi cette réflexion et tenta de sauver son premier croquis de Lord Melville qui, pour l'instant, était méconnaissable. Elle fit une autre esquisse de son profil.

« Vous avez dû avoir un excellent professeur de dessin, observa-t-il.

— C'est vrai. »

M. Brabbington, portraitiste de son état, collaborait avec son grand-père.

« Votre aïeul est également intervenu dans votre apprentissage ?

— Bien sûr. »

Quand elle était enfant, la famille séjournait tout l'été à Balfour House. Pendant que ses cousins jouaient sur les immenses pelouses, elle se faufilait dans son atelier et le regardait travailler. Il avait accepté sa présence parce qu'elle était petite et suffisamment calme pour ne pas le gêner. Puis, à mesure qu'il avait remarqué ses aptitudes, il s'était mis à la traiter presque comme son assistante.

« Il vous manque beaucoup ? »

Elle leva rapidement les yeux avant de les baisser vers sa feuille. Le thème de cette conversation l'incitait à se livrer, mais discuter en tête à tête avec lui de sujets aussi intimes la mettait mal à l'aise.

« Oui. »

Elle n'avait que quinze ans quand le vieux M. Balfour s'était éteint, la privant de son seul allié dans la famille – à part Margaret –, le seul qui ne voyait pas en elle uniquement une monnaie d'échange.

« Et feu votre mari ? »

Elle le dévisagea, stupéfaite. Quelle impertinence ! Elle préféra le gourmander plutôt que poursuivre dans cette veine.

« Vous posez beaucoup de questions, monsieur !

— À peine plus nombreuses que celles que vous éludez. J'aimerais vraiment que vous vous en absteniez.

— Pourquoi ?

— Parce que je veux apprendre à vous connaître. Ce concept vous est-il familier ?

— Dois-je en déduire que si je vous interrogeais à mon tour sur votre vie privée, vous seriez prêt à répondre ?

— Évidemment ! Vous pouvez me demander ce que vous voulez. »

Elle soupira. Elle aurait dû s'attendre à ce qu'il riposte par une provocation.

« Étant donné que je sais très peu de choses sur vous hormis ce que colportent les commères, je ne saurais par où commencer.

— Eh bien, par ce que colportent les commères ! Ne soyez pas timide ! Je vous promets d'être franc. »

Voyant qu'elle ne réagissait pas immédiatement, il fit le geste qu'il aurait employé avec un cheval récalcitrant. Elle fut envahie d'un désir inconvenant de le choquer, de bousculer, ne serait-ce que temporairement, son inébranlable jovialité. Elle posa son crayon et prononça la pire chose qui lui venait à l'esprit.

« Elles racontent que les Melville sont fous. »

Il prit le temps de réfléchir.

« Vous m'accorderez qu'il m'est difficile de décider si je le suis ou pas. N'ayant pas connu mon grand-père, je ne peux témoigner de sa santé mentale, mais c'était assurément une brute. Cela explique d'ailleurs que mon père ait fui à l'étranger dès qu'il l'a pu et n'en soit revenu qu'après sa mort. Quoi d'autre ?

— Elles prétendent que vous êtes un libertin. »

Si sa mère l'entendait, elle s'évanouirait.

« J'admets que j'ai beaucoup couru le jupon pendant

quelques années. Mais pas tellement plus que les messieurs de notre milieu, à mon avis.

— Réellement ? insista-t-elle, sceptique, car ce n'était pas ce qu'elle avait entendu.

— Les membres de la bonne société prennent un malin plaisir à me prêter un charme surnaturel. Selon eux, les dames qui osent m'adresser la parole sont toutes en mal d'amour, celles avec qui je danse sont toutes mes maîtresses, et il faut protéger de moi chaque demoiselle célibataire qui croise ma route. Et cela depuis que je suis à l'école primaire. »

Il souriait mais sa voix avait pris une intonation amère et elle l'observa, indécise. Ce petit jeu était-il allé trop loin ?

« Quoi d'autre ? » reprit-il.

Elle hésita.

« Je vous en prie, Lady Somerset, vous vous en tirez très bien.

— Elles affirment que vous êtes venus à Bath en raison d'un scandale.

— Une preuve de ce que je viens de dire. Où que j'aille, c'est lié à un scandale.

— Selon elles, il impliquerait les Paulet. »

Lord Melville perdit enfin son sourire.

« Vraiment ?

— Oui, vraiment », lança-t-elle, triomphante, en prenant son crayon pour se remettre à dessiner. De toute évidence, il n'avait pas envie de répondre à celle-ci. « Qu'avez-vous à déclarer, monsieur ? »

Il se mit à rire, brusquement.

« Vous pourriez avoir la victoire plus bienveillante,

madame. Je vous concède ce point car la discrétion m'empêche de parler.

— Exactement ! » s'exclama-t-elle, de plus en plus satisfaite.

Il joignit les mains en signe de supplication.

« Ne bougez plus ! » ordonna-t-elle en s'efforçant de saisir son expression en toute hâte – mais elle disparut aussi vite que l'eau s'enfonce dans le sable. Elle soupira.

« Suis-je un modèle très difficile ? demanda-t-il, plus amusé que contrit.

— Non, non. »

Elle ne voulait pas faire figure d'ingrate : certes, sa tâche serait plus simple s'il était moins remuant, mais ce projet représentait une gageure assez excitante. Elle devrait travailler vite, avec des crayons parfaitement taillés et l'observer plus attentivement. Son grand-père disait souvent que la clé n'était pas d'apprendre à peindre, mais d'apprendre à regarder. Mettre ses leçons en pratique après tant d'années lui donnait l'impression d'être revenue dans son atelier de Balfour et qu'il guidait ses mains.

« J'y arriverai, affirma-t-elle.

— Je n'en doute absolument pas. »

Elle rougit, ce qui le fit rire. Il ajouta, pour la taquiner :

« Ce n'était pas un compliment à proprement parler.

— Si vous ne pouvez éviter de bouger, monsieur, répondit-elle en rougissant encore plus, les yeux fixés sur sa feuille, vous pourriez au moins être silencieux.

— Désolé, cela m'est impossible. Rougirez-vous toujours après quelques séances ? »

Elle en avait bien peur mais ne dit rien.

« J'espère que oui », conclut-il.

L'horloge sonna les trois quarts de l'heure. Elle sursauta et il fronça les sourcils comme s'il s'agissait d'une offense personnelle.

« Devons-nous arrêter si tôt ? »

Elle reposa son crayon, vaguement soulagée.

« Je ne voudrais pas être en retard à la Pump Room.

— Dieu nous préserve de faire attendre Somerset plus d'une seconde. »

Il se leva. Elle évita son regard. Lord Somerset était venu à la Pump Room chaque jour de la semaine sans autre raison, apparemment, que s'entretenir quelques minutes avec elle, et chaque jour, leur timide relation s'était détendue.

« Vous n'êtes pas du tout obligé de nous escorter.

— Il le faut au contraire ! Je lui manque tellement quand je suis absent. »

Elle ne réagit pas. Sans en être certaine, elle pressentait qu'il réservait le plus souvent ses railleries à Lord Somerset, comme si son seul objectif dans la vie était désormais de l'exaspérer. Pour cette raison, elle aurait préféré que sa cousine et elle ne se présentent pas à la Pump Room avec les Melville, mais il n'y avait pas moyen de l'éviter.

Lord Somerset y était déjà à leur arrivée. Il s'approcha dès qu'elle franchit le seuil et lui tendit un gobelet d'eau.

« Oh ! Vous n'auriez pas dû, Somerset ! s'écria Lord Melville en interceptant le gobelet. Je ne mérite pas une telle galanterie. »

Lord Somerset inspira lentement puis se tourna vers Eliza.

« Puis-je vous accompagner ? »

Elle accepta aussitôt. Plus vite ces messieurs seraient éloignés l'un de l'autre, plus elle serait à l'aise.

« Votre matinée fut-elle agréable ? demanda-t-il.

— Oui, dit-elle prudemment. Margaret a pris une leçon de français avec Lady Caroline…

— Venue avec son frère, si j'ai bien compris. »

Elle enchaîna aussitôt :

« J'ai également reçu une lettre de ma mère.

— Comment va Mme Balfour ? Quand je l'ai vue à Harefield, elle m'a parue… égale à elle-même.

— Elle est en effet tout à fait égale à elle-même.

— Elle vous écrit souvent ?

— Parfois deux billets dans la même journée, admit-elle en souriant, ce qui le fit rire. Mes parents ont quantité de points de vue sur la façon dont je dois me comporter et gérer mes propriétés. Un seul courrier ne suffirait tout bonnement pas.

— Ma famille partage les mêmes préoccupations. Ma sœur exige que je lui fasse un compte rendu détaillé de mes activités, au point qu'elle pourrait aisément écrire ma biographie.

— Est-ce que ce serait une lecture intéressante ? » glissa-t-elle sur un ton moqueur.

— Non, sauf pour ceux qui voudraient tout savoir sur la rotation des cultures, dans laquelle M. Penney et moi sommes actuellement plongés. C'est l'un de mes intendants, vous le savez.

— Oui, il sera aussi le mien. Je dois le rencontrer vendredi.

— Il l'a évoqué ce matin… À ce propos, il se demandait si je devais me joindre à vous. »

Elle plissa le front. M. Walcot s'était inquiété qu'elle veuille assurer la gestion de ses domaines, mais il semblait l'avoir accepté, bien qu'à contrecœur. Si M. Penney avait pris contact avec Lord Somerset à propos de ses terres sans l'en informer…

« Il s'agit uniquement de déterminer à quel endroit nous poserons des clôtures », ajouta Lord Somerset.

Ce n'était peut-être rien de plus. S'inquiétait-elle trop ?

« Si certaines questions concernent nos deux propriétés, nous devons bien entendu nous en entretenir. »

Il alla chercher le verre d'eau d'Eliza puis ils terminèrent leur tour à pas lents – il prit des nouvelles de ses neveux, elle de ses nièces – et rejoignirent Margaret à l'instant ou Mme et Mlle Winkworth arrivaient à grandes enjambées.

« Oh, monsieur, nous espérions vous rencontrer ! l'interpella la dame d'une voix perçante. Winifred aurait souhaité que vous affranchissiez une lettre pour Mlle Selwyn… »

Elle poussa sa fille en avant. Dans sa robe de mousseline toute simple, les joues rosies par l'émotion sous son chapeau de paille, Mlle Winkworth était ravissante. Elle aurait facilement pu inspirer M. Woodforde pour l'une de ses bergères. Lord Somerset, qui aurait pu s'irriter des manières envahissantes de la mère, s'adoucit en voyant la jeune fille et prit le pli qu'elle lui tendait.

« Je le ferai avec plaisir.

— C'est très gentil à vous, dit-elle doucement.

— Vous l'avez rendue heureuse pour la semaine, monsieur ! Je suis certaine que grâce à votre amabilité, sa journée sera délicieuse !

— Une journée ? répéta Eliza assez bas pour que seule la demoiselle puisse l'entendre.

— Ou… juste la matinée ? murmura cette dernière en souriant timidement.

— Êtes-vous au courant que M. Lindley se produira en concert la semaine prochaine ? lança Mme Winkworth en se tournant vers Lord Somerset. C'est une aubaine pour notre ville. Pensez-vous que nous devrions y convier Lady Selwyn ? Je suis persuadée qu'elle apprécierait cette soirée. »

Il jeta un coup d'œil rapide à Eliza.

« J'en suis également certain. Dans sa dernière lettre, elle m'a demandé de vous transmettre à tous ses meilleures salutations. »

Cette annonce enchanta visiblement son interlocutrice.

« Elle désirait aussi que je communique un message à Lord Melville, reprit-il.

— Diantre ! s'exclama ce dernier. Pouvez-vous me le confier maintenant ou sa nature nécessite-t-elle que je le reçoive en privé ? »

Les mâchoires de Lord Somerset se crispèrent.

« Elle a appris que vous vous étiez remis à écrire

et souhaite vous faire savoir qu'elle en est ravie, et impatiente d'avoir des informations dès que vous en aurez à donner.

— Est-ce vrai, Lord Melville ? lui glissa Margaret.

— Lady Somerset ne vous a pas informée ? »

Margaret se tourna vers sa cousine, surprise.

« Je ne savais pas si c'était confidentiel », se défendit Eliza.

En guise de preuve, Lord Melville leva les bras, sans paraître gêné par les taches d'encre qui maculaient les poignets de sa chemise blanche. En effet, pourquoi l'aurait-il été ? D'une certaine façon, sur lui, les imperfections ne faisaient qu'ajouter à sa prestance. Elle décida sur-le-champ de les ajouter à son portrait.

« Excellent !

— Devons-nous interpréter ces marques comme accidentelles et non comme une pose destinée à révéler un mysticisme artistique ? » demanda Lord Somerset.

Lady Hurley et M. Fletcher les regardaient, déconcertés. Ils n'avaient jamais assisté aux prises de bec entre les deux gentlemen et ne comprenaient pas la soudaine aigreur de Lord Somerset.

« Voyez-vous réellement en moi un mystique, monsieur ? répondit Lord Melville. Merveilleux. Je commençais à croire que personne ne s'en était aperçu.

— Là encore, vous voyez un compliment où il n'y en avait pas.

— Cela rend mes échanges avec vous d'autant plus précieux… »

On aurait dit que plus Lord Melville était enjoué,

plus Lord Somerset bouillonnait de colère. Eliza enchaîna avant que Lord Somerset puisse riposter.

« Tout le monde assistera au concert la semaine prochaine ? Maintenant que nous savons que M. Lindley jouera, je suppose que oui. »

Les membres du groupe exprimèrent leur assentiment.

« Pour ma part, j'en serai, déclara Lord Somerset. Puis-je proposer de vous accompagner ?

— Lady Somerset a accepté de se joindre à nous, affirma Lord Melville, ce qui provoqua un regard surpris d'Eliza, car c'était entièrement faux.

— Vraiment ? Avant même qu'elle décide de s'y rendre ?

— Je sais depuis longtemps qu'elle est douée de prescience.

— Vous ne la connaissez pas depuis longtemps ! répliqua sèchement Lord Somerset.

— Nous devrions y aller, Max », intervint Lady Caroline au soulagement d'Eliza.

Les hommes commençaient à lui donner mal à la tête.

Naturellement, au moment où ils allaient sortir, il se mit à pleuvoir à verse.

« Zut ! pesta Margaret de façon très malpolie en voyant la pluie tomber. Nous n'aurons jamais de voiture. »

Compte tenu de la foule qui entrait et sortait de la Pump Room, les fiacres et les chaises à porteurs seraient rares.

« Inacceptable ! commenta M. Fletcher.

— Nous allons nous noyer ! se lamenta Lady Hurley.

— Avez-vous l'intention de vous allonger face contre terre dans une flaque ? » ironisa Lady Caroline.

Eliza leva les yeux vers le ciel qui s'assombrissait de façon inquiétante.

« Nous ferions mieux d'en profiter avant que la situation empire.

— *Brava*, courageuse Lady Somerset, lança Lord Melville. Ce sera une vision des plus romantique.

— Tout cela est très bien, monsieur, observa Lord Somerset en rapprochant les pans de son manteau, mais Lady Somerset porte de la soie. »

Sous leurs regards sceptiques, il partit dans la rue à grandes enjambées.

« Serait-ce la dernière fois que nous posons les yeux sur lui ? » glissa Lord Melville.

Il fut pourtant de retour en un clin d'œil. Le voir revenir sous la pluie d'un pas déterminé, suivi par un fiacre comme s'il l'avait fait surgir par le simple effet de sa volonté émut Eliza, qui ne put s'empêcher de noter que sa redingote mettait admirablement en valeur sa carrure. Il n'avait pas besoin du rembourrage en bougran qu'ajoutaient certains gentlemen pour donner de l'ampleur à leurs habits.

« Les messieurs devront marcher, mais les dames seront au sec, dit-il.

— Vous êtes un magicien, monsieur ! remarqua Lady Hurley.

— Flatteuse ! » la réprimanda-t-il gentiment.

Elle poussa un petit gloussement en acceptant son bras pour monter.

Margaret et Lady Caroline la suivirent. Puis ce fut au tour d'Eliza. Il lui tendit sa main et quand elle la prit, elle crut sentir une légère pression. Elle tourna la tête vers lui, mais il était impassible. Ce devait être un effet de son imagination.

«Je vous verrai demain, madame», murmura-t-il avant de fermer la porte.

Depuis la rue, Lord Melville leur fit signe de la main.

«Doux Seigneur ! souffla Lady Hurley quand le fiacre démarra. Si cela continue, Lady Somerset, les pipelettes de la ville ne parleront bientôt plus que de vous.

— Je ne vois pas à quoi vous faites allusion, répliqua Eliza en évitant son regard.

— J'ai cru qu'ils allaient se provoquer en duel. C'était… très touchant. Cela ne me déplairait pas d'y assister à nouveau.»

Malgré la chaleur toute relative qui régnait dans le fiacre, elle s'éventa avec vigueur.

«Voulez-vous des sels, madame ? demanda Lady Caroline avec un petit sourire.

— Leur comportement étant motivé par une antipathie réciproque, cela ne me procure aucun plaisir», conclut Eliza.

Ce n'était qu'en partie vrai, car comment ne pas éprouver une satisfaction fugace quand on est l'objet d'une telle compétition, quel qu'en soit le motif ? Mais en être témoin et s'empêcher, à force de volonté, de ne pas en chercher la raison s'apparentait un peu à une torture. Lord Melville était un séducteur, elle le savait, et Lord Somerset était… Elle ne savait pas ce qu'il était, mais elle ne voulait surtout pas chercher à comprendre son attitude.

Lady Hurley la considéra, comme pour décider si elle devait la croire, puis ricana :

« Si vous le dites ! »

14

Alors que février touchait à sa fin, le temps se gâta. Chaque journée apportait son lot de vents violents qui courbaient les arbres presque à l'horizontale et de pluies glaciales qui transformaient les rues en pataugeoires. À Camden Place, en revanche, l'atmosphère était chaleureuse. Aux yeux d'un observateur non averti, l'emploi du temps d'Eliza n'était pas plus varié qu'auparavant puisque son deuil lui interdisait encore la plupart des activités. Cet observateur ignorait bien entendu que deux fois par semaine, elle s'adonnait à une occupation peu digne d'une lady – le portrait de Lord Melville, dont elle ébauchait sur la toile les grands traits et les ombres –, ni que ses promenades régulières se faisaient dans une grande excitation maintenant que Lord Somerset l'accompagnait presque partout.

Jamais l'amitié n'avait été aussi agréable. Comme convenu, ils avaient rencontré l'intendant ensemble. Contrairement à ce M. Penney, dont le ton condescendant lui avait donné envie de hurler, Lord Somerset l'avait écoutée tout au long de l'entretien avec tant de considération qu'elle avait apprécié ce rendez-vous. C'était si agréable d'avoir un interlocuteur avec qui discuter des complexités de la propriété foncière, ce qu'elle ne pouvait faire avec ses proches, qui tenteraient à coup sûr de l'écarter. Margaret n'avait aucun intérêt pour l'agriculture et aucun scrupule à le faire savoir. En outre, Lord Somerset était dans la même situation qu'Eliza : il faisait de son mieux pour apprendre une tâche pour laquelle il n'était pas destiné. Après que l'intendant fut parti de Camden Place, il la complimenta devant une tasse de thé.

« Vous êtes douée. La plupart des dames auraient trouvé cela ennuyeux à mourir. »

Elle répliqua malicieusement :

« Probablement parce que la plupart des dames n'en ont pas la possibilité ?

— Vous avez sans doute raison mais je maintiens que votre curiosité pour ces questions est tout à votre honneur. Mon oncle aurait été fier que vous vous impliquiez dans l'intendance de ses domaines.

— Peut-être.

— Vous n'êtes pas d'accord ? »

Elle hésita à en dire plus. Elle s'était sentie suffisamment libre ces derniers jours pour l'interroger sur sa carrière dans la marine – les lieux où il s'était rendu, ce qu'il avait vu, les amis qu'il s'était faits. Ce qui avait trait à son défunt mari, en revanche, était un sujet qu'ils ne se sentaient ni l'un ni l'autre prêts à aborder.

« Je ne lui inspirais pas une fierté particulière », dit-elle sans s'appesantir.

Au début de leur mariage – surtout au début, en fait –, il avait souvent été déçu par ses lacunes. La famille Balfour, bien que respectable, n'était pas noble et Eliza ignorait beaucoup de choses, énormément de choses. « Que vous êtes sotte », lançait-il quand elle avait commis une énième erreur – quand, malgré sa prudence, elle s'était trompée.

« Dans son testament, reprit-il, un peu hésitant, il mentionnait votre loyauté et…

— Mon obéissance. Oui, je m'en souviens. Je suis… Bien entendu, je lui suis reconnaissante qu'il m'ait légué ces propriétés. Mais de là à croire que c'était pour me récompenser… Ce n'était pas son genre. Il a modifié son testament sur un coup de tête, le lendemain de son altercation avec Lord Selwyn. S'il avait vécu plus longtemps, il aurait très bien pu revenir sur sa décision. »

C'était plus que probable… Si, par exemple, elle avait à nouveau confondu la baronne Digby et la baronne Dudley, bévue qui le mettait invariablement en rogne.

« Il n'était pas d'un naturel affectueux, concéda-t-il.

— Il avait plus d'affection pour son cheval que pour moi », répondit-elle, la gorge nouée.

Il y eut un silence. Lord Somerset leva les mains du sofa, suspendit son mouvement et les reposa.

« Il est vrai que Misty était un andalou gris », ajouta-t-elle.

Il rit doucement et sembla comprendre qu'elle ne souhaitait pas poursuivre.

Si, en cet instant et au cours des cinq jours suivants – lorsqu'il allait lui chercher un gobelet à la Pump Room, qu'il flânait avec elle si la pluie daignait s'arrêter, qu'il l'escortait dans les écuries de la ville afin de choisir des chevaux pour Margaret et elle –, il se montra aussi attentionné, prévenant et efficace que la première fois qu'elle était tombée amoureuse de lui… ces qualités n'étaient-elles pas celles qu'on pouvait apprécier de la part d'un ami ?

Quand elle formula cette idée à haute voix, Margaret, assise dans l'embrasure de la fenêtre du grand salon pour regarder par la vitre battue par la pluie, commenta :

« Un ami que tu aurais envie d'embrasser ?

— Oh, tais-toi ! » s'écria-t-elle en se levant pour ajuster son postiche dans le miroir.

On était mercredi soir et elles s'étaient mises sur leur trente-et-un pour le concert. Margaret portait une robe en crêpe bleu doublé de satin blanc, avec des boucles d'oreilles, un collier et des bracelets de saphirs et de perles – parure qui paraissait plus divine sur elle que chez le bijoutier. Eliza, qui venait d'entrer dans le onzième mois de son deuil, avait ajouté une touche claire dans sa garde-robe avec une tenue en dentelle noire sur fond blanc.

« Es-tu préparée à ce que tu ressentiras à son départ ? demanda Margaret. C'est cette semaine, n'est-ce pas ?

— Demain, répondit Eliza sans quitter des yeux son reflet dans la glace. Oui, je le suis. »

Sa voix ne trembla pas. Elle le savait parce que cela exigeait d'elle un effort surhumain, ce qui n'empêcha pas sa cousine de pouffer.

« Tu as enfoncé la tête profondément dans le sable. Sur plusieurs fronts.

— Pardon ?

— As-tu réfléchi à ce que tu feras quand je m'en irai ? Je n'ai pas du tout envie d'y penser, mais avril est dans un mois et Lavinia ne sortira bientôt plus de chez elle. Tu devrais songer à embaucher une dame de compagnie. Il ne manque pas dans cette ville de personnes à la fois respectables et agréables.

— Qui, par exemple ?

— Mlle Stewart ?

— Trop impertinente.

— Mme Gould, alors ? Elle est assez amusante.

— Un amusement assez limité…

— Depuis quand exiges-tu des mots d'esprit ? Ce ne serait pas un si mauvais choix.

— Elles ne sont pas comme toi.

— Ce n'est pas vraiment leur faute », remarqua sa cousine avec un sourire mélancolique.

Eliza penchait plutôt pour cette hypothèse.

Margaret jeta un œil à la fenêtre.

« Les Melville sont là. Prête pour la prochaine entorse aux règles ? »

Eliza enfila son manteau, saisit son réticule et son éventail. Ils se mirent en route vers la salle de concert. Tous étaient d'humeur joyeuse. Lord Melville les divertit avec l'histoire de la course en fiacre qu'il avait effectuée avec un comédien célèbre et son singe domestiqué. Margaret et Lady Caroline plaisantaient avec lui mais Eliza gardait le silence. Elle ressassait sa conversation avec sa cousine et se sentait nerveuse, mal à l'aise. Elle baignait depuis peu dans une béatitude durement acquise et elle n'aimait pas qu'on lui rappelle sa précarité.

Arrivés aux Upper Rooms, ils déposèrent leurs manteaux et pelisses. Eliza admira la robe de Lady Caroline, en dentelle blanche chatoyante, dont la jupe festonnée en forme de cloche était la plus ample qu'elle eût jamais vue.

« Une nouvelle toilette ? dit-elle pour prendre part à la conversation.

— Oui, enfin ! lança celle-ci avec un regard noir à son frère, qui leva les yeux au ciel.

— Caroline aime me faire passer pour un grippe-sou, expliqua-t-il quand ils s'avancèrent dans le foyer, depuis le jour où j'ai osé lui demander si des chaussures incrustées de diamants ne seraient pas un peu…

— *De trop** ? » suggéra espièglement Margaret, ce qui provoqua chez lui un rire ravi.

Lady Caroline donna un petit coup d'éventail sur le bras de Margaret.

« Je ne tolérerai pas qu'on utilise mon enseignement à mes dépens », remarqua-t-elle sur un ton sévère.

Ils firent une pause à la porte. Comme lors du dernier concert auquel Eliza avait assisté, l'assistance entière se tourna vers l'entrée, mais ce soir, elle et sa cousine étaient aux côtés des Melville. Près de l'âtre, elle repéra Lady Hurley et M. Fletcher, à côté de Lord Somerset et de sa sœur. Elle prit une longue inspiration.

« Oh Seigneur, marmonna Margaret en apercevant Lady Selwyn.

— Tâche d'être polie.

— Je le suis toujours, sauf quand je suis agacée. »

Lady Caroline laissa échapper un petit rire. Elles

se prirent par le bras et s'avancèrent dans la salle avec l'assurance de sorcières en tenue de gala.

« "Redoublons, redoublons, de travail et de soin[1]" », glissa Lord Melville à l'oreille d'Eliza pour la faire rire.

Il était ce soir de la meilleure humeur possible et rayonnait pour ainsi dire d'énergie.

« Votre écriture avance bien ? hasarda-t-elle tandis qu'ils fendaient la foule.

— Un millier de vers déjà. J'en aurais rédigé plus à Alderley : les bibliothèques Meyler et Duffield n'ont en rayon que les Euripide de Porson et ce n'est pas la traduction que je préfère. Mais je suis satisfait. Comment avez-vous deviné ?

— Vous êtes très… enjoué ces jours-ci, dit-elle, gênée de l'avoir noté.

— Contrairement à l'opinion de Somerset, l'oisiveté ne me vaut rien. »

Il baissa la voix en arrivant devant la cheminée. Eliza emplit ses poumons pour se calmer avant de faire sa révérence. Elle supporterait la présence de Lady Selwyn avec grâce et vaillance. *Grâce et vaillance*, se répéta-t-elle comme une prière.

« Quelle ravissante pie vous faites, madame ! railla Lady Selwyn en contemplant sa tenue blanche et noire.

— C'était l'effet recherché. Pie ou mouette, répliqua-t-elle en oubliant son vœu aussitôt.

— Votre robe est aussi très jolie, Lady Selwyn, ajouta Margaret. Elle ressemble beaucoup à celle que ma mère portait l'an dernier. »

---

1. Shakespeare, *Macbeth*, Acte IV, scène 1.

Lady Caroline gloussa. Lady Selwyn rougit et riposta :

« Vous êtes observatrice, mademoiselle Balfour. J'ai pensé qu'il n'était pas utile de gâcher une toilette neuve pour un événement aussi provincial.

— Une condescendance admirable, observa suavement Lady Caroline.

— Je ne crois pas qu'un concert dans cette ville ait bénéficié d'un auditoire aussi raffiné que celui que nous avons ce soir ! » pépia Mme Winkworth en bordure du groupe.

Comme lors du dîner qu'Eliza avait donné, il était évident que la réunion de personnes aussi mal assorties ne pouvait qu'aboutir à une catastrophe, mais ce soir, elle n'avait aucune envie de l'éviter.

Lady Hurley regarda autour d'elle.

« En tout cas, il a attiré beaucoup plus de spectateurs que ces derniers temps.

— Je dirais que la responsabilité en incombe à Melville, intervint Lord Somerset. Le nombre de jeunes femmes qui souhaitent obtenir sa dédicace augmente de jour en jour.

— Mon cher Somerset, je veux bien l'assumer en ce qui concerne la gent féminine, lança ce dernier, mais je vous assure que les messieurs ne sont pas ici pour moi. »

Il jeta un regard éloquent à Eliza, qui fit appel à toute sa volonté pour ne pas s'empourprer.

« Que voulez-vous dire, Lord Melville ? demanda Lady Selwyn.

— Laissez-moi vous éclairer, madame. Bath est

depuis peu envahie de messieurs qui n'ont d'yeux que pour notre Lady Somerset. Dès qu'elle n'aura plus ses habits de deuil, la ville sera assiégée. »

Eliza perdit son combat intérieur et devint cramoisie. Lord Melville sourit largement comme s'il avait gagné un pari.

« Si j'étais plus jeune, peut-être, objecta-t-elle, mais j'approche du grand âge. »

Sa remarque fut accueillie par des cris outrés. M. Fletcher manifesta chaleureusement son désaccord :

« Inacceptable !

— Pour moi, vous êtes une jouvencelle », affirma avec vigueur Lady Hurley.

Lady Caroline fit mine de la regarder des pieds à la tête.

« J'avais en effet l'impression que vous commenciez à vous calcifier.

— Vous êtes tous si gentils », dit Eliza en éclatant de rire.

Dix années de mariage avec un époux plus enclin aux remontrances qu'à l'admiration lui avaient donné peu de raisons de croire en ses attraits, mais avec ces amis, elle se tenait un peu plus droite.

« Ce n'est pas de la bonté, mais une prophétie, déclara Lord Melville avant de se tourner vers Lord Somerset. En l'absence de M. Balfour, tiendrez-vous le rôle de gardien, monsieur ? »

Le visage de Lord Somerset se ferma.

« Je n'ai pas besoin de gardien, se hâta de glisser Eliza.

— Je ne pourrais l'endosser même si je le voulais,

répondit Lord Somerset. C'est ma dernière soirée à Bath. »

Eliza le savait, bien sûr, car elle faisait le compte à rebours avec une appréhension grandissante, mais étrangement, ce fut un choc de l'entendre.

« Vous partez ? s'écria Lord Melville d'un ton plaintif en serrant les doigts sur sa poitrine. Nous commencions à peine à nous connaître !

— J'ai des affaires urgentes à régler à Harefield, ajouta Lord Somerset sans tenir compte de sa remarque. Mes entretiens avec M. Walcot ont pris fin…

— Vous avez eu votre diplôme de l'École des comtes ? le coupa Lord Melville. Je suis froissé que vous n'ayez pas sollicité mes conseils sur ce point, Somerset.

— Vraiment ?

— Tout à fait. Étant moi-même comte depuis presque cinq ans, je me flatte de maîtriser une ou deux choses sur le sujet.

— Pourquoi prendrais-je des leçons d'un gentleman dont je doute qu'il sache ne serait-ce que la superficie de ses terres ? »

Lady Hurley et M. Fletcher prirent un air ébahi en entendant cette pique pendant qu'une moue narquoise se dessinait sur les lèvres de Lady Selwyn. Lord Melville se contenta de lâcher avec un sourire :

« Douze mille acres de superficie.

— Quelles sont vos principales cultures ?

— Ah, un interrogatoire ? Formidable. Les navets, monsieur. Ma réponse est : les navets. »

Lord Somerset lui jeta un regard furibond, comme s'il le soupçonnait d'avoir cité le premier légume qui lui était venu à l'esprit.

« Vous pratiquez la rotation quadriennale des cultures, j'imagine ?

— Bien entendu.

— Que pensez-vous du semoir de Tull ?

— Seigneur, monsieur, rien du tout, je l'avoue. Puis-je vous offrir un boisseau de navets en récompense ? »

Tout le monde se mit à rire. Lord Somerset, rouge de colère, donnait l'impression qu'il n'aurait pas détesté le frapper.

« Comptez-vous faire venir votre fille à Bath, Lady Selwyn ? lança Mme Winkworth dans l'espoir de regagner l'attention de la baronne.

— Non, nous avons renoncé. Annie a un peu trop confiance en elle et vraiment… »

Eliza recula en s'efforçant de ne pas écouter la suite. Elle fit tourner sa bague à sa main droite, puis se battit avec le fermoir de son bracelet, qui n'était pas exactement au bon endroit, jusqu'à ce que, sous ses doigts fébriles, il s'ouvre brusquement. Elle tenta de le rattraper, mais il glissa de son poignet… et fut récupéré par Lord Melville juste avant qu'il se brise à terre.

« Oh, merci, murmura-t-elle en le reprenant.

— Voulez-vous de l'aide ? »

Ils s'écartèrent un peu du groupe.

« Je peux le faire… » Les mains de Lord Melville sur son bras seraient un contact trop intime. « Si vous pouviez tenir mon éventail…

— Avec plaisir. »

Il le saisit. Elle enroula le bracelet sur son poignet. Indifférent au temps qu'elle mettait, il examina d'un air songeur l'éventail, un modèle artisanal en dentelle sur soie montée sur des brins en écaille sombre – son achat le plus onéreux jusqu'à présent.

« Quel dommage que le port de cet accessoire ne soit plus à la mode pour les hommes, remarqua-t-il. Il est si utile.

— Vraiment ? » demanda-t-elle distraitement en manipulant le fermoir.

J'y suis presque.

« Oh que oui ! Il permet d'incroyables expressions ! Celle-ci, par exemple… » Il l'ouvrit et l'agita devant son visage, ne montrant plus que ses yeux bruns et rieurs. « Voyez comme je suis timide maintenant.

— Je vois, en effet. »

Elle lui fit un bref sourire avant de baisser les yeux sur son bijou. *Enfin !* Elle se redressa.

Il prit l'éventail dans sa main gauche et le posa sur son cou.

« Et là ? »

Elle fouilla dans sa mémoire. Le langage des éventails était désuet mais sa gouvernante le lui avait appris au cas où…

« Vous souhaitez faire ma connaissance. Lord Melville… »

Elle tourna la tête vers la salle. Leur petit groupe ne leur prêtait pas attention, mais de nombreux regards étaient dirigés vers eux.

« Et maintenant ? »

Il retourna l'éventail vers le bas en pressant la poignée sur ses lèvres : *Embrassez-moi*. Elle devint écarlate et souffla :

« Lord Melville, je sais que vous badinez, mais on nous observe !

— J'en ai conscience, dit-il en refermant l'éventail d'un coup sec et en le lui tendant. Somerset rougit aussi, quoique de façon moins charmante que vous. J'espère que d'ici la fin de la soirée, il sera rubicond. »

Par réflexe, elle jeta un coup d'œil en direction de la cheminée. Lord Somerset les observait d'un air maussade, ainsi que Lady Selwyn. Elle sentit ses joues s'enflammer encore plus.

« J'aimerais beaucoup, reprit-elle plus bas, que vous me laissiez en dehors de vos querelles. Je n'apprécie pas de servir de prétexte.

— Je n'ai pas... »

Elle rejoignit leurs amis avant qu'il ait fini sa phrase et découvrit que d'autres visages l'examinaient – celui, revêche, de Mme Winkworth, et celui, aux sourcils relevés, de Lady Hurley. Elle redressa le menton avec résolution.

Lady Selwyn reprit sa conversation avec Mme Winkworth.

« Oui... Lord Somerset a promis de nous prêter Grosvenor Square pour son bal de débutante. » Elle ajouta avec un regard faussement timide à son frère : « L'une des nombreuses promesses qu'il devra tenir dans un avenir proche... »

Lord Somerset s'adressa directement à elle.

« Ce n'est pas le moment, Augusta.

— Que c'est intriguant, commenta Eliza en s'efforçant de garder une voix désinvolte.

— Mon frère a promis qu'il convolerait en justes noces cette année ! annonça Lady Selwyn à la cantonade.

— Mon Dieu, Lord Somerset, y a-t-il des dames sur les rangs ? » s'exclama Mme Winkworth.

Un étrange bourdonnement résonnait dans les oreilles d'Eliza. Elle n'était pas sûre de pouvoir supporter cette discussion plus longtemps.

« Madame… »

M. King, le maître des cérémonies, apparut tout à coup. Elle n'avait jamais été aussi heureuse de voir quelqu'un de sa vie.

« J'ai réservé un siège à l'écart pour vous et une autre personne, murmura-t-il d'une voix lugubre.

— Je serais heureux de vous accompagner, madame, proposa Lord Melville.

— Somerset, tu pourrais m'escorter ? commença Lady Selwyn.

— Cela ira, Melville, dit Somerset, je m'en charge. »

Il tendit son bras à Eliza et elle le prit sans réfléchir, sous le choc.

« Je suis désolé à propos d'Augusta, glissa-t-il tandis qu'ils suivaient M. King. Elle peut être… »

Avait-il l'intention d'évoquer cela maintenant ?

« Vous n'avez pas à vous excuser, monsieur.

— Bien entendu, il y…

— Vous n'aurez qu'à… me faire savoir quand je devrai vous transmettre mes vœux de bonheur », dit-elle d'une voix rauque.

Le bras de Lord Somerset se tendit sous le sien et il prit une grande inspiration comme pour répondre, mais le maître des cérémonies leur indiqua d'un grand geste l'endroit qu'il avait choisi et il se tut. Ils étaient un peu à l'écart des yeux inquisiteurs du public. Même si plusieurs minutes s'écoulèrent avant le début du spectacle, elle ne l'encouragea pas à en dire plus.

Le concert débuta. Les premiers airs qu'interprétèrent à tour de rôle une soprano talentueuse et un ténor lui étaient inconnus. Ce fut ensuite au tour de M. Lindley et de son quatuor. Pendant qu'ils feuilletaient leurs partitions et accordaient leurs instruments, elle se demanda si elle ne pourrait pas en profiter pour s'échapper. Puis ils se mirent à jouer et dès les premières notes, elle se souvint du morceau. Elle ne savait ni son nom ni son compositeur car elle ne l'avait entendu qu'une fois dans sa vie, lors du bal d'été de Lady Castlereagh en 1809. Elle avait dansé sur cette musique avec l'homme qui se tenait à côté d'elle.

Lorsque les violons entamèrent la mélodie reconnaissable entre toutes, elle arrêta un instant de respirer, partagée entre le plaisir et l'effroi. Le plaisir, car entendre ce morceau, c'était se remémorer l'un des moments les plus heureux de son existence. L'effroi, parce qu'elle n'était pas certaine de pouvoir demeurer près de lui en l'écoutant – assez proche pour le toucher et plus éloignée qu'elle ne l'avait jamais été.

Elle ferma les yeux et tenta de se maîtriser. C'était simplement un morceau de musique. Un souvenir.

Elle le supporterait comme elle avait supporté le reste. Alors qu'elle pensait y être parvenue, qu'elle se sentait capable de respirer normalement, Lord Somerset inspira profondément et se mit à parler.

15

« Nous avons dansé sur cet air, n'est-ce pas ? souffla-t-il si doucement que sa voix ne couvrait pas le violon le plus discret du quatuor.

— Oui, dit-elle aussi bas, les yeux fermés. Au bal de Lady Castlereagh.

— Je me souviens. Vous… Vous portiez une robe scintillante.

— Brodée de rosettes en fil d'argent. »

Elle en avait été si fière.

« Je ne pouvais pas détacher mon regard de vous.

— Ni moi de vous. »

Comme s'ils avaient pénétré dans un autre monde, ils parlaient à mi-voix, regardant devant eux, lèvres presque immobiles, murmurant à peine plus fort que leurs souvenirs avec une spontanéité qui n'appartient qu'aux rêves.

« J'avais quitté Lady Jersey au milieu d'une phrase, reprit-il. Elle ne m'a jamais pardonné ma grossièreté. »

Sans qu'il soit nécessaire qu'elle tourne la tête, elle entendait le sourire dans sa voix. D'une certaine façon, cela lui paraissait plus intime que le voir. Elle étouffa un petit rire.

« Ma mère avait promis toutes mes danses mais vous aviez déclaré que cela vous était égal…

— En effet, je m'en moquais totalement.

— La musique a commencé…

— J'ai pris votre main…

— Nous avons tourné… »

Elle se revoyait avec lui. Cette image remplaça le concert et se déploya devant eux : deux jeunes gens éperdument épris, ignorant que le temps qu'ils partageraient était compté. Elle se rappelait si bien ses mains serrant les siennes que c'était comme s'il les prenait maintenant ; sa jupe glissant sur le parquet, la musique en fond sonore… Un moment de perfection absolue. Elle était si pleine d'espoir.

« Je n'ai jamais beaucoup aimé danser, ajouta-t-il. J'étais trop grand, trop maladroit…

— Vous le faisiez pourtant très bien !

— Le temps a altéré votre mémoire. J'avais autant de grâce qu'un tronc d'arbre. »

Elle sentait sa jambe contre la sienne sur le banc.

« Je me rappelle avoir tant ri !

— Avec moi, j'espère.

— Toujours.

— J'aurais pu vous faire valser toute la nuit.

— La musique s'est arrêtée trop vite. »

Elle déglutit, la bouche soudain sèche. Elle aurait aimé qu'ils s'attardent sur cet instant : la danse, la joie, l'impression d'avoir la vie devant elle…

« J'ai proposé que nous sortions prendre l'air, poursuivit-il.

— J'ai accepté. » Sa voix était à peine audible. « La lune était brillante. »

Elle avait encore en tête le parfum presque trop sucré, mais à peine, des pivoines de Lady Castlereagh. Dans cette soirée, tout avait été empreint de douceur.

« J'ai oublié de quoi nous avions discuté.

— Probablement du temps qu'il faisait. Je ne pensais qu'à une chose...

— Et puis... »

Ils s'interrompirent. Elle posa une main tremblante sur ses lèvres et l'entendit reprendre sa respiration.

« Si j'avais su... ce qui se produirait... »

Le lendemain, tout s'était écroulé. Ils n'avaient profité qu'une soirée des promesses qu'ils s'étaient faites, même pas une journée entière.

« Je n'aurais jamais dû vous laisser partir », conclut-il.

Elle ne voyait plus les musiciens car ses yeux étaient pleins de larmes ; un petit sanglot lui échappa.

« Eliza, dit-il si bas qu'elle se demanda si elle l'avait rêvé.

— Oliver... »

Bien qu'ils fussent en public, entourés d'une centaine de personnes, elle vit son bras se déplacer et à la seconde où elle croyait qu'au mépris de toute prudence, il allait prendre sa main...

La musique s'arrêta, les applaudissements crépitèrent, elle respira profondément et... son bras retomba.

D'une voix éraillée, il annonça :

« Tout le monde se réunit au salon de thé. »

En se levant, elle s'aperçut qu'elle était incapable de

bouger. Tandis que les spectateurs réjouis s'avançaient vers le salon de thé, elle comprit qu'elle ne pourrait pas faire comme si de rien n'était.

« S'il vous plaît... pou... Pouvez-vous dire à Margaret que je suis rentrée à la maison ? Je me sens... J'ai la tête qui tourne. »

Sans attendre sa réponse, elle se dirigea vers la porte. Elle l'entendit l'appeler mais ne regarda pas en arrière. Elle traversa au pas de course les salles, le foyer, ne s'arrêta pas pour récupérer son manteau. En sortant, elle fut aussitôt enveloppée de bruine, mais le concert n'en étant qu'à la moitié, de nombreux fiacres étaient libres et elle n'eut pas à attendre qu'un valet en hèle un.

« Camden Place, s'il vous plaît ! » lança-t-elle au premier qu'elle avisa. Elle monta et lâcha un sanglot de soulagement à l'idée d'être enfin seule. Mais à peine avait-elle fermé la portière qu'elle se rouvrit en grand.

Lord Somerset apparut, retenant le battant poussé par le vent. Il n'avait pas de manteau, ses cheveux étaient assombris par la pluie et il haletait comme s'il avait couru.

« Allez-vous bien ? » demanda-t-il.

Que pouvait-elle répondre, sinon la vérité ?

« Non, je ne vais pas bien. »

Elle crut entendre le cocher poser une question. Lord Somerset grimpa en vitesse dans l'habitacle et claqua la portière. La voiture se mit en route.

« Si je peux vous expliquer... » commença-t-il.

Elle l'interrompit.

« À la fin de mon dîner, vous avez employé des

termes qui sous-entendaient que tout attachement entrc nous était inconcevable. »

Il prit ses mains.

« J'ai cédé à une colère que je regrette sincèrement. Je vous assure que les sentiments que j'ai énoncés ce soir-là – ainsi qu'au terme de notre relation, il y a si longtemps –, je ne les éprouve plus.

— Comment cela ?

— Je comprends aujourd'hui que vos actes témoignaient d'un grand sens du devoir et non d'une absence de courage.

— Vraiment ?

— Oui, et c'est mon opinion depuis longtemps, insista-t-il.

— Pourtant, ce jour-là…

— Ma conduite est inexcusable. À mon retour en Angleterre, je croyais avoir surmonté depuis longtemps l'amertume que j'éprouvais à votre égard en quittant ces rivages. Lorsque je me suis retrouvé en votre présence, je n'étais pas préparé aux sentiments qui se sont ravivées. » Il grimaça et haussa les épaules, gêné. « J'ai cru que j'avais à nouveau dix-huit ans.

— Moi aussi, murmura-t-elle.

— Je ne suis donc pas seul ?

— Non. Pas du tout. »

Son soulagement était si intense qu'elle en vacillait presque. Elle n'osait croire… Elle n'espérait pas…

« J'avoue, reprit-il, que la raison pour laquelle je me suis attardé à Bath plus longtemps que ce que mes engagements l'imposaient est que… Que j'ai toujours… »

Elle savait ce qu'il allait dire, même s'il hésitait. Elle savait aussi que s'il prononçait ces mots, ils ne pourraient pas revenir en arrière.

« Moi aussi, je vous aime toujours. »

Jamais elle n'avait fait quelque chose d'aussi courageux. Il rejeta la tête en arrière comme s'il avait reçu une balle.

« Madame, la nature de ce lieu m'empêche de... »

Après dix ans d'attente, il n'était pas pensable qu'une question d'honneur aussi absurde la retienne. Elle posa une main tremblante sur l'épaule de Lord Somerset, fit glisser ses doigts pour saisir le revers de sa veste et lui dit sur un ton pressant :

« Lord Somerset, puis, plus doucement : Oliver.

— Eliza... »

Il l'embrassa. Bien qu'ils ne se soient enlacés qu'une fois auparavant, ils tombèrent dans les bras l'un de l'autre aussi facilement que s'ils l'avaient fait tant et plus.

« Vous m'avez tellement manqué », chuchota-t-elle quand ils s'écartèrent, le front pressé l'un contre l'autre. Elle sentait son souffle sur ses lèvres. « Quand je vous ai revu, j'étais convaincue que vous aviez fait une croix sur ce qui nous avait liés. »

Il secoua la tête avec énergie.

« C'est que je suis meilleur comédien que je le pensais. En réalité, j'étais bouleversé. »

Il l'étreignit. Elle avait oublié quel effet cela faisait d'être embrassée ni par devoir ou obligation, mais avec tant d'intensité que s'arrêter, même pour respirer, était inconcevable.

« Qu'allons-nous faire ? demanda-t-elle quand ils se séparèrent.

— J'ose espérer qu'après un baiser aussi fougueux, vous souhaiterez m'épouser, répondit-il avec un petit rire.

— Nous ne pouvons pas nous fiancer avant qu'un an et un jour se soient écoulés. La disgrâce…

— En tout cas pas avant que vous soyez en demi-deuil. D'ici là, cela devra demeurer secret.

— Et Margaret ?

— Qu'y a-t-il à propos de Margaret ?

— Sa sœur aura besoin d'elle à la naissance de son enfant mais ensuite… elle vivra avec nous.

— Vous aurez besoin d'une dame de compagnie quand nous serons mariés ?

— J'aurai toujours besoin d'elle. »

Il embrassa sa main.

« Vous êtes si bonne. Bien sûr, elle fera d'ici peu partie de ma famille. »

Il l'avait rassurée, mais momentanément. Elle se cacha derrière ses mains.

« La vôtre me méprise. »

Il ne pouvait la contredire. Il enveloppa ses mains dans les siennes.

« Ils cherchent à me protéger. Ils vous aimeront beaucoup plus dès lors que Tarquin sera à nouveau l'héritier de Chepstow.

— Que voulez-vous dire ?

— Oh, simplement que cela… faciliterait grandement les choses avec ma sœur…

— Chepstow m'appartient !

— Après notre union, il *nous* appartiendra.

— Mais… Il m'a été donné… »

Elle ne savait pas pourquoi elle s'entêtait sur ce point somme toute mineur en comparaison avec le fait d'épouser l'homme qu'elle avait aimé toute sa vie.

« Il m'a été donné », répéta-t-elle plus calmement.

Cela avait certainement une importance.

Il fixait ses yeux comme s'il ne comprenait pas ce qu'ils exprimaient.

« Eliza, n'avons-nous pas là une seconde chance ? Ce n'est pas ce que mon oncle avait prévu, mais si cela exige quelques sacrifices, le jeu n'en vaut-il pas la chandelle ? »

Son regard était si tendre, si vulnérable qu'elle n'était pas sûre d'y résister. Et si c'était leur seconde chance, elle voulait plus que tout la saisir et ne pas la lâcher, mais… Malgré ses efforts pour se focaliser sur lui, son esprit bouillonnait. Ils devraient s'entretenir de nombreux sujets. Il ignorait beaucoup d'aspects de sa vie actuelle. Il ne savait rien du portrait, par exemple, mais comment aborder le problème dans un fiacre, quand le temps filait déjà entre leurs doigts ?

« Il y a beaucoup de choses dont nous n'avons pas parlé », ajouta-t-elle.

Il baissa la tête pour croiser son regard.

« Nous avons le temps. Nous nous aimons. Le reste, nous pourrons le résoudre. »

À l'entendre, tout paraissait si simple. Était si simple. Elle dérida son front.

« Vous avez raison.

— Dans le passé, les circonstances ne nous ont pas

été favorables mais nous avons les moyens de les modifier. Nous ferons mieux. »

Elle pressa sa main.

« Oui, nous ferons mieux. »

La voiture s'arrêta. Ils entendirent un coup sur le toit.

« Cinq minutes ! » s'écria-t-il. Il prit le menton d'Eliza dans sa main. « Je dois malgré tout partir demain faire la tournée de mes terres. Je crains qu'avec ces dernières pluies, certaines n'aient été inondées. Mais je vous écrirai. Et je serai de retour dans six semaines.

— Très bien. »

Elle avait attendu dix ans, elle n'était plus à quelques semaines près.

« Dans six semaines, vous serez en demi-deuil et je vous demanderai en mariage.

— Dans six semaines, je vous dirai oui. »

Il posa un baiser au coin de ses lèvres.

« Supporterez-vous la solitude en mon absence ?

— J'ai Margaret, Lady Hurley, les Melville… »

Elle vit sa mâchoire se contracter.

« Je n'aime pas du tout la façon dont il vous regarde. »

Elle se mit à rire. Il était donc jaloux. Lord Melville avait raison depuis le début.

« C'est-à-dire ?

— C'est la même que la mienne.

— Écoutez, je ne nierai pas qu'il flirte avec moi, mais ce n'est pas sérieux. Vous avez remarqué qu'il le fait aussi facilement qu'il respire. »

Il haussa les sourcils d'un air incrédule. Elle voulait

le rassurer mais ne savait comment. Les attentions de Lord Melville étaient assidues et, pour être honnête, ne lui déplaisaient pas. Comment ne pas apprécier d'être flattée, *a fortiori* par un gentleman qui maîtrisait cet art à la perfection ? Mais pour lui, c'était un jeu qui ne prêtait pas à conséquence.

« Il a eu une maîtresse pendant plusieurs années, reprit-elle. Dont il était très épris. Il est donc hautement improbable qu'il ait reporté son affection sur moi en si peu de temps. Le fait qu'il m'ait remarquée est plus lié à son antipathie à votre égard.

— Vous le tenez de lui ?

— Non, c'est la rumeur qui court. »

Il semblait partagé entre l'amusement et la désapprobation de l'entendre évoquer des détails que les dames n'étaient pas censées connaître.

« Si c'est la vérité, je ne vois pas en quoi cela le rend plus digne de foi.

— Mais vous avez confiance en moi ?

— Je... Bien sûr ! Néanmoins, vous êtes si innocente et je...

— Je suis moins inexpérimentée que vous le pensez et tout à fait capable de me défendre, croyez-moi. »

Il embrassa sa main.

« Je suis impatient de le faire bientôt pour vous. »

Elle savait que c'était le moment ou jamais de lui confier qu'elle réalisait le portrait de Lord Melville mais elle se ravisa en entendant un second coup sur le toit. Elle n'avait pas assez de temps. Expliquer était une chose, mais elle devrait aussi le rassurer, ce qui serait beaucoup plus long. Elle le ferait par écrit.

« Vous n'entrez pas ? dit-elle.

— Non. Nous nous sommes éclipsés pendant l'entracte et les gens jaseront, sauf si je refais une apparition. De plus… » Son regard se fit plus tendre. « J'ai beau être un gentleman, je ne suis pas immunisé contre les tentations. »

Elle rougit.

« Ah, ma timide Eliza est encore là ! J'en suis heureux ! »

Il l'embrassa une dernière fois sur les lèvres, les mains et les yeux, et s'attarda, réticent à la laisser partir.

« Six semaines », ajouta-t-il.

Elle ne savait si c'était pour le lui rappeler ou pour lui-même.

En descendant du fiacre, elle répéta :

— Six semaines ! »

Le Pelican
Le 1er mars 1819

Eliza,

Je me suis réveillé ce matin avec le sourire aux lèvres. La soirée d'hier est plus douce à mon souvenir que n'importe quel rêve et je vous écris ce billet sans autre raison que me prouver qu'elle a bien eu lieu.

Vous me manquez déjà plus que je peux l'exprimer ici. Le seul réconfort que je trouve dans notre séparation est de savoir que la prochaine fois que nous nous verrons, je pourrai enfin vous appeler ma fiancée. Ma Lady Somerset.

Écrivez-moi dès que vous le pourrez. Je ne vous promets pas que je composerai pour vous de jolies odes – j'ai toujours été un médiocre épistolier –, mais j'aimerais que vous me racontiez par le menu vos journées en mon absence. Aucun détail ne paraîtra ennuyeux sous votre plume.

Je vous prie de me considérer comme tout à vous, et pour toujours,

Oliver

16

Le lendemain, au lever du jour, le ciel de Bath était dégagé et la température avait fraîchi. Cette matinée ressemblait à un commencement. Lorsqu'elle sortit de Camden Place avec sa cousine, Eliza fut tentée d'y voir un signe. Elle n'avait pas cessé de sourire depuis qu'une heure plus tôt, un commis du Pelican avait apporté le billet de Lord Somerset. Son cœur débordait de joie au point qu'elle avait presque l'impression de la voir se déverser dans la rue.

« Tu ne trouves pas que tu t'approches un peu trop de la béatitude ? » lui dit Margaret avec bienveillance.

Dans un éclat de rire, Eliza prit son bras et elles partirent d'un bon pas. Elle avait à peine fermé l'œil de la nuit – trop émue pour faire autre chose que de vagues croquis jusqu'à l'aube en songeant aux événements de la veille. Malgré cela, elle se sentait plus bouillonnante d'énergie que fatiguée.

Elles se rendaient à l'atelier de M. Berwick, à deux pas de Monmouth Street, où il venait d'ouvrir une exposition de ses travaux récents. Il avait transmis l'invitation à Margaret durant l'entracte du concert et dès qu'elle l'avait évoquée dans leur conversation matinale, Eliza lui avait fait enfiler sa pelisse et l'avait entraînée dehors, motivée autant par une envie de s'aérer que par la curiosité. Le soleil se montra alors qu'elles entraient dans Lansdown Road. Eliza, sourire aux lèvres, leva le visage pour en profiter. C'était une journée merveilleuse.

« Tes fiançailles ne seront pas longtemps confidentielles si tu gardes cet air ravi », reprit Margaret.

Eliza lui fit signe de se taire.

« Je te rappelle que je ne suis pas fiancée. Je me suis… engagée à me fiancer.

— Cela n'a effectivement rien à voir. C'est une bonne chose que je ne t'aie pas relancée pour que tu acceptes la compagnie si amusante de Mme Gould. Je te laisserai en partant dans une situation bien plus intéressante.

— Je suis contente que tu le penses. D'ailleurs, je me disais qu'après que ta sœur aura confié son enfant à une gouvernante, tu pourrais venir vivre avec nous. »

Margaret gloussa.

« Tu es sûre que Lord Somerset serait heureux de te partager si peu de temps après votre mariage ?

— Il a déjà accepté.

— Sous la contrainte ?

— Pas du tout. Il t'aime bien et il sait que tu comptes beaucoup pour moi.

— Nous verrons, répondit Margaret, perplexe, avant d'ajouter en lui donnant un petit coup de coude : Je me réjouis de te voir aussi heureuse mais es-tu sûre de vouloir quitter Bath pour aller vivre à Harefield ? »

Eliza ne put retenir un frisson à cette idée.

« Avec lui, je suis certaine que ce sera différent. »

Ils fermeraient les appartements de parade, se débarrasseraient des objets les plus sinistres, feraient des flambées dans les cheminées. Elle imaginait aussi qu'ils seraient la plus grande partie de l'année à Londres ou en visite, qu'ils convieraient des amis pour des fêtes de plusieurs jours…

« Quels amis ? demanda Margaret quand elle énuméra ces projets à haute voix. Lady Hurley ? Lord Melville ? Tu crois que Lord Somerset se fera une joie de les recevoir ? »

Elle fronça les sourcils. Lady Hurley, peut-être, car il était plus indulgent avec elle, mais les Melville… C'était en effet ridicule. Mais alors, quand verrait-elle Lord Melville – et sa sœur – si elle ne pouvait les inviter ? Bien que de rang égal, ils ne fréquentaient pas les mêmes cercles. Seul le hasard – ou le destin, si l'on avait l'âme d'un poète – les avait mis en présence à Bath.

Margaret regarda autour d'elle.

« Nous sommes arrivées. »

Eliza écarta ses pensées. Lord Somerset avait eu la bonne réponse : dès qu'ils seraient réunis, ils résoudraient les problèmes.

Les salons d'exposition de M. Berwick, au 2, Westgate Buildings, appartenaient auparavant au portraitiste Thomas Beach. Ils étaient si somptueux, en termes d'espace et d'atmosphère – un violoniste embauché par M. Berwick jouait tandis que les invités contemplaient ses tableaux – qu'Eliza fut aussitôt jalouse. Elle aurait tant aimé disposer de pièces spacieuses, d'un atelier éclairé d'une lumière parfaite, d'une salle mettant ses peintures en valeur… être en confiance pour exposer plutôt que dissimuler.

« Saisissant ! » s'écria Margaret.

Elles firent lentement le tour de la salle en s'arrêtant devant les portraits et les paysages accrochés aux murs. Eliza espérait plus ou moins avoir la confirmation que l'autosatisfaction de M. Berwick était imméritée, mais il ne fallait pas s'étonner qu'il ait du talent : après tout, il avait souvent exposé à l'Académie royale. S'il n'était pas un artiste d'exception, elle devait concéder, devant un portrait de trois quarts d'une femme enveloppée d'une mousse de dentelles et de fleurs (certainement inspiré de Van Dyck), qu'il savait se servir d'un pinceau.

Il apparut soudain à ses côtés.

« Je vous souhaite le bonjour, Lady Somerset. »

Bien qu'on fût en début de journée, il s'était habillé avec recherche et avait orné sa cravate au nœud élaboré d'un diamant monté en épingle. Elle remarqua que ses poignets de chemise étaient éclaboussés de peinture, suivant la mode lancée par Lord Melville.

« Je suis ravi que vous soyez venues ! Ah, je vois que vous admirez Mme Catalani. »

Mme Catalani ? Elle se retourna vers la toile. Ce pouvait être elle, en effet : les cheveux étaient de la bonne couleur et la robe identique à celle qu'elle portait à son récital aux Assembly Rooms. En revanche, et contrairement à son souvenir, M. Berwick l'avait dotée d'une carnation pâle, d'une silhouette élancée et, étrangement, d'un décolleté beaucoup plus profond que dans la réalité. Elle ne l'avait pas reconnue.

« Êtes-vous certain que nous regardons le bon ? » s'étonna Margaret, incrédule.

Grâce au Ciel, les remparts protégeant l'ego de M. Berwick étaient trop épais pour qu'il s'en émeuve.

« Tout le monde s'est confondu en éloges sur sa ressemblance, reprit-il. M. Fletcher l'a jugé excellent. »

Eliza sourit. Pour une surprise…

« Vous devez absolument voir celui que j'ai exposé l'an dernier, ajouta-t-il. Venez… Le *Morning Post* a vanté mon usage innovant de la couleur… »

Margaret rit sous cape. Elles lui emboîtèrent le pas.

« Regardez ! » s'écria-t-il, soupirant d'aise devant son œuvre.

L'huile sur panneau, de facture classique et de dimensions supérieures aux autres, était le seul portrait en pied de la salle. L'effet général était indubitablement abouti, mais de plus près, il paraissait déséquilibré. Les proportions du corps étaient déconcertantes : buste trop long, jambes arquées comme un bréchet. Eliza s'avança pour l'examiner. L'arrière-plan pastoral était faux : un mouton plus grand qu'un cheval, un cheval de la même taille qu'un poulet – une cour de ferme tout droit sortie d'un cauchemar.

« D'aucuns y ont vu un chef-d'œuvre, je l'avoue. Pour ma part, je considère qu'il est acceptable, tout au plus. »

Et encore… Eliza s'était figuré que ce tableau – qui avait côtoyé certains des plus grands artistes de l'époque, avec l'importance et la considération qui y étaient attachées – serait d'une qualité mille fois supérieure aux siennes. Si elle l'avait montré à son grand-père, il lui aurait donné des coups de pinceau sur les doigts.

« Oh, Mme Winkworth vient d'arriver. Si vous voulez bien m'excuser… »

Il s'éloigna en hâte. Margaret se pencha vers Eliza et glissa :

« Voilà qui devrait te redonner confiance.

— En effet. D'ailleurs, cela me ferait presque penser…

— Quoi ? »

Elle décida de garder ses réflexions pour elle.

« Non, rien… »

Dans quel but soumettrait-elle le portrait de Lord Melville à l'Exposition d'été sinon celui de flatter sa vanité ? Ne tentait-elle pas déjà suffisamment le diable en le peignant ? Certes, sa fortune était moins menacée – il était peu probable que Lord Somerset prive sa fiancée de ses revenus –, mais elle devait encore lui présenter son projet de manière qu'il l'accepte. C'était suffisamment préoccupant sans qu'il soit nécessaire d'y ajouter une pression supplémentaire. D'un autre côté, ce serait la concrétisation de ses rêves d'enfant depuis sa première visite à Somerset House, à l'âge de dix ans. Ce serait aussi, enfin, la preuve qu'elle maîtrisait la technique, qu'elle avait du talent, qu'elle pouvait se considérer comme une véritable artiste.

« Si nous partions ? dit Margaret. Je dois retirer des livres à la bibliothèque.

— Je vais rentrer directement, répondit Eliza quand

elles sortirent dans la rue au moment où Staves, le valet de pied qui les attendait, se précipitait vers elles.

— Tu veux écrire à Lord Somerset ? devina Margaret avec un grand sourire. Très bien, je te verrai tout à l'heure. »

Elles prirent des directions opposées. En flânant dans les rues, Eliza jetait de tous côtés des regards admiratifs. Son séjour à Bath approchant de la fin, elle était d'autant plus consciente de sa splendeur, de la luminosité de ses pierres, des nombreuses collines, de l'harmonie des façades incurvées. Cette ville était d'une grande beauté. Sur le chemin du Royal Crescent, qu'elle souhaitait contempler pour le plaisir, le grincement des roues d'un attelage la fit se retourner. Elle sursauta en voyant approcher à tombeau ouvert un phaéton rutilant que conduisait, resplendissante dans sa tenue *à la hussarde** assortie d'un chapeau en poil de castor surmonté d'un panache, Lady Caroline.

Elle en était bouche bée. Tout le monde savait qu'elle maniait la chambrière à la perfection, mais l'effet était totalement différent quand on le constatait *de visu*.

« Lady Caroline ! » s'exclama-t-elle autant pour la saluer que pour exprimer sa surprise.

La cavalière stoppa ses chevaux et son valet d'écurie sauta à terre pour les retenir par le mors.

« J'ai fait venir mon attelage d'Alderley, annonça-t-elle, les yeux brillants. Au diable la dépense ! Vous plaît-il ?

— Il est magnifique ! »

Lady Caroline lui tendit la main.

« Je vous invite à faire un tour ? J'ai promené Lady Hurley dans le quartier mais j'aimerais leur dégourdir les jambes en dehors de la ville. »

Eliza hésita. Ce phaéton paraissait très instable : sa caisse, d'apparence fragile, surmontait l'axe central à plus de cinq pieds du sol. En outre, elle s'était habillée pour la marche – une épaisse pelisse qu'elle avait enfilée rapidement sur une robe fine avant de sortir. Enfin, ce qui serait vu à Londres comme une excentricité typique de Lady Caroline risquait, à Bath et la concernant, de susciter des commentaires et d'être considéré comme terriblement incongru.

Cela étant… Maintenant qu'elle était fiancée – *presque* fiancée –, la nécessité de se surveiller en permanence était-elle aussi impérative ?

« J'en serais ravie », dit-elle en ayant l'impression de commettre un acte d'une folle témérité.

Après avoir donné l'instruction à son domestique de rentrer à Camden Place, elle accepta l'aide du valet d'écurie et grimpa dans la voiture.

L'année de son entrée dans le monde, elle avait été conviée à monter dans le phaéton d'un jeune gentleman, mais soit sa mémoire lui jouait des tours, soit il avait été beaucoup plus pondéré que Lady Caroline, car l'expérience était incomparable. Le mot « exaltation » était loin de décrire la réalité. Contrairement au barouche, son placide cousin, cette voiture n'offrait aucune protection à ses occupants, et si la journée semblait peu venteuse au niveau du sol, une fois perchée au-dessus des roues et lancée à une allure sans doute supérieure à quatre lieues à l'heure, les rafales lui fouettaient la figure. Avant qu'elles aient atteint le coin de la rue, elle avait le souffle coupé et dès qu'elles sortirent de la ville et roulèrent au milieu des champs, elle agrippa son chapeau des deux mains de peur que les brides ne soient pas assez solides pour le maintenir sur sa tête, et poussa des cris involontaires à chaque virage pris à bride abattue.

Elles effectuèrent une grande boucle autour de Bath et c'est seulement sur le chemin du retour que Lady Caroline ralentit ses bêtes suffisamment pour qu'elles puissent avoir une véritable conversation.

« Oh, j'en avais besoin ! s'écria-t-elle en secouant la tête comme l'un de ses chevaux. Mon cerveau ne fonctionne pas si je ne fais pas d'efforts physiques. J'ai eu un mal fou à écrire depuis notre arrivée.

— Ce doit être difficile de se remettre au travail après une longue coupure, remarqua Eliza en levant le visage vers le soleil.

— Il n'y en a pas eu : je n'ai pas cessé d'écrire. C'est seulement la publication que j'ai évitée ces dernières années. Après la parution de *Kensington*, le tapage a été tel que j'ai dû me retirer du monde un certain temps.

— Vous… Vous retirer ? »

Elle n'avait pu cacher sa surprise. Rien, dans le comportement de Lady Caroline, toujours aussi intrépide et brillante, ne lui avait donné à penser que le scandale l'avait affectée.

D'un simple geste du poignet, Lady Caroline négocia un carrefour délicat.

« Vous ne deviez pas être à Londres à l'époque. Nos

amis proches ne s'en sont pas formalisés, mais de nombreuses dames ne voulaient plus me recevoir. Deux ans s'étaient écoulés avant que Caroline Lamb soit à nouveau admise à l'Almack après *Glenarvon*, qui était un texte beaucoup plus inconvenant que le mien, mais ils ont mis plus de temps à m'absoudre. Quoi qu'il arrive, mon frère et moi serons traités différemment de nos cousins. Ma mère nous le répétait souvent.

— Vous êtes parents avec les Lamb ? »

Elle n'aurait pas dû s'en étonner : les familles de l'aristocratie avaient la regrettable habitude de se marier entre elles.

« Avec les Ponsonby aussi, mais ils sont plus éloignés. Nos arbres généalogiques sont inextricablement mêlés. »

Eliza jeta à Lady Caroline un regard en coin et demanda timidement :

« Les Ponsonby irlandais ? »

Un nouvel article rempli d'insinuations scandaleuses était paru dans la presse cette semaine sur Mlle Sarah Ponsonby et sa dame de compagnie, Mlle Eleanor Butler, dans lequel elles étaient surnommées « les dames de Llangollen ».

« Si vous faites référence à Mlle Sarah Ponsonby, oui, en effet, répondit Lady Caroline qui avait vu clair dans son jeu. En revanche, je n'ai aucun potin à vous confier. »

Eliza rougit jusqu'aux oreilles et se hâta de changer de sujet pour ne pas passer pour vulgaire aux yeux de Lady Caroline.

« Avez-vous prévu de publier la suite de *Kensington* ?

— Oui, si je peux.

— Vous n'en redoutez pas les conséquences ?

— Si, bien sûr. C'est pour cette raison que j'ai prévu de me réfugier à Paris cet été. L'éloignement devrait me protéger d'une mise à l'index.

— Dans ce cas, pourquoi en prendre le risque ?

— Parce que je tiens à ce que ce livre paraisse, répliqua Lady Caroline comme si c'était aussi simple que cela. C'est celui dont je suis le plus fière et je ne tolérerai pas qu'on m'en empêche par des intimidations.

— Vous ne croyez pas qu'il vaudrait mieux… attendre… une période plus propice ? »

Elle songeait aux rumeurs de plus en plus précises sur les liens entre Lord Melville et Lady Paulet.

« J'en ai assez d'attendre. Je ne le ferai plus.

— Vous êtes très courageuse. Pour ma part, je serais incapable…

— Vraiment ? Et le portrait de mon frère ? »

Eliza secoua la tête.

« Il sera anonyme. »

Elle était persuadée que Lord Somerset n'apprécierait pas qu'elle peigne Lord Melville. Il n'était pas utile qu'en plus, l'annonce soit publique.

« Cela étant, je me disais… Je réfléchissais… »

Elle tergiversa quelques instants. Après tout, si son frère lui apportait un soutien sans faille, elle pouvait compter sur Lady Caroline pour qu'elle lui réponde sincèrement.

« Je me demandais si je pourrais présenter le portrait à l'Exposition d'été, poursuivit-elle. J'ai vu le tableau que M. Berwick y soumettra et je me dis… En fait, le mien n'est pas tellement pire. Mais au fond, pourquoi le ferais-je, même anonymement ? Cela ne fera que provoquer des interrogations, des remous, et pour quelle raison, sinon satisfaire ma vanité ?

— Pourquoi le fait-il, selon vous ? s'enquit poliment Lady Caroline.

— Pour se faire connaître, j'imagine. Sinon, comment gagnerait-il sa vie ?

— Il perçoit une rente annuelle de deux mille livres. C'est lui-même qui me l'a appris. »

Eliza digéra l'information.

« L'ambition et l'orgueil ne sont pas des muscles que les femmes sont généralement encouragées à faire travailler, reprit Lady Caroline. Cela ne signifie pas pour autant que nous soyons incapables d'apprendre. Si votre véritable appréhension est de manquer de talent, soyez rassurée : mon frère a fréquenté suffisamment d'artistes pour les discerner quand il les voit. »

Eliza ne put s'empêcher de demander :

« Pensez-vous à Lady Paulet ? »

Lady Caroline marqua une pause réprobatrice.

« Oui, nous nous sommes souvent trouvés en sa présence.

— Est-elle aussi merveilleuse que ce qu'on raconte ? »

Peintre de paysages réputée bien avant son union avec Lord Paulet, lui-même grand mécène, Lady Paulet recevait régulièrement les louanges de la haute société qui fréquentait les salons distingués du West End londonien.

« Elle est aussi talentueuse que ce qu'on prétend, si

c'est ce que vous souhaitez savoir, et tout aussi capricieuse. »

Ce dernier adjectif, dans sa bouche, ne sonnait pas comme un compliment.

« Est-ce une beauté ? » insista Eliza.

Elle ne savait pas ce qu'elle gagnerait à apprendre qu'elle était jolie – ce qui allait de soi puisqu'elle avait séduit Lord Melville – mais elle se découvrait avide de détails.

« Ce n'est en tout cas pas une femme dont on détache facilement son regard. »

Eliza hocha la tête nerveusement. Elle regrettait d'avoir posé la question.

« D'après les rumeurs, Lord Melville et elle seraient... très proches.

— Je n'étais pas au courant que ce commérage avait atteint Bath », remarqua Lady Caroline d'une voix neutre, ce qui, pour Eliza, revenait à un aveu.

Elle décida de lui parler franchement.

« Ce serait la découverte de leur liaison par Lord Paulet qui vous aurait poussés à venir ici.

— Je ne peux pas commenter la vie privée de mon frère, répliqua vivement Lady Caroline, mais je vous assure que toutes les personnes concernées ont beaucoup souffert. »

Se sentant remise à sa place, Eliza se calma et elles avancèrent quelques minutes en silence. Elle admirait la grâce avec laquelle Lady Caroline tenait les rênes.

« Comment se fait-il que vous meniez si bien les chevaux ?

— Ma mère me l'a enseigné. Elle-même l'avait appris de mon père.

— Je ne savais pas qu'elle pratiquait la conduite d'attelage. »

Le talent de Lady Caroline dans ce domaine était connu, mais Eliza ne l'avait jamais entendu dire de Lady Melville.

« Ma mère prenait grand soin de se comporter en public comme une dame de qualité. »

Eliza plissa le front.

« Elle a pourtant été admise dans la bonne société, n'est-ce pas ? Je croyais que le parrainage de la reine avait…

— Ce ne fut pas si simple. Certains disaient qu'elle était fascinante, d'autres qu'elle devrait faire beaucoup plus que changer son prénom "Nur" en "Eleanor". Elle devait chaque jour faire la preuve de son raffinement, de son goût pour l'Europe, de sa familiarité avec les usages britanniques. » Elle retroussa les lèvres en un sourire amer. « Pendant ce temps, les ladies qui l'entouraient se paraient de mousseline du Bengale, drapaient leurs épaules de châles en cachemire et décoraient leurs intérieurs de chintz sans vergogne. »

Eliza l'ignorait. Ou plutôt, elle avait supposé naïvement que hormis quelques personnes méprisantes, la bénédiction royale avait tout résolu. Elle songea à la décision de Lady Caroline de ne pas se soucier des conséquences de sa conduite.

« Vous ne ressentez pas cette pression ?

— C'est un peu différent pour moi : je suis née ici, j'ai grandi avec des enfants d'aristocrates qui étaient mes camarades de jeu, ma peau est plus claire. Ce n'est pas facile, mais c'est différent. À Alderley, nous étions très à l'aise. Ma mère m'a montré comment conduire un attelage dans l'allée d'honneur.

— J'ai toujours pensé que ce devait être merveilleux de savoir le faire.

— Qu'est-ce qui vous empêche d'apprendre ?

— Qui accepterait de me l'enseigner ?

— Moi, pardi ! Commençons tout de suite !

— Vous n'êtes pas sérieuse ?

— Je suis on ne peut plus sérieuse. Vous m'observez depuis un moment. Allez, prenez les rênes.

— Lady Caroline, je ne crois pas que ce soit…

— Oh, appelez-moi Caroline », lança la jeune femme en posant les brides sur la jupe d'Eliza.

Effarouchée, celle-ci les repoussa mais Caroline mit les mains derrière son dos. Eliza se tourna vers Wardlaw, le valet d'écurie, perché derrière elles, dans l'espoir qu'il viendrait à son secours mais il se contenta de lui jeter un regard amusé.

« N'attendez aucune aide de lui, Lady Somerset ! Allez ! Je croyais que vous vouliez apprendre ?

— Je n'ai pas la moindre idée de ce que je dois faire !

— Ne soyez pas aussi apeurée ! D'abord, tenez-les ainsi… »

La place du conducteur était beaucoup moins exaltante et beaucoup plus intimidante que celle du passager. Eliza se pencha sur les rênes, les yeux écarquillés d'appréhension, se demandant si elle n'allait pas se transformer en pierre tant elle était crispée.

« Essayez de ne pas avoir un air aussi accablé, dit

Caroline. On n'a aucune allure quand on a l'air accablé.

— Je m'efforce de ne pas nous tuer.

— À cette vitesse, nous risquons plus de mourir de faim. Le danger fait partie du plaisir ! »

Elle lui laissa les rênes plus de vingt minutes et les reprit dès qu'elles furent dans les rues de Bath. Quand elles s'arrêtèrent devant Camden Place et qu'Eliza se prépara à descendre – aussi exténuée que contente d'elle-même –, Caroline posa la main sur son bras.

« Lady Somerset… Eliza. Rien ne vous oblige à m'écouter, mais… Quand on en a les moyens et la possibilité et qu'on n'agit pas uniquement parce qu'on a peur, c'est un terrible gâchis. »

Contrairement à son habitude, elle était sérieuse.

« Merci, dit Eliza. Pour aujourd'hui.

— Transmettez mes salutations à Mlle Margaret et dites-lui que demain, nous aborderons la conjugaison du futur. »

Sur ces mots, elle lança ses chevaux, laissant Eliza au milieu d'un nuage de poussière et d'une longue liste de sujets de réflexion.

Camden Place
Le 2 mars 1819

Oliver,

Sans vous, les journées sont interminables mais j'ai attendu un trop grand nombre d'années pour me laisser accabler par six semaines. Malgré le temps infini qu'elles mettront à s'écouler, je sais que nos retrouvailles seront d'autant plus douces qu'elles signeront la fin de cet intermède.

Comme je vous l'ai dit ce soir-là – est-il nécessaire que je précise à quelle soirée je fais allusion ? –, il y a de nombreuses choses dont nous devons parler. Tellement que je m'étonne que nous ayons perdu tant de temps à échanger des civilités quand de si grands pans de nos vies sont encore un mystère pour l'autre.

Je ne pense pas avoir mentionné, par exemple, que je peins toujours. Peut-être, d'ailleurs, avez-vous oublié que je peignais. Depuis mon arrivée à Bath, j'ai reçu une commande, que j'honorerai de façon anonyme, bien qu'il s'agisse d'un travail artistique. Vous serez sûrement d'avis que cela répond à une regrettable complaisance de ma part – vous savez pertinemment que je ne manque ni de revenus ni de distractions –, mais même si je ne suis motivée que par la vanité, j'aimerais la mener à bien. Je la mènerai à bien.

J'attends votre réponse, vos réflexions, avec une impatience tout à fait excessive, et je reste

À jamais vôtre,

Eliza

17

Eliza aborda le sujet avec Lord Melville dès le lendemain. Il arriva avec sa sœur à l'heure dite – deux heures de l'après-midi, pour profiter de la meilleure lumière – et pendant que les jeunes femmes s'enfermaient dans le grand salon (un «*Je te trouve belle**» s'échappa par la porte entrebâillée), Lord Melville se laissa tomber sur le sofa comme à son habitude. Sur la toile posée sur le chevalet, apprêtée d'un mélange d'ocre jaune et de céruse, il n'y avait qu'une esquisse au fusain de la silhouette et quelques essais de couleur au niveau du visage et du buste. Eliza était nerveuse. Si pour lui, l'exposition était une mauvaise idée – s'il n'était pas d'accord, se moquait d'elle ou estimait qu'elle se berçait d'illusions –, elle ne le ferait pas. Elle prit une grande inspiration, s'assit à côté de lui et ouvrit la bouche.

«Somerset est donc parti, lança-t-il.

— Euh… Oui… J'aimerais vous parler de quelque chose…

— Très galant de sa part de vous raccompagner chez vous. Il semblait extrêmement content de lui à son retour.

— Vraiment ? fit-elle comme si cela l'indifférait.

— J'ai pensé qu'il vous avait demandée en mariage. »

Elle gonfla ses poumons, refoula un démenti outré qui la trahirait sur-le-champ et parvint à répondre calmement, tout en agitant une main sous son nez :

« Vous déraisonnez ! Vous constaterez que je n'ai pas de bague à l'annulaire. »

Il la prit, fit mine de la lever à la lumière, l'examina d'un côté, de l'autre, comme si une bague de fiançailles pouvait s'y être dissimulée. Elle sursauta, car telle n'avait pas été son intention et qu'ils n'étaient gantés ni l'un ni l'autre – elle ne l'était jamais pour peindre. La sensation était outrageusement intime. Sa peau était chaude et douce, hormis les callosités de ses doigts, dues au porte-plume qu'il utilisait pour écrire ou aux rênes s'il montait à cheval les mains nues.

« En effet, dit-il enfin. Elle est beaucoup plus jolie ainsi. »

Il attendit un peu avant de la lâcher et elle la retira, vaguement troublée.

« Lui écrirez-vous en son absence ? demanda-t-il sur le même ton léger.

— Si c'est nécessaire, je suppose que oui. Des courriers… d'affaires.

— J'aurais plutôt imaginé des lettres d'amour. »

Elle se força à ne pas rougir.

« Vous imaginez à tort.

— Dommage. Une belle lettre d'amour vaut son pesant d'or. »

Elle pouvait en attester… Mais ce n'était pas le moment.

« J'ai cru comprendre que vous-même en receviez des piles de vos lectrices, reprit-elle pour dévier la discussion. Est-ce vrai ?

— Pas tout à fait des piles, mais un petit tas. M'en avez-vous adressé une ?

— Pas du tout !

— Vous pouvez l'avouer, je ne me moquerai pas.

— Je n'en doute pas, mais je ne l'ai pas fait et je ne le ferai jamais.

— Votre horreur est injustifiée : certaines missives sont assez touchantes. Une dame m'avait envoyé une description si évocatrice de notre vie commune que j'étais sur le point d'accepter. Jusqu'à ce que Caro me fasse remarquer qu'elle avait été postée de la prison de Coldbath Fields.

— Vous n'êtes pas sérieux ?

— Mais si. Aujourd'hui encore, j'ai une certaine nostalgie pour cette chère Mary. Qui sait ? Elle aurait pu être le grand amour de ma vie. Mais le jour où j'ai refusé de lui envoyer une boucle de mes cheveux, elle a juré de m'assassiner. J'en ai conclu que c'était la fin de notre histoire.

— Sage déduction…

— Je vous remercie. »

Après un petit coup à la porte, Perkins entra avec un plateau.

« Formidable ! s'écria Lord Melville pendant qu'elle en profitait pour rassembler ses esprits.

— Êtes-vous allé à l'exposition de M. Berwick hier ? dit-elle.

— Oui. Quand je pense que vous vouliez qu'il

fasse mon portrait ! Je préfère ne pas savoir ce que cet homme aurait fait de mes jambes…

— Vous ignorez ce que j'en ferai, répliqua-t-elle en réprimant un sourire.

— Je sais que vous êtes une bien meilleure artiste. »

Sa voix n'exprimait pas le moindre doute. Elle s'arma de courage.

« Après ma visite, j'ai réfléchi à la possibilité de soumettre votre portrait au jury de l'Exposition d'été, seulement si vous en êtes d'accord, bien entendu », annonça-t-elle d'une traite, sans reprendre sa respiration.

Il pencha la tête, songeur.

« Cela suscitera une certaine curiosité, poursuivit-elle sur le même rythme, mais s'il n'est pas signé, le secret sera gardé.

— Excellente idée. Comment se fait-il qu'elle ne me soit pas venue à l'esprit ? »

Il accepta si facilement, sans chercher à en savoir plus ni tergiverser, qu'elle en fut presque déconcertée. Ressentant un étrange besoin de clarifier les choses, elle ajouta :

« Si la sélection est plus rigoureuse cette année, ce sera un coup d'épée dans l'eau.

— Cela éliminera d'office M. Berwick. Vous, en revanche, serez acceptée.

— Encore faut-il que l'exploit soit possible en un délai si court… »

Pour présenter une œuvre à l'Exposition d'été, la procédure était la même en 1819 que du temps de son grand-père : les peintres qui n'étaient pas membres de l'Académie royale envoyaient leur travail au comité au début du mois d'avril et la sélection se déroulait pendant cinq jours. Eliza avait moins d'un mois pour mener à bien un travail qui d'ordinaire pouvait en prendre quatre.

« Pourquoi cherchez-vous à me dissuader ? dit-il. Je vous crois tout à fait capable de relever ce défi. »

Il était si rare qu'on affiche une confiance aussi inébranlable dans ses capacités. Certes, le soutien de Margaret n'était pas loin d'être évangélique, mais celui de Lord Melville avait sur elle un effet totalement différent. Margaret la connaissait depuis toujours ; c'était pour ainsi dire son devoir de l'encourager, et réciproquement. Lui, en revanche, n'avait pas de raison de ce genre, pas plus qu'il ne distribuait ses éloges aveuglément, ainsi que le prouvaient ses critiques sévères et fréquentes à l'encontre de M. Berwick. Sa conviction venait uniquement du fait qu'il pensait qu'elle le méritait… et cette lumière qu'il lui tendait l'aidait à s'épanouir.

Il revint à la charge.

« Alors, souhaitez-vous vous inscrire ?

— Oui, j'en ai envie », répondit-elle, s'autorisant enfin à éprouver la bouffée d'excitation qui ne demandait qu'à l'envahir depuis le début de la matinée.

Il écarta les bras.

« Dans ce cas, je crois que nous avons du travail ! »

Et donc, dans la lumière qui se déversait par la fenêtre, devant le feu qui dansait dans la cheminée, au son des éclats de rire de Margaret de l'autre côté du couloir, ils se mirent sérieusement à la tâche.

Eliza avait l'habitude de peindre vite – c'est essentiel quand on risque d'être interrompu à tout moment –, mais les jours suivants, elle progressa sans hésiter, comme si la foi que Lord Melville avait placée en elle produisait ses effets. Elle le fit asseoir à l'endroit de son choix – face à la vitre, de biais, pour bénéficier de la meilleure lumière et avoir des couleurs plus vives – et appliqua la deuxième couche de peinture avec concentration et détermination. Elle réfléchit à la gamme de coloris de sa palette, demanda à deux reprises l'avis de M. Fasana sur différents mélanges, et décida d'employer autant que possible des bases d'huile de lin dont le temps de séchage était plus court.

La date butoir obligeait Lord Melville à se rendre libre plus souvent, ce qu'il fit sans protester. Pour tout dire, au cours de la semaine suivante, Eliza et Margaret passèrent pour ainsi dire leur temps avec les Melville car ils se croisaient également à la bibliothèque Meyler (où le frère et la sœur critiquaient à haute voix les poètes qu'ils n'appréciaient pas), assistaient aux mêmes concerts (où Lord Melville traduisait à voix basse le livret de l'opéra de façon si éloignée de la vérité qu'Eliza devait pincer les lèvres pour ne pas rire) et se promenaient dans le phaéton de Lady Caroline (car les leçons d'Eliza se poursuivaient à bon rythme).

Cela suffisait pour qu'Eliza se sente coupable. Le jeudi suivant, sa palette dans une main, son pinceau dans l'autre, elle déclara à Lord Melville :

« Je vous sais gré de m'accorder tout ce temps, mais j'espère que cela ne vous éloigne pas trop de votre table de travail. »

Après des semaines de pratique, sa technique devenait plus libre. Dans les mouvements de son pinceau chargé de pâte, elle sentait que son corps, son bras, la prise de sa main se déliaient.

« Ne vous inquiétez pas. J'écris tôt le matin et je suis bien aise que vos leçons de conduite contraignent ma sœur à sortir avant le petit déjeuner car la maison est alors merveilleusement calme. Prions pour que cela dure.

— Je crains qu'elle perde patience rapidement.

— Vous n'avez pas atteint l'excellence ?

— J'en suis loin ! Même en m'exerçant des années, je ne pourrais pas l'égaler. A-t-elle toujours été aussi risque-tout ?

— Caroline ? Concernant les chevaux, oui. Nous avons été élevés ainsi. Mes parents étaient aussi fous d'équitation qu'ils l'étaient l'un de l'autre. »

Elle s'étonna, comme à chaque fois, de sa franchise et de sa décontraction sur des sujets si personnels.

« Ils avaient fait un mariage d'amour, n'est-ce pas ? »

Elle avait eu vent de l'histoire, mais se méfiait des commérages de quatrième ou cinquième main.

« D'après ma mère, ce fut un coup de foudre. Mon père s'est rendu à Hyderabad en 1785. Il connaissait le Résident de la Compagnie des Indes orientales et son rang de lord en rupture de ban lui procurait le prestige suffisant pour être invité à la cour. Ma mère ne nous a jamais raconté dans quelles circonstances précises ils s'étaient connus. En tant que fille cadette du *diwan* – le Premier ministre –, elle n'aurait jamais dû être en sa présence, mais je soupçonne que ma grand-mère s'était arrangée pour que la rencontre ait lieu.

— Ils se sont mariés juste après ?

— Non ! Deux ans plus tard. Il fallait convaincre son père, d'autant que le *nizam* – le gouverneur de la ville – s'était aussi mis sur les rangs. Entre-temps, ils se sont fréquentés dans la plus grande discrétion. Ils se sont parlé d'abord en persan, que mon père maîtrisait un peu, puis il a appris l'ourdou et elle l'anglais.

— Cela paraît si romantique.

— Cela ne s'est pas fait sans mal. La famille de ma mère s'y est opposée jusqu'au bout et à la mort de mon grand-père, mes parents ont dû partir en Angleterre, où ils retrouvaient un patronyme déshonoré, un domaine plus ou moins à l'abandon et un pays consterné d'accueillir sa première comtesse indienne. Malgré cela, nous avons été heureux.

— Vos parents étaient affectueux ?

— Extrêmement. Ils nous disaient presque chaque jour, à ma sœur et à moi, que nous étions leurs trésors. Ce fut un choc, en arrivant à Eton, de découvrir que leur opinion n'était pas universellement partagée.

— Vos camarades étaient méchants avec vous ? »

Il haussa les épaules.

« Comme on pouvait s'y attendre. Des bagarres, des insultes… Ils m'appelaient le "lord moucheté", entre autres épithètes peu originaux. »

L'insouciance de sa voix était forcée. Eliza n'aurait

pas remarqué ce changement quelques semaines plus tôt, mais ellc le percevait maintenant. Elle releva sa brosse pour lui accorder toute son attention.

« On m'a dit que nous aurions été plus mal traités si nous étions restés en Inde, poursuivit-il. Là-bas, les Britanniques sont de plus en plus hostiles envers les personnes comme nous. J'aurais été atrocement démodé. »

Sa voix commençait à perdre de son assurance et elle ne fut pas surprise de le voir changer de sujet et l'interroger à son tour.

« Et vos parents ? Sont-ils heureux ? »

Elle prit le temps de réfléchir.

« Je pense qu'ils sont bien accordés. Ils ont les mêmes objectifs et les mêmes convictions, mais je ne les ai jamais considérés comme particulièrement romantiques.

— Et vous ? Êtes-vous particulièrement romantique ? »

C'était encore une question terriblement personnelle, mais compte tenu de ce qu'il venait de lui révéler, cela ne lui parut pas si étrange de répondre.

« Enfant, je l'étais énormément. Mon rêve le plus cher était de tomber éperdument amoureuse, sans considération de mon devoir, des circonstances ou des intérêts de ma famille.

— La réalité n'a pas été à la hauteur de vos attentes ?

— Si, à tous égards. Simplement, je ne l'ai pas épousé. »

C'était la première fois qu'elle parlait de sa relation avec Lord Somerset, même indirectement, et comme s'il redoutait qu'elle se taise d'un instant à l'autre, il continua.

« Qu'est-ce qui a déclenché votre sentiment pour lui ?

— Oh, fit-elle en souriant, je ne sais pas quand cela a commencé. Lorsque nous nous sommes rencontrés, je suppose. Il m'a dit que j'étais belle.

— Et…

— Je vous assure que cela a suffi pour que je le remarque. Recevoir des flatteries est pour vous coutumier, monsieur, mais pour moi, c'était une nouveauté. Après que j'ai commencé à le remarquer, je n'ai plus arrêté. Il était si respectable, si gentil, si conscient de ses responsabilités.

— Responsabilité n'est pas un mot que j'associe généralement avec l'amour.

— Je ne suis pas écrivaine, et je ne sais l'exprimer joliment. Nous avions beaucoup d'admiration et de respect mutuels et nous aimions être ensemble.

— Je ferai de mon mieux avec cela, dit-il en tapotant ses poches. Le problème va être de trouver une rime à "mutuel". Une fausse rime fera l'affaire – "contractuel", peut-être ? Ah, si j'avais une plume sous la main… »

Elle lui lança un morceau de craie, qu'il esquiva en riant. Ce comportement aurait été impensable peu de temps auparavant, mais on ne peut être aussi longtemps avec quelqu'un sans se sentir plus à l'aise en sa présence. Dans ces moments-là, Eliza, étrangement, se réjouissait du report de l'officialisation de ses fiançailles. Elle n'aurait pas simplement manqué la réalisation du portrait, mais aussi la compagnie. Cela lui aurait paru totalement impensable quelques semaines plus tôt, mais elle commençait à considérer Lord Melville comme l'un de ses amis les plus chers.

Harefield Hall
Le 9 mars 1819

Chère Eliza,

Votre lettre a mis des lustres à me parvenir et en voyant votre écriture, qui n'a pas changé depuis dix ans, j'ai respiré plus librement qu'au cours de la semaine qui vient de s'écouler.

Votre commande me paraît un projet charmant. En repensant aux ravissants petits dessins que vous me montriez – je m'en souviens effectivement –, je peux comprendre qu'une autre personne ait été séduite. Puis-je deviner le sujet du tableau ou est-ce une surprise ? Une vue de Camden Place, de l'abbaye ? Quoi qu'il en soit, je suis impatient à l'idée de la voir, mais surtout de vous voir.

Je ne peux vous écrire plus longuement car je dois m'absenter, mais je vous enverrai un billet très bientôt,

Infiniment vôtre,

Oliver

18

À la mi-mars, le printemps fit une fausse entrée. L'épisode ensoleillé ne dura que deux semaines mais il mit tout le monde de bonne humeur et reporta l'attention de beaucoup sur la saison londonienne. En effet, si la majorité des habitants de Bath y vivaient à l'année, bon nombre de ses résidents aisés – dont Lady Hurley et les Winkworth – regagneraient la capitale à la fin du mois. L'approche de ce pic de la vie mondaine les électrisait, et Lady Hurley plus que quiconque : à peine aperçut-elle Eliza et Margaret à la Pump Room qu'elle se précipita vers elles et coupa court aux civilités pour les convier à une soirée. À la vitesse d'un officier supérieur rendant son rapport, elle leur annonça :

« Avant mon départ à Londres, j'ai décidé, pour faire mes adieux à Bath, d'organiser la semaine prochaine un grand raout avec quelques danses. Je tiens absolument à ce que vous en soyez. » Voyant qu'Eliza hésitait, elle insista : « Je vous en supplie, Lady Somerset, ne me dites pas que c'est inconvenant, cela doit faire onze mois que vous êtes en deuil ! Si vous restez assise et que vous partez tôt, je suis convaincue que personne ne blâmera votre participation à une réception en petit comité dans une demeure privée.

— Mais oui, Eliza, tu as sûrement le droit de t'amuser un petit peu ? » renchérit Margaret.

À Dieu vat ! Après tout, ce n'était pas aussi contraire à l'étiquette que cela : elle n'était qu'à un mois de la fin de son grand deuil et ne doutait pas que Lord Somerset lui conseillerait de se divertir.

« Nous serons enchantées d'y prendre part, répondit-elle. J'avais envie d'une nouvelle tenue de soirée, vous m'offrez une excuse parfaite.

— À ce propos, enchaîna Lady Hurley, j'ai vu chez Mme Prevette une ravissante gaze noire qui vous donnerait une allure divine. Elle vient de la recevoir mais je n'ai pas demandé combien elle en avait.

— Dans ce cas, nous devons nous y rendre sans tarder avant que toutes les veuves se ruent chez elle. »

Eliza sourit en imaginant une foule de femmes vêtues de noir courant dans Milsom Street. Lady Hurley, quant à elle, était trop occupée à chercher du regard les Melville pour l'écouter attentivement.

« Si je peux m'assurer de leur présence, ce sera à coup sûr l'événement le plus chic de l'année… Je ne les vois nulle part. Cela étant, continua-t-elle avec un regard malicieux pour Eliza, cela irait plus vite si vous les invitiez vous-même, madame. Vous aurez sans doute l'occasion de parler à Lord Melville avant moi.

— Je ne vois pas à quoi vous faites allusion.

— Oh, tout le monde vous a vus chuchoter au concert la semaine dernière. Et vous promener en équipage hier après-midi… *Très* intime ! »

Elle partit sans attendre sa réponse mais les joues d'Eliza avaient rosi.

La veille, elle avait eu un moment de découragement. Malgré ses efforts, les oreilles de son modèle semblaient curieusement mal placées. Lord Melville lui avait retiré le pinceau des mains et suggéré qu'une sortie en voiture lui changerait les idées.

« Maintenant ? s'était-elle écriée. Seuls ?

— Je préférerais que votre garçon d'écurie soit présent, avait-il répliqué en se dirigeant vers la porte pour aller chez lui enfiler sa tenue de cavalier. Sinon, je soupçonne que vous ferez tout pour me séduire. »

Ce n'était pas très raisonnable de partir en excursion dans la campagne avec un gentleman célibataire à une heure aussi incongrue, même en présence de son valet – à Bath, on se promenait fréquemment à cheval avant le petit déjeuner –, mais après avoir roulé au milieu des collines, hors d'haleine et hilare, elle ne s'en souciait plus. Maintenant, en revanche…

« Ne l'écoute pas », glissa Margaret.

Pourtant, en chemin vers Milsom Street, elle ne put s'empêcher de se demander si depuis une semaine, les regards fixés sur elle étaient plus nombreux et plus inquisiteurs, et si c'était son nom qu'elle entendait murmurer par les passants qu'elle croisait.

Il serait plus sage qu'elle garde ses distances avec lui dans les lieux publics. Elle se savait pratiquement fiancée à un autre, mais ce n'était pas le cas des commères de la ville. En outre, il n'était pas nécessaire qu'ils se voient en dehors des séances de pose. Sage… mais ennuyeux. *Peu importe*, songea-t-elle en entrant dans la boutique. Elle n'allait pas se morfondre pour calmer d'éventuelles cancanières. Qu'elles la regardent, si cela les amuse.

La gaze noire correspondait en tout point à la description de Lady Hurley et Mme Prevette assura Eliza que sa création serait prête pour la réception. Pendant que Margaret hésitait entre une soie jaune pâle et une autre vert émeraude, elle poursuivit :

« N'aurez-vous pas bientôt besoin d'un choix de toilettes de demi-deuil ?

— Oui, en effet, je suppose. »

Les récents événements lui avaient presque fait oublier que la fin du grand deuil ne signifiait pas seulement qu'elle pourrait épouser Lord Somerset, mais aussi qu'après le noir intégral, elle serait autorisée à s'habiller dans des tons gris et lavande.

« Vous avez raison. Il va me falloir une autre garde-robe.

— Je vais vous montrer les gravures que je viens de recevoir de Paris », annonça la couturière avant de s'éclipser dans l'arrière-boutique.

Quand elle revint, Eliza caressait avec envie un rouleau de satin d'un magnifique vert bronze tout juste livré.

« Quelque chose dans cette teinte par exemple ? Elle vous irait à merveille, reprit Mme Prevette.

— Cela me plairait beaucoup, mais même en demi-deuil, elle est trop vive.

— Alors pourquoi pas une tenue que vous garderez en réserve pour le jour où vous pourrez la porter ? »

C'était une bonne vendeuse car elle avait éveillé

l'intérêt d'Eliza. Avoir dans son armoire la robe de ses rêves, promesse d'un avenir radieux…

« Sur un fond en satin, par exemple, ajouta Mme Prevette. Avec des ballerines assorties pour compléter l'ensemble ? »

Oui, pourquoi pas ?

« Vous avez mes mesures. Puis-je compter sur votre discrétion ?

— Cela ne sortira pas d'ici. »

Les deux cousines prirent congé, tout sourire, et rentrèrent en hâte pour recevoir les Melville.

« J'aurais peut-être dû vous demander si vous aviez une préférence en matière de style », dit un peu plus tard Eliza à Lord Melville tout en examinant sa toile d'un œil critique.

Elle avait refusé qu'il la voie, redoutant que cela gâche tout, d'une certaine façon. Pour autant, elle était satisfaite de l'avancée du travail. Le tableau ne pouvant pas sécher entre les poses, trop rapprochées, elle avait peint *alla prima* (en superposant les couches encore fraîches). En deux semaines, elle avait accompli l'essentiel.

« Je ne suis pas sûr d'en avoir une, répondit-il. S'il associe la majesté de Thomas Gainsborough et l'insouciance de Thomas Rowlandson, je serai satisfait.

— Vous voulez les deux Thomas, c'est cela ?

— Si possible.

— Je regrette, mais ce n'est pas du tout ce que j'avais en tête.

— Pas d'insouciance ?

— Pas l'ombre d'un soupçon.

— Hélas ! Si au moins vous pouviez représenter fidèlement mon pantalon, je serais satisfait. Par pitié, ne tenez pas compte de l'opinion de Caroline. Il est à la dernière mode. »

Le pantalon était jaune vif – Caroline l'avait qualifié, quelques minutes auparavant, de « beaucoup trop chic » – et moulait les jambes de Lord Melville d'une façon qu'Eliza aurait jugée osée si elles avaient été un tant soit peu moins bien formées.

Elle secoua la tête.

« J'ai arrêté mon choix : ce sera un portrait en buste.

— Est-ce un hommage à mon visage qu'il occupe le centre du tableau ou une offense pour mon corps qui ne sera pas visible ?

— Ni l'un ni l'autre. C'est plus simplement le reflet de mes lacunes techniques : mes portraits en pied ont systématiquement une allure déséquilibrée. Pour représenter correctement les proportions du corps humain, il faudrait que j'étudie l'anatomie, comme cela se pratique à l'Académie royale. Bien entendu, ce cours n'est pas ouvert aux femmes. »

Melville se recula sur son siège et l'observa avec malice.

« Le regretté comte n'aurait-il pu vous apporter son concours sur ce point ? »

Sa question ne la fit pas rougir et elle en déduisit qu'elle s'était immunisée contre ses outrances.

« Il n'aurait pas été du tout réceptif à cette demande. Si tant est que j'eusse osé la formuler.

— Votre union n'était pas gouvernée par la... passion ? »

Il haussa les sourcils avec une mimique provocante – comme pour lui faire savoir qu'il était parfaitement conscient du caractère outrageusement déplacé de cette conversation et qu'il attendait qu'elle y mette fin. Mais elle ne céderait pas devant sa suffisance.

« Feu mon mari remplissait ses obligations maritales de la même manière que ses autres responsabilités, répliqua-t-elle sur un ton badin. À savoir, fidèlement, consciencieusement… et rapidement. »

Il s'esclaffa, surpris. Elle lui fit un grand sourire, se sentant vaguement étourdie et irresponsable.

« Eh bien, en ma qualité de modèle, si une posture, disons, plus… naturelle, peut être bénéfique à votre éducation… » proposa-t-il d'un air enjoué en approchant la main de sa cravate.

Sans cesser de sourire, elle rétorqua :

« Je vous prie de laisser vos habits où ils sont. Perkins ne va pas tarder à entrer avec les rafraîchissements et ce spectacle pourrait le troubler.

— Je lui expliquerais la nature altruiste de mes motivations. Je soutiens les arts depuis longtemps. J'ai offert mes services à des actrices, des chanteuses lyriques, des danseuses… »

Elle éclata de rire à son tour, sans retenue et assez fort. Par la porte ouverte, elle entendit en écho Margaret glousser. La leçon de français avait pris fin depuis quelque temps : lorsqu'elle était entrée dans le salon un peu plus tôt pour récupérer son appuie-main, Caroline et sa cousine se souriaient bêtement. Elle n'osait pas se demander de quoi elles discutaient, mais c'était certainement avec l'humour piquant qu'elles appréciaient quand elles étaient ensemble. Depuis le mois de février, on aurait dit qu'elles affûtaient leur esprit comme des couteaux sur une pierre à aiguiser.

« Viendrez-vous à la réception de Lady Hurley ? dit-il. Je suis impatient. Dîner, jeux de cartes, danses…

— Comme je vous envie. Cela fait si longtemps que je n'ai pas dansé !

— Eh bien, ce sera l'occasion !

— En grand deuil ? On me chasserait de la ville à coups de fourche.

— Qui sonnerait l'hallali ? Mme Winkworth ?

— Presque à coup sûr. Mes leçons de conduite lui inspirent déjà un accablement profond. Elle empile certainement des lettres sur mes agissements à l'intention de Lady Selwyn. »

Cette perspective l'inquiétait moins que cela aurait été le cas auparavant.

« Lady Selwyn aurait-elle embauché un espion ? demanda-t-il avec ironie.

— Je serais étonnée du contraire. Elle est certainement à l'affût de tout ce qui pourrait… »

Elle s'interrompit. Elle avait failli oublier que la clause de moralité ne devait pas être dévoilée.

« Tout ce qui pourrait vous éloigner de Somerset ? enchaîna-t-il. J'ai remarqué qu'elle ne voyait pas vos retrouvailles d'un très bon œil. Mais si le fait que vous conduisiez un attelage le fait fuir à toutes jambes, il est plus insipide que ce que je soupçonne.

— Il n'est pas insipide ! »

Elle n'avait pas informé Lord Somerset des leçons qu'elle prenait avec Caroline, non par peur de sa réaction, mais parce qu'elle voulait d'abord acquérir une maîtrise suffisante pour l'éblouir.

« Dans ce cas, pourquoi vous inquiéter de ce qu'écrit Mme Winkworth ?

— Je ne m'inquiète pas. Ce qui intéresse le plus Lady Selwyn, c'est ma fortune. »

Il pencha la tête, étonné.

Au fond, quel mal y aurait-il à partager un secret de plus avec lui ?

« À l'origine, mes terres devaient revenir au second fils des Selwyn mais mon mari me les a finalement léguées. En revanche, si je déshonore d'une façon ou d'une autre leur patronyme, elles reviendront à Lord Somerset. »

Il se figea.

« Une clause de moralité », énonça-t-il lentement.

Elle posa une minuscule touche de couleur sur les poignets de chemise du tableau et poursuivit :

« C'était la seule bonne nouvelle pour les Selwyn. S'ils récupèrent ces propriétés, j'imagine qu'elles échoiront tôt ou tard à Tarquin.

— C'est… diabolique. »

Elle retroussa les lèvres en entendant son ton horrifié.

« Vous les avez rencontrés. D'après vous, cela ne leur ressemble pas ?

— Je les pensais désagréables et intéressés, pas malveillants à ce point. »

Il passa la main dans ses cheveux, plus consterné qu'elle s'y attendait.

« Comment ont-ils pu faire une chose pareille ?

— Oh, j'ai eu le temps de m'habituer à l'idée. Jusqu'à présent, cela ne m'a pas posé de problème.

— Tout de même… Vous craignez que ce soit possible à l'avenir ?

— Je le craignais, c'est vrai. Mais plus depuis… »

Elle se mordit la lèvre.

« Depuis… »

Elle hésita. Elle n'avait pas envie de mentir à quelqu'un qu'elle considérait comme un ami, mais l'idée de lui révéler cette information la rendait plus soucieuse que joyeuse. Il revint à la charge.

« Depuis ? »

Elle ne voyait pas comment y échapper.

« Depuis que Lord Somerset et moi allons… nous marier. »

L'horloge se mit à sonner et ce n'est qu'au dernier coup qu'il réagit.

« Je vois. Oui… Je vois. »

Son visage crispé et sa voix blanche étaient curieusement en décalage avec ses mains, qui tremblaient légèrement. Il serra les accoudoirs de son fauteuil pour les maîtriser.

« Évidemment. Je m'en doutais, comme vous savez. »

Eliza sentit son estomac se nouer. Sans savoir pourquoi, elle était gênée.

« Lord Melville…

— Je vous souhaite tout le bonheur possible, glissa-t-il d'une voix qui donnait l'impression de venir de loin.

— Merci. »

Pourquoi était-elle si mal à l'aise ?

« Très bien, conclut-il avec une jovialité feinte en se relevant pour ajuster sa cravate. Pardonnez-moi, j'ai beaucoup à faire : du courrier à écrire, des poèmes à composer, *et cætera*, *et cætera*. »

Il se dirigea vers la porte à grandes enjambées.

« Lord Melville ! » lança-t-elle en serrant sa palette.

Elle n'avait pas envie qu'il parte… Pas ainsi…

« Lord Melville ? »

Il était déjà sorti.

19

La semaine suivante, Lord Melville ne se présenta à aucune des séances qui avaient été prévues. Il envoya des excuses invoquant son travail, mais elles étaient peu convaincantes. Eliza s'inquiéta des raisons possibles de ces rendez-vous manqués comme un chien ronge un os. Le problème n'était pas le portrait, qui n'en souffrirait pas : elle observait Lord Melville depuis si longtemps qu'elle pensait mieux connaître le corps de son sujet que le sien – la forme exacte de ses yeux bruns, la courbure de chacune de ses phalanges, le timbre de son rire... Même sans cette familiarité, à ce stade de l'avancement où elle se concentrait sur des détails, d'autres peintres se seraient dispensés de leur modèle.

Bien que sa présence ne fût pas nécessaire, elle ressentait cruellement son absence. Sans lui, le salon paraissait plus grand, plus froid, moins intéressant. On ne peut pas rire aux éclats quand on est seule et elle ne pouvait compter sur Margaret pour la distraire car celle-ci n'avait pas interrompu ses cours avec Caroline. Chaque fois qu'Eliza les entendait au bout du couloir, elle regrettait la tournure étrange de sa dernière conversation avec Lord Melville. Qu'est-ce qui l'avait froissé ? Était-ce son mensonge, quand elle avait commencé par nier ses fiançailles, ou… autre chose ? Depuis le départ de Lord Somerset, ils s'étaient rapprochés et, se sentant plus à l'aise avec lui, elle avait arrêté de le réfréner. Et de se réfréner. Dans ces circonstances, il lui semblait que prévenir un gentleman que la personne avec laquelle il badine est fiancée était une question de politesse.

Quelle que fût la raison, pendant toute cette semaine-là, elle eut beau tenter d'apercevoir ses boucles brunes dans la Pump Room ou son pantalon jaune dans Milsom Street, tendre l'oreille pour repérer sa voix dans la bibliothèque Meyler, il resta invisible. Sans Lord Somerset et sans lui, Bath devint excessivement calme. Avec le premier, elle avait au moins le réconfort des courriers qu'il lui adressait chaque semaine pour atténuer sa nostalgie. Il n'y avait évidemment pas lieu de comparer les deux hommes : l'un était presque son fiancé et l'autre… ne l'était pas.

Le jour de la réception de Lady Hurley, elle avait le vague à l'âme, même en contemplant le portrait terminé – ou plutôt, presque terminé. Elle ne voyait pas quoi ajouter depuis qu'elle s'était appliquée sur les boutons du gilet jusqu'à ce qu'ils soient parfaits – grattant la peinture pour appliquer une nouvelle couche à quatre ou cinq reprises. Néanmoins, elle ne pouvait s'empêcher de penser qu'il manquait quelque chose. Si seulement elle savait ce que c'était.

Margaret pianota sur la porte pour attirer son attention.

« Nous devrions nous préparer. Lady Hurley sera très mécontente si nous arrivons en retard. »

Eliza jeta un dernier regard au portrait de Lord Melville et lui promit intérieurement : *Je réglerai ce problème.*

Arrivée à Laura Place, elle découvrit que sa conception des réunions en petit comité n'avait pas grand-chose en commun avec celle de leur hôtesse : une vingtaine de personnes étaient prévues à dîner et d'autres attendues pour la danse. Le bel hôtel particulier avait beau être immense – c'était le seul de la ville à posséder une terrasse contiguë au salon du rez-de-chaussée et une salle à manger pouvant accueillir vingt convives assis –, elle ne voyait pas comment ils tiendraient tous.

Alors qu'elles se joignaient aux invités attendant de saluer Lady Hurley à l'entrée, Lady Caroline surgit derrière elles, vêtue d'une robe longue très seyante en soie et gaze de couleur parme. Il eût été difficile de rivaliser avec elle.

« Quelle cohue ! remarqua-t-elle. Vous êtes très élégantes !

— Merci, dit Eliza. Je n'ai pas trop l'air d'une pie ? »

Elle était très satisfaite de sa toilette en gaze noire sur fond blanc à manches courtes bordées de dentelle Vandyke, portée avec des boucles d'oreilles en diamants et un triple rang de perles en remplacement de la parure en jais qu'elle avait dû arborer pendant un an.

Elle ne reçut pas de réponse car Caroline était trop occupée à contempler la tenue en crêpe émeraude de

Margaret. Elle ne pouvait pas lui en vouloir car c'était la plus belle que possédait sa cousine et elle se réjouissait de constater que Caroline était apparemment du même avis : ses yeux s'attardaient sur le corsage en satin orné de magnifiques soutaches blanches *à la militaire**.

« Vous êtes *extrêmement* élégante », répéta Caroline à Margaret avec sérieux.

Celle-ci rosit et répliqua :

« Je vous renvoie le compliment. »

Eliza jeta un coup d'œil discret par-dessus l'épaule de Caroline vers l'endroit où Lord Melville tendait son manteau à un valet.

« Vous êtes toutes plus ravissantes les unes que les autres ! » s'écria Lady Hurley quand les personnes qui les précédaient pénétrèrent dans la salle. Sa robe jaune diaphane lui donnait l'apparence d'un soleil voluptueux. « Le dîner sera servi d'ici peu. Mon cher François s'est surpassé ce soir. Nous avons assez de gelées, de fondues et d'entremets pour nourrir un régiment ! »

Lord Melville, en redingote de lainage extra-fin bleu et gilet de velours marine orné de broderies argent, qui s'était rapproché d'elles, commenta : « Merveilleux », sans paraître du tout émerveillé.

Eliza tenta, en vain, de croiser son regard. M. Fletcher et lui, bien que tirés à quatre épingles, semblaient épuisés.

« Ne faites pas attention à lui, glissa Caroline. Ils ont dîné ensemble hier et ont bu comme des trous. Il est l'ombre de lui-même. »

M. Fletcher posa la main sur sa poitrine d'un air accablé.

« Excellent, mais inacceptable, confirma-t-il.

— Je vous approuve, monsieur, ajouta Lord Melville en se frottant le front. Je suis d'avis qu'on devrait nous féliciter d'être venus ce soir. »

En leur qualité de personnes les plus titrées de l'assistance, Eliza et lui prirent la tête du cortège qui se dirigea vers la salle à manger. Pour la première fois depuis un certain temps, elle ne savait quoi dire, et pour la première fois depuis qu'ils se fréquentaient, il ne donnait pas l'impression de vouloir lancer la conversation.

« Vous portez-vous au mieux ? demanda-t-elle.

— Tout à fait.

— Avez-vous apprécié votre soirée avec M. Fletcher ?

— Absolument.

— Votre *Médée* avance-t-elle comme vous le souhaitez ?

— Oui. »

Elle ne l'avait jamais vu aussi peu disert. Était-ce ce qu'il ressentait lors des premières séances de pose, quand il essayait de converser avec elle ? Elle aurait voulu revenir sur la semaine qui venait de s'écouler et gratter une couche, comme sur une peinture à l'huile, pour reprendre la relation plaisante qu'ils avaient jusqu'alors. Dès que le premier plat fut servi, il se tourna vers Lady Hurley, à sa droite, ainsi que l'exigeait l'usage, et elle dut s'entretenir avec un amiral Winkworth assez peu loquace. Les éclats de rire de Lord Melville et Lady Hurley, qui s'étaient lancés dans une discussion animée sur leurs poètes préférés, ne firent rien pour améliorer son humeur. Sous l'influence de sa voisine, Lord Melville retrouva son effervescence. Eliza s'efforça de ne pas en concevoir trop d'amertume et but à petites gorgées le champagne qu'on lui avait servi.

Lorsque le second service arriva sur la table – la soupe à la reine et le poulet à l'estragon furent remplacés par une carpe au four, des huîtres frites, une blanquette de volaille et une tourte, accompagnées de légumes variés – et que Lord Melville pivota avec réticence vers elle, elle avait la tête qui tournait.

« Et vous, avez-vous lu *La Divine Comédie* de Dante ? »

Elle tenait à ce qu'il la considère aussi versée dans la littérature que Lady Hurley.

« Oui », répondit-elle au mépris de la vérité.

Margaret l'avait fait, ce qui revenait au même.

« Quel est votre jugement ? »

La triste réalité était qu'évidemment, elle en ignorait tout hormis le titre et le fait que sa cousine l'avait qualifiée de remarquable.

« C'est une œuvre remarquable.

— Mais cette dernière traduction ? Elle m'a dérouté. Pas vous ? »

Elle espérait que sa question était purement rhétorique, mais la pause qu'il marqua et son expression patiente indiquaient que ce n'était pas le cas.

« Son but est peut-être précisément de dérouter », avança-t-elle.

Il la regarda.

« Vous ne l'avez pas lue.

— Non, je ne l'ai pas lue. »

Il rit, comme malgré lui.

« Pourquoi ce mensonge ?

— Pour que vous pensiez que je suis moi aussi remarquable, avoua-t-elle après une gorgée de champagne.

— C'était déjà le cas. Maintenant, je pense que vous êtes aussi une menteuse. »

Elle lui jeta un regard appuyé. Est-ce qu'il… faisait référence à…

« Je n'ai pas menti », souffla-t-elle d'une voix à peine plus forte qu'un murmure, espérant que ce serait l'occasion d'apaiser les tensions.

Il saisit aussitôt ce qu'elle sous-entendait.

« Si, par omission.

— Par nécessité. Et à peine, car nous ne pourrons pas nous fiancer officiellement avant le mois d'avril. En attendant, nous nous sommes simplement engagés à le faire.

— Ah… » Puis, après une pause : « Quelle fantasque indécision. »

Il semblait redevenu lui-même, au point qu'elle se surprit à se pencher vers lui en murmurant :

« Quoi qu'il en soit, je suis désolée de vous avoir induit en erreur. Dans d'autres circonstances, je ne l'aurais pas caché à quelqu'un que je considère… comme un véritable ami. »

L'air songeur, il monta son verre à ses lèvres.

« Et je lis ! » ajouta-t-elle car elle tenait à ce qu'il le sache.

Il ne sourit pas mais les coins de ses yeux se plissèrent.

« Je ne vous ai accusée de rien.

— Je sais que vous êtes un grand lecteur, continua-t-elle, si soulagée de son approbation tacite (car c'était bien cela ?) qu'elle en était oppressée.

— Oui, en effet. Je pourrais difficilement écrire ce que j'écris si je ne lisais pas.

— Des classiques, lança-t-elle d'un air aussi entendu que possible. Vous aimez ce genre ? Homère et… l'autre.

— L'autre surtout, dit-il en souriant. Les érudits veulent nous faire croire que ces œuvres sont rébarbatives alors que ce sont simplement des histoires – magnifiques, tentaculaires, mais néanmoins des histoires.

— Avant votre *Perséphone*, je n'y comprenais rien. Mon mari me poussait à lire des ouvrages de référence pour me cultiver mais je ne parvenais pas à fixer mon attention. »

Elle s'estimait trop stupide pour comprendre les mots, les lieux et les noms inconnus, mais dans ses poèmes, Lord Melville abordait les récits différemment, accordait plus de place aux romances, faisait des allusions grivoises… De ce fait, on était tellement pressé de poursuivre sa lecture qu'on ne s'arrêtait pas pour se demander si l'on était assez intelligent.

« J'admets que dans mes versions, on s'embrasse plus, ajouta-t-il avec désinvolture.

— Ce n'est pas seulement ça ! Vous avez un réel talent pour appâter le lecteur. »

Il cligna des yeux, joua avec le pied de son verre comme s'il ne savait quelle attitude prendre – comme si, malgré tous les éloges dont il la couvrait, il ne s'attendait pas à en recevoir en retour.

« J'en suis heureux, répondit-il lentement en la fixant. Quand j'ai découvert ces textes, j'étais petit, mais déjà fort en thème. Aujourd'hui encore, je pourrais y revenir cent fois et y puiser de nouvelles inspirations.

— C'est ce que vous avez en tête ? Écrire des centaines de poèmes ?

— Je... Un jour, je... »

Il balaya la table du regard. Elle ne l'avait jamais vu s'inquiéter des oreilles indiscrètes.

« J'avais l'intention, dès que je serais suffisamment connu, d'écrire des poèmes inspirés de classiques d'autres horizons. » Elle pencha la tête, intriguée. « Ma mère était douée pour les langues. Elle parlait l'ourdou, le perse, le sanskrit... Chaque soir, elle nous lisait des manuscrits rapportés d'Inde. Le *Shahnameh*, le *Mahabharata* sont parmi les plus longues épopées jamais écrites, aussi passionnantes que l'*Énéide*. Leurs guerriers n'ont rien à envier à Achille ou à Ajax. »

De toutes les conversations qu'ils avaient eues, toutes les confidences qu'ils avaient échangées, celle-ci était la plus personnelle – dans ce dîner mondain, au milieu du brouhaha. Elle ne l'aurait interrompu pour rien au monde.

« Elles renferment des milliers d'histoires, glissa-t-il plus bas, sur un ton respectueux. Si je pouvais... » Son regard vif se voila tout à coup. « Trouver un éditeur bienveillant », acheva-t-il en soupirant.

Il referma ses doigts sur son verre et elle lutta contre l'envie de caresser sa main.

« Vous le ferez, j'en suis convaincue. »

Si quelqu'un en était capable, c'était lui.

« Un jour, peut-être. »

Ils se turent car on disposait devant eux des coupes de fruits, des crèmes et des gelées de toutes dimensions, de toutes les formes et de tous les coloris. Impatiente de reprendre leur conversation, Eliza accepta un choix d'entremets et se pencha vers lui. Il eût été convenable qu'elle se tourne vers l'amiral Winkworth : les bonnes manières qu'on lui avait enseignées dès l'enfance recommandaient qu'on passe à chaque changement de plat d'un voisin de table à l'autre, mais ce soir, rien n'aurait pu la persuader de le faire.

« Vous maîtrisez un si grand nombre de langues, reprit-elle en se demandant ce que cela faisait de posséder tous ces talents – sa relative habileté en broderie était si futile en comparaison.

— Je ne les parle pas toutes aussi bien. Quand nos parents… les occasions de les pratiquer se sont raréfiées. »

Elle aurait préféré que cet entretien eût lieu dans l'intimité de son salon, ce qui lui aurait permis de croquer au crayon son air mélancolique.

« Dieu merci, Caroline était là. Sinon, je me serais senti très seul. »

Le cœur d'Eliza se serra. Elle était tellement habituée à voir l'éclat que la singularité des Melville leur conférait qu'elle n'avait jamais pris le temps de réfléchir à la profonde solitude qu'elle pouvait aussi entraîner.

« Vous n'avez pas de sœur ? demanda-t-il après avoir remercié le valet qui remplissait son verre.

— J'ai Margaret, mais pas de sœur à proprement parler. Je me suis longtemps demandé si mes relations avec ma mère auraient été plus simples si elle avait partagé son attention avec quelqu'un d'autre.

— Elle était… ferme ? »

Sa moue le fit rire et elle eut curieusement honte de gâcher l'ambiance.

« Excusez-moi… Elle est très ferme. Elle claironne son opinion avec tant d'assurance et de vigueur que la mienne se recroqueville du simple fait de sa présence. »

Elle n'avait rien proféré de mensonger mais elle se sentit coupable de parler ainsi avec quelqu'un qui n'était pas de sa famille.

« Je m'en veux de la décrire sous un jour aussi négatif. Elle n'est pas comme cela. Dans certaines occasions, ses certitudes et son envie de tout régenter m'ont énormément soulagée. »

Il l'écoutait avec dans le regard une vague interrogation qu'il n'énonça pas à voix haute. Elle leva les yeux vers l'amiral Winkworth – occupé à sucer ses os de poulet – et les personnes qui lui faisaient face : Lady Caroline, mais cela ne la gênerait pas qu'elle entende, et M. Berwick, plongé dans ses pensées.

« Au début de mon mariage, poursuivit-elle lentement, lorsque je… lorsque l'enfant n'arrivait pas… »

Quand chaque mois apportait la même déception

douloureuse, que son époux se montrait plus froid, plus distant, plus critique…

« Je ne savais pas quoi faire et… elle m'a aidée. »

Sans qu'elle la sollicite, car elle n'aurait su formuler une peur aussi terrible, Mme Balfour l'avait aiguillée avec pragmatisme, de la même façon qu'elle coiffait ses cheveux dans sa jeunesse. Les lettres qu'elle lui envoyait deux fois par semaine étaient devenues un lien vital. Chacune apportait une panacée à expérimenter, découverte auprès de sources inconnues – un médecin, un herboriste, un botaniste… –, qui l'envoyait cueillir des fraises à minuit à la lune décroissante et autres remèdes du même acabit.

« Elle m'a donné des choses à faire à un moment où sinon… je me serais perdue », murmura-t-elle.

Elle se serait perdue à errer dans les couloirs vides de Harefield, à ruminer sur son inaptitude, à s'interroger sur ce que sa famille et sa belle-famille disaient d'elle dans son dos. Même alors, sa mère l'avait protégée. À chaque fête de Noël où aucun enfant n'était annoncé, elle n'avait accepté aucune discussion à propos de l'échec d'Eliza – la moindre allusion provoquait aussitôt ses regards glaçants. Quand Eliza s'était retrouvée plus seule qu'elle ne l'avait jamais été, c'était grâce à sa mère, plus que Margaret, qu'elle avait tenu bon.

Elle s'éclaircit la gorge et cligna des paupières. Lord Melville la fixait calmement, sans paraître effrayé comme certains messieurs peuvent l'être par la détresse féminine, mais l'acceptant et l'observant sans détour. Il contemplait parfois ainsi ses interlocuteurs de tout son être, cessait de bouger, de discuter et de plaisanter pour concentrer sur eux son esprit brillant. Comme la première fois, Eliza avait l'impression d'être sous la chaude lumière du soleil.

«Je n'en avais jamais parlé à personne, avoua-t-elle. Même pas… »

Elle ne finit pas sa phrase et il eut la délicatesse de ne pas insister. Il enchaîna :

«Je regrette d'avoir manqué nos séances cette semaine.

— Ce n'est pas grave. Le portrait est presque terminé de toute façon. »

Une lueur de curiosité s'alluma dans ses yeux.

«Puis-je le voir ?

— Bientôt. »

En entendant un verre tinter sous les coups d'une petite cuiller, ils se tournèrent vers Lady Hurley, qui s'était levée pour annoncer que les danses allaient débuter. Les plus jeunes convives quittèrent la table en bavardant avec animation et passèrent au salon tandis que leur hôtesse les mettait par couples. Eliza se sentait si rassasiée qu'elle était presque heureuse de ne pas se joindre à eux. *Presque.*

«Je crois qu'on m'attend, reprit Lord Melville en voyant Lady Hurley lui faire un signe impérieux. Si vous voulez bien m'excuser… »

De façon tout à fait déraisonnable, elle faillit lui demander de rester auprès d'elle en dépit des règles de politesse. Mais elle se maîtrisa avant que la phrase sorte de sa bouche. Il y avait plus de dames que de messieurs et il serait sollicité toute la soirée. Une telle requête serait égoïste. Tentante, mais égoïste. Elle répondit : « Je vous en prie », et il rejoignit Lady Hurley, qui lui attribua Mlle Gould comme cavalière.

Quant à elle… Elle se posa sur une banquette et poussa un soupir de découragement pendant que le quatuor à cordes entamait une gigue à un rythme soutenu. En observant Lord Melville et Mlle Gould s'incliner l'un vers l'autre, elle se dit que les contraintes de son veuvage ne s'étaient jamais fait sentir avec plus d'intensité.

20

« On en regretterait presque ses jeunes années, n'est-ce pas ? » dit Mme Winkworth en s'asseyant à côté d'elle.

Eliza réprima l'exclamation indignée qui lui était venue instinctivement aux lèvres et émit un vague murmure. Au cours des dernières semaines, elle s'était assez bien débrouillée pour l'éviter et en avait presque oublié avec quel talent elle envoyait ses piques.

« Pour moi, la valse a toujours été une triste comédie, poursuivit la dame en suivant sa fille du regard parmi les couples qui tournoyaient.

Mlle Winkworth évoluait avec grâce. Eliza constata qu'elle se tenait d'ailleurs plus droite dès qu'elle était à une certaine distance de sa mère.

« Puisqu'on la danse à l'Almack, j'imagine qu'il est important qu'elle s'exerce... »

Eliza répondit d'un « Mmm... » évasif. Les chances que sa voisine reçoive un carton d'invitation à l'Almack étaient faibles à son avis. Certes, sa famille était respectable – Mme Winkworth ne perdait jamais une occasion de glisser que sa grand-mère était baronne –, mais dans le saint des saints de l'Almack, seul le haut du panier était admis.

« Lady Somerset, reprit Mme Winkworth d'une voix plus déterminée, je voulais vous remercier de votre gentillesse à l'égard de ma chère Winnie. Savez-vous que pour elle, vous êtes une sorte de tante ? »

Si cette chère Winnie le pensait effectivement alors qu'elles avaient tout au plus dix ans de différence, Eliza la considérerait comme la pire harpie de son entourage, mais elle savait que c'était peu probable et qu'elle devait réserver son aversion à la personne qui avait prononcé la remarque.

« C'est uniquement en raison de l'affection que vous lui avez manifestée que j'ose vous présenter une requête qui serait sinon très outrecuidante », continua Mme Winkworth sans se laisser démonter.

Si Eliza ne disait rien, cela durerait des heures.

« Que puis-je faire pour vous ?

— Lady Somerset, il n'est pas utile que je vous explique l'importance de sa première saison pour une jeune fille. Je veux tout faire pour que ses débuts dans le monde soient un succès. Malheureusement, nous sommes moins introduits à Londres que je l'aimerais. Si vous aviez la bonté de me confier quelques lettres de recommandation… »

Eliza haussa les sourcils. Mme Winkworth avait vu juste : elle était d'une grande outrecuidance. Si l'on se rendait dans un lieu où l'on n'avait pas de relations, on pouvait effectivement demander à une amie de rédiger un billet destiné aux personnes de sa connaissance, dans lequel elle se portait garante de l'excellent caractère du porteur afin de faciliter son intégration dans la bonne société locale. De là à solliciter de but en blanc quelqu'un qu'on ne fréquente que de loin… Eliza était tout à fait en droit de moucher son interlocutrice. Elle regarda les danseurs et Mlle Winkworth, si timide et innocente. Malgré son manque d'affinités pour la mère, elle ne pouvait nier qu'elle souhaitait le meilleur pour la demoiselle.

« J'y réfléchirai », répondit-elle en se demandant qui elle pourrait proposer.

Ses débuts remontaient à un certain temps, mais il était possible que les Ashby aient une fille prête à entrer dans le monde. Par ailleurs, plusieurs fils Ledgerton étaient en âge de se marier et, à ce qu'on disait, ils étaient charmants et sympathiques.

Mme Winkworth revint à la charge.

« Vous êtes apparentée aux Ashford, n'est-ce pas ? »

Décidément, elle visait très haut.

« De loin et par alliance. À dire vrai, je doute… Les aristocrates ont tendance à se marier entre eux… »

Elle s'était exprimée avec tout le tact dont elle était capable, ce qui n'empêcha pas Mme Winkworth de s'empourprer.

« Ce n'est pas une règle immuable, répliqua-t-elle. Lady Radcliffe, par exemple…

— Certes, il y a des exceptions, mais…

— Winnie recevra une jolie dot. Je ne veux pas me vanter – je ne suis pas aussi vulgaire –, mais mon mari a gagné à Calcutta une coquette somme qu'elle percevra en totalité. »

Devant le silence d'Eliza, elle abandonna toute prétention à la subtilité.

« Il me semble que vous êtes également parente avec les Arden ?

— Ce sont des cousins de mon regretté mari. Mais vous ne pensez pas à Lord Arden pour votre fille ? »

Ce monsieur avait au bas mot trente ans de plus qu'elle et il était connu pour apprécier les demoiselles dans la fleur de l'âge. Comment pouvait-elle projeter de sacrifier sa fille à un tel personnage ?

« Si vous me donniez une lettre pour les Arden, insista Mme Winkworth avec un regard avide, j'en serais très heureuse. »

Eliza la dévisagea. Personne n'était plus au fait qu'elle des manœuvres du marché matrimonial, mais les calculs de cette femme étaient si éhontés, si ouvertement cupides ! Elle se sentit soudain barbouillée, peut-être en raison du repas copieux qu'elle venait de faire. Elle tourna les yeux vers Mlle Winkworth riant au bras de M. Berwick ; sa gaieté juvénile n'aurait pas déparé dans une salle de classe.

Si elle avait su qu'elle devrait aborder un sujet aussi délicat, elle n'aurait pas bu autant de champagne… Incapable de se contenir plus longtemps, elle se jeta à l'eau :

« Mme Winkworth, je comprends tout à fait votre désir de voir votre fille faire un beau mariage, mais si vous ne lui accordez pas la liberté de choisir elle-même l'élu de son cœur, je vous conjure de placer vos espoirs dans un autre gentleman que Lord Arden. »

À mesure qu'elle parlait, les joues de Mme Winkworth se colorèrent d'indignation.

« Lady Somerset ! Seul l'intérêt de ma fille compte pour moi. Vous sous-entendez que…

— Je ne cherche pas du tout à vous offenser. Je veux simplement vous parler avec sincérité, car je suis bien placée pour savoir ce qu'être une monnaie d'échange signifie…

— Une monnaie d'échange ? »

Eliza songea qu'elle aurait dû employer un mot différent.

« Je croyais que vous accordiez plus de prix au bonheur de Winnie qu'à un titre de noblesse… »

Mme Winkworth inspira profondément.

« Lady Somerset, j'espérais en m'adressant à vous être traitée avec la discrétion et la compréhension dont je fais preuve à votre égard depuis plusieurs semaines.

— Je ne vois pas à quoi vous faites allusion.

— Je sais que votre richesse est soumise à certaines conditions, madame, continua Mme Winkworth avec un regard vindicatif et assuré. Ces exigences sont peu compatibles avec les visites assidues de Lord Melville à Camden Place alors que vous portez encore le noir. Je vous avais laissé jusqu'à présent le bénéfice du doute. »

Eliza sentit son cœur s'accélérer.

« Lady Selwyn est beaucoup plus bavarde que je le pensais, remarqua-t-elle avec un calme dont elle ne se croyait pas capable. Est-il dans vos intentions de me menacer, Mme Winkworth ? »

Malgré ses joues cramoisies, celle-ci la vrilla du regard.

« Me donnerez-vous cette lettre, madame ? » répéta-t-elle sur un ton lourd de sous-entendus.

Quelque temps plus tôt, Eliza aurait cédé. Plus maintenant.

« Pour les Arden, je ne le ferai pas. Je vous souhaite un excellent séjour à Londres, madame. »

Elle aurait aimé en faire plus pour sa fille mais au moins, elle avait essayé.

Elle fit le tour de la pièce, bavarda de tout et de rien avec M. Berwick, dont le gilet était en tout point identique à celui de Lord Melville, puis se rapprocha des portes-fenêtres donnant sur la terrasse. On les avait ouvertes pour faire entrer la brise car en dépit de la fraîcheur de la soirée printanière, il faisait une chaleur étouffante dans la salle en raison des danses endiablées. En s'approchant, elle aperçut dans l'embrasure les Melville en pleine discussion.

« Je ne comprends pas que tu aies changé d'avis aussi soudainement, grondait Caroline à voix basse. Te revoilà avec tes grands discours sur la prudence et les économies… Tu es une vraie girouette. »

Craignant d'être indiscrète, Eliza s'arrêta. Elle hésitait à repartir quand Caroline passa en trombe devant elle et se dirigea vers le salon de jeu. Eliza fit quelques pas vers Lord Melville, dont le visage était figé. Elle ressentit une envie subite de le faire sourire et lui demanda comme si de rien n'était :

« Vous êtes-vous entretenu ce soir avec M. Berwick ? »

Il porta son verre à ses lèvres avec une main un peu tremblante.

« Non.

— Je suis admirative devant son gilet. »

Elle inclina la tête vers le gentleman en question. Il suivit son regard et elle eut la satisfaction de voir ses sourcils se redresser et son expression ombrageuse devenir incrédule.

« Ma parole, serait-il de mèche avec mon valet ? »

Elle éclata de rire mais le sursis fut de courte durée : il s'était déjà assombri.

« Nous avez-vous entendus ? » dit-il en baissant le front vers son verre.

Elle décida de ne pas mentir.

« Prudence et économie ne sont pas des termes qu'on s'attend à entendre dans votre bouche. »

Elle voulait le taquiner, mais il ne semblait pas d'humeur à plaisanter et réagit avec brusquerie.

« Il se peut que j'aie changé. Il arrive que les gens changent, vous savez.

— Certes, mais pourquoi voudriez-vous le faire ? »

Si le brillant, l'intrépide Lord Melville se mettait à douter, quel espoir restait-il pour les autres ?

« Je n'ai plus de mécène », résuma-t-il sèchement. Il la regarda, revint à son verre, puis releva les yeux. « Lord Paulet est un homme orgueilleux. J'ai cru en avoir trouvé un autre… à tort.

— Oh… »

C'était donc vrai. Elle le savait, mais elle fut désarçonnée d'en avoir confirmation. C'était stupide : quelle importance pour elle qu'il ait eu ou non une aventure avec Lady Paulet ?

« Est-ce une catastrophe ?

— Sans mécène, je ne publierai rien cette année. Si je ne fais rien paraître, je ne pourrai pas lever les fonds nécessaires pour Alderley cet hiver, ni me permettre certains luxes, comme les phaétons et Paris.

— Caroline m'a confié que si elle terminait son roman cet été, elle devrait se rendre à l'étranger pour se protéger des désagréments que sa parution risque de provoquer. »

Il se frotta la mâchoire.

« À l'étranger, en effet. Mais il vaudrait mieux pour nous que ce soit une ville moins onéreuse. »

Nous ?

« Vous partiriez avec elle ? »

Elle n'aurait pas dû s'en étonner tant ils étaient inséparables, mais elle en était consternée. Il se passa la main dans les cheveux.

« Au lieu de se calmer, les ragots à mon sujet ne font qu'enfler. Je ne crois pas que l'Angleterre sera très agréable à vivre si je suis mis à l'index en plus d'être sans le sou.

— Quelle injustice. »

Quand on pensait aux indignités qu'avait commises Byron avant d'être contraint de fuir le pays : ses nombreuses aventures amoureuses, ses dérapages et excès publics, jusqu'au comble, son divorce, que signifiait en comparaison le seul écart de conduite de Lord Melville ?

« Inutile d'invoquer cet argument. Il y a peu de chances que sur ce plan, la situation s'arrange.

— Je pourrais être votre mécène, s'écria-t-elle sur une impulsion. Je suis riche, vous savez.

— J'ai cru le comprendre, déclara-t-il avec un sourire triste. C'est extrêmement gentil à vous mais je vais devoir refuser.

— Pourquoi ? Même si je n'y connais pas grand-chose, je peux me renseigner.

— Je ne doute pas que vous rempliriez cette fonction excellemment, mais il m'est impossible d'accepter votre argent. Ma fierté – le peu que j'en ai – m'en empêche.

— C'est très ennuyeux, lança-t-elle d'un ton aussi allègre que possible.

— N'est-ce pas ?

— Quoi qu'il en soit, si mon portrait est accepté à l'Exposition, j'imagine que ce sera une bonne publicité, qui pourra vous aider à trouver un mécène.

— Peut-être... » La perspective ne semblait pas l'enchanter. « Avez-vous réfléchi à ce que cette publicité signifiera pour vous, madame ? Nous pouvons bien entendu le présenter non signé, mais il suscitera une grande curiosité quant à l'identité de l'artiste.

— J'y ai réfléchi. C'était mon idée. Je l'ai voulu depuis le début. »

Il hocha la tête. Ils gardèrent le silence jusqu'à ce que les danseurs cessent de virevolter et que l'assistance applaudisse les musiciens.

« Je suis lasse de regarder », reprit-elle.

Il inspira profondément, vida son verre, le fit tinter en le reposant sur le manteau de la cheminée et lui tendit la main.

« Bien. Nous allons y remédier. »

Elle la repoussa avec son éventail en regardant

autour d'elle pour s'assurer que personne ne les avait vus.

« Ne faites pas l'idiot !

— Qu'est-ce qui vous en empêche ?

— Je suis en deuil.

— L'avez-vous vraiment été ?

— En tenue de deuil, du moins. »

Il tendit à nouveau la main. Derrière lui, d'autres couples s'avançaient sur le parquet, prêts pour le prochain morceau – une valse.

« Monsieur, n'en faites rien. C'est tellement contraire aux conventions que c'est presque illégal, insista-t-elle en se détournant pour feindre qu'elle ne l'avait pas vu.

— À quoi servent les conventions sinon à être défiées ? Et les lois, sinon à être enfreintes ? »

Elle rit aux éclats. Il leva la main un peu plus haut, avec dans les yeux une lueur de défi mêlé à la certitude qu'elle oserait le relever. Comme dans un rêve, elle mit sa main dans la sienne. Contrairement à la dernière fois, ils portaient des gants, mais elle sentit la chaleur – et la force – de sa poigne à travers le satin. Après un rapide regard vers la salle pour vérifier qu'on ne les observait pas, il recula de quelques pas et l'entraîna au-delà de la fenêtre.

« Mais que… »

La terrasse n'était pas éclairée. Le temps printanier étant par définition variable, Lady Hurley avait estimé que personne n'aurait le courage d'aller dehors, mais la lumière venant des fenêtres était suffisamment forte pour qu'ils se voient tout en étant cachés des invités dans la salle.

Les premières mesures retentirent. Ils entendaient presque aussi bien qu'à l'intérieur. Un doigt sur ses lèvres, il s'inclina devant elle. Eliza, comprenant enfin ce qu'il avait en tête, attrapa ses jupes et fit la révérence en souriant. Tandis que les couples s'élançaient sur le parquet, il s'avança d'un pas jusqu'à ce qu'il n'y ait plus entre eux que l'espace d'un cheveu. Dans ses iris bruns, elle vit de minuscules paillettes dorées qu'elle n'avait jamais remarquées.

Les violons jouèrent plus fort. Il mit un bras autour de sa taille, l'attira vers lui, prit sa main. Elle avait du mal à respirer alors qu'ils n'avaient pas bougé. Ils se mirent à tourner. Lord Melville dansait bien. Elle aurait dû s'en douter. Il donnait l'impression de glisser sans réfléchir à ses pas comme si c'était sa façon naturelle de se déplacer et que ce soir-là, il y avait aussi de la musique. Voyant à peine où elle posait les pieds dans le noir, elle ne pouvait que se laisser aller à la pression de sa main dans son dos, certaine qu'il ne la lâcherait pas. Elle rit, hors d'haleine, avec exultation, et l'entendit rire aussi dans son cou. Ils tournoyèrent de plus en plus vite, étourdis et grisés. Elle ne s'était jamais sentie aussi irresponsable, impétueuse et insouciante.

Elle n'aurait su dire quand leurs rires cessèrent et son essoufflement ne fut plus provoqué par le rythme de la musique mais par… autre chose. Ce fut sans doute lorsqu'il la serra de plus près, qu'il déplaça sa main de sorte qu'au lieu de se tenir paume contre paume, ils entrelacèrent leurs doigts. Sans qu'ils sachent pourquoi, leur danse vertigineuse et insouciante se teinta brusquement d'une sorte de désespoir.

Ils arrêtèrent de tourner aux toutes dernières notes des violons, mais restèrent enlacés, les yeux dans les yeux, immobiles. Elle ne savait que déduire de l'expression de Lord Melville. Elle l'avait observé si longtemps qu'elle croyait avoir vu toutes les émotions le traverser, mais jamais celle qu'elle voyait en cet instant.

Ils s'écartèrent comme au ralenti. Il s'inclina une dernière fois, très bas. Dans le silence, on n'entendait que leur souffle rapide, qui n'était pas uniquement dû à la fatigue.

« Madame… »

Elle ignorait ce qu'il allait dire mais elle l'interrompit, en s'éclaircissant la gorge car sa voix était un peu rauque.

« Nous devrions… Nous devrions rentrer. »

Il hocha la tête sans répondre. Ils repartirent discrètement vers le salon, elle d'abord, lui quelques secondes plus tard au cas où quelqu'un aurait regardé dans leur direction. Mais ce n'était pas le cas. On ne les avait pas vus. Personne ne se doutait de rien. C'était le moment le plus fou de l'existence d'Eliza. À part eux deux, personne ne savait qu'il avait eu lieu.

21

Elle termina le portrait le lendemain. Plus exactement le lendemain matin, car sitôt qu'elle émergea d'un sommeil décousu, elle se leva d'un bond, enfila sa robe d'intérieur et dévala l'escalier comme si elle était en retard à un rendez-vous. Elle ouvrit la porte du salon, traversa la pièce, ouvrit le tiroir du bureau pour fourrager dans ses peintures à l'huile. Elle prit du jaune, du brun, du blanc, en déposa quelques gouttes sur une zone vierge de sa palette.

Sans avoir enfilé son tablier ni remonté ses manches, elle se mit au travail, indifférente aux risques qu'elle faisait courir à ses vêtements. Dès qu'elle eut obtenu la teinte qu'elle cherchait, elle choisit le plus fin de ses pinceaux en poil de martre et s'approcha de la toile. Ce fut l'affaire d'une seconde, la touche finale dont elle ignorait même qu'elle manquait : les petits éclats dorés dans les iris.

Voilà !

Elle fit six pas en arrière, pas un de plus, ferma les paupières pour avoir en les rouvrant le regard neuf qu'auraient les futurs spectateurs. Elle fut ravie de constater que la ressemblance était évidente, meilleure que ce qu'elle espérait. Dans ce portrait en buste, Lord Melville avait une main près de l'épaule, comme s'il voulait jouer avec son col – un geste habituel quand il réfléchissait. Bien que le support fût fixe, la sensation de mouvement était palpable dans l'inclinaison du visage alors que les yeux regardaient droit devant eux avec un air de défi espiègle, celui qu'il avait eu la veille en l'invitant à valser.

Le tableau reproduisait ce qu'elle avait cherché à capter : son humour, sa malice, mais aussi sa vivacité et son expressivité. L'autre main, posée sur un carnet, ainsi que le poignet de chemise maculé d'encre suggéraient qu'il s'apprêtait à composer un poème ; ses lèvres retroussées, qu'il se préparait à prononcer une de ses saillies provocantes. Elle sentit sa bouche se fendre d'un sourire, comme si elle ne pouvait pas plus résister aux moqueries du personnage peint qu'à celles du véritable Lord Melville.

Elle fit un pas en avant. Oui, depuis qu'elle l'avait vu de très près, elle était certaine que la ressemblance était frappante. Avec cette dernière touche, le portrait semblait avoir pris vie. Il ne serait jamais aussi séduisant que dans la réalité – comme quand Lord Melville lui avait pris la main avec un pouvoir d'attraction si fort qu'elle se demandait comment il n'avait pas fait affluer plus de gens sur la terrasse – mais il l'était au moins en partie.

De même que dans ses croquis de Margaret, elle avait aussi réussi à transmettre l'affection qu'elle portait à son sujet. À ses yeux du moins, elle était indéniable, aussi flagrante qu'une couleur sur la toile.

Dans ce portrait centré sur le toucher – doigts, lèvres, bouche –, on avait l'impression que le pinceau avait caressé le modèle avec chaleur, sympathie et…

Tout à coup, comme si cela avait été toujours présent, elle comprit sans l'ombre d'un doute qu'elle était amoureuse de lui.

La révélation se produisit à la fois lentement et brutalement, comme lorsqu'on a un mot sur le bout de la langue depuis des jours et qu'on sait immédiatement, en l'entendant, que c'est le bon. Elle était amoureuse de Lord Melville. Probablement depuis longtemps. Certes, il l'avait charmée dès le début, mais elle était loin d'être la seule, et l'attirance, aussi exaltante soit-elle, n'est pas l'amour. Son sentiment avait dû croître peu à peu, secrètement, à partir de leurs longues conversations, de leurs éclats de rire, de la considération et de la curiosité qu'il témoignait pour ses idées, ses opinions, son talent…

Les jambes molles, elle recula et se laissa choir sur le sofa. C'était impossible ! Absolument impossible. Elle était amoureuse de Lord Somerset. Fiancée à Lord Somerset. Elle ne pouvait pas être *aussi* amoureuse de Lord Melville. Pourtant, en regardant le portrait, la vérité lui sautait aux yeux, sans hésitation possible. Elle lança à tue-tête :

« Margaret ! Tu peux venir ?

— Tout va bien ? » répondit celle-ci de loin.

Elle entra dans le salon quelques instants plus tard, habillée à la hâte, pas coiffée.

« Oh, Eliza ! Qu'il est beau ! C'est lui tout craché. »

Eliza la regarda attentivement. Apparemment, sa

cousine ne tirait pas les mêmes conclusions qu'elle à la vue du tableau.

« Il te plaît ? Il te paraît… normal ?

— Normal ? Il lui ressemble, si c'est ce que tu veux dire. Et même beaucoup. Tu peux être fière. »

Eliza poussa un long soupir. Il n'était pas nécessaire qu'elle se confesse mais elle n'y résista pas.

« Je crois que je suis amoureuse de Lord Melville ! s'écria-t-elle si fort que Margaret recula en se bouchant les oreilles.

— Pitié, Eliza !

— Tu as entendu ?

— Forcément, tu m'as brisé les tympans !

— Tu n'as pas l'air choquée.

— Je ne le suis pas.

— Pardon ? »

Margaret la regarda comme si elle était une enfant qui refusait de se tenir correctement.

« Enfin… La façon dont vous vous parlez, dont vous flirtez. Tu devais bien te douter de quelque chose ?

— Je te jure que non, dit Eliza d'une petite voix. J'étais tellement concentrée sur Lord Somerset. Je l'aime depuis toujours… Je n'aurais jamais cru… »

Elle se mit à faire les cent pas dans la pièce, s'assit sur la banquette, se releva pour regarder le tableau, ferma les yeux, se prit la figure entre les mains. Qu'avait-elle fait ? À la lumière de cette prise de conscience, son comportement de ces dernières semaines lui apparut très suspect – leurs badinages, les plaisanteries, la danse ! Elle avait trahi la confiance de Lord Somerset de toutes les façons possibles.

« Que vas-tu faire ? demanda Margaret.

— Rien.

— Tu ne vas pas lui dire ?

— Lui dire ? À lui ? Le lui *dire* ?

— J'en déduis que la réponse est non.

— Tu ne comprends pas la gravité de la situation, Margaret. Je suis pour ainsi dire fiancée à Lord Somerset. J'aime Lord Somerset. J'aime *Oliver*. »

Elle se sentit soudain coupable d'avoir ne serait-ce qu'imaginé en aimer un autre alors qu'elle s'était engagée de tout son être auprès de lui. Cela devait compter pour quelque chose.

Margaret plissa les yeux.

« Tu l'aimes *vraiment* ? »

Elle prit une grande inspiration. Elle pensa à lui, à ses lettres, à ce qu'elles éveillaient en elle. À ce qu'elle avait ressenti en le revoyant en janvier. À leur baiser dans le fiacre le soir du concert. Comme si elle retrouvait ce qu'elle avait perdu longtemps après avoir renoncé à tout espoir de le récupérer.

« Oui.

— Plus que Lord Melville ?

— Je… Je ne sais pas. »

Comment comparer le premier, qui avait occupé son esprit presque toute sa vie, lui était rendu et serait bientôt à elle pour de bon et le second, qu'elle venait à peine de rencontrer ? Et puis, Lord Melville… Pour qui toutes les femmes du pays semblaient avoir un faible et qui, de son côté, pouvait choisir n'importe laquelle… Et s'il avait peut-être – *peut-être* – de l'affection pour elle, s'il lui faisait du charme et la regardait parfois comme si cette vue le ravissait…

« Aucune importance. Je suis fiancée à Lord Somerset. C'est lui que j'épouserai.

— Tu n'es pas fiancée.

— C'est tout comme. Je ne le laisserai pas tomber à nouveau. Margaret, je ne peux pas, c'est impossible. »

Un bruit de sabots sur les pavés l'attira à la fenêtre.

« Caroline ! Je l'avais oubliée. »

Elle avait dû se réveiller tard ce matin, elle n'avait même pas pris son petit déjeuner. Elle baissa les yeux comme si elle s'attendait à se voir par miracle vêtue de sa tenue de cavalière. Ce n'était pas le cas.

« Tu peux annuler, suggéra Margaret.

— Non, non, surtout pas. »

Elle voulait que tout se déroule normalement, remettre en place ce qui venait de se produire.

« Je vais la retenir le temps que tu t'habilles. »

Lorsque Eliza sortit de la maison en habit noir, avec ses gants et son chapeau de castor, Caroline, qui s'impatientait au moindre retard, ne paraissait pas agacée ; elle était penchée vers Margaret et s'exclama en se redressant :

« Elle est ressuscitée !

— Toutes mes excuses, dit Eliza tandis que Margaret descendait du phaéton et que le valet de Caroline l'aidait à s'installer. Que m'apprendrez-vous aujourd'hui ?

— Les carrefours ! » lança gaiement Caroline en faisant démarrer les chevaux.

En dépit de ses tourments, Eliza fut satisfaite de

sa leçon, l'une des rares où elle eut l'impression de conduire avec une certaine compétence, contrairement à celles qui lui avaient donné envie de pleurer de frustration.

« C'est très bien, déclara Caroline après quelques minutes. Vous pourrez bientôt avoir votre propre attelage.

— Un phaéton à moi, vraiment ? Je ne suis certainement pas assez chic pour cela.

— Vous ne pourrez pas toujours emprunter le mien, ma bonté a des limites.

— J'ai eu pourtant de nombreuses preuves de votre bonté. Pensez-vous vraiment que je sois prête ?

— Tout à fait. Vous ne conduisez pas à la perfection mais vous n'en êtes pas loin. Sans viser un phaéton haut, vous devriez vous débrouiller avec un modèle plus stable dans un joli coloris.

— Violet, par exemple, ou rose ? Puisque je suis une grande dame.

— Pourquoi choisir ? Prenez-le à rayures ! »

Eliza éclata de rire. Elle avait bien fait de sortir. Sur les routes des collines, où elle devait se concentrer sur quantité de détails, elle avait pu oublier de réfléchir à Lord Somerset ou Lord Melville.

« Voudrez-vous vous lancer dans cet achat ? reprit Caroline. En auriez-vous l'utilité à Harefield ? »

Le sourire d'Eliza s'effaça.

« Je vous rassure, Margaret n'a divulgué aucun secret, s'empressa d'ajouter Caroline, ce qui n'était pas nécessaire car Eliza savait que sa cousine les gardait aussi jalousement qu'un dragon un trésor, comme elle le faisait aussi. J'ai cru comprendre dans nos dernières discussions qu'à son avis, votre séjour à Bath touchait à sa fin. Ce ne fut pas très difficile de deviner pourquoi. »

Eliza, occupée à négocier un angle de rue, ne réagit pas. Qu'aurait-elle pu objecter ?

« Puis-je vous souhaiter beaucoup de bonheur ? demanda Caroline.

— Ce serait... prématuré. »

Après un silence, Caroline remarqua :

« Au moins, vous ne changerez pas de nom. »

Eliza ne put s'empêcher de rire et l'interrogea à son tour :

« Avez-vous déjà été tentée, madame ? Par le mariage, je veux dire.

— Tentée, oui. Par le mariage, non.

— Vous n'avez jamais éprouvé de sentiment pour un gentleman ? insista Eliza, avide de détails.

— Mon nom est arrivé après celui de mon frère toute ma vie. Je ne suis pas pressée de le reléguer en troisième position. »

Devant le regard perplexe d'Eliza, elle expliqua :

« Sœur de Lord Melville, puis femme de Lord Untel – tant qu'à prendre un époux, autant que ce soit un marquis – et enfin, Caroline.

— J'ignorais que cela vous importait. Vous et votre frère semblez si bien vous entendre.

— Oh, c'est une vieille blessure... Prenez garde à leur bouche ! » s'écria-t-elle. La conversation s'interrompit le temps qu'elle lui montre comment doubler les rênes. « Je suis l'aînée. Les gens l'oublient mais je suis plus âgée que lui. J'ai été la première à écrire, mais sur tous les autres plans, j'ai été cantonnée au second rang : mon frère a été publié avant moi, a eu plus de succès, a hérité du titre. Mon nom viendra toujours après. Je serai un post-scriptum jusqu'à la fin de mes jours. »

Eliza se tut. Quel argument avancer ? Elle ne pouvait prétendre que c'était faux, puisque c'était la vérité, ni que cela changerait, car en fait, non.

« Le mariage ne m'offrirait aucun avantage que je ne possède déjà, reprit Caroline. J'ai l'indépendance, le rang, la liberté. Quel motif aurais-je d'épouser quelqu'un ?

— L'amour n'en est pas un pour vous ? »

Caroline la regarda du coin de l'œil.

« J'aurais cru que plus que beaucoup d'autres, vous saviez que le mariage a rarement à voir avec l'amour.

— C'est vrai, mais le savoir ne m'a pas empêchée de le désirer, ni beaucoup d'autres de le vénérer.

— Pourquoi vénère-t-on autant l'amour romantique ? C'est la plus grande escroquerie que je connaisse ! Les gens sont prêts à tout en son nom. L'objet de leur amour peut être lâche, égoïste, indélicat, les avoir choisis en dernier… Malgré tout, leur adoration leur fera faire pratiquement n'importe quoi, même s'ils sont malheureux ou qu'ils n'ont aucune chance d'être payés en retour. »

Elle avait prononcé sa tirade avec une véhémence et une amertume sans rapport avec sa nonchalance habituelle.

« On dirait que vous parlez d'expérience », répondit Eliza.

Caroline écarta son commentaire d'un revers de main et son indolence réapparut.

« Je m'efforce de parler avec assurance de n'importe quel sujet. Cela dit, cela sonnait juste, n'est-ce pas ? »

Cela poussait en tout cas Eliza à se demander quel homme avait brisé son cœur.

22

Cette nuit-là, Eliza ne parvint pas à dormir. Elle était rentrée de sa promenade avec Caroline persuadée que sa réaction au portrait de Lord Melville était une sorte d'hallucination. Elle était montée à l'étage pour le contempler et avait constaté que son amour était toujours présent, aussi évident et accablant qu'une heure plus tôt. Si flagrant, presque indécent, qu'elle ne pouvait y penser sans qu'une rougeur gagne ses joues.

Elle était fatiguée mais son esprit en ébullition allait de Lord Melville à Lord Somerset et inversement, si vite qu'elle en avait le vertige. Quand elle comprit que compter les moutons, lire à la chandelle ou dessiner des croquis n'avaient aucun effet, elle eut recours pour se calmer à un remède qu'elle n'avait pas employé depuis son enfance. Elle se leva, traversa le couloir, frappa à la porte de Margaret et passa la tête dans sa chambre. Une voix endormie murmura :

« Eliza ?

— Je ne peux pas dormir. »

Sa cousine poussa un grognement qu'Eliza interpréta comme une invitation. Elle souleva les couvertures et se glissa dessous. Le lit était suffisamment large pour qu'elles ne se touchent pas, mais elle tendit le bras et entrelaça ses doigts dans les siens comme lorsqu'elles étaient petites.

« Si tu ronfles, je te mets dehors, la menaça Margaret, à moitié assoupie, tout en serrant sa main. Angoissée ou pas. »

Eliza émit un petit rire. Le silence retomba un long moment. Si long, en fait, qu'Eliza crut qu'elle s'était rendormie. Quand elle reprit la parole, c'était plus pour s'interroger dans le noir que pour parler à Margaret.

« Est-ce possible d'aimer autant deux personnes en même temps ? chuchota-t-elle.

— Je ne sais pas, dit doucement Margaret. Je n'en ai aimé qu'une. »

Eliza mit quelques secondes à tirer toutes les conclusions de cette phrase.

« Je croyais que tu n'avais jamais eu d'attirance pour qui que ce soit.

— C'était vrai… Jusqu'à notre arrivée à Bath. »

Une affreuse hypothèse traversa l'esprit d'Eliza.

« Lord Melville ?

— Mais non, bécasse, répondit Margaret d'une voix mal assurée, presque craintive, bien différente de son entrain habituel. Caroline. »

Eliza ne comprit pas tout de suite. Elle pensa même avoir mal entendu. Elle répéta lentement :

« Caroline… ? »

Margaret hocha la tête sur l'oreiller. Sa main, dans celle d'Eliza, frémissait.

« Ah… *Ah !* »

Eliza relia aussitôt toutes sortes d'informations, de détails qu'elle avait remarqués sans percevoir leur vraie signification.

« Tu es… amoureuse ?

— Comme toi, Eliza. Quand je la vois, j'ai l'impression d'être frappée par la foudre.

— Est-ce réciproque ?

— Je ne sais pas. Parfois, souvent, j'en suis sûre, absolument sûre, je crois que nous nous comprenons parfaitement, mais…

— Mais… ?

— Mais elle ne fait rien.

— Elle attend peut-être que tu fasses le premier pas ? »

Margaret eut un rire incrédule.

« Alors qu'elle a tellement plus d'expérience que moi ? Pourquoi devrais-je prendre le risque ?

— Oui, elle a de l'expérience, elle mène une vie beaucoup plus indépendante que nous, mais comme son frère, son statut est différent du nôtre. »

Elle se remémora ce que Caroline lui avait raconté quelques semaines plus tôt sur le traitement dont elle avait fait l'objet par rapport à Caroline Lamb – la même différence qui séparait son frère de ses contemporains.

« La société les juge plus sévèrement. Il se peut que le risque lui paraisse plus grand.

— Je ne sais pas. Et j'ai trop peur de poser la question. »

Eliza pouvait le comprendre. Personne n'a envie de demander si ses sentiments sont partagés, d'autant que dans ce cas, les enjeux étaient bien plus graves qu'une simple contrariété. Maintenant qu'elle considérait sous ce nouvel éclairage les multiples échanges entre Margaret et Caroline, elle se demanda comment elle n'avait pas remarqué leur fébrilité quand elles étaient dans la même pièce.

« Elle te fait du charme, c'est certain. Il y a sûrement une façon de le savoir... Je pourrais... »

Margaret secoua la tête.

« À quoi cela servirait-il ? Tu sais, j'y ai réfléchi. Nous ne pourrons jamais être ensemble.

— En es-tu sûre ? Pense aux dames de Llangollen.

— Crois-moi, j'ai pensé aux dames de Llangollen.

— D'après les rumeurs, insista Eliza, elles ont une relation amoureuse, mais tant qu'elles sauvegardent l'apparence de l'amitié en public et qu'elles se conduisent correctement, personne ne fait rien pour y mettre un terme.

— À part cancaner. Les observer, s'interroger, se moquer d'elles. Elles sont peut-être heureuses, mais les invite-t-on à des dîners ? Leur famille a-t-elle gardé des liens avec elles ? Sont-elles reçues dans la bonne société ? »

Eliza ne répondit pas. Quelles paroles rassurantes pourrait-elle lui donner ? Elle supposait que les dames de Llangollen avaient choisi de vivre recluses pour une bonne raison, et leur romance n'était qu'une rumeur... La révélation d'une liaison n'aurait pas les conséquences fatales qu'encouraient les hommes, mais être mis au ban de la société n'était pas anodin.

« De plus, ajouta Margaret, je n'ai pas de ressources

qui me permettent de vivre de façon indépendante. Dans quelques semaines, je n'aurai plus de foyer, sinon celui de ma sœur. Caroline et moi ne nous croiserons plus. »

Cela ne lui ressemblait pas d'être aussi défaitiste et Eliza était triste de l'entendre parler ainsi. Il y avait certainement une solution, un moyen d'avancer, d'offrir à sa cousine l'avenir qu'elle méritait.

« Tu ne dois pas baisser les bras. Si cela reste entre vous…

— Je suis fatiguée », dit Margaret.

Eliza sentit qu'elle ne parlait pas seulement de cette minute précise. Elle se tut et ferma les yeux, mais la déclaration de sa cousine l'avait totalement réveillée.

« C'est sa robe violette qui t'a séduite ? »

Margaret rit doucement.

« Je suis outrée que tu me croies aussi superficielle. »

Eliza se tourna sur le côté pour tenter de distinguer le visage de sa cousine.

« Je n'ai pas d'autre indice. Reprends dès le début. Et n'oublie rien. »

Elles parlèrent jusqu'au petit matin, lançant dans l'obscurité toutes sortes de pensées, superficielles ou profondes. Des confidences si intimes qu'elles n'auraient pu les confier à personne d'autre, des détails si triviaux que personne d'autre n'y aurait trouvé de l'intérêt. Elles ne tirèrent aucune conclusion, ne parvinrent à aucune solution, mais quand elles fermèrent les yeux, incapables de lutter plus longtemps contre le sommeil, c'était avec la certitude que quoi que leur réservait le lendemain, elles l'affronteraient toutes les deux.

« Tu avais pourtant dit que tu ne te marierais plus par devoir, conclut Margaret d'une voix pâteuse. Si c'est ce que tu fais avec Lord Somerset…

— J'aime Lord Somerset. Ce que je ressens pour Lord Melville… c'est nerveux. Une lubie.

— Si tu le dis…

— Une lubie, je t'assure », répéta-t-elle en étouffant un bâillement.

23

Ce n'était pas une lubie. Eliza aurait pu s'en convaincre si elle avait réussi à éviter Lord Melville plus d'une journée, mais pour se faire pardonner ses absences répétées, il se présenta à Camden Place le lendemain matin avec sa sœur. Tous deux étaient pleins d'allant, résolus à accompagner les deux cousines dans les écuries de louage de la ville pour qu'Eliza fasse l'acquisition d'un phaéton. Si elle avait eu le temps de se préparer mentalement, il lui aurait sans doute été plus facile de se comporter normalement en présence de Lord Melville, mais elle ne pouvait pas le regarder sans que ses joues deviennent cramoisies. Malgré la brièveté de leur visite, elle rougit si souvent et si fort qu'il finit par lui demander si elle avait attrapé un coup de soleil.

« Nous sommes en mars ! répondit-elle, déconcertée.

— Je sais, mais ce n'est pas moi qui suis rouge. »

Pour finir, elle autorisa Margaret, bien plus experte qu'elle en matière de chevaux, à décider pour elle, ce qui lui éviterait d'être gênée par ces rougeurs incontrôlables.

Tu es fiancée à Lord Somerset, se rappelait-elle sans cesse. *Tu es fiancée à Lord Somerset.*

Elle n'informa pas Lord Melville que le portrait était terminé – il n'avait plus qu'à sécher – mais en voyant la mine coupable de sa cousine à son retour, elle comprit que cela lui avait échappé. Le lendemain après-midi, elle attendit par conséquent la venue de Lord Melville avec une sombre détermination : elle ne se laisserait pas déstabiliser par sa présence.

Quand il entra dans le salon, elle s'appliqua à prendre une voix enjouée.

« Bonjour. Quelle belle journée ! »

Il tourna les yeux vers la fenêtre éclaboussée de pluie.

« Splendide, en effet. Où est-il ? »

Il trépignait d'excitation. Elle s'efforça, en vain, de ne pas s'attendrir et lui montra le chevalet recouvert d'un tissu blanc.

« Il est ici. »

Il haussa les sourcils de façon comique.

« Est-il mort ou simplement endormi ?

— C'est simplement pour le cacher aux regards.

— Moi qui croyais que le but était qu'on le voie…

— Oui, bien sûr. Je vous le montre. Voici… »

Elle attendit une seconde, se ressaisit et souleva le tissu.

Elle se tourna aussitôt pour voir son visage à l'instant où il le découvrirait, surprendre sa réaction avant qu'il ait le temps de se dominer. Elle ne fut pas assez rapide car en moins d'une seconde, il devint impassible, ce qu'il faisait quand il voulait dissimuler ses pensées. Le changement fut très subtil. Elle ne l'aurait pas remarqué si elle ne l'avait pas contemplé attentivement pendant plusieurs semaines. Que voulait-il cacher ?

« Lord Melville ? Il ne vous plaît pas ? »

Il tressaillit.

« Il est parfait. Plus… Plus que je l'espérais. »

Son regard passa d'elle au tableau, puis à nouveau à elle. Elle sentait ses mains devenir moites. Quelle attitude singulière ! Se pouvait-il… Aurait-il deviné ce qu'elle y avait vu ?

« Il faut reconnaître qu'avec un aussi beau modèle, il ne pouvait en être autrement, n'est-ce pas ? » ajouta-t-il.

Tout à coup, l'atmosphère étrange qui régnait dans la pièce disparut.

« Espérons qu'il séchera rapidement, répondit-elle, car la date limite approche. »

Elle n'avait pu retenir une note d'inquiétude dans sa voix. Depuis une semaine, elle n'avait effectué aucune retouche importante et, grâce au choix minutieux de ses mélanges et au chauffage permanent de la pièce, avait tout fait pour faciliter le processus de séchage. Malgré tout, transporter une peinture à l'huile si loin et si peu de temps après sa réalisation n'était pas sans danger.

« Je le ferai prendre demain, dit-il. Je donnerai l'instruction qu'on le manipule avec le plus grand soin. »

Ils s'étaient entendus pour qu'il se charge de le faire encadrer et de le soumettre au nom de son portraitiste, qui souhaitait demeurer anonyme, de façon que l'identité d'Eliza ne soit pas dévoilée. Le courrier d'acceptation ou de rejet lui serait adressé.

« Je n'arrive pas à croire qu'il soit fini », avoua-t-elle.

L'importance de ce moment lui apparut soudain. L'horrible révélation de l'avant-veille avait effacé tout le reste.

« Merci de me l'avoir proposé. Sur le coup, j'ai pensé que vous étiez complètement fou, mais je suis si heureuse d'avoir accepté.

— J'en suis très heureux aussi. »

Il lui tendit la main. Elle hésita, se demanda bêtement s'il voulait danser avec elle, puis posa la sienne. Il la leva et embrassa ses phalanges sans la quitter des yeux. Elle faillit oublier pourquoi elle ne pouvait pas l'aimer. Puis la mémoire lui revint et elle retira sa main.

« Je vous souhaite une bonne journée, monsieur », dit-elle d'une voix chevrotante.

C'était impossible. Tout simplement impossible.

Il la salua d'un bref coup de tête et sortit.

Grosvenor Square
Le 30 mars 1819

Eliza,

J'espère que vous me pardonnerez la brièveté de ce billet. Je suis arrivé à Londres, où la saison bat son plein. Les préparatifs du bal d'Annie sont en cours et je vous laisse imaginer le tourbillon dans lequel nous plonge Augusta. Cela accapare beaucoup plus de mon temps que je l'avais prévu.

Juste un mot concernant les fossés : M. Penney m'a alerté sur le risque d'inondations à Chepstow et j'ai donné mon autorisation pour qu'il prolonge notre tranchée dans votre propriété. Dans la mesure où nos domaines seront bientôt réunis, je suis certain que vous ne considérerez pas que j'ai outrepassé mes prérogatives. Après tout, dans de telles circonstances, il est essentiel d'agir vite.

Je suis encore ici une semaine et vous rejoindrai ensuite. Je compte les heures !

Bien à vous,

Somerset

Camden Place
Le 2 avril 1819

M. Penney,

Je déduis de votre correspondance récente avec Lord Somerset que vous avez égaré mon adresse postale. Vous la trouverez ci-dessus. Je compte sur vous pour que dorénavant, les questions afférentes à mes propriétés me soient exclusivement adressées.

Avec mes meilleures salutations,

Lady Somerset

24

Le 2 avril, cela faisait exactement une année et un jour que le comte s'était éteint. Cette date avait un goût plus doux-amer qu'Eliza l'aurait envisagé quelques mois plus tôt. Elle s'attendait à ce que Margaret soit rappelée d'un jour à l'autre et chaque arrivée du courrier la remplissait d'inquiétude. S'ajoutait à cela que dans une semaine, Lord Somerset viendrait l'enlever. Elle était de plus en plus perturbée. Elle aurait préféré que les missives qu'il lui adressait aient conservé le style de la première, car recevoir des billets de plus en plus courts et de plus en plus irritants par leur ton autoritaire – pensait-il vraiment qu'elle ne se formaliserait pas de son ingérence ? – ne faisait qu'augmenter son appréhension de le voir.

Quoi qu'il en soit, elle était au moins libérée de ses vêtements noirs et des restrictions les plus astreignantes. Mme Prevette s'était surpassée avec sa nouvelle garde-robe : elle avait le chic pour concevoir des tenues d'une rare distinction dans des nuances sobres de gris et de parme. Chaque matin, Eliza se réjouissait de choisir entre une robe de soie gris ardoise avec demi-traîne et collerette en dentelle, une autre en crêpe gris tourterelle soulignée de rubans noirs pour compenser le coloris plus clair, la robe du soir droite en soie lavande et sa tenue de cavalière beige agrémentée de duvet de cygne sur le buste.

Après la monotonie du noir quotidien, cette palette de tons sourds lui faisait l'impression d'une explosion de couleurs. Par ailleurs, elle était enfin autorisée à se rendre dans un plus grand nombre d'endroits que les trois ou quatre, toujours les mêmes, qu'elle fréquentait depuis son arrivée. Lady Hurley, désormais à Londres, leur manquait cruellement. Les Winkworth, partis eux aussi, ne manquaient à personne. La ville offrait encore suffisamment d'animation : on n'était que le 5 du mois et elle avait été invitée à une partie de cartes et à un pique-nique, avait assisté à une pièce de théâtre.

Le lendemain, un événement beaucoup plus excitant eut lieu : la livraison de son phaéton. Il n'était ni violet ni rose, comme elle en avait plaisanté avec Caroline, mais d'un noir rutilant orné de filets rouges sur la caisse. Elle était si fière qu'elle crut qu'elle allait éclater de joie.

« Regardez ! lança-t-elle à Caroline, venue à pied le découvrir.

— Je suis ravie que vous en soyez satisfaite.

— Nous devrions le baptiser, ajouta Margaret.

— Comme un bateau ? ironisa Caroline.

— Je suis d'accord, dit Eliza. Cette superbe voiture mérite un nom. »

Lord Melville ajouta son grain de sel.

« C'est donc une dame ? Admirable ascension sociale.

— Une duchesse, pour le moins », renchérit Eliza.

— Si nous lui faisions faire une promenade pour son baptême ? proposa Lady Caroline.

— À Wells, pourquoi pas ? enchaîna Margaret. Je n'ai jamais vu l'horloge astronomique de la cathédrale et je me demandais… »

Lord Melville fronça le nez.

« Ce sera donc la cathédrale, s'empressa d'acquiescer Caroline pendant qu'Eliza baissait la tête pour dissimuler un sourire. Je conduirai mon phaéton et Lady Somerset suivra avec le sien. Allons-y ! »

Ils se mirent en route moins d'une heure plus tard. En se faufilant dans la circulation derrière Caroline, Eliza songea qu'elle avait belle allure. Caroline avait demandé à son frère de s'asseoir à côté d'elle au cas où elle rencontrerait une difficulté – il conduisait évidemment les attelages avec autant de brio que sa sœur – et Eliza s'était résignée à rougir toute la journée. Mais le phaéton roulait comme dans un rêve, son passager, confortablement installé, exprimait moult louanges et pour finir, elle ne regretta pas cette décision.

Après avoir longé Bennett Street, ils prirent un virage serré à droite vers le Circus et Eliza dut retenir ses chevaux dans cette artère fréquentée. En chemin, ils furent salués par M. Berwick, qui la contempla bouche bée. À sa vue, Lord Melville s'écria, consterné :

« Que porte-t-il ? »

Eliza jeta un rapide coup d'œil dans sa direction, sans lâcher du regard le fiacre arrivant en face, et constata que son pantalon était du même jaune que celui que Lord Melville était si fier de compter dans sa penderie. Son indignation dura jusqu'à ce qu'ils aient atteint les faubourgs.

« Ma coiffure, mon gilet, et maintenant mon pantalon !

— Vous n'avez pas le monopole des pantalons jaunes.

— Le problème n'est pas là, Lady Somerset. Ce qui m'inquiète, c'est que j'ignore jusqu'à quelles extrémités il compte pousser son plagiat. Il arrivera un jour à la Pump Room et vous verrez qu'il m'a volé ma peau et qu'il a l'intention de la porter comme un habit !

— C'est la supposition la plus révoltante que j'aie jamais entendue.

— Je suis entièrement d'accord avec vous, répondit-il avec emphase. Ce n'est pas moi qui ferais une chose pareille ! »

Eliza rit aux éclats. Depuis sa « révélation », une semaine plus tôt, elle avait compris qu'elle ne pouvait pas plus réprimer ses sentiments pour lui qu'elle pouvait ignorer le soleil chaque matin. Dès qu'elle était en sa présence, elle comprenait mieux pourquoi elle les éprouvait : elle aimait sa façon de la faire rire, même quand elle était d'humeur chagrine – y compris quand elle était fâchée contre lui ou qu'elle ne voulait pas rire. Elle aimait qu'il croie sans réserve à ses aptitudes, que ce soit pour la conduite des chevaux, la peinture ou simplement son comportement en société. Il ne la traitait pas avec la galanterie ou la sollicitude à laquelle elle était habituée de la part de messieurs qui lui demandaient constamment si elle n'avait pas froid ou chaud, si elle voulait se désaltérer, si elle n'était pas trop fatiguée. Il ne voyait pas non plus en elle la prétendue fragilité féminine que tant de gens prenaient pour acquise. Le fait qu'elle aime Lord Somerset, qu'elle soit résolue à l'épouser, ne semblait pas y changer quoi que ce soit.

Par respect pour les convenances, ils évitèrent les routes à péage qui auraient raccourci le trajet mais auraient permis à tous les quidams présents entre Bath et Wells de les voir passer. Ils mirent de ce fait deux heures pour couvrir les sept lieues qui les séparaient de l'évêché, au-delà des collines de Mendip. Une fois sur place, ils laissèrent leurs bêtes se reposer dans la cour d'une auberge et flânèrent autour de la cathédrale, qui était effectivement d'une grande beauté. Eliza ne fut pas déçue par la célèbre horloge : au-dessus du cadran, des chevaliers s'affrontant en tournoi défilaient en cercle à chaque heure au son des cloches. Lord Melville déclara qu'il aurait aimé les voir tourner également au quart.

Ils ne s'éloignèrent pas afin d'assister à une seconde apparition des personnages puis se restaurèrent d'un excellent en-cas. À la vue du ciel qui s'assombrissait rapidement, ils décidèrent de prendre le chemin du retour sans attendre. Bien leur en prit car moins d'une heure après, il se mit à pleuvoir.

« Malédiction ! déclara Lord Melville. Avez-vous froid ? »

Eliza plaqua son manteau contre elle.

« Pas encore. »

Très vite, le ciel fut de plus en plus menaçant, la pluie de plus en plus forte, la route de plus en plus boueuse et Eliza se mit à grelotter. Il posa son manteau sur ses épaules et lui dit pour l'encourager :

« Nous ne sommes plus très loin. »

Ce n'était pas tant le froid qui la gênait que la faible visibilité : les rideaux de crachin et le ciel violacé l'empêchaient de plus en plus de voir la route.

« Vous devriez prendre les rênes... dit-elle, un peu anxieuse, quand ils cahotèrent sur un nid-de-poule qu'elle n'avait pas vu.

— Vous l'avez bien en mains.

— Pourriez-vous... me parler ? ajouta-t-elle en se cramponnant aux rênes.

— De quoi voulez-vous que nous parlions ?

— Peu importe. De votre *Médée* ?

— Vengeresse. Exigeante. »

Elle sourit distraitement en essayant de ne pas quitter le phaéton de Caroline des yeux. Elle sentait sa respiration s'accélérer.

« Cela dit, je doute qu'elle voie le jour, poursuivit-il sur un ton dégagé, comme si Eliza n'était pas sur le point de tomber de son siège tant elle était angoissée. Paulet a eu la désagréable idée de faire obstacle à toutes les solutions pour que je sois publié.

— Vous continuez néanmoins à écrire ? »

Elle retint ses bêtes à l'abord d'un croisement difficile, puis lâcha les rênes dès que la route redevint rectiligne. Il répondit après un murmure approbateur :

« À une époque, j'aurais abandonné mon travail dans un mouvement d'humeur s'il n'avait pas de chance d'être imprimé. Mais même s'il n'est réservé qu'à moi-même, je ne le trouve pas moins intéressant. »

Elle songea que cette phrase lui rappelait quelque chose et se demanda qui il citait avant de se rendre compte...

« C'est moi qui ai dit cela !

— En effet. Je suppose que vous pouvez vous considérer comme mon inspiratrice : le soin avec lequel vous aviez peint les œuvres exposées dans votre salon alors que vous n'aviez pas d'espoir ou de perspective que d'autres les contemplent a en quelque sorte touché en moi une corde sensible. »

Comme il fallait s'y attendre, Eliza rougit et fut assez heureuse que le temps exécrable lui donne une bonne excuse pour regarder fixement devant elle. La pluie se calma enfin. Maintenant qu'ils se rapprochaient de la ville et que les routes étaient plus stables, elle put redresser son dos jusqu'alors courbé.

Ils arrivèrent à Bath bien après l'heure prévue. Elle le conduisit directement à sa porte. Caroline, qui les avait dépassés depuis longtemps, n'était pas en vue. Elle était certainement allée déposer Margaret à Camden Place.

« Vous menez les chevaux à la perfection », observa-t-il quand elle les mit à l'arrêt.

Elle se tourna vers lui.

« Merci. »

Il avait dès le départ posé son chapeau sur le siège – la pluie était si drue qu'il n'offrait aucune protection – et les boucles sombres qui couvraient habituellement son front étaient plaquées en arrière.

« Vous êtes trempée, remarqua-t-il.

— Je sais. Je ne suis pas sûre que mon chapeau s'en remette.

— C'est bien dommage car c'est une parure charmante… »

Il tendit le bras, souleva délicatement une mèche de cheveux collée sur son cou et, en quelques mouvements adroits, la reglissa dans sa tresse. C'était un simple geste et sa main frôla très brièvement sa peau, mais malgré cela, et malgré la pluie qui la trempait jusqu'aux os, elle rassembla toute son énergie pour ne pas rougir jusqu'aux oreilles. Elle tremblait, sans savoir si c'était de désir, de culpabilité ou d'inquiétude.

Il laissa sa main sur son cou quelques secondes sans cesser de la regarder. Elle sentit son corps pencher vers le sien presque involontairement. Ce serait si facile, si naturel, de se permettre ce…

« Lord Melville… murmura-t-elle.

— Vous pouvez m'appeler Max si vous le souhaitez. »

Eliza ferma les paupières pour se reprendre. Elle ne pouvait pas. Elle ne pouvait pas.

« Madame… »

Elle ne le laissa pas continuer.

« Non… Non. »

Quoi qu'il s'apprêtât à faire – une déclaration, une proposition, ou quoi que ce soit d'autre – et bien qu'elle rêvât de l'entendre avec chaque cellule de son corps, elle ne devait pas le laisser parler alors qu'elle était promise à un autre.

Il retira doucement sa main.

« Très bien. »

Elle se dit qu'elle lui devait une sorte d'explication, même s'il ne l'avait pas sollicitée.

« Simplement… Simplement, lorsqu'on ne s'y attend pas et qu'on ne peut pas… parce qu'on a déjà… et qu'on pense, qu'on a toutes les raisons de penser, que c'est impossible, même si l'on veut… Comprenez-vous ce que je veux dire ?

— Non, on ne comprend pas, répondit-il sérieusement. Et même, on s'interroge : vous-même, savez-vous ce que vous voulez dire ? »

Elle laissa échapper un petit rire.

« Non, lâcha-t-elle, soudain au bord des larmes. Je ne sais pas.

— Ne vous inquiétez pas », conclut-il d'une voix plus douce. Il prit sa main et posa un baiser sur sa paume gantée, ce qui fit à nouveau trembler Eliza. « Je vous souhaite le bonsoir. »

Il descendit de la voiture et après un dernier coup de chapeau détrempé, pénétra dans Laura Place.

Si elle rentra sans accident, ce fut à mettre au crédit des mises en garde de son valet lui enjoignant de regarder les véhicules qu'ils croisaient plus qu'à son savoir-faire. Elle lui tendit les rênes en arrivant à Camden Place et descendit du phaéton. Elle avait l'air d'un rat noyé. C'était une bonne chose que Mme Winkworth soit à Londres car elle aurait eu une attaque si elle l'avait vue dans cet état.

Elle entra en hâte dans la maison, soupira d'aise en sentant sa chaleur l'envelopper et sentit les larmes lui monter aux yeux. Elle lança :

« Margaret ! Margaret ? »

Sa cousine apparut presque aussitôt et descendit l'escalier quatre à quatre, les cheveux humides.

« Tout va bien ? demanda Eliza. Qu'y a-t-il ?

— Lord Somerset est dans le salon. »

25

« Lord Somerset ? Ici ? Maintenant ?

— Oui, dit Margaret en réponse aux trois questions. Il est arrivé dans l'après-midi et il a insisté pour rester jusqu'à ton retour. »

Eliza la regarda, paniquée. Elle ne l'attendait pas avant une semaine et ne s'était pas du tout préparée à cette éventualité. Elle pensait avoir du temps pour cela.

« Ne t'affole pas, il ne va pas te manger. »

Malgré tout, sa respiration était hachée et rapide. Comment faire alors que son cerveau était si confus qu'elle se demandait si elle ne l'avait pas laissé dans le phaéton avec Lord Melville ? Elle avait besoin de réfléchir.

« Et si en le voyant, je me rends compte que je ne l'aime plus ? » murmura-t-elle en posant une main tremblante sur son front.

Et si, en la voyant, il comprenait ce qu'elle avait fait ?

« Nous trouverons une solution. Je te le promets. »

Elle baissa les yeux, désemparée, vers ses jupes crottées. Margaret la poussa doucement vers l'escalier.

« Vas-y avant de perdre tes moyens. »

Eliza gravit les marches. Par le passé, elle aurait tout

fait pour retarder l'échéance mais sa cousine avait raison : bien que l'épreuve lui parût insurmontable, si elle n'y allait pas tout de suite, elle n'aurait plus le courage de le faire. Elle poussa la porte du grand salon. Il se tenait devant le feu, les mains dans le dos. Quand il se tourna vers elle – son visage, en contrejour devant les flammes, était à moitié dans l'ombre –, il lui rappela tellement son oncle qu'elle faillit pousser un cri de surprise. Puis sa vision s'adapta et l'illusion disparut. Il n'y avait plus que Lord Somerset, qui la salua avec un demi-sourire.

« Bonsoir, madame.

— Lord Somerset, répondit-elle timidement. Nous… Je ne vous espérais pas avant la semaine prochaine.

— Je voulais vous faire la surprise mais vous n'en semblez pas ravie.

— Si, bien sûr ! Je suis enchantée ! »

En prononçant ces mots, elle s'aperçut que c'était vrai : en sa présence, elle comprit que son amour pour lui était toujours réel. Ce qui paraissait quelques minutes plus tôt d'une complication extrême devint tout à coup très simple dans son esprit : quelle qu'en soit la signification, le fait qu'elle aime deux hommes ne comptait pas. Si elle ne pouvait nier ses sentiments pour Lord Melville, elle avait devant elle l'homme qu'elle aimait fidèlement depuis des années, contre toute logique, et qui, pendant cette même période, l'avait aimée en retour. Et si son cœur ne battait pas aussi fort pour lui que pour Lord Melville, s'il ne la faisait pas rougir aussi souvent, ni respirer aussi vite, quelle importance ? C'était lui qu'elle épouserait.

Il tendit les bras et elle courut vers lui, soulagée. Il prit ses mains mais au lieu de l'attirer vers lui, il la tint à distance.

« Que se passe-t-il ? Vous êtes trempée ! »

Elle leva la tête vers lui avec impatience.

« C'est égal !

— Pas pour moi. Vous allez attraper du mal. Il faut vous changer immédiatement.

— Je n'ai pas du tout froid ! Près du feu, cela séchera très vite.

— Je vous attends ici », répliqua-t-il d'une voix qui n'admettait pas de discussion.

Elle soupira mais sortit docilement. Il était d'une sollicitude incomparable, et même si cela ne tombait pas très bien, ce serait grossier qu'elle s'irrite de son envie de la protéger. Elle revint en un clin d'œil après avoir enfilé la première robe qu'elle avait trouvée, en crêpe lavande, et il lui sourit.

« Vos cheveux sont humides, ma chérie.

— Je ne les sécherai pas tout de suite, il est inutile de me le demander ! »

Elle leva à nouveau la tête vers lui, mais au lieu du baiser qu'elle attendait, il l'interrogea :

« Où étiez-vous par ce mauvais temps ? »

Elle hésita. Elle n'avait pas évoqué dans ses lettres les leçons qu'elle prenait avec Caroline, ni l'attelage qu'elle venait d'acquérir car elle voulait lui apprendre à l'improviste : elle se voyait, dans sa tenue la plus flatteuse, arrêtant son phaéton et lui demandant d'une voix suave s'il voulait monter à ses côtés pour faire le tour du quartier.

« Conduisiez-vous avec Lady Caroline ? poursuivit-il. J'ai appris qu'elle vous donnait des cours. »

Elle fronça les sourcils.

« Qui vous en a parlé ?

— Mme Winkworth. Sa famille était invitée au bal de débutante d'Annie.

— Quelle indélicatesse de sa part de gâcher la surprise que je voulais vous faire, remarqua-t-elle avec désinvolture tout en essayant de déchiffrer son expression. Je voulais que vous soyez stupéfait et admiratif devant mon allure.

— Stupéfait est en effet le terme qui convient. » Il la fixa un long moment, s'assit sur le sofa en soupirant et prit sa main pour qu'elle vienne à côté de lui. « Je n'aurais pas dû vous laisser sans surveillance », ajouta-t-il en se passant la main dans les cheveux.

Elle ne savait pas si elle devait rire ou s'offusquer.

« Sans surveillance ? Je ne suis pas une jument, monsieur. Et Margaret est là.

— À l'évidence, vous ignorez ce que les gens racontent.

— Quels gens ? Et que racontent-ils ?

— D'après ma sœur, les pipelettes de la ville sont en émoi depuis qu'elles savent que Lady Somerset court la campagne en phaéton, assiste à des réceptions, s'adonne aux jeux de cartes et dévalise Milsom Street. »

Elle se hérissa instinctivement en entendant la note de reproche dans sa voix puis préféra se concentrer sur l'inquiétude que trahissait son visage. Il se faisait du souci pour elle.

« J'admets que j'ai été un peu extravagante. Et puis, vous connaissez les commères. Quant à ma fortune, j'en use à ma guise. N'aimez-vous pas les coloris que je porte ?

— Bien sûr que si, mais on rapporte également que Lord Melville ne vous a pas quittée ces dernières semaines. Qu'en est-il ? »

Elle se mordit la langue. Elle ne pouvait pas lui mentir. S'il voulait savoir si elle avait des sentiments pour Lord Melville, elle ne mentirait pas. Mais il ne l'avait pas fait.

« Il y a une explication : la commande que j'ai mentionnée dans ma lettre. Je dois avouer qu'elle venait de lui. J'ai fait son portrait.

— Pardon ?

— J'ai peint son portrait. C'est la raison pour laquelle il était si souvent avec moi. Vous n'avez donc pas de quoi vous inqui…

— Eliza ! Comment avez-vous pu accepter cela sans m'en informer ?

— Je l'ai fait ! Je vous ai écrit qu'on m'avait passé une commande. Vous sembliez d'avis que c'était une bonne idée.

— Je croyais qu'il s'agissait d'un bouquet de fleurs, ou d'un cheval, pas d'un portrait ! D'un homme célibataire ! »

Elle eut un mouvement de recul. Elle se doutait qu'il ne serait pas content, pas qu'il réagirait ainsi. Il serra ses mains avec force, puis les lâcha d'un coup.

« Nous étions chaperonnés, déclara-t-elle d'une voix faible – ce qui était vrai, du moins au début.

— Par Mlle Balfour ? riposta-t-il avec ironie. En effet, quelle redoutable duègne !

— Lord Somerset, je vous serais reconnaissante de ne pas parler de ma cousine sur ce ton », répliqua-t-elle avec une froideur qu'elle ne se connaissait pas.

Qu'il soit en colère vis-à-vis d'elle, c'était une chose, mais de Margaret, elle ne le permettrait pas.

Il prit une profonde inspiration.

« Vous avez raison. Je suis désolé. Je ne devrais vous blâmer ni l'une ni l'autre. C'est lui qui doit l'être, évidemment.

— Lord Melville ?

— Dieu sait ce qu'il a pu vous dire pour vous pousser à accepter, marmonna-t-il. Quel tissu de mensonges il vous a servi… »

C'était si ridicule qu'elle éclata de rire. Il recula la tête, outré.

« Pardonnez-moi mais c'est totalement absurde. Lord Melville ne m'a poussée à rien et ne m'a pas menti. C'était mon choix et même si vous ne l'approuvez pas, je ne regrette rien. De plus, je ne vois pas où est le mal dans tout cela.

— Votre opinion serait certainement différente si vous saviez ce que j'ai découvert récemment.

— De quoi parlez-vous ? »

Il passa de nouveau la main dans ses cheveux, qui étaient maintenant complètement décoiffés.

« Je ne sais si je dois en parler. »

Elle sentit l'agacement la gagner. C'étaient ces

calomnies, qui avaient poursuivi Lord Melville toute sa vie, qui le contraindraient bientôt à quitter le pays.

« Vous faites ces insinuations à son propos depuis le premier jour mais j'attends d'en avoir la moindre preuve. Je m'étonne que vous vous abaissiez à répandre des ragots infondés, monsieur.

— Vous me gourmandez parce que je souhaite vous protéger ?

— Je n'ai pas besoin qu'on me protège de Lord Melville. »

Elle respira un grand coup et se ressaisit. Ce qu'on disait en ville n'avait pas grande importance, pas plus que les commérages. Seul comptait ce que Lord Somerset et elle pensaient, ce qu'ils ressentaient.

« Ne nous disputons pas, reprit-elle plus calmement. Tout cela n'est-il pas vain désormais ? Je suis en demi-deuil. Vous êtes de retour. Nous pouvons enfin nous fiancer. »

Lord Somerset s'adoucit.

« Vous avez raison. Enfin. »

La tension inhabituelle qui planait entre eux depuis son arrivée se dissipa. Il tira doucement sur ses mains et elle se pencha vers lui jusqu'à ce que leurs lèvres se touchent. Ce fut, là encore, si familier, si naturel, qu'elle avait du mal à croire qu'ils ne l'avaient pas fait pendant tant d'années. Il se passa quelques minutes avant qu'ils se séparent mais quand ils le firent, elle posa la tête sur son épaule et soupira de contentement. Le feu brûlait dans la cheminée, son bras était confortable, elle imagina qu'ils le feraient des milliers de fois au cours des années à venir.

« Quand allons-nous nous marier ? demanda-t-elle. Bientôt, j'espère. Avant que la nouvelle ne parvienne aux oreilles de ma mère. » Sentant l'épaule de Lord Somerset se crisper sous sa nuque, elle leva la tête vers lui. « Ne vous inquiétez pas. Elle n'a plus le pouvoir de me contraindre à quoi que ce soit.

— Il ne s'agit pas de cela. J'ai beaucoup réfléchi à la période de nos fiançailles.

— Vraiment ?

— J'en ai conclu que le mieux serait que vous retourniez à Balfour. »

Elle pouffa, pensant qu'il plaisantait. Mais il ne rit pas.

« Eliza, vous le savez, leur annonce va faire parler. C'est inévitable.

— Certes, mais quel rapport avec Balfour ?

— La vie que vous menez depuis quelques semaines fait déjà grand bruit. Nous aurions tout intérêt à ce que vous ne vous affichiez pas en public un certain temps avant de divulguer l'information.

— À vous entendre, on dirait que j'ai occupé mon temps à faire des cabrioles en jupons. Je vous assure que si c'était le cas, je m'en souviendrais.

— Soyez raisonnable, Eliza. J'essaie de veiller sur vous.

— Je ne peux pas aller à Balfour.

— Qu'est-ce qu'un mois ou deux de quiétude en échange d'une vie de bonheur ? Nous publierons l'avis de nos fiançailles cet été et nous nous marierons tranquillement à l'automne.

— À l'automne ? Nous sommes en avril !

— Votre deuil sera terminé. Quand pensiez-vous que nous le ferions ? »

Elle était surprise qu'il tienne à respecter aussi scrupuleusement les traditions. Certes, Lady Dormer s'était remariée juste un an après la disparition de son mari et l'on en faisait encore des gorges chaudes dans la haute société, mais…

Elle prit ses mains.

« Oliver… Si nous le faisions maintenant ? Quoi qu'il arrive, même si nous attendons longtemps, notre union fera tousser. Pourquoi ne pas en supporter les conséquences tout de suite ? Au moins, nous serions ensemble. »

Il secoua la tête.

« Vous savez très bien que c'est impossible. Je ne peux prendre le risque de faire du tort à ma famille. »

Elle avait l'impression qu'ils reprenaient la même discussion dix ans plus tard, qu'ils lisaient le même scénario, mais cette fois, ils avaient échangé leurs rôles : elle le poussait à faire preuve de courage et il arguait de ses devoirs vis-à-vis de sa famille.

« Est-ce si important ? insista-t-elle. Ces conséquences seraient-elles si graves ? Ils ne peuvent pas nous l'interdire, ils ne peuvent plus nous séparer, ils n'ont pas le pouvoir de faire… quoi que ce soit, en réalité.

— Ce ne serait pas convenable.

— Au diable les convenances ! Je les ai respectées toute ma vie et je ne veux plus le faire.

— Surveillez vos paroles, Eliza, elles ne sont pas dignes de vous. Vous savez très bien que nous ne pouvons pas en faire fi. Cela nous poursuivrait jusqu'à la fin de nos jours.

— Je ne peux pas retourner à Balfour », répéta-t-elle en pressant ses mains pour donner plus de poids à ses paroles.

Elle accepterait d'attendre l'automne pour le grand jour, elle accepterait un report de plusieurs mois, mais échanger Bath pour Balfour, non.

« Si, Eliza, vous pouvez, affirma-t-il en la fixant intensément comme si cela suffirait à la convaincre. Vous le devez. Vous vivrez au calme quelques mois, le temps que ma sœur organise un beau mariage pour Annie. Ensuite, nous nous unirons discrètement et nous nous retirerons à Harefield. À condition de ne pas s'exhiber et de ne pas avoir une vie mondaine effrénée, le tumulte retombera et nos familles seront épargnées. »

Elle retira ses mains, effarée.

« Je devrai vivre recluse après notre mariage ?

— Soyez raisonnable, Eliza, répéta-t-il, vaguement irrité.

— Je suis on ne peut plus raisonnable. Simplement, je m'étais figuré bien autre chose : nos noces dans un mois, une lune de miel à l'étranger, la saison prochaine à Londres pour visiter les galeries d'art et les musées, rendre visite à nos amis…

— Alors que je déteste vivre en ville ? Pourquoi habiter dans la capitale si nous n'y sommes pas tenus ? Nous pourrons fréquenter des assemblées locales si nous le souhaitons. Qu'y a-t-il à Londres que nous ne trouverons pas à Harefield ?

— Un millier de choses : des amis, des distractions, des salles de bal, des œuvres d'art. On a l'embarras du choix ! »

Il laissa échapper un petit rire incrédule.

« Vous n'êtes pas sérieuse ? Je sais que vous aimez bien dessiner, mais cela ne peut pas constituer une raison de nous séparer. C'est le seul moyen pour que nous soyons ensemble, vous devez le comprendre.

— Ce n'est pas que "j'aime bien" dessiner. Cela fait partie de moi. Une partie importante.

— Ce n'était pas le cas avant.

— Si vous le pensez, c'est que vous ne m'écoutiez pas attentivement. »

Il se frotta le front et redit :

« Soyez raisonnable.

— Vous n'envisagez aucune autre solution !

— Vous n'étiez pas aussi obstinée.

— Vous me jugiez timorée à l'époque. Que préférez-vous ? Je ne peux pas être les deux.

— Vous êtes impossible.

— Ce sont vos conditions qui le sont.

— Je ne cherche pas à vous rendre malheureuse, mais nous devons faire des sacrifices ! »

Elle leva les mains.

« Pourquoi faut-il toujours que ce soit moi qui les fasse ? J'en ai suffisamment fait, Oliver, je ne peux pas en faire plus.

— C'est la seule solution pour que nous soyons réunis, s'écria-t-il avec emphase, vous devez le comprendre. »

Elle le dévisagea de longues secondes.

« Vous avez sans doute raison. C'est peut-être, en effet, la seule solution. Simplement, je ne peux pas.

— Pour six mois, tout au plus.

— Six mois. Et avant cela, dix ans. Encore avant, toute ma vie. Je suis lasse d'attendre qu'elle commence. »

Il blêmit.

« Qu'êtes-vous en train de dire ? Vous ne... Vous ne voulez plus être ma femme ?

— Je vous épouserais dans la minute, dit-elle d'une voix soudain enrouée. Mais pas ainsi... Je ne reviendrai pas en arrière.

— Vous seriez mon épouse ! Cela n'en vaut-il pas la peine ? Après toutes les années où nous avons attendu, vous et moi ? »

Quelques mois plus tôt, elle aurait dit oui aussitôt. Elle aurait aimé le faire en cet instant. Mais elle ne voulait pas se rabaisser à nouveau, qu'il s'agisse de son caractère, de ses désirs ou de sa vie. Même pas pour lui.

Il sembla lire sa réponse dans son silence. Il se leva, se posta devant la cheminée et se prit la tête entre les mains.

« Je ne peux pas croire que vous vouliez briser mon cœur une seconde fois. Je ne peux pas croire que vous recommenciez. »

Elle aurait aimé se pelotonner sur le sofa, poser la tête sur ses genoux et éclater en sanglots, mais elle se redressa, le regarda dans les yeux le plus droit possible et lui répondit aussi clairement qu'elle en était capable car elle tenait à ce qu'il comprenne :

« Il y a dix ans, je n'ai pas pu vous dire oui pour le bien de ma famille. Aujourd'hui, c'est pour le mien. »

En s'exprimant ainsi, elle avait la sensation d'arracher une partie vitale de son cœur mais elle serra les dents pour supporter la douleur. C'était la vérité.

« Je suppose que ce n'est pas en lien avec Lord Melville ? rétorqua-t-il, soudain acerbe. Il y a six semaines, vous étiez prête à accepter. Est-ce lui qui vous a fait changer d'avis ? Êtes-vous amoureuse de lui ?

— Je n'ai pas changé d'avis à cause de lui, je vous l'assure. »

Il eut un rire moqueur et déplaisant.

« Je n'en reviens pas qu'il vous ait menée en bateau à ce point. Si seulement vous saviez…

— Je sais tout. Il n'est pas le scélérat que vous décrivez. »

Ils furent interrompus par un petit coup à la porte. Perkins entra.

« Madame, vous avez un visiteur. Dois-je dire que vous êtes occupée ?

— À cette heure ? lança Lord Somerset, furieux. Qui diable…

— Lord Melville, monsieur.

— Oh, mon Dieu », murmura-t-elle.

La pire chose qui pouvait arriver.

« Il ne manquait que lui, gronda Lord Somerset.

— Dites-lui de partir, Perkins, ajouta-t-elle. Tout de suite. »

Ils perçurent alors les pas de Lord Melville en arrière du majordome. Il ne s'était pas changé et ses vêtements étaient encore humides et boueux.

« J'ai pris la liberté… J'ai cru entendre des éclats de voix…

— Prendre des libertés semble être chez vous un penchant naturel, Melville», observa Lord Somerset.

Lord Melville fit comme s'il l'avait salué civilement.

«Bonsoir, Somerset. Je pensais que c'était votre voix suave. Tout va bien, Lady Somerset ?

— Tout va parfaitement bien, Melville», riposta Lord Somerset avec sévérité.

Lord Melville ne parut pas écouter sa réponse. Il fixait Eliza, qui se rendit compte avec effroi que ses yeux étaient embués et ses joues écarlates. Elle ouvrit la bouche pour le rassurer par un mensonge, mais elle s'aperçut qu'elle ne pouvait pas.

«Pourriez-vous revenir plus tard ?» reprit Lord Somerset. Sa voix aurait été courtoise si elle avait été moins sonore. «J'avais un entretien personnel avec Lady Somerset.

— Je pourrais me joindre à vous, lança Lord Melville. Un peu de thé, Perkins ? C'est bon pour les nerfs.

— Oui, monsieur, dit ce dernier en se retirant lentement sans refermer la porte derrière lui.

— Melville, vous ne m'avez pas compris. Je vous demandais poliment de partir.

— Oh, j'ai compris, mais voyez-vous, je refusais poliment. Je resterai jusqu'à ce que Lady Somerset exige que j'y renonce.

— Vous cherchez à la protéger ? Vous ? ricana Lord Somerset.

— Lord Somerset ! protesta Eliza. Lord Melville ne mérite pas tant d'incorrection.

— Votre opinion serait tout autre si vous saviez ce

que je viens d'apprendre à son sujet.» Puis, s'adressant à Lord Melville: «Eh bien?

— Que voulez-vous, Somerset? répliqua Lord Melville un peu plus fort que son ton narquois habituel.

— Prétendez-vous ignorer ce à quoi je fais allusion?

— Je suis certain que je pourrais deviner si vous me reposiez la question.

— Plaisanterie mise à part, monsieur, je ne crois pas qu'une fois informée, Lady Somerset vous écoutera avec autant de bienveillance.»

La bouche de Lord Melville se ferma d'un coup. Pour une fois, il ne fit pas de mot d'esprit.

«J'aimerais que vous cessiez de parler par énigmes! s'écria Eliza. Allez-vous me dire de quoi il retourne?

— Vous en chargez-vous ou le fais-je?» insista Lord Somerset, exagérément poli.

Lord Melville fit un pas et tendit les mains vers Eliza dans un geste suppliant.

«Madame, j'ai en effet quelque chose à vous révéler… J'aurais dû le faire depuis longtemps. Vous devez savoir qu'en vérité, cela ne change rien entre nous. Je me sens toujours…»

Il jeta un regard noir à Lord Somerset comme s'il était furieux qu'il soit dans la même pièce qu'eux.

«Je suis venu… vous dire ce que je ressentais et soulager ma conscience à propos de tout, continua-t-il avec empressement. Je vous jure que c'était mon intention.

— Je ne comprends rien», commenta Eliza.

Elle croyait que les insinuations de Lord Somerset

concernaient Lady Paulet, mais dans ce cas, il n'y avait pas de raison que Lord Melville soit affecté à ce point, puisqu'il avait déjà évoqué sa liaison avec elle. Elle ne l'avait jamais vu aussi perturbé.

« Pressons, Melville », s'impatienta Lord Somerset.

Lord Melville inspira profondément, déglutit et, fait inédit, donna l'impression d'être à court de mots. Lord Somerset prit la parole.

« Suffit ! Eliza, Lord Melville a été envoyé à Bath par ma sœur, avec pour mission de vous impliquer dans un scandale. Et de vous ruiner. »

26

Lorsque Eliza avait neuf ans, son grand-père lui avait montré d'un geste sûr comment tailler une plume d'oie. Elle avait voulu l'imiter, le couteau avait dérapé et elle s'était entaillé la paume. La plaie, une méchante balafre d'un rouge plus sombre que tous les pigments qu'elle connaissait, était profonde. Elle avait aussitôt compris qu'elle allait avoir très mal, mais elle avait compté dix battements de cœur avant que la douleur survienne. Il se produisit exactement la même chose dans les secondes qui suivirent la déclaration de Lord Somerset. *Je vais souffrir*, pensait-elle. Pour l'instant, elle était simplement en état de choc.

« Pardon ? dit-elle poliment.

— Ce n'est pas tout à fait la vérité, Eliza... » répondit Lord Melville.

Lord Somerset le coupa sèchement :

« Lady Somerset, pour vous.

— Pardon ? » répéta-t-elle à l'intention des deux hommes.

Lord Somerset fixa sévèrement Lord Melville et reprit :

« Quand Lord et Lady Selwyn sont venus à Bath en février, ils ont élaboré un ignoble stratagème qui consistait à vous pousser à des comportements si inappropriés que je serais contraint de vous déposséder de vos biens. Ils comptaient sur le fait que vous ne seriez pas insensible à un badinage amoureux et que je réagirais, compte tenu de notre histoire passée. À leur avis, Lord Melville était suffisamment aux abois pour les aider dans cette entreprise. »

Elle sentit qu'elle titubait. Elle se tourna vers Lord Melville.

« Est-ce la vérité ? Vous leur avez… proposé vos services ? »

Il secoua énergiquement la tête.

« Non. Ce n'était pas… Cela ne s'est pas déroulé ainsi. Ils sont venus me voir pour parler de mécénat et nous avons… conclu un accord, en effet. Mais je vous jure que j'ignorais tout de la clause de moralité. Ils m'ont simplement dit que je devais vous éloigner de Somerset et vous faire la cour en société. Je n'ai pas réfléchi longtemps car honnêtement, cela n'avait rien d'une corvée et je l'aurais fait de toute façon.

— Quand vous ont-ils rendu visite ? »

Elle ne savait pas pourquoi cela lui importait, en quoi ce détail l'intéressait, hormis qu'elle avait besoin de savoir.

« Le jour de votre dîner à Camden Place, avoua-t-il à contrecœur. Il s'était terminé tôt et ils m'ont fait porter un billet dans la soirée.

— Vous étiez d'excellente humeur le lendemain, remarqua-t-elle en même temps qu'elle ressentait un poids terrible dans la poitrine. Et c'est… C'est ensuite que vous vous êtes remis à l'écriture. Ce n'est donc pas sous mon influence que ce changement a eu lieu, mais sous la leur. »

Il leva les bras comme pour la toucher, puis les laissa retomber.

« Cela ne peut-il pas être les deux ?

— À partir de là, tout n'était donc que tromperie, ajouta-t-elle, songeuse.

— Non, non, je vous jure… Mes motivations ont sans doute été complexes au départ mais ce que je vous ai confié, ce dont nous avons parlé, c'était parce que je le voulais. C'était toujours moi.

— Je n'y croyais pas non plus, madame, intervint Lord Somerset avec un regard méprisant pour Lord Melville. Jusqu'à ce que ma sœur me montre les courriers qu'ils ont échangés, je ne pouvais même pas concevoir qu'il puisse s'abaisser à de telles indignités. »

Il avait vu les preuves. Il ne s'agissait pas seulement d'allégations de Lady Selwyn. Il existait des traces écrites.

Lord Melville ne la quittait pas des yeux.

« C'était toujours moi, répéta-t-il.

— J'aurais dû me souvenir qu'on ne peut pas escompter beaucoup plus d'un homme qui n'a pas travaillé un seul jour de sa vie, ajouta Lord Somerset.

— Par Dieu, monsieur, qui peut ignorer que vous avez servi dans la marine ? rétorqua Lord Melville, hors de lui. Si vous avez besoin qu'on vous félicite, vous n'avez qu'à le demander, il n'est pas utile de le rappeler en permanence à la terre entière ! »

Lord Somerset s'avança d'un pas, poings serrés. Lord Melville ne bougea pas d'un pouce.

« Oh, vous allez me frapper ? À quoi cela servira-t-il, selon vous ?

— À me soulager, j'imagine », dit Lord Somerset, les mâchoires serrées.

Eliza les observait se toiser, presque au contact, comme si elle les voyait de très loin. Une fois de plus, on aurait dit qu'elle n'était pas là.

« Depuis tout ce temps, s'entendit-elle déclarer, vous travaillez pour les Selwyn ? »

Lord Melville abandonna son duel visuel avec Lord Somerset.

« Non ! »

Il fit le geste de s'approcher mais Lord Somerset tendit le bras pour lui barrer le chemin. Il écarta sa main mais ne bougea pas.

« Non. J'ai mis fin à cet accord dès que vous avez mentionné la clause de moralité. » Il se tourna vers Lord Somerset. « Lady Selwyn vous a indiqué, n'est-ce pas, que j'avais rompu l'accord ?

— Ce n'est pas ce qu'elle m'a dit.

— Menteur. Vous êtes un menteur, comme elle.

— Qui d'autre était au courant ? demanda Eliza. Caroline ? »

Elle les voyait tous les deux, chez eux, en train de pouffer.

« Non. Caroline n'est au courant de rien.

— Est-ce la raison pour laquelle vous teniez tant à ce que je fasse votre portrait ?

— Je vous l'ai demandé avant que ce projet soit mis sur pied.

— Mais après… »

Il hésita, et dans cette seconde, il biffa d'un horrible trait noir les merveilleux souvenirs qu'elle gardait de son estime et de son respect. Sous cet éclairage, chacune de leurs séances fut irrémédiablement ternie. Elle se sentait plus insignifiante que jamais. Elle s'était fourvoyée du début à la fin. Elle revit feu son mari lui souffler : « Pauvre sotte. »

« Chaque fois que vous avez proposé de m'escorter, continua-t-elle avec une horreur grandissante, que vous m'avez complimentée, flattée, que vous m'avez mise au défi d'agir avec insouciance…

— À vous entendre, cela paraît tellement pire que la réalité… Mes mobiles n'étaient pas aussi répréhensibles : je souhaitais sincèrement vous connaître mieux, être avec vous. »

Elle secoua la tête comme si elle voulait évacuer de l'eau de ses oreilles. Elle revoyait les moments qu'ils avaient partagés : l'amitié, les conversations badines, ses encouragements répétés à faire fi des contraintes de son deuil. Les indices étaient présents depuis le début. Rien de tout cela n'avait été réel.

« Quelle idiote j'ai été, souffla-t-elle. Vous n'avez jamais eu de sentiments pour moi. »

La douleur arrivait maintenant. Lancinante, au rythme des battements de son cœur. Et avec elle, la colère la plus intense qu'elle avait jamais éprouvée.

« Mais si, répondit-il, au désespoir. Simplement, je…

— Dès que je l'ai appris, glissa Lord Somerset, j'ai su que je devais vous le faire savoir. C'est pourquoi je suis rentré plus tôt.

— Comment osez-vous ? » s'écria-t-elle. Il hocha la tête en regardant Lord Melville. Elle tendit le doigt vers lui. « Non, comment osez-*vous* ! Comment osez-vous tenir ces grands discours sur les convenances alors que votre sœur se comporte aussi mal ? Si je divulguais leurs manigances, ce n'est pas moi qu'on blâmerait !

— Vous ne pouvez le révéler à personne, Eliza, c'est impossible ! Le déshonneur…

— Oh, si, je pourrais ! Vous ne mériteriez pas mieux.

— Ce n'est pas moi le vaurien ici ! répliqua-t-il. N'oublions pas qui a… »

Elle tapa du pied de rage.

« Je ne veux pas le savoir ! Vous m'avez ridiculisée, l'un et l'autre ! »

À chaque mot qu'elle prononçait, sa voix montait d'un cran.

« Moins fort, Eliza, dit-il sèchement. Les domestiques…

— Tudieu, Somerset, elle est en droit de hausser le ton ! intervint Lord Melville.

— Sortez ! Tous les deux ! » cria-t-elle.

Ils la fixèrent sans bouger. D'une voix soudain éraillée et faible, elle répéta :

« Sortez, s'il vous plaît. Je ne supporterai pas de vous voir une seconde de plus. »

En entendant tinter de la porcelaine, ils pivotèrent

vers la porte, où Perkins venait d'apparaître. Avec une autorité qu'Eliza n'aurait pas crue possible d'un homme portant un plateau, il lança :

« Puis-je vous raccompagner au rez-de-chaussée, messieurs ? »

« Ce ne sera pas nécessaire, Perkins, répondit Lord Somerset en se dirigeant vers le palier.

— Si la moindre allusion à cette clause est utilisée contre moi, ajouta-t-elle avec une voix venimeuse qu'elle ne se connaissait pas, je ferai largement savoir ce que les Selwyn projetaient. Je vous assure que je le ferai. »

Il se retourna vers elle. Il n'y avait plus d'affection dans leur regard quand ils se jaugèrent. Il finit par hocher la tête et sortir.

Le visage sévère, Perkins s'adressa à Lord Melville.

« Monsieur ? »

Celui-ci n'avait pas bougé. Il fixait Eliza comme si elle tenait le monde entre ses mains.

« Je n'aurais pas dû accepter. Ils m'ont menti, ils ne m'ont pas dit… »

Il s'était mis à bégayer. Elle ne l'avait jamais vu aussi perturbé.

« Vous avez écouté mes confidences. Vous m'avez poussée à me livrer. Vous m'avez encensée, courtisée, abreuvée de sottises sur ma valeur… Tout cela pour me laisser tomber.

Il plaqua une main sur son front.

« Je suis désolé. Je n'ai jamais voulu… Ce n'étaient pas des sottises, vous devez me croire ! »

Elle secoua la tête.

« Mais je ne vous crois pas. »

Il ferma les paupières comme pour se protéger.

« Je ne sais comment… arranger la situation… Je suis venu pour…

— Partez, s'il vous plaît. »

Il la regarda et ajouta :

« Je vous aime. »

Pour elle, ce fut le coup de grâce. Les larmes se mirent à ruisseler sur ses joues et elle se prit les coudes comme pour se retenir de s'écrouler. Le menton tremblant, elle dit :

« Je ne vous crois pas. »

Il leva les yeux vers le plafond comme s'il luttait lui aussi contre une envie de pleurer… et se retira à son tour.

27

Elle ne sortit pas de Camden Place pendant une semaine entière. Mettre ne serait-ce que le nez dehors aurait exigé d'elle un minimum de sociabilité et elle était une plaie béante qu'elle se sentait incapable de dissimuler pour parler de la pluie et du beau temps. Elle se réfugia dans la maison encore plus que depuis leur arrivée et entre ses murs, elle s'effondra comme jamais auparavant.

Elle n'arrivait pas à comprendre comment elle avait pu perdre en même temps Lord Somerset et Lord Melville. Au début, elle ne parvenait même pas à déterminer quelle rupture provoquait quelle douleur. Elle les pleurait tous les deux : la vie dont elle avait rêvé avec le premier, les semaines joyeuses qu'elle avait cru partager avec le second ; l'amour auquel elle devait renoncer, celui qui n'avait pas vraiment existé.

« Ce n'étaient que des mensonges, murmura-t-elle à Margaret. Du début à la fin. »

Elles étaient couchées dans son lit. Margaret lui caressait les cheveux. Depuis qu'elle l'avait découverte recroquevillée sur le parquet du salon, elle n'avait pas demandé à Eliza si elle voulait qu'elle soit avec elle :

elle ne l'avait pas quittée. Elle essuya doucement ses larmes avec le pouce.

« Ma pauvre, je suis vraiment désolée pour toi. »

Eliza s'endormit en serrant sa main dans l'espoir vain que cela la réconforterait. Quand elle se réveilla le lendemain matin, à l'heure où le ciel s'éclairait à peine, leurs doigts étaient toujours entrelacés. Immobile, le regard vide, elle fixa le plafond pendant que le jour se levait.

Qui était-elle désormais si celle qu'elle était devenue s'était construite sur des mensonges ? Qu'est-ce que cela faisait d'elle ? Refuser de se rabaisser vis-à-vis de Lord Somerset était tellement dérisoire puisqu'elle était plus insignifiante que jamais – plus que la timide demoiselle dont il avait été amoureux, plus que la faible comtesse qu'elle était avant que Lord Melville la secoue et lui donne l'impression d'avoir un peu d'éclat.

Elle n'était pas une artiste car comment saurait-elle désormais si elle avait du talent ? Peut-être avait-elle autant de prétention que M. Berwick, tâtonnant dans le noir sans se douter qu'on se moquait d'elle dans son dos. Si elle s'était crue désirable avec deux gentlemen prêts à en venir aux mains pour elle, qu'était-elle maintenant qu'elle n'en avait plus un seul ? Elle continua à contempler le plafond, qui n'avait pourtant aucune réponse à lui apporter.

Quelques secondes, quelques minutes ou quelques heures plus tard – elle n'aurait su le dire –, Margaret ouvrit les yeux et lui demanda :

« Veux-tu descendre prendre le petit déjeuner ?

— Non, merci. »

Elle se dit qu'elle allait s'attarder au lit, ou s'y installer définitivement. À mesure que la journée avança, les murs se teintèrent de jaune, de rose, de violet et de bleu. Margaret fit plusieurs apparitions avec du thé, des gâteaux au citron, une revue qui pouvait l'intéresser. Eliza se força à boire à petites gorgées, grignoter, feuilleter docilement. Ce n'était pas la faute de sa cousine si les choses avaient si mal tourné ; elle ne devrait pas avoir à la veiller alors qu'elle n'avait plus que quelques jours de liberté. Mais Eliza n'était pas en mesure de se prendre en charge – ou plutôt, elle l'était peut-être mais cela ne l'intéressait plus. Elle ne se voyait pas éprouver dorénavant autre chose que du chagrin et n'avait aucune envie d'essayer que cela change.

Margaret attendit deux jours supplémentaires avant d'abandonner ses précautions devant l'humeur mélancolique d'Eliza. Le quatrième jour, elle la tira du lit, l'aida à enfiler une robe ample et l'entraîna dans le petit salon. « Je suis sûre que j'aurai moins de mal avec le nouveau-né de Lavinia ! » observa-t-elle pour tenter de la faire sourire, mais Eliza ne put que lui jeter un regard lugubre.

Lord Melville et Lord Somerset étaient venus à maintes reprises dans cette pièce, et encore récemment. Elle ne pouvait poser le regard nulle part sans qu'un souvenir de l'un ou l'autre lui revienne. Une bouffée de colère l'envahit à l'idée qu'ils avaient réussi à contaminer le nid douillet qu'elles avaient aménagé dans cette maison. Sa souffrance laissa brièvement place à la fureur. Ce jour-là, elle ne resta qu'une heure au premier étage. Terrassée par la fatigue, elle remonta dans sa chambre après avoir demandé qu'on ferme les volets et qu'on éteigne le feu pour être dans le noir et trouver le sommeil qui se refusait à elle.

Le cinquième jour, elle réussit à passer plusieurs heures dans le salon et sa fierté d'avoir accompli cette prouesse lui parut absurde et pathétique. Le chagrin avait fait d'elle l'invalide qu'elle avait prétendu être quelques mois plus tôt. À dire vrai, elle n'avait jamais autant eu envie de s'habiller en noir et de faire une cure. Une seule peine de cœur aurait suffi à l'anéantir. Deux, c'était franchement trop.

La porte s'ouvrit et Perkins entra avec un plateau. Margaret proposa :

« Nous pourrions allumer un feu ?

— Polly montera s'en occuper, répondit-il avant de se tourner vers Eliza : Vous avez de la visite, madame.

— Si c'est Lord Melville, dites-lui de repartir. »

Il s'était présenté tous les jours de la semaine et elle avait systématiquement refusé de le voir.

« Ce n'est pas lui, madame. C'est Lady Caroline. »

Elle ouvrait la bouche pour décliner mais en voyant le regard brillant que Margaret, en face d'elle, n'avait pu dissimuler, elle poussa un long soupir.

« Je m'éclipserai mais faites-la monter, Perkins.

— Tu en es sûre ? demanda sa cousine.

— Oui », dit-elle sans savoir si c'était vrai ou non.

Elle ne prit pas la peine de se recoiffer et en voyant Caroline, follement chic, comme à l'accoutumée, dans une robe de sarcenet jaune primevère aux coutures soulignées d'une bande de dentelle crème sur le buste, elle se sentit vaguement agacée.

« Bonjour Eliza, bonjour Margaret, lança Lady Caroline d'un ton vif. Mon frère a provoqué une belle pagaille. »

Elles ne pourraient donc pas éviter le sujet.

« Je suppose que vous vous posez de nombreuses questions, poursuivit-elle en s'adressant à Eliza.

— Non. En réalité, non. »

Si elle avait voulu des éclaircissements supplémentaires, elle aurait accepté de le recevoir. Ce qu'elle n'avait pas fait. Que pourrait-il ajouter qui modifierait les faits établis ? Les paroles de sa sœur pourraient-elles la réconforter ? Certainement pas. En se levant, elle se rendit compte qu'elle ne voulait pas la regarder. Elle n'était certainement coupable de rien mais elle lui rappelait trop son frère.

« Lady Caroline, je crains de ne pouvoir rester. Cela vous ennuie-t-il si je vous laisse avec Margaret ?

— Je vous en prie mais… attendez. »

Caroline sortit un pli de son réticule et le lui tendit. Eliza ne le saisit pas.

« De quoi s'agit-il ?

— C'est la réponse de l'Académie royale. Votre portrait a été accepté. Félicitations. »

Elle fixa l'enveloppe. Que c'était étrange. Une semaine plus tôt, rien ne lui aurait fait plus plaisir. Elle en aurait été enchantée. Lord Melville aussi : il aurait affirmé qu'il savait depuis le début qu'elle en était capable et que c'en était la preuve. Aurait-il menti ? Aurait-il poussé la fourberie jusqu'à partager sa joie ?

Elle détourna le regard. Avoir rêvé vingt ans de cette distinction et maintenant… Maintenant, c'était simplement l'une des nombreuses choses qui avaient perdu tout attrait pour elle. Elle se força à avancer jusqu'à la porte en silence. En la tirant, elle se rendit compte que sa vision périphérique devenait floue – elle n'avait pas fait d'exercice depuis plusieurs jours et s'était levée trop rapidement de son siège. Elle tendit la main vers le mur et s'y adossa en prenant de longues inspirations. De l'autre côté du battant, Margaret demanda :

« Étiez-vous au courant ?

— Bien sûr que non ! répliqua Caroline. Je n'aurais jamais donné mon accord. J'imagine que c'est précisément pour cela qu'il me l'a caché. Si seulement elle acceptait qu'il s'explique…

— Qu'y aurait-il à expliquer puisque nous savons tout ? Il avait une liaison avec Lady Paulet, son époux l'a appris, votre frère était dans une situation financière délicate et avait besoin d'un autre mécène. Si cela nous éclaire sur ses motivations, cela n'excuse pas ses actes. »

Sa voix indignée était assourdie mais audible. Quand la vision d'Eliza redevint nette, elle se redressa pour s'éloigner quand Caroline répondit :

« Ce n'est pas mon frère qui a eu une aventure avec Lady Paulet. C'est moi. »

Oh.

« Dans ce cas, pourquoi tout le monde…

— Vous vous doutez bien que ne pouvions pas dire la vérité, rétorqua sèchement Caroline, comme si Margaret était particulièrement sotte. Il nous a paru préférable de laisser Lord Paulet penser que mon frère était son amant. Nous n'avions pas prévu que cela le mettrait dans une telle rage. Il faudrait qu'un éditeur investisse beaucoup d'argent pour se mesurer à lui. D'où l'arrangement avec les Sel…

— Vous l'aimez encore ? Lady Paulet ? »

Cela ne concernait plus Eliza. Alors qu'elle s'éloignait discrètement pour rejoindre sa chambre, elle vit une des bonnes monter les marches.

« Polly, que faites-vous ? » souffla-t-elle tout bas.

La jeune fille, un peu surprise de voir sa maîtresse à cet endroit, répondit :

« Perkins m'a donné l'ordre d'allumer le feu, madame. »

« Il fut un temps… »

La voix de Caroline leur parvenait, un peu étouffée, et ses paroles étaient perceptibles.

« Ce ne sera pas nécessaire », lui glissa Eliza.

Polly tourna les talons. Eliza jeta un coup d'œil dans la cage d'escalier, vers le haut, puis vers le bas, avec plus d'énergie qu'elle en avait ressenti depuis des jours. Quelle était la probabilité qu'un autre domestique soit envoyé au salon pour apporter des rafraîchissements ou effectuer une tâche ? Les voix de Lady Caroline et de Margaret étaient assez basses pour qu'on ne les entende pas, sauf en collant l'oreille au battant. Elle ne pensait pas que ses gens de maison écoutaient aux portes, mais sa confiance suffisait-elle face au risque qu'elles soient découvertes ? Non. Elle décida de monter la garde.

« Il fut un temps… » reprit Lady Caroline. Eliza

faisait tout pour ne pas écouter, mais… « … où je croyais l'aimer toujours. C'était avant de vous rencontrer. »

Margaret poussa un cri de surprise. Le cœur d'Eliza se serra, partagé entre l'attendrissement et l'amertume.

« Vous aussi ? » chuchota sa cousine.

Caroline réagit avec sa brusquerie caractéristique, qui fit sourire Eliza.

« Évidemment ! J'attends depuis… »

Eliza ne le saurait jamais car pour des raisons qu'elle devina sans peine, Caroline se tut soudain. Au pied de l'escalier, Staves, le valet, traversa le vestibule. À l'instant où elle allait lui faire signe de repartir, il bifurqua vers la cuisine. Dans le salon, le silence dura une, deux, trois secondes, puis Caroline continua, plus doucement :

« Je pars à Paris la semaine prochaine.

— À Paris ? répéta Margaret.

— J'ai fini mon roman et j'ai bon espoir de le publier cette année. Il était prévu depuis longtemps que j'aille à Paris.

— Oui, bien sûr… Peut-être qu'à votre retour… »

Margaret donnait l'impression d'avoir du mal à respirer.

« Venez avec moi ! s'écria Caroline sur un ton pressant. Vous pourrez parler français toute la journée, visiter Paris et si nous nous ennuyons, nous irons à Bruxelles, Francfort, que sais-je ? »

Eliza posa une main sur sa bouche et supplia mentalement sa cousine d'accepter. De prendre son avenir en main comme elle n'avait pu le faire.

« Je ne peux pas, dit Margaret. Ma famille… »

Caroline s'exclama, incrédule :

« Vous refusez une chance d'être heureuse avec moi pour une famille que vous ne supportez pas ? »

En son for intérieur, Eliza l'approuvait.

« Ils ne me pardonneraient jamais. Et je n'aurais plus rien sur quoi me rabattre si vous et moi…

— Vous auriez Eliza… »

Bien sûr ! pensa Eliza.

« Ce n'est pas tout. Comment… ferions-nous… »

À l'entendre bredouiller, on aurait cru une toute jeune fille. Caroline soupira.

« À nos amis, ceux sur qui nous pouvons compter, nous dirions la vérité. Pour les autres, nous serions simplement des amies proches. Très proches.

— Acceptées par la bonne société ?

— Il faudrait être discrètes, évidemment, mais Paris est une ville plus libérale que Londres.

— Suffisamment discrètes pour éviter les rumeurs ? Pour que rien ne filtre, même auprès des domestiques ?

— J'ai une confiance aveugle dans les personnes qui sont à notre service, dit Caroline avec une pointe de reproche dans la voix. Il y aura forcément des gens qui ne voudront pas nous recevoir parce qu'ils auront des doutes mais je ne savais pas que l'opinion d'autrui vous importait à ce point.

— Elle ne m'importe pas mais il y a tant de choses à envisager…

— Il y a tant de choses que j'aimerais vous montrer. Accompagnez-moi ! »

Eliza se figura Caroline prenant ses mains avec un air

implorant, comme elle l'avait fait avec Lord Somerset, comme Lord Melville avait voulu le faire avec elle. Elle ferma les paupières pour éloigner ces souvenirs.

Accepte, Margaret.

« Je ne sais pas, répondit Margaret d'une petite voix. Je… Je dois réfléchir. Vous ne pouvez pas retarder votre départ, même un peu ? »

Il y eut une longue pause, si longue qu'Eliza se demanda si elle prendrait fin.

« J'ai beaucoup attendu, reprit Caroline, qui semblait tout à coup très lasse. Je m'étais juré de ne jamais recommencer.

— Vous devez comprendre mes inquiétudes, la supplia Margaret. Dites-moi que vous me comprenez.

— Je comprends très bien mais je ne peux pas rester et je ne peux pas attendre.

— Pas même un peu ? Pour moi ?

— Je vous aime, Margaret. Cependant, pour une fois, j'aimerais avoir la préséance…

— Mais… »

Une longue pause – *un baiser ?*

« J'espère que nous nous reverrons, conclut Caroline.

— Ne partez pas !

— Je dois m'en aller. »

En entendant ses pas sur le parquet, Eliza remonta en hâte au deuxième étage. De la rambarde, elle vit Caroline sortir du salon, s'arrêter sur le palier, inspirer profondément et prendre l'escalier.

Elle redescendit lentement, les pieds aussi lourds que le cœur. Margaret était assise sur le sofa, les yeux secs, mais très pâle.

« Es-tu... » commença-t-elle sans savoir ce qu'elle voulait demander.

Margaret fit non de la tête et dit d'une voix haut perchée :

« Tout va bien... Tout va bien. »

Eliza s'installa à côté d'elle.

« D'accord.

— Je vais bien.

— Ce serait aussi très bien si tu n'allais pas bien.

— Elle ne veut pas m'attendre, ajouta Margaret, la gorge nouée.

— Elle doit quitter le pays. Si son livre paraît, sa vie sera un enfer. »

Le menton de Margaret trembla.

« Je sais. Simplement, je me croyais plus courageuse. »

Depuis quelques jours, Eliza ne savait plus trop qui elle était, si elle avait bien fait de repousser Lord Somerset, si son amour pour Lord Melville était réel ou non, mais jusqu'alors, elle avait été une amie et elle l'était encore. Elle prit sa cousine dans ses bras et l'étreignit. Celle-ci, qu'Eliza n'avait pas vue pleurer depuis l'âge de dix ans, éclata en sanglots et se blottit contre son épaule.

« Je ne veux plus être à Bath, marmonna-t-elle en enfonçant le visage dans son cou. Je ne peux pas rester ici. »

Eliza la serra plus fort.

« D'accord.

— Je ne peux pas.

— Entendu.

— Pouvons-nous partir ? N'importe où ?

— Bien sûr. » Elle aurait dit oui à n'importe quelle question. « Je vais réfléchir à quelque chose… »

Son regard tomba sur l'enveloppe que Lady Caroline avait déposée sur la table – la réponse de l'Académie royale.

« Pourquoi pas… Londres ? »

Balfour House
Kent
Le 10 avril 1819

Eliza,

Lavinia est entrée dans sa période d'isolement. Nous nous attendons par conséquent à ce que la présence de Margaret soit requise d'ici peu. Maintenant que ta première année de deuil est terminée, auras-tu la bonté d'informer ta mère de la date à laquelle tu prévois de rentrer à Balfour ? Tu dois certainement avoir eu ton soûl de ta cure thermale. J'espère que tu ne vas pas devenir une de ces femmes souffreteuses, accablée en permanence de nouveaux maux. Il faut avancer dans la vie, Eliza !

Ta mère

28

Eliza et Margaret partirent pour Londres dans une chaise de poste louée, accompagnées seulement de leurs bonnes. Perkins et les autres domestiques attendraient leur retour à Bath, même si Eliza n'avait aucune idée de sa date. Quand on s'enfuit, on n'a guère envie de se pencher sur ces détails pratiques.

Avant d'aller à Bath, Eliza avait été anxieuse et enthousiaste, à la fois surexcitée et effrayée. Cette fois, elle organisa leur équipée de quarante lieues avec une sorte de détermination frénétique. La visite de l'Exposition d'été – dont l'ouverture aurait lieu deux semaines plus tard – pour contempler de leurs propres yeux le portrait était de loin la raison la moins importante de leur voyage. Le plus pressant était de se lancer à corps perdu dans des activités pour repousser le plus loin possible de leur esprit leurs peines de cœur.

Lorsque la capitale apparut à l'horizon, Eliza était intimement persuadée d'avoir pris la bonne décision. L'élégance raffinée de Bath incitait à l'introspection, tandis que la splendeur et l'agitation de Londres – plus bruyante, plus sale, plus fatigante – ne pouvait que provoquer la distraction.

La berline les conduisit à Russell Square, où elles furent accueillies avec effusion par Lady Hurley en personne.

« Quel bonheur de vous voir, s'écria-t-elle de sa voix flûtée en tendant les mains vers elles. Hobbe, chargez-vous de leurs bagages ! »

Eliza lui avait écrit dès que Margaret, en pleurs, avait accepté son idée. Dans la lettre qu'elle lui avait renvoyée par retour de courrier, Lady Hurley les invitait à séjourner dans la résidence qu'elle occupait pour la saison. Elle était loin d'être la seule connaissance d'Eliza à Londres, ou la plus éminente – son hôtel particulier, bien que spacieux et somptueux, était proche de Russell Square, un quartier moins prisé que Grosvenor ou Berkeley –, mais pour le moment, elle était celle qu'elle souhaitait côtoyer.

« Il serait désastreux de prendre le temps de réfléchir, déclara leur hôtesse en tapant dans ses mains. Allons au théâtre ! »

Sans qu'on lui eût donné de précisions, elle semblait s'être fait une idée assez nette de la situation. Eliza, bien qu'exténuée, accepta immédiatement : penser serait, en effet, désastreux.

La loge de Lady Hurley au Royal Theatre était bien située, tant au regard de la scène que par rapport à la salle – critère tout aussi important car même L'*Opéra du gueux* ne pouvait retenir longtemps son attention.

« Hier soir, nous avons vu le duc de Belmond, leur confia-t-elle en levant ses jumelles pour inspecter les loges qui leur faisaient face. Et si vous me permettez cette remarque, il y avait dans leur groupe une dame qui n'était pas du tout son épouse.

— Inacceptable », commenta avec suffisance M. Fletcher.

Ce dernier, qui avait pris ses quartiers dans Duke Street, se montrait au bras de Lady Hurley avec la même régularité à Londres qu'à Bath.

Tout en admirant les riches décorations de la salle, Eliza constata qu'un nombre non négligeable de jumelles étaient braquées dans leur direction.

« Pourquoi nous regardent-ils ? » demanda-t-elle à Lady Hurley.

Celle-ci baissa les siennes et lui dit avec un regard amusé, comme si elle était simple d'esprit :

« Ma chère, vous êtes une très jeune veuve dotée d'une fortune confortable. Pensiez-vous prendre part à la saison sans provoquer un certain émoi ? »

Ces paroles étaient si proches de celles de Lord Melville quelques semaines plus tôt qu'Eliza dut appuyer sur sa poitrine pour réprimer un pincement au cœur.

Au cours des deux semaines qui s'écoulèrent avant l'inauguration de l'Exposition, il s'avéra que sur ce point, tous deux avaient vu juste. Lors de sa première saison à Londres, Eliza, alors Mlle Balfour, avait été un tant soit peu remarquée uniquement grâce à la volonté de sa mère. Cette année, elle était Lady Somerset, veuve et riche par-dessus le marché. Son demi-deuil n'empêcha pas le beau monde de s'intéresser à elle. Dès le lendemain, elles furent assaillies d'invitations. Très vite, Lady Hurley les escorta de petits déjeuners en visites de courtoisie, de pique-niques en promenades. Le soir, elles allaient au théâtre, à l'Opéra, voire au bal. Eliza n'avait pas le droit de danser, mais elle pouvait regarder, bavarder et même, ce qui fut le cas, badiner.

Car si Lord Melville lui avait donné peu de raisons d'accorder sa confiance à un gentleman, il l'avait habituée aux badinages. Après qu'elle eut surmonté son étonnement devant le nombre de messieurs célibataires qui se pressaient autour d'elle, son besoin de se changer les idées l'encouragea à mener de front autant de flirts, dont certains assidus, qu'elle pouvait.

« On a presque de la peine pour ces petits anges, affirma Lady Hurley en voyant sortir de sa loge, la mort dans l'âme, plusieurs angelots à la fin de l'entracte lors de leur seconde soirée au théâtre. La concurrence est rude !

— En ce qui me concerne, je n'ai pas de peine pour eux, répliqua Margaret. Depuis leur naissance, on les couvre d'éloges, on les surestime et on cède à tous leurs caprices. »

Elle avait en partie récupéré sa vivacité d'esprit.

« Je note que vous ne manquez pas non plus d'admirateurs, mademoiselle Balfour », ajouta Lady Hurley avec un regard malicieux.

C'était la vérité et si Margaret distribuait les rebuffades avec une générosité presque féroce, elle semblait y prendre beaucoup de plaisir.

« Avez-vous un favori parmi vos galants, Lady Somerset ? » reprit Lady Hurley sans baisser la voix quand le rideau se leva.

On donnait ce soir-là *Les Deux Valets espagnols*, pièce que Lord Melville avait beaucoup appréciée quand elle avait été jouée à Bath. Eliza détourna les yeux de la scène et secoua la tête en guise de réponse.

Il y avait le charmant M. Radley, qui rattrapait par des compliments son apathie ; M. Pothelswaite, distingué et grisonnant, qui avait d'excellentes manières et beaucoup de conversation ; le beau mais ennuyeux Sir Edward Carlton. Aussi amusants, intéressants, séduisants fussent-ils, aucun ne lui inspirait ne serait-ce qu'une fraction du sentiment qu'elle avait eu pour Lord Melville ou Lord Somerset. Malgré ses efforts pour se laisser distraire par Londres, elle se surprenait à songer – quand elle était au lit ou qu'elle écoutait un opéra – aux deux messieurs, et particulièrement à l'un d'eux.

Elle avait choisi de mettre un terme à sa relation avec Lord Somerset. C'était une décision délibérée et jusqu'à la fin de cette horrible soirée, elle avait pensé que c'était la bonne. Elle regretterait toujours ce qu'ils avaient perdu, ce qu'ils auraient pu partager, et resterait un peu amoureuse de lui mais le parti qu'elle avait pris avait du sens. Qu'ils ne puissent être ensemble répondait à une certaine logique. Lord Melville, en revanche… Au moment où Lord Somerset lui avait dévoilé la vérité, elle le désirait encore. Et même maintenant, en dépit de tout. Aucun divertissement londonien ne pouvait le lui faire oublier, ne serait-ce qu'un instant.

Elle allait devoir se montrer plus déterminée. Si les spectacles très convenables auxquels elles avaient assisté sous la garde de leur hôtesse étaient sans effet, elle allait devoir se tourner vers les distractions moins raffinées qu'offrait la capitale.

« Je ne vous remercierai jamais assez pour votre hospitalité, madame, chuchota-t-elle à l'oreille de Lady Hurley.

— Je vous en prie, chère enfant, répondit celle-ci en agitant la main. Vous êtes-vous bien amusée ?

— Beaucoup. Mais je me demandais… Si nous soupions demain au Royal Saloon ? »

Sous l'inflexible chaperonnage de sa mère, le Royal Saloon, dans le quartier de Piccadilly, était l'un des nombreux établissements qui lui avaient été strictement interdits. Lady Hurley était une duègne d'un genre différent. Le lendemain, elles passèrent une soirée inoubliable à l'une des tables les plus en vue, avec M. Fletcher et une cousine très maquillée de Lady Hurley. Le repas fut suivi d'une partie de cartes acharnée au domicile de cette dame, où Eliza et Margaret furent initiées à des jeux – le lanterloo, le faro et le whist – dont elles ignoraient jusqu'alors l'existence. Le surlendemain, elles se rendirent à Margate à bord d'un bateau à vapeur avec d'autres amis de Lady Hurley, et le jour suivant, se divertirent tout un après-midi dans une fête foraine. Vêtues de leurs robes les plus simples, elles contemplèrent les attractions au milieu de commerçants respectables, et d'autres qui l'étaient beaucoup moins.

Si Eliza faisait tourner plus de têtes qu'il était convenable, si la bonne société londonienne commençait à jaser sur la vie dissipée de Lady Somerset, si elle recevait moins d'invitations venant du beau monde, c'était un prix à payer qui lui convenait. Car lorsqu'elle riait aux éclats dans un salon particulier, qu'elle plaisantait avec un aéropage de messieurs ou qu'elle buvait un peu trop de punch à l'Opéra, elle pouvait, pendant quelques minutes précieuses, faire comme si l'homme qui avait été quasiment payé pour la mettre sur la paille ne lui manquait pas.

*

La veille de l'ouverture de l'Exposition, ayant épuisé tous les passe-temps possibles et ne voyant plus quel monument visiter, elle suggéra qu'ils se rendent à une soirée costumée des Vauxhall Pleasure Gardens. Cette fois, Lady Hurley fit la moue. Ces bals publics étaient dédaignés par la société mondaine, qui voyait en eux des lieux de perdition.

« C'est loin d'être un endroit chic », la prévint-elle, mais Eliza ne se laissa pas dissuader. Plus l'amusement était extravagant, plus il était efficace. Et plus il était efficace, moins elle se sentait fragile.

Une fois Lady Hurley convaincue, elles montèrent dans sa berline et si Eliza était plus faible qu'excitée… c'était que ces dernières semaines l'avaient épuisée.

« J'ai reçu une lettre de Caroline ce matin », lança tout à coup Margaret.

Eliza sentit son cœur battre plus vite et s'efforça de paraître indifférente.

« Ils sont à Londres aujourd'hui avant de rejoindre

Douvres pour traverser la Manche. Lord Melville va à Paris aussi, finalement.

— Très bien, dit Eliza comme si sa cousine venait de l'informer que les chapeaux de paille étaient revenus à la mode.

— Il veut te voir pour s'expliquer. »

Lady Hurley ne les quittait pas des yeux.

« Peut-être, mais je n'y tiens pas, répliqua Eliza en se cabrant. Dieu sait quels mensonges il aura eu le temps de concocter.

— Ne serait-ce pas plus simple de lui parler plutôt que de t'étourdir pour oublier tes sentiments ?

— Non.

— Eliza…

— Non, Margaret. Non. »

En entendant la musique, elles comprirent qu'elles approchaient. Eliza se pencha à la fenêtre pour échapper à la conversation, mais en voyant l'immense jardin d'agrément aux allées sinueuses éclairées par des centaines de lampes dorées et la foule qui entrait et sortait des pavillons et des kiosques, elle éprouva une réelle excitation. Elle se tourna vers sa cousine et prit le temps de se réjouir de la chance qu'elle avait d'avoir cette merveilleuse personne comme meilleure amie.

« Nous lançons-nous dans la mêlée ? demanda-t-elle.

— Certainement, répondit Margaret avec un large sourire et des yeux brillants.

— Excellent ! » s'exclama M. Fletcher.

Ils couvrirent leur visage d'un loup et s'enveloppèrent dans leurs dominos. Sous ces capes courtes, elles portaient toutes les deux des robes du soir : en soie d'un très beau bleu pour Margaret, et la magnifique création vert bronze de Mme Prevette pour Eliza. Il était beaucoup trop tôt pour qu'elle la porte, mais son identité étant cachée par son masque, cela n'avait pas d'importance. Si Lady Somerset était en demi-deuil, ce soir, elle était simplement Eliza.

À peine descendues de la calèche, elles furent plongées dans la musique et la liesse, les éclats de voix et les rires sonores, entourées d'accents et de langues étrangères qu'Eliza n'était pas habituée à entendre. Loin des confins du grand monde, elle côtoyait des classes sociales et des nationalités très différentes de celles qu'elle connaissait. Un Londres fantastique et jusqu'alors inconnu s'offrait à elle.

Ils se rendirent d'abord dans les salons pour se restaurer de viande, de petits pains et de flans arrosés de vin de Bordeaux, puis se dirigèrent vers la rotonde et se mêlèrent à la foule bigarrée des danseurs.

Eliza comprit aussitôt pourquoi ces bals masqués publics étaient considérés comme indécents par la haute société. Les manières y étaient beaucoup plus relâchées : les danseurs se lançaient à voix haute des remarques grivoises, les mains se serraient plus fort et plus bas que ce qui était permis dans les salles de bal, des bagarres éclataient entre jeunes gens à partir d'offenses imaginaires, le punch, gratuit, était bu sans modération. C'était incontestablement la soirée la plus animée de sa vie. Se sentant en sécurité avec ses compagnons, elle dansa le quadrille, le cotillon, une série de contredanses en changeant sans arrêt de partenaire.

La première valse, plus rapide que celles qu'elle avait

dansées jusqu'alors, dégénéra presque immédiatement en confusion totale. Elle se concentrait tellement pour suivre le rythme et ne pas trébucher qu'elle ne faisait attention à rien d'autre et ne regardait pas son partenaire qui la tenait de près. Pour une fois que ses nerfs n'étaient pas à fleur de peau à force de ressasser, elle était si soulagée qu'elle en avait presque le vertige et se moquait de savoir qui la faisait tourner. Elle passa d'un domino noir à un rouge, puis un violet, avant de se retrouver dans les bras d'un cavalier plus élégant que les précédents. Qui ne se contenta pas de tenir sa main mais entremêla ses doigts dans les siens. En levant la tête, elle découvrit des iris bruns pailletés d'or – des yeux qu'elle aurait reconnus entre mille.

29

En plongeant son regard dans celui de Lord Melville, elle sentit son sourire s'effacer en même temps qu'une migraine se déclenchait sous son crâne. Alors que les couples changeaient de partenaire, Lord Melville, vêtu d'un simple domino noir, refusa de la libérer et la serra plus fort. Sous le choc, elle continua à danser instinctivement. Que faisait-il ici ? Elle sentit sa bienheureuse insouciance des dernières minutes s'évanouir. Son esprit sautait d'une pensée à une autre : elle était heureuse qu'il soit là ; elle aurait préféré ne pas le voir ; elle rêvait d'entendre sa voix ; elle ne voulait pas lui parler. Finalement, tandis que les danseurs se séparaient et s'inclinaient aux derniers coups d'archet des violons, il lâcha sa taille à regret et elle recula de deux pas. Si elle voulait avoir une chance de réfléchir clairement, elle devait se tenir à distance de lui.

Sans un mot, il tendit la main. Elle hésita, tiraillée, avant de la prendre. Trop de questions étaient restées sans réponse. Il l'entraîna au milieu des danseurs et des badauds et ne s'arrêta qu'en atteignant la relative quiétude des allées éclairées par des lanternes. Ils croisèrent un couple hilare, manifestement impatient d'accomplir quelque péché de chair. Elle retira sa main de la sienne.

« Comment avez-vous su que nous serions ici ?

— Mlle Balfour a fait porter un billet à Caroline et nous sommes venus.

— Je suis partie à Londres pour m'éloigner de vous.

— Je sais, mais je... Vous devez me laisser m'expliquer. Je ne peux pas quitter l'Angleterre avant. »

Il l'attira vers un banc de pierre entre deux arbres et ils s'assirent.

« Quand les Selwyn ont pris contact avec moi, commença-t-il sans préambule et sans reprendre son souffle, comme s'il redoutait d'être interrompu à tout instant, j'étais aux abois. Je sillonnais le pays depuis plusieurs semaines pour essayer de convaincre un mécène de m'aider financièrement. Le jour de notre première rencontre, je rentrais d'une entrevue infructueuse. Personne ne voulait se mesurer à Paulet. Je voyais ma carrière finie, mes aspirations réduites à néant ; ma sœur et moi étions condamnés à vivre en marge de la société et Alderley à tomber en ruine. »

Elle se cuirassa contre la compassion qui, dans son cœur, ne demandait qu'à être réveillée. C'était un homme de lettres : elle devait s'attendre à ce qu'il expose son récit avec brio.

Il enchaîna sur un débit moins rapide car la suite était plus complexe.

« Selwyn m'a expliqué ce qu'il voulait et cela ne m'a pas paru si ignoble. Je vous trouvais intéressante et il m'a fait croire que tout ce que j'aurais à faire serait... de continuer. Vous consacrer du temps, vous conter fleurette, éventuellement vous exhorter à contourner les règles de l'étiquette, dans l'unique but d'entraver votre relation avec Somerset. Je n'ai rien su du risque que cela faisait peser sur votre fortune. Selon Selwyn, il s'agissait d'empêcher une alliance entre vous et j'étais ravi de mettre des bâtons dans les roues de Somerset, dont j'ai toujours pensé qu'il ne vous méritait pas. »

La manœuvre n'était pas surprenante venant des Selwyn, mais…

« Avez-vous, à un moment ou à un autre, pensé au tort que vous pouviez me porter ? Rien n'est plus fragile que la réputation d'une femme. »

Il hésita sous son regard scrutateur.

« Pas au début, je l'admets. Je n'ai jamais eu beaucoup d'influence sur ma triste notoriété. Elle me poursuit quoi que je fasse, et j'ai dû apprendre à ne pas me censurer sur ce que je ne maîtrise pas. Si les commères colportaient des mensonges sur vous et moi… je suppose que dans mon esprit, la faute leur revenait. »

Chaque mot semblait lui coûter, comme s'il s'efforçait d'être sincère. Malgré elle, Eliza s'adoucit légèrement. Elle avait été témoin de la façon dont les messes basses, les rumeurs et les préjugés l'avaient poursuivi dès son arrivée à Bath, bien avant qu'il croise les Selwyn.

« C'est seulement en vous entendant évoquer la clause de moralité que j'ai compris que j'avais été manipulé, reprit-il d'une voix grave. J'ai rompu mon accord avec eux le jour même, je vous le promets. » Il leva vers elle des yeux remplis de tristesse et de désir. « Ensuite, le soir où nous avons dansé, j'ai compris…

— Vous avez compris quoi ? dit-elle, la gorge nouée.

— Que la raison pour laquelle je voulais être avec vous, pour laquelle j'étais si affecté par l'annonce de vos fiançailles, n'avait rien à voir avec les Selwyn. En fait, j'étais en train de tomber amoureux de vous. »

Elle se prit le front. Entendre ces mots était à la fois si merveilleux et si douloureux. Sa main dans son dos était si réconfortante… Ce serait tellement facile de le croire, de le laisser l'enlacer…

« Comment puis-je être sûre que vous dites la vérité ? demanda-t-elle en se redressant. Je ne supporterais pas que l'on se moque de moi à nouveau. Vous m'avez menti si souvent, de façon si convaincante, j'ai dû remettre en cause tant de choses depuis… »

Il retira son masque et serra ses mains dans les siennes.

« Eliza, regardez-moi. Quand il s'est agi de nous, de vous et moi, je n'ai jamais menti. Lorsque nous parlions de nos rêves, de nos familles, de nos vies, je vous promets que je ne mentais pas.

— Lord Somerset a pourtant affirmé que vous n'aviez pas renoncé à votre accord avant qu'il le dévoile.

— Il mentait.

— Mais…

— Je vous aime. Tout ce que vous avez besoin de me dire est ceci : partagez-vous mes sentiments ? »

Eliza marqua une pause puis le repoussa brusquement.

« De quel droit l'exigez-vous ? C'est vous qui devez répondre à mes questions, Lord Melville.

— Mes sentiments sont-ils partagés ? répéta-t-il, si confiant qu'elle se hérissa encore plus.

— Je ne me laisserai pas intimider et je ne vous ferai aucune déclaration si vous ne répondez pas. Comment puis-je savoir que vous ne vous jouez pas de moi, que vous ne mentez pas ?

— Pourquoi mentirais-je aujourd'hui ? Qu'aurais-je à espérer ?

— La même chose que la première fois. Votre situation n'a pas changé… Vous avez besoin d'argent, ou d'un mécène. Tout compte fait, c'est peut-être après ma fortune que vous courez. »

Elle ne le pensait pas vraiment. C'était sorti de sa bouche par colère et par frustration. Il eut un mouvement de recul.

« C'est votre opinion de moi ? Que je suis un vulgaire chasseur de dot ?

— Pouvez-vous me le reprocher ? Après ce que vous avez reconnu avoir commis pour l'argent…

— Vous devez savoir que jamais je ne…

— Je dois, vraiment ? Je croyais vous connaître. Je l'ai cru durant des mois avant d'apprendre que c'était faux. Comment suis-je censée savoir, Lord Melville ? Prouvez-le-moi.

— Si vous ne pouvez me pardonner, tout cela est vain.

— Si vous ne pouvez pas me le prouver, c'est sans doute vain, en effet.

— Vous ne faites pas d'effort.

— C'est vous qui n'essayez pas. C'est vous le coupable, qui m'avez induite en erreur au point que ma vie risque d'être aussi anéantie que la vôtre ! »

En cet instant, elle ne voulait qu'une chose : le faire souffrir autant qu'elle avait souffert.

Il grimaça de douleur et de rage.

« Bien sûr, c'est tellement plus facile de rejeter la faute sur moi, n'est-ce pas ? Dites-moi quelle partie de votre vie j'ai brisée : celle où vous vous êtes languie des années d'un homme qui ne vous regarde pas, ou celle où vous attendiez sagement que la société vous autorise à être heureuse ? »

En sentant ses yeux s'embuer, elle bondit sur ses pieds.

« Celle où je vous aimais, répliqua-t-elle d'une voix étranglée. C'est celle-là que je regrette. »

À moitié aveuglée par les larmes, elle partit en courant vers la rotonde. En se frayant un chemin dans la foule, elle chercha Margaret du regard, mais la repérer au milieu des danseurs était aussi vain que vouloir isoler une goutte de pluie dans la mer. Chaque fois qu'elle distinguait une silhouette en domino rose, elle n'était pas de la bonne taille, ou de la bonne corpulence, ou simplement cela ne pouvait pas être elle.

Eliza finit par l'apercevoir au centre de la salle, évoluant dans une contredanse avec une femme en domino rouge. Caroline. Elle les regarda longtemps, fascinée. Ses larmes cessèrent de couler. Elles n'étaient pas les seules femmes à danser ensemble car l'assistance comportait ce soir-là plus de dames que de messieurs. Sous leurs masques et leurs capes, ne craignant pas d'être reconnues, Margaret et Caroline riaient à gorge déployée comme quand on danse avec la personne qu'on aime.

Elle attendit que la musique s'arrête pour attirer le regard de sa cousine qui, contrairement à elle, n'eut aucun problème à la reconnaître. Elle s'écarta de Caroline et se précipita vers elle.

« Lord Melville t'a trouvée ?

— Oui.

— Qu'est-ce que…

— Je rentre.

— Je viens avec toi.

— Non, dit Eliza d'une voix douce. Reste. Danse. Et sois prudente en rentrant.

— Tu en es sûre ? »

Par-dessus son épaule, Eliza vit Caroline non loin de là, le regard en alerte.

« Oui.

— Je ne sais pas ce que je fais, ajouta Margaret d'une voix fébrile. Je ne sais même pas si c'est possible.

— Ce soir, contente-toi de danser, répondit Eliza, l'estomac serré par l'effort de parler calmement. Vas-y ! »

Elle se faufila parmi les voitures pour repérer un fiacre libre. C'est seulement quand elle fut en sécurité à l'intérieur qu'elle laissa ses larmes couler.

30

Elle pénétra lentement dans la maison de Lady Hurley, délaça son loup avec des gestes maladroits et se débarrassa enfin de son domino. Elle n'avait jamais eu autant envie de dormir de sa vie. Hobbe, le majordome de Lady Hurley, s'approcha d'elle à pas pressés.

« Madame...

— Bonsoir, dit-elle d'une voix lasse. Pourriez-vous m'apporter du thé dans ma chambre, s'il vous plaît ?

— Mme Balfour vous attend. »

Elle écarquilla les yeux.

« Ma mère ? »

Il hocha la tête.

« Ici ? À cette heure ?

— Dans le salon, madame.

— Quand est-elle arrivée ?

— Vers sept heures ce soir. »

Il était plus de onze heures.

« Oh non ! » souffla-t-elle, la bouche sèche.

Elle avait beau ignorer la raison exacte de sa visite, elle supputait que ce ne pouvait pas être une bonne nouvelle. Et le fait qu'elle n'ait pas été présente pour l'accueillir n'arrangeait rien.

« J'ai expliqué que vous étiez au concert et que vous ne saviez pas à quelle heure précise vous rentreriez… mais elle a insisté pour vous attendre.

— Ah, mon Dieu… »

Elle se figea sur place. Que faire pour désamorcer ce fâcheux concours de circonstances ? Elle baissa les yeux vers sa robe vert bronze. Sa mère l'avait-elle entendue ou avait-elle le temps de monter discrètement se changer ?

« Eliza ! »

La voix de Mme Balfour provenait du salon. Sans le décider consciemment, Eliza obéit à son appel impérieux. Elle marqua une pause à la porte, inspira profondément et entra.

« Chère mère, quelle agréable surprise ! » lança-t-elle d'une voix enjouée.

Mme Balfour ne se leva pas pour la saluer. Confortablement installée sur le sofa, elle buvait son thé à petites gorgées. Eliza ne savait pas comment elle parvenait à être aussi intimidante dans cette posture, mais elle y parvenait indéniablement.

« Je suis désolée que nous n'ayons pas été là pour vous recevoir tout à l'heure. Nous…

— Assieds-toi, s'il te plaît. »

Qu'elles soient chez Lady Hurley, où elle n'était qu'une invitée, était un détail négligeable : dès qu'elle y avait posé le pied, ce salon était devenu le sien. Eliza prit place sur la banquette qui lui faisait face et croisa les mains sur ses genoux. Mme Balfour commença posément.

« Quand j'ai reçu la lettre où tu annonçais ton projet de t'installer à Bath, j'ai eu quelques inquiétudes. »

Eliza ne pouvait l'ignorer : elles avaient été énoncées dans le plus grand détail.

« Ce qui m'a rassurée, poursuivit-elle, c'est que tu t'étais bien comportée toute ta vie. Tu as toujours agi comme il faut, respecté les convenances, su où était ton devoir et honoré ta famille. Je pouvais compter sur toi et je n'ai jamais eu de souci à me faire.

— Je…

— Mais recevoir chez toi un débauché notoire ? Conduire un phaéton à la vue de tous ? Venir à Londres à la seconde où débute ton demi-deuil pour flirter avec tous les hommes que tu rencontres, de sorte que ton nom circule en ville comme si tu étais une dévergondée et non une Balfour – une *comtesse* ? J'aurais dû m'inquiéter plus, Eliza. »

Elle n'avait pas haussé la voix – ce n'était pas dans ses habitudes – mais son ton cassant et caustique avait plus d'impact que si elle s'était emportée.

« Mère, vous ne devez pas écouter les commères. Dans leur bouche, tout paraît pire que la vérité.

— T'es-tu rendue dans des salles de jeu ? Loges-tu chez une femme qui sent le commerce à plein nez ? Où étais-tu ce soir dans une tenue indécente alors que tu es en demi-deuil ? »

Eliza ne dit mot. Mentir à ce moment critique serait fatal.

« Peu importe, reprit sa mère. Ce que je pense n'entre pas en ligne de compte, même si je dois avouer que je suis très déçue. En revanche, l'opinion de la bonne société, ainsi que celle de Lord Somerset, sont importantes. Or l'un comme l'autre s'accordent à dire que tu mènes une vie dissolue, ce qui est impardonnable.

— Lord Somerset ? Que vient-il faire là ? »

Elle était désarçonnée : sa mère entretenait une correspondance avec lui ?

« Mais tout, Eliza, répliqua Mme Balfour en se penchant en avant. Il ne fait aucun doute qu'une lettre de M. Walcot t'attend à Bath. J'ajouterais d'ailleurs à la liste de tes actes irresponsables l'oubli de faire suivre ton courrier. Grâce au Ciel, Lord Somerset a jugé bon d'écrire à ton père il y a une semaine pour nous prévenir de ce qui allait se passer.

— Que… Que disait-il ?

— Que compte tenu de ton comportement récent, il se voyait contraint d'annuler ton legs. Tes propriétés te seront confisquées dès que les papiers seront remplis, soit dans quelques jours au plus.

— Mais… Il ne peut pas !

— Je t'assure que si ! » Eliza se demanda dans quelle mesure la rage de sa mère était atténuée par le fait que cette décision était justifiée. « Le testament indiquait explicitement qu'il lui revenait de juger de ta conduite et il la juge, tout comme moi, déplorable.

— Il m'a dit qu'il n'en ferait rien ! Il a donné son accord en échange de… »

Elle s'interrompit, soudain consciente qu'il n'y aurait aucun avantage à ce que sa mère soit informée des manœuvres des Selwyn. Tout cela ne tenait pas debout : Lord Somerset savait ce qu'elle était en mesure de révéler, le discrédit qu'elle pouvait jeter sur sa famille en quelques phrases. Lors de leur dernière conversation, il avait paru désireux d'éviter cette éventualité. Que s'était-il produit pour qu'il se ravise ?

Maintenant qu'elle avait porté son coup fatal, Mme Balfour se cala contre les coussins.

« Les préjudices répétés portés à son patronyme l'auront poussé à changer d'avis. Tu ne peux pas fréquenter un homme comme tu l'as fait avec ce Lord Melville, le recevoir des heures à ton domicile, sans que les accusations les plus graves soient portées contre toi. »

Eliza regarda autour d'elle comme si la réponse pouvait être inscrite sur les murs.

« Je vais aller à Harefield. Je lui ferai entendre raison.

— Tu n'en feras rien. J'ai réservé une suite au Pulteney. Tu vas m'y accompagner séance tenante et nous rentrerons demain à Balfour. Margaret ira chez Lavinia et tu donneras l'ordre à Perkins de vider ta maison.

— Non. »

Mme Balfour cligna des yeux.

« Pardon ?

— Je ne peux pas.

— Tu ne peux pas ? »

À l'évidence, elle n'avait pas envisagé la possibilité qu'Eliza lui désobéisse. Pour tout dire, Eliza non plus. Elle avait toujours cru que dans une situation de ce genre, elle s'inclinerait immédiatement.

« Eliza, je n'avais pas jugé utile de t'expliquer par le menu quelles menaces ton attitude fait peser sur la réputation de ta famille mais je crains que ce soit nécessaire. » Elle plissa les yeux. « Si le bruit court que Lord Somerset te dépossède de ta fortune et pour quel motif, la honte retombera sur nous tous. Le mieux que nous puissions espérer est que cette affaire demeure aussi discrète que possible et que Lord Somerset le soit également.

— Non, mère, ce n'est pas le mieux que je puisse espérer. » Voyant les narines de Mme Balfour se dilater, elle se lança avant d'être coupée. « Car demain... Demain, j'irai à l'Exposition d'été. Un de mes tableaux a été accepté. C'est un portrait de Lord Melville. »

Sa voix ne trahissait pas la honte, mais une fierté sereine. Elle posa des doigts tremblants sur ses lèvres. Elle avait cru sa satisfaction d'avoir atteint son but gommée par la trahison de Lord Melville, mais non, elle était là. Cachée, mais pas effacée.

Sa mère prit une grande inspiration.

« Eliza... Qu'as-tu fait ? As-tu... Ton nom est-il inscrit dessus ?

— Il est anonyme.

— Pour l'instant. Mais cela finira par se savoir et... »

Elle posa la main sur son front.

« Je sais que c'est incompréhensible pour vous, mais je ne pouvais pas manquer cette occasion. »

Mme Balfour la fixa comme si elle ne la reconnaissait pas.

« Depuis quand considères-tu que ton plaisir l'emporte sur tes devoirs familiaux ? Je ne comprends effectivement pas que tu nous mettes tous en danger pour ton avantage personnel. Tu as des frères, des nièces, des neveux. Il est de ton devoir d'agir dans leur intérêt ainsi que dans le tien.

— Je l'ai fait ! Pendant dix longues années ! Je vous ai donné la majeure partie de mon existence ! J'ai accepté les sacrifices que vous m'avez demandés, j'ai renoncé à tout pour vous sans me plaindre. Maintenant, c'est terminé. J'attends plus de la vie que le devoir accompli. »

Elle était à bout de souffle. Elles étaient toutes les deux debout, mais elle ne se souvenait pas quand elles s'étaient levées.

« Ne crois-tu pas que moi aussi, j'en attendais plus ? Que ta grand-mère en attendait plus ? Que n'importe laquelle des dames que tu vois dans la rue aimerait avoir une vie meilleure ? Mais nous ne pouvons pas. Et donc, nous continuons. »

Eliza la fixa longuement. Jamais elle n'avait imaginé que sa mère pût désirer une existence différente de celle qu'elle menait, pour laquelle elle s'était battue jour après jour. Tout à coup, elle regretta qu'elles n'aient pas abordé ce sujet avec la même franchise dans des circonstances moins tendues. Elle aurait aimé connaître plus tôt cette facette de sa mère.

Mme Balfour ferma les yeux et fit de visibles efforts pour se calmer.

« Tout ce que je veux, depuis toujours, c'est que mes enfants aient ce qu'il y a de meilleur. Tu me crois ? »

Eliza sentit sa gorge se nouer et répondit avec des larmes dans la voix :

« Oui, je vous crois. »

C'était la vérité. Aussi insupportable, agaçante et

intraitable qu'était sa mère, Eliza savait qu'elle agissait pour le bien de tous. Cela ne lui était pas toujours apparu comme un piège. Dans sa famille, personne ne se préoccupait jamais de savoir ce qu'il fallait faire ou quelle était la bonne décision à prendre, car sa mère le savait. Eliza pouvait encore plier devant sa volonté pour qu'elle la soutienne – même en cette seconde, une partie d'elle-même le souhaitait ardemment. Se soumettre, rentrer au bercail, où elle serait chapitrée, rudoyée et remise dans le droit chemin, mais aussi couvée et protégée. Une existence étriquée, mais plus sûre.

« Demain, nous partirons à Balfour, répéta fermement sa mère. Et Margaret dans le Bedfordshire. »

Eliza gonfla ses poumons.

« Non, mère. Demain, j'irai à l'Exposition. Pour moi, c'est une chance, que vous n'avez jamais eue, et que je vais saisir. »

Elle ne voulait pas vivre dans un cocon. Si elle devait être dépossédée de ses biens, elle le serait au moins auréolée de toute la gloire qui était à sa portée. Elle avala sa salive et reprit, plus difficilement :

« Cela ne signifie pas que je n'éprouve pas de la gratitude pour les sacrifices que vous avez consentis pour moi. Mes choix sont différents mais ce n'est pas pour autant que je ne respecte pas les vôtres.

— Je ne te pardonnerai jamais », murmura Mme Balfour.

Eliza ferma les yeux et se força à ne pas faiblir.

« Je dois le faire. J'espère qu'un jour, vous comprendrez.

— Puisque c'est ainsi, nous n'avons plus rien à nous dire. »

Elle partit quelques minutes plus tard, laissant sa fille dans une profonde solitude.

31

Le lendemain matin, Eliza se réveilla la première. Pardle l'aida à enfiler une robe sobre en soie gris tourterelle et elles partirent sans avoir pris de petit déjeuner. Elle avait décidé d'aller seule à l'Exposition car elle ne savait pas comment elle réagirait en voyant le portrait. La dernière fois qu'elle l'avait eu sous les yeux, c'était juste avant qu'il soit envoyé au jury; elle était excitée, fière, et amoureuse. Son humeur du jour était plus morose: la visite de sa mère et l'annonce de la perte de sa fortune avaient jeté une ombre sur son avenir, devenu brusquement beaucoup plus incertain.

L'ennui avec les actes de bravoure, songeait-elle, était qu'on en tirait moins de satisfaction qu'on aurait pu le croire. Après coup, on se sentait presque aussi coupable, nerveux et déprimé qu'après un acte de lâcheté. Presque, mais pas tout à fait. Car tout au fond, sous l'appréhension de ce que le futur lui réservait et l'inquiétude que sa famille ne lui pardonne jamais, elle avait une petite fierté: même si cela s'avérait l'erreur la plus monumentale de son existence, ce serait une erreur choisie, que personne ne lui aurait imposée.

Le fiacre ralentit devant Somerset House. Elle comprit tout à coup que l'Exposition se tenait dans une demeure qui, deux siècles auparavant, appartenait à la famille de son défunt mari. Le détail ne manquait pas de sel. Si elle avait soumis le portrait en son nom, aurait-il bénéficié d'un emplacement avantageux ? Le placement des œuvres était laissé à la discrétion d'un comité d'accrochage. Selon les cas, il pouvait être excellent (à hauteur des yeux, dans les premières salles, habituellement réservées aux membres de l'Académie), médiocre ou franchement mauvais (au plafond de la salle octogonale, réputée pour son éclairage désastreux, par exemple). Elle ignorait où serait la sienne.

Dans la cour, elle se prépara mentalement. L'heure avait sonné. Lorsqu'elle était venue voir l'Exposition plus jeune, il y avait foule, mais aujourd'hui, elle devait être parmi les premiers visiteurs. À l'entrée, on lui proposa un catalogue, dont elle ne fit pas l'acquisition bien que ce fût un guide indispensable pour localiser les tableaux. Le jour était trop solennel pour emprunter des raccourcis.

Suivie par une Pardle silencieuse, elle préféra déambuler lentement en ouvrant de grands yeux aussi émerveillés que lors de sa première visite, des années plus tôt, guidée par sa mère, à la recherche des toiles de son grand-père. Les murs et les plafonds étaient encombrés au point qu'on ne savait où poser le regard. Les portraits, paysages, marines, scènes historiques, étaient entassés dans un savant mélange. Elle se laissa porter sans s'attacher aux signatures, s'attardant si elle en avait envie. Elle observa des miniatures, des gravures, des sculptures, admira les centaines d'artistes talentueux qui avaient créé ces beaux objets.

Elle traversa la cinquième salle, dont la paroi orientée à l'est était entièrement occupée par une immense scène de bataille, et au moment d'entrer dans la sixième, elle s'immobilisa sur le seuil. Face à elle, à une hauteur idéale, il y avait son portrait. Elle avait beau être venue presque exclusivement pour lui, elle en fut ébahie. Il était là. Vraiment là. Elle l'avait fait.

En le fixant, elle eut l'impression que le Lord Melville qu'elle avait peint soutenait son regard avec une moue interrogatrice (comme pour dire : « Qui vous attendiez-vous à voir ?) et elle sentit un sourire se former sur ses lèvres. En dépit des événements passés et des incertitudes du futur, à cet instant précis, une seule émotion l'étreignit : l'exultation. Une peinture de sa main était accrochée parmi certains des plus grands artistes européens, dans un cadre qui, dans sa jeunesse, lui paraissait aussi inaccessible que le paradis. C'était presque inimaginable.

Elle n'aurait pu dire combien de temps elle resta en arrêt, mais elle finit par se rendre compte que d'autres personnes avaient pénétré dans la salle et l'entouraient. À les entendre, elle comprit qu'il s'agissait comme elle d'exposants et, les voyant s'attarder devant le même mur, déduisit que son portrait suscitait déjà des commentaires.

« De qui est-il, à ton avis ? » demanda l'un d'eux à son voisin. Ses mains tachées de peinture laissaient penser qu'un des tableaux accrochés était de lui. « Ce pourrait être Jackson. Il ne l'aurait pas signé pour s'amuser ?

— Non, répondit son ami. Ce ne sont pas du tout ses coloris. Je pencherais plutôt pour Etty. As-tu noté cette délicatesse ? »

Ils l'examinèrent en énumérant différents noms possibles – tous des hommes, évidemment – avant de poursuivre leur visite. Lord Melville lançait à Eliza des œillades narquoises et elle lui rendait son sourire un peu tristement.

« Lady Somerset ? »

Elle se tourna et découvrit M. Berwick.

« Bonjour, monsieur.

— Bien le bonjour. Vous êtes venue aux aurores.

— Je voulais éviter la foule.

— Je vois que vous avez repéré l'énigme de cette année ! lança-t-il jovialement.

— En effet.

— Je présume que vous n'avez aucune idée de l'identité de l'artiste ? »

Elle secoua la tête.

« C'est un emplacement de choix, ajouta-t-il d'un air envieux. Ils doivent parfois les donner aux travaux académiques, qui sinon seraient éclipsés par les œuvres novatrices, voyez-vous.

— Je vois, oui. Où est le vôtre, monsieur ?

— Oh, ils m'ont accordé cette année l'endroit de mon choix. On le voit beaucoup mieux dans un angle et en hauteur, c'est essentiel.

— Bien sûr. Je suis heureuse de vous avoir croisé, monsieur Berwick. Cela m'a fait plaisir de voir un visage qui me rappelle Bath.

— Je suis entièrement de votre avis. Aucun de vous

n'a cru bon de me prévenir de sa venue ! J'ai sévèrement tancé Somerset… »

Elle ramena son attention sur lui.

« Lord Somerset ? Je le croyais à la campagne.

— Pas du tout. Je l'ai vu il y a moins d'une heure… Il aurait aimé bavarder un peu plus mais il avait un rendez-vous urgent à Grosvenor Square… Lady Somerset ? »

Avec une impardonnable grossièreté, elle s'éloigna sans lui laisser le temps de terminer sa phrase.

Elle le croyait à Harefield. Elle n'en revenait pas : tout ce temps, il était à deux pas de son domicile ! Il avait certainement appris qu'elle était en ville, savait où la trouver. Cela ne l'avait pas empêché d'envoyer cette lettre à ses parents.

Le calme qui l'habitait quelques minutes plus tôt s'était envolé. Elle retraversa d'un pas mécanique les salles d'exposition, sortit dans la cour et remonta dans son fiacre. Elle sentait la rage enfler en elle.

Comment osait-il ?

« Grosvenor Square, s'il vous plaît ! dit-elle au cocher. Faites vite ! »

32

Moins d'une demi-heure plus tard, elle descendit du fiacre sur la plus grande place de Londres. Elle n'avait jamais séjourné longtemps dans la résidence de feu son mari – comme son successeur, il préférait l'isolement de la campagne à l'animation de la capitale –, mais devant la façade austère du majestueux hôtel particulier, elle se souvint qu'elle ne s'y était jamais sentie à sa place. Pour la seconde fois de la journée, elle s'arma de courage et souleva le heurtoir. L'expression du valet quand il reconnut son ancienne maîtresse avait quelque chose de comique.

« Madame ! » s'écria-t-il en oubliant de refermer la bouche.

Elle pénétra dans le hall.

« Lord Somerset est-il chez lui ?

— Il reçoit des hôtes au petit déjeuner, ma... madame.

— Parfait. Voulez-vous lui dire que je suis ici et que j'aimerais qu'il m'accorde un peu de son temps ? »

Le valet s'inclina et revint quelques minutes plus tard avec Barns, le majordome.

« Lady Somerset. C'est une heure inhabituelle pour une visite.

— Nous saurons faire face, je n'en doute pas, répliqua-t-elle d'une voix sèche dont la sonorité lui rappela étrangement celle de sa mère. Pouvez-vous avertir monsieur le comte de ma présence ? »

Barns hésita, s'éclipsa, et réapparut presque aussitôt.

« Monsieur le comte vous remercie de votre visite et vous invite à revenir ultérieurement car il a des invités.

— Vous informerez monsieur le comte que madame la comtesse ne reviendra pas ultérieurement car elle a une affaire urgente à régler. D'ailleurs, madame la comtesse ira le voir dans la salle du petit déjeuner si monsieur le comte n'en sort pas maintenant », ajouta-t-elle avec un sourire aussi radieux qu'hypocrite.

Barns la dévisagea, jeta un bref coup d'œil à Pardle, peut-être dans l'espoir de trouver en elle une alliée, mais elle lui renvoya un regard reptilien et il rendit les armes.

« Puis-je vous demander d'attendre dans la bibliothèque, madame, le temps que je lui transmette votre message ?

— Vous pouvez », répondit-elle dignement.

Elle laissa Pardle dans le vestibule. Elle ne souhaitait pas que cette entrevue ait des témoins, quels qu'ils soient.

Quelques instants après, la porte de la bibliothèque s'ouvrit et Lord Somerset entra à grandes enjambées. Elle s'attendait à être émue en le voyant, mais si son cœur battit plus vite, c'était de colère plus que de chagrin et cela lui remit les idées en place.

« Eliza, nous allons devoir remettre cet entretien, je suis au milieu d'un petit déjeuner et…

— Comment osez-vous ? Comment osez-vous écrire à mon père pour lui faire part de vos projets avant de m'en avertir ? Comment osez-vous ne pas m'annoncer la nouvelle de vive voix alors que vous êtes à Londres et que vous savez certainement que j'y suis aussi ? Et surtout, comment osez-vous me déposséder de ma fortune ? Je vous assure, monsieur, que j'en ai gagné chaque penny.

— Comment… »

Elle ne se laisserait pas interrompre.

« Vous voulez me punir d'avoir refusé votre demande ? Je le comprends. Mais ce châtiment, cette condamnation, vous donneront-il la satisfaction que vous souhaitez ?

— Cela n'a rien à voir avec une punition ! se récria-t-il, furieux. Je serais en droit d'éprouver du ressentiment, mais ce n'est pas du tout cela, vous vous trompez complètement ! Quelle audace de me soupçonner d'un tel calcul !

— Autrefois, vous me reprochiez mon manque d'énergie. Aujourd'hui, vous regrettez que j'en aie trop. Apparemment, quoi que je fasse, vous n'êtes pas satisfait. »

Les mâchoires serrées, il reprit :

« Cette fortune vous a été accordée par ma famille à des conditions que vous avez bafouées de façon inouïe, à tel point que je m'étonne que vous vous présentiez dans cette maison !

— Comment les ai-je bafouées ?

— De toutes les façons possibles, Eliza. Vous vous affichez avec tous les hommes célibataires de la capitale, vous courez les établissements les plus mal famés pendant votre demi-deuil, vous dansez avec Melville alors que vous êtes en noir. »

Cette dernière remarque la coupa dans son élan.

« Qui vous l'a raconté ?

— Je note que vous ne le niez pas, dit-il sur un ton amer. On vous a vue, Eliza, et cela semblait être le cadet de vos soucis ! Je vous avais prévenue que vous ne pouviez fréquenter assidûment un homme sans attiser les mauvaises langues. Votre réputation n'a fait qu'empirer de jour en jour, mais vous étiez trop occupée à rêver à Melville pour vous en inquiéter !

— Moi aussi, je vous ai prévenu. De ce que je ferais, de ce que je dirais si vous essayiez de me priver de ma fortune. Que feront les mauvaises langues quand elles sauront ce que mijotaient les Selwyn, monsieur ? »

Il l'observa, soudain immobile.

« Qui vous croira, Eliza ? Vous avez affiché à la vue de tous sur un mur de Somerset House la preuve de votre liaison avec Melville. Le fait que ce portrait soit présenté comme "anonyme" n'est pas une garantie que votre nom demeure inconnu très longtemps, croyez-moi. La rumeur publique s'agite déjà et lorsque la vérité éclatera au grand jour, tout le monde conclura que vos médisances envers Lady Selwyn sont uniquement dues à la malveillance.

— Comment pouvez-vous être aussi cruel ?

— Contrairement à ce que vous pensez, Eliza, je

n'ai pas pris cette décision pour me venger d'avoir été repoussé, mais parce que votre comportement a des conséquences concrètes sur ma famille et sur moi.

— Des conséquences ? Lesquelles ? »

Il se tut quelques secondes. En le voyant chercher ses mots, comme s'il savait qu'il allait la blesser et qu'il préférerait l'éviter, elle devina ce qu'il allait dire avant même qu'il ouvre la bouche.

« J'ai fait une demande en mariage et les parents de la jeune fille répugnent à l'accepter parce que vous portez tort à mon patronyme. Ils s'alarment, à juste titre, des conséquences potentielles sur notre famille. »

Elle en eut le souffle coupé.

« Vous allez épouser quelqu'un ? Cela ne fait que trois semaines... »

Il leva les bras.

« Je dois me marier, Eliza, et si ce n'est pas vous... Elle est gentille, douce et j'ai beaucoup d'affection pour elle, mais ses parents ne m'autoriseront pas à lui faire la cour tant que la question de votre conduite ne sera pas réglée.

— Qui est-ce ? »

Il hésita.

« Je finirai par le savoir, quoi qu'il arrive. Vous ne pouvez pas espérer que cela reste secret.

— Monsieur ? »

Elle pivota en entendant une petite voix timide. Tout à coup, l'identité des invités de Lord Somerset lui apparut avec évidence. Il sursauta.

« Mademoiselle Winkworth !

— Je n'ai pas pu m'empêcher d'entendre,

déclara-t-elle en passant la tête à la porte. Je traversais le vestibule et vous parliez fort. Bonjour, Lady Somerset, j'aime beaucoup votre robe.

— Merci », répondit Eliza automatiquement.

Elle n'avait jamais entendu la jeune fille prononcer des phrases aussi longues.

« Retournez dans la salle à manger, je vous rejoins » lança Lord Somerset comme si elle était une enfant.

Mlle Winkworth hésita, les regarda l'un après l'autre.

« Revenez vite, souffla-t-elle. Je suis sûre que ma mère ne va pas tarder à critiquer la façon dont je me tiens. »

Avant de se retirer, elle lui fit un sourire à fossettes qui l'attendrit visiblement. Trop ébahie pour s'emporter, Eliza le regarda, bouche bée.

« Vous allez épouser Mlle Winkworth ? Comment est-ce possible ?

— C'est vous qui nous avez présentés lors de votre dîner…, commença-t-il avant de prendre conscience que son entrée en matière était pour le moins maladroite. Ma sœur les a invités au bal qu'elle a donné pour Annie et nous avons bavardé un peu, puis nous avons dansé à l'Almack quelques jours plus tard et comme vous… comme nous… Nous avons fait plus ample connaissance. »

Une cour très conforme aux usages. Aussi conforme que la leur l'avait été en son temps. Hormis que…

« Oliver, elle est si jeune ! »

Il rougit.

« Elle est remarquablement intelligente pour son

âge. Elle sait ce qu'elle veut. Elle m'est déjà très chère et… l'amour viendra avec le temps. »

Le goût pour la jeunesse et la timidité était donc un trait de famille. En le voyant en grande tenue, dans cette demeure, elle trouva qu'il ressemblait de façon saisissante à son oncle. Puis son esprit, qui avait brièvement cessé de fonctionner, se remit en marche.

« Mme Winkworth vous a dit qu'ils n'accepteraient qu'à condition que vous preniez des mesures en raison de ma conduite parce qu'elle me déteste.

— Non. Ils sont inquiets pour leur fille.

— Je vous assure que ce n'est pas cela, répliqua-t-elle. Vous êtes le meilleur parti du pays, il va de soi qu'elle ne refusera pas que vous courtisiez Winnie ! En fait, elle vous manipule pour se venger que j'aie refusé d'écrire les lettres de recommandation qu'elle m'avait demandées.

— Se venger ? Vous en parlez comme si elle était la méchante dans un mélodrame !

— Elle avait tout de la méchante quand elle voulait marier sa fille à Lord Arden.

— Arden ? Elle ne peut pas avoir eu ce projet.

— Je vous promets que si. Elle m'a demandé expressément une recommandation au motif qu'il était apparenté à votre famille. Quand j'ai objecté que cette union n'était pas souhaitable pour Winnie, elle est montée sur ses grands chevaux.

— Arden… Mme Winkworth n'a tout de même pas… »

L'estime avec laquelle il prononçait son nom ne laissait aucun doute sur son opinion.

« Elle en est tout à fait capable. Vous ne nierez pas qu'elle en a après votre titre ? »

Il ne répondit pas.

« Ni qu'elle terrorise sa fille ?

— Plus tôt j'extirperai Winnie de ses griffes, mieux cela vaudra », admit-il. Il observa Eliza d'un air songeur, moins irrité. « Vous ne m'aviez pas parlé d'Arden.

— Ni vous de vos sentiments pour cette jeune fille. »

Elle eut la satisfaction de le voir s'empourprer.

« Bien… Ce n'est pas parce que vous avez raison au sujet de Mme Winkworth que cela rend votre conduite plus honorable. Avez-vous l'intention de continuer à vous pavaner en ville ?

— Je n'ai pas pris ma décision », dit-elle en toute franchise.

Elle ne savait pas grand-chose de son avenir, en réalité.

Il étouffa un rire.

« Au moins, vous êtes honnête. Si vous… modifiez votre conduite, je pourrais éventuellement interrompre la procédure. Mais vous devrez couper court à votre relation avec Melville. Je peux me résoudre à beaucoup pardonner, mais cela, je ne le tolérerai pas. Sommes-nous d'accord ? »

Elle se mordit la langue. C'était la proposition la plus conciliante qu'elle pouvait espérer de sa part. Par ailleurs, la soirée de la veille lui avait apporté la preuve que sa relation avec Lord Melville n'avait de toute évidence pas d'avenir. Cela étant… Allait-elle supporter de telles exigences d'un homme, quel qu'il soit ? Tolérer qu'on décide de sa vie jusqu'à la fin de ses jours par des jugements autoritaires ou des sautes d'humeur ?

Elle prit sa voix la plus douce.

« Non, monsieur, nous ne sommes pas d'accord. Je ne peux pas accepter qu'on me dicte mes volontés ou mes fréquentations. Si le prix de cette liberté est ma fortune, je le paierai. »

C'était insensé. C'était imprudent. C'était nécessaire.

Il la fixa, bouche bée. Elle rassembla ses jupes.

« Au revoir. »

Elle le regarda une dernière fois, longuement. Elle savait qu'une partie d'elle l'aimerait toujours. Leurs vies avaient été intimement liées pendant trop longtemps pour que cet amour s'éteigne. Leurs racines restaient un peu entremêlées. Mais être avec lui l'obligerait à renoncer à trop de choses et elle ne pouvait plus le faire.

Elle s'arrêta au seuil et ajouta sans se retourner :

« Soyez bon avec elle, Oliver. Elle est très jeune et sa personnalité… peut encore évoluer. »

33

Tout le long du trajet jusqu'à Russell Square, Eliza se sentit coupée de la réalité. Les fils qui la reliaient à la normalité avaient été arrachés à nouveau, cette fois par elle-même, et si le monde qui l'entourait n'avait pas changé en quelques minutes, pour elle, tout avait changé. Elle n'était plus la riche Lady Somerset. C'était fini. Aucun retour en arrière n'était possible. Elle ne le souhaitait pas mais que faire désormais ? Elle disposait de cinq cents livres par an à son nom puisque son douaire ne pouvait lui être confisqué. C'était déjà quelque chose. Elle pourrait louer une petite maison et régler ses frais courants. En revanche, l'existence qu'elle menait depuis quelques mois – dépenser sans compter, acheter des robes et des chevaux à la robe luisante – était révolue.

Elle pourrait s'établir comme portraitiste pour gagner sa vie, ce que faisaient certains gentlemen. Mais par où commencer ? « Je vous crois parfaitement capable de relever ce genre de défis », lui avait dit un jour Lord Melville, et bien que le simple fait de penser à lui la mettait en colère, elle se redressa sur son siège. Elle pouvait le faire. Elle pouvait et elle le ferait.

Quand elle pénétra dans la pièce où le petit déjeuner était servi, la fragile sérénité à laquelle elle était parvenue fut immédiatement réduite à néant. Lady Hurley bondit de son siège et prit ses mains en gémissant :

« Lady Somerset, grâce au Ciel, vous voilà enfin !

— Qu'y a-t-il ? »

En voyant la bonne entrer avec un plateau, son hôtesse parla plus bas.

« Il s'agit de Mlle Balfour… Elle n'est pas rentrée hier soir. »

Eliza crut avoir mal entendu.

« Du bal masqué ? Comment est-ce possible ? Elle devait revenir dans votre voiture ! »

Lady Hurley secoua la tête d'un air piteux. Eliza sentit son cœur s'emballer.

« Nous sommes partis avant elle. Elle nous a assuré qu'elle se ferait raccompagner par Lady Caroline à la fin de la danse. Mais son lit n'a pas été ouvert.

— Vous l'avez laissée avec Caroline ? Sait-elle où…

— J'ignore où les Melville résident et il m'est difficile de l'apprendre sans poser toutes sortes de questions…

— Rappelez la voiture », la coupa Eliza sans se soucier d'être impolie.

Elle se rua dans l'escalier avant que Lady Hurley ait le temps de répondre. Il ne fallait pas s'inquiéter. Margaret était avec Caroline, qui ne laisserait rien lui arriver. C'était un simple malentendu, dont elle rirait bientôt, c'était certain.

Elle ouvrit la porte de la chambre de Margaret, courut vers le secrétaire et fouilla dans les papiers.

Elle écarta une lettre de la mère de sa cousine, un programme de théâtre et aperçut enfin l'écriture de Caroline, et l'adresse en haut de la feuille : Berkeley Square. Elle redescendit les marches en hâte et lança à Lady Hurley, qui se tordait les mains dans le vestibule :

« Je n'en ai pas pour longtemps. »

Elle grimpa dans la calèche et cria au cocher :

« Berkeley Square ! Ne perdez pas de temps ! »

Je n'aurais pas dû la laisser seule. Elles n'étaient plus à Bath, où tout le monde se connaissait, où l'on se rendait partout à pied et où les lieux de divertissements étaient aussi sûrs que leur domicile. À Londres, même si Margaret allait certainement tout à fait bien, elle se le répétait, elle n'aurait pas dû partir sans elle.

Elle tambourina littéralement sur la porte des Melville, qui s'ouvrit sur le second majordome stupéfait de la matinée.

« Je regrette, madame prend son petit déjeuner. Elle ne reçoit personne à cette heure. »

À ce point, Eliza était habituée à s'introduire de force chez les gens, d'autant qu'elle entendait rire Caroline depuis le perron.

« Elle me recevra ! »

Elle se faufila sous le bras du majordome, qui la suivit en protestant :

« Madame ! Mais enfin, madame ! »

Elle avait déjà traversé le hall et pénétré dans la pièce.

« Dieu soit loué ! »

Assise à côté de Lady Caroline à la table du petit déjeuner, Margaret buvait le thé en feuilletant le journal. Dans leurs robes d'intérieur à la dernière mode, elles n'étaient pas habillées pour sortir. Si Eliza n'avait pas été aussi soulagée, elle aurait peut-être rougi.

« Bonjour Eliza, dit sa cousine. Je ne savais pas que nous t'attendions ce matin.

— Nous ne l'attendions pas, précisa Caroline. C'est terriblement moderne de débarquer ainsi sans être annoncée. »

Sa voix était aussi langoureuse et amusée que d'habitude mais l'effet était très différent car son visage était serein et ses yeux pétillaient. Quant à Margaret, elle avait un sourire si large qu'elle aurait pu attraper des crampes.

Eliza se laissa tomber sur une chaise sans demander la permission et posa une main tremblante sur son front.

« C'était une leçon de français matinale ? »

Tout allait bien. Elle allait bien.

« En quelque sorte, répondit Margaret avec entrain.

— Il ne t'est pas venu à l'esprit que m'envoyer un petit mot eût été attentionné ? ajouta Eliza. Je commençais à redouter qu'on t'ait assassinée !

— Que de drames dès l'aube, susurra Caroline en sirotant son chocolat.

— Je n'ai pas réfléchi, avoua Margaret en guise d'explication plus que d'excuse. Une stratégie qui m'a plutôt bien servie. »

Caroline effleura doucement son poignet. Eliza se redressa sur son siège. Elle les avait suffisamment dérangées.

« Je vais rassurer Lady Hurley. Je lui expliquerai qu'il était trop tard pour réveiller les domestiques ou… autre chose.

— Pourquoi n'envoies-tu pas un billet ? Prends le petit déjeuner avec nous. Il y a beaucoup trop à manger pour nous deux. »

Sa proposition était tentante car elle était debout depuis des heures et les petits pains et les plats parfumés à base de viande qu'elle n'avait jamais vus étaient alléchants… Mais maintenant que son angoisse était calmée, que les battements de son cœur avaient retrouvé un rythme normal et que ses mains n'étaient plus moites, elle avait conscience que Lord Melville risquait de surgir à tout moment. Une rencontre inopinée qui n'aurait pas pesé quand elle s'inquiétait pour sa cousine, mais qu'elle préférait éviter depuis qu'elle avait constaté que Margaret était plus en forme que jamais. La journée avait été déjà suffisamment remplie.

« Il n'est pas ici, déclara Caroline, semblant lire dans ses pensées.

— Ah ? » fit-elle, soulagée.

Soulagée et aussi un peu déçue, ce qui était précisément la raison pour laquelle elle devait partir sans tarder : le simple fait d'être dans cette maison la troublait.

« Il est parti à Russell Square quelques minutes avant votre arrivée, ajouta Caroline.

— Pour te parler », enchaîna Margaret au cas où cela n'aurait pas été assez clair.

Malgré sa gorge nouée, Eliza se força à parler fermement.

« Nous avons eu une longue discussion hier soir et il n'y a rien à ajouter.

— Si tu le dis, répliqua Margaret, sceptique. Nous nous verrons tout à l'heure à Russell Square. »

Eliza repassa un peu honteusement devant le majordome, qui montait la garde au pied de l'escalier comme s'il craignait qu'elle reparte en emportant quelque chose, et sortit dans la rue. Le cocher de Lady Hurley était descendu de la calèche pour discuter avec un valet de l'autre côté de la rue. En voyant Eliza, il se hâta de la rejoindre en même temps qu'un cabriolet tournait à l'angle dans un grand vacarme, tiré par deux chevaux gris et conduit par Lord Melville.

« Partons tout de suite », lança-t-elle au cocher en lui tendant le bras car les marches de la voiture étaient trop hautes pour qu'elle les gravisse seule.

Lord Melville tira brusquement sur les rênes, s'arrêta à sa hauteur et sauta à terre. Il ne portait pas de chapeau et serrait dans sa main un pli cacheté.

« Madame, je reviens de Russell Square, dit-il, hors d'haleine.

— Félicitations. Je m'y rends à l'instant.

— Puis-je vous escorter ?

— J'ai déjà une voiture. »

Il s'avança vers elle. Ses traits étaient tirés, il avait l'air épuisé et malgré un carrick, des bottes et une culotte d'équitation très seyants, sa cravate dénouée comme s'il avait tiré dessus lui donnait une allure légèrement débraillée. Cela provoqua l'irritation plus que la sympathie d'Eliza. Lorsqu'elle dormait mal, elle avait le visage marqué et la peau blême. Il n'était pas juste qu'il restât aussi séduisant quand il était fatigué.

« Eliza, murmura-t-il.

— Lady Somerset.

— Lady Somerset, je voulais vous présenter mes excuses.

— Vos excuses d'hier ne se sont pas déroulées au mieux. »

Il fit la grimace.

« Je me suis très mal comporté. Je voudrais vous parler, sans espérer votre pardon, genou en terre. »

Elle baissa les yeux.

« C'était une métaphore », ajouta-t-il avec l'ombre d'un sourire.

Elle lui jeta un regard noir. Elle ne se laisserait pas attendrir par ses traits d'esprit et ses beaux atours. Elle ne se laisserait plus manipuler aussi facilement.

« Chez moi, j'aurais refusé de vous recevoir.

— Je m'y attendais. C'est pourquoi j'avais écrit cette lettre. »

Il la tendit mais elle ne la prit pas. Elle n'ignorait pas qu'il savait manier la plume. Il n'y avait rien à attendre de bon d'une telle missive. Il laissa retomber sa main.

« Lady Somerset, je vous en supplie, puis-je vous raccompagner à Russell Square ? »

Elle soupira, toucha les boutons de sa pelisse. Elle était si fatiguée mais… Après ses actes intrépides de la matinée, allait-elle trembler maintenant ? Elle hocha la tête, prit le temps d'informer le cocher en lui recommandant de faire savoir à Lady Hurley que tout allait bien, puis accepta sans un mot l'aide de Lord Melville pour monter dans son cabriolet.

« Voulez-vous conduire ou que je le fasse ? demanda-t-il courtoisement.

— Ce sont vos chevaux.

— En effet. »

Il les lança à une allure rapide, prit une grande inspiration comme s'il s'apprêtait à parler, vida ses poumons pour se calmer et se lança.

« Je vous dois… de nombreuses excuses. Hier soir, je redoutais tellement que vous partiez à tout moment que je me suis précipité. Bien sûr, bien sûr, vous pouvez me poser toutes les questions que vous désirez. »

Elle l'observa attentivement. Il s'exprimait avec trop d'aisance.

« J'ai trahi votre confiance. Je dois la regagner, reprit-il devant son silence.

— Qui vous a ramené à la raison ?

— Ah… Caro, puis Margaret. Et à nouveau Caro. »

Elle poussa un grognement incrédule.

« Vous vous contentez de répéter les phrases qu'elles vous ont soufflées ?

— Pas du tout ! C'est ce que je ressens : je veux que vous me demandiez ce que bon vous semble. »

Elle se prit le visage entre les mains. C'était beaucoup plus difficile d'être en colère devant un Lord Melville calme et humble, et si elle ne pouvait se raccrocher à sa colère, elle était en droit de s'inquiéter. Elle ne supporterait pas de souffrir davantage. C'était déjà suffisamment douloureux.

« Il n'est pas obligatoire que cela se fasse maintenant,

glissa-t-il quand ils arrivèrent à Russell Square et qu'il mit ses chevaux au pas.

— Ce serait aussi bien », répondit-elle.

C'était vain, tout à fait vain, car même ressouder une amitié sur des bases aussi fragiles était inconcevable, mais de toute évidence, il ne renoncerait pas tant qu'ils n'auraient pas tout éclairci. Cela leur éviterait au moins de reprendre cette conversation plus tard.

« Ce n'était pas tout à fait ainsi que je voyais les choses, précisa-t-il, incapable de ne pas plaisanter même dans ces circonstances.

Il fit faire demi-tour à ses chevaux et se dirigea vers Hyde Park.

« Tous ces propos sur mon talent, votre admiration pour moi… étaient-ils sincères ? »

Il redevint aussitôt sérieux.

« Ils l'étaient. Je le pense encore. Ce que vous avez accompli dans le court laps de temps où nous nous sommes connus est admirable, et je ne parle pas que du portrait. »

Elle fit un petit mouvement brusque de la tête, à mi-chemin entre l'assentiment et le refus.

« Aviez-vous… parlé du portrait aux Selwyn ? »

Elle ne savait pas précisément pourquoi elle y accordait tant d'importance – s'imaginer partager un secret avec lui alors que Lady Selwyn était au courant depuis le début et s'en gaussait – mais c'était un fait. Il y eut un silence. Elle se tourna vers lui. S'il essayait de lui servir un joli mensonge, elle le verrait.

« J'allais le faire, concéda-t-il lentement. Je ne prétendrai pas le contraire. J'allais le faire mais je ne l'ai pas fait. Cela me paraissait une trop grande trahison. »

Effectivement, cela l'aurait été. Elle poussa un long soupir. La vision des Selwyn et Lord Melville ricanant de concert pâlit comme les peintures à l'huile exposées à la lumière du soleil.

« Vous avez dit que vous m'aimiez, souffla-t-elle d'une voix si basse qu'elle était à peine audible par-dessus le bruit des roues et des sabots.

— Oui.

— Le pensiez-vous ?

— Oui.

— Quand avez-vous… Quand cela a-t-il commencé ?

— Je ne crois pas qu'il y ait eu un moment précis. J'ai été attiré par vous pratiquement dès notre rencontre. Cela n'a jamais été un mensonge. Vous étiez si réservée… Je voulais mieux vous connaître, découvrir ce que vous aviez en tête, ce que vous vouliez, sous votre bonne éducation et votre prudence. »

Même en faisant des efforts, elle n'aurait pu détacher son regard de son visage. Elle n'en fit pas.

« J'ai mis un certain temps à comprendre, poursuivit-il. C'était beaucoup trop facile d'en attribuer la cause à la machination des Selwyn. J'ai commencé à me rendre compte que c'était votre regard que je cherchais à attirer quand quelque chose m'amusait, votre opinion que j'avais envie d'entendre. C'est à vous que je veux faire mes confidences, avec vous que je veux me promener, à côté de vous que je veux m'asseoir, avec qui je veux danser. C'était toujours vous, et les heures que nous avons partagées dans votre petit salon sont parmi les plus heureuses de mon existence. » Il lui jeta un regard en biais. « Ai-je répondu à votre question ? »

Effectivement… mais elle n'était pas certaine que cela suffisait.

« Je veux vous croire, murmura-t-elle en ouvrant grand les yeux. Mais… je ne sais comment.

— Voulez-vous que je le répète ? Aussi souvent que vous en aurez besoin.

— Difficile à faire depuis Paris…

— Je ne vais plus à Paris.

— Pardon ?

— Comment le pourrais-je alors que vous êtes ici ? »

Elle se sentit tout à coup oppressée. Il disait ce qu'elle rêvait d'entendre, même si elle l'ignorait jusque-là.

« Je n'ai plus un sou, déclara-t-elle de but en blanc parce qu'elle se demandait encore si tout était lié à cela. Lord Somerset m'a confisqué ma fortune.

— Vraiment ? Mais pourquoi ?

— Les commérages, les rumeurs… Quelqu'un nous a vus danser. Et je ne me suis pas très bien conduite ces deux dernières semaines.

— J'irai lui expliquer que tout est ma faute !

— Je l'ai vu. Il accepte de me la restituer à condition que je m'engage à couper tout lien avec vous. J'ai répondu que je ne le ferai pas. »

Il mit brusquement ses chevaux à l'arrêt au beau milieu de Hyde Park.

« Eliza… »

Il semblait surpris, mais pas consterné, troublé, ou

inquiet. Il la regardait comme si elle venait de lui faire le plus beau cadeau du monde.

« Je ne l'ai pas fait pour vous, reprit-elle, mais pour ma liberté, mon indépendance, pour moi.

— Très courageux de votre part. Était-ce aussi un tout petit peu pour moi ? »

Immobile, il donnait l'impression de retenir sa respiration. Elle se sentit au bord d'un précipice, prête à prendre une décision qui influerait sur la suite de sa vie. C'était à elle de le faire, et à elle seule.

« Oui », avoua-t-elle tout bas.

Son cœur battait si fort qu'il couvrait presque sa voix.

« Ah, Dieu merci ! Je redoutais qu'après hier, tout espoir soit perdu.

— Moi aussi… »

Il lâcha les rênes, se pencha vers elle et prit ses mains.

« Allez-vous penser que je suis le pire rustre au monde si je vous dis que je me réjouis que vous ayez perdu votre fortune ?

— Non, répondit-elle, la gorge serrée. Mais cela fait de vous le pire chasseur de dot de l'histoire. »

Elle sourit, en tremblant, pour montrer qu'elle plaisantait.

« Impossible ! Je suis le meilleur dans tout ce que j'entreprends. »

En revoyant sa moue ironique, elle se rendit compte qu'elle lui avait manqué.

« J'ai bien fait de ne pas peindre votre ego : il n'aurait jamais tenu sur la toile. »

Il éclata de rire, plus fort que sa boutade le méritait.

« Épousez-moi, charmante personne !

— Je tiens à vous prévenir que je n'ai plus que cinq cents livres par an à mon nom. »

Il plongea son regard dans le sien.

« Je m'en moque du tiers comme du quart. Épousez-moi.

— Nous serons désargentés.

— Nous sommes parmi les personnes les plus intelligentes, talentueuses et belles que je connaisse. Je suis sûr que nous trouverons le moyen de nous en sortir. Épousez-moi.

— Très bien.

— Très bien ? » répéta-t-il avec un grand sourire.

Il lâcha ses mains, reprit les rênes et lança ses chevaux à une allure telle qu'Eliza dut retenir les brides de son chapeau à deux mains.

« Où allons-nous ?

— J'ai une idée, ne vous inquiétez pas. Un endroit où aucun curieux ne nous verra.

— Celui où vous donniez vos rendez-vous clandestins ? demanda-t-elle sur un ton indigné.

— C'est cela ou je ne vous embrasse pas. Je ne sais pas très bien ce que vous attendez de moi…

— Combien de femmes avez-vous entraînées là-bas ?

— Ah… Je préférerais ne pas avoir à répondre, dit-il en approchant d'un petit bosquet. Mais je vous assure que vous êtes la seule dont j'aie demandé la main.

— Lord Melville ! » s'écria-t-elle, mi-figue, mi-raisin.

Il l'attira contre lui.

« Ce n'est pas mon nom.

— Max », dit-elle timidement.

D'un geste tendre, il prit sa tête entre ses mains.

« Je ferai tout pour que vous soyez la femme la plus heureuse sur terre.

— N'est-ce pas un tantinet irréaliste ? »

Il effleura sa lèvre inférieure avec le pouce.

« Savez-vous qu'on me considère généralement comme un être exceptionnel ?

— Ce sont d'ignobles ragots. Vous ne devez pas croire tout ce qu'on raconte, monsieur. »

Ils riaient quand ils s'embrassèrent. Elle sentait ses lèvres sourire contre les siennes et sourit plus largement, trop heureuse pour se soucier du fait qu'elle gênait plutôt qu'elle ne favorisait leur baiser. Il prit son menton, inclina la tête, ouvrit les lèvres…

Ensuite, énormément de choses parurent plus importantes que les paroles.

34

Eliza fit ses adieux à Bath un mardi. C'était pour la meilleure des raisons, mais le rose de sa joie était teinté de bleu doux-amer car le jour de son départ à Londres avec Perkins et les domestiques, Margaret n'était pas du voyage, pas plus qu'elle n'allait dans le Kent.

« J'ai informé ma mère et Lavinia que je ne viendrai pas, lui avait-elle confié en se tordant les mains d'anxiété. Elles n'en sont pas revenues et m'ont annoncé qu'elles ne m'adresseraient plus la parole. Mais je ne peux pas m'empêcher de vivre plus longtemps. Je suis Caroline à Paris.

— Comment feras-tu… »

Eliza avait laissé sa phrase en suspens, ne sachant comment formuler sa question.

« Les personnes en qui nous avons confiance sauront la vérité. Les autres nous soupçonneront simplement d'être de grandes amies. Je vais devoir me faire entretenir par elle ; la vente des droits de *Holland House* lui a rapporté une somme assez coquette. Pour le reste… nous verrons bien. » Elle lui sourit. « En fait, je suis très excitée. Malgré les secrets, c'est un avenir beaucoup plus plaisant que ce que je pouvais espérer. »

Eliza, à court de mots, l'avait serrée dans ses bras. Elle était si heureuse pour elle. Totalement, profondément heureuse, même si elle ne se voyait pas vivre une journée sans elle.

« Tu seras absente longtemps ? demanda-t-elle en posant la tête sur son épaule.

— Non, pas du tout. Ce sera l'intermède le plus court de notre histoire. À mon retour, nous débuterons le prochain acte, qui sera passionnant.

— Ce sera donc une longue pièce, répondit Eliza en chevrotant.

— Interminable. Nous sommes loin d'avoir fini. »

Eliza frotta ses paupières pour écraser une larme égarée.

« Je suis convaincue que tu passeras des moments merveilleux avec Caroline.

— Comme toi à Londres. Je prédis que Lady Melville sera sous peu la coqueluche de la capitale. »

Eliza sourit. Elle n'était pas encore Lady Melville mais elle espérait l'être bientôt. Très bientôt. Depuis cette heure magique à Hyde Park, pas un jour ne s'était écoulé sans que Lord Melville vienne la voir à Russell Square. Dès le lendemain matin, ils étaient allés à Somerset House observer à nouveau le portrait, suffisamment tôt pour qu'il ne soit pas remarqué et assailli par une foule de lectrices réclamant une dédicace.

« Il me semble excellent, avait-il affirmé. Si ce n'est pas trop vaniteux que je m'exprime ainsi.

— Vous, vaniteux ? Allons, c'est impossible !

— Au fait, vous ne m'avez jamais fait payer votre travail, remarqua-t-il avec un grand sourire. À combien se montent vos honoraires ? »

Elle fit mine de réfléchir.

« Est-ce que dix mille livres par an vous paraît raisonnable ?

— La note est plus salée que ce à quoi je m'attendais. Simple curiosité, est-ce habituel de se faire régler par annuités ?

— Il faut l'envisager comme une location plus que comme un achat.

— Je vais devoir vous adresser à mon épouse. Selon des informations très sérieuses, elle va devenir une portraitiste célèbre, et donc assez riche pour entretenir ma pauvre âme de chasseur de dot. Une situation à laquelle je ne suis pas habitué, mais que j'ai hâte de connaître. »

Elle haussa les sourcils.

« Votre épouse ? J'ignorais que vous aviez convolé, monsieur.

— La question est encore pendante.

— Pendante ? Vous devriez la régler sans tarder.

— J'en ai bien l'intention. »

Ils se penchèrent l'un vers l'autre avant de se souvenir brusquement qu'ils étaient dans un espace public et pas du tout mariés. Il s'éclaircit la gorge et reprit sa contemplation du tableau.

« J'aimerais vraiment que vous arrêtiez d'essayer de me détourner du droit chemin, lança-t-il d'un ton pincé. Je tiens à ce que vous sachiez que ce n'est pas du tout mon genre.

— C'est bien dommage. Moi qui espérais de vous tout à fait le contraire. »

Il éclata de rire. Les visiteurs commençaient à arriver dans la salle et plusieurs se dirigèrent d'un pas résolu vers le portrait. Il recula pour ne pas être vu. Eliza les entendit échafauder des hypothèses sur l'identité de l'artiste. On avançait désormais des noms féminins et elle avait suffisamment de jugeotte pour ne pas en conclure que cela marquait un progrès dans l'admission des talents de son sexe. Les rumeurs se rapprochaient d'elle et il ne se passerait pas longtemps avant qu'on l'associe à l'œuvre. Cela lui était égal.

Elle ferait d'ailleurs peut-être elle-même l'annonce au beau monde pour lancer sa carrière. Le scandale qui en découlerait serait certainement atténué par son mariage avec Lord Melville : on ne pouvait pas reprocher à une dame d'avoir une liaison avec son époux... Et même si ce n'était pas le cas, elle avait à ses côtés tout le soutien nécessaire pour affronter la tempête. Cela ne l'effrayait plus.

« J'ai été sollicité par plusieurs graveurs qui souhaitent le reproduire et le diffuser, reprit-il en revenant quand le groupe s'éloigna. Mes éditeurs paieront probablement pour qu'il figure sur mes livres publiés, même si cela déplaît à Paulet. Cela devrait représenter un apport financier important.

— De mon côté, je placerai mes diamants en gage et je vendrai le phaéton pour louer un atelier.

— Nous pouvons vendre la maison de Berkeley Square et en trouver une de taille plus modeste. Louer Alderley pendant l'été... »

La bonne société en ferait des gorges chaudes, se répandrait en commérages et se régalerait de leur infortune, mais cela ne l'inquiétait pas plus. Elle était aussi impatiente et excitée que s'ils projetaient leur voyage de noces et non une existence frugale.

« Nous nous en sortirons, déclara-t-elle avec conviction.

— Je dirais même que nous nous en sortirons magnifiquement ! »

L'économie et la prudence n'avaient jamais eu autant d'attraits. Il ne restait plus aux deux cousines qu'à ranger Camden Place. Contrairement à leur départ rapide de Harefield, cette tâche fut beaucoup plus longue et demanda plus de réflexion car en trois mois, les occupantes de la maison avaient accumulé quantité de biens. En fin de compte, elles durent louer deux berlines pour les transporter car Eliza entreposerait les affaires de Margaret pendant son voyage à l'étranger. Les valets mirent presque une journée à charger les malles.

Eliza était en train de surveiller le déménagement de son chevalet quand Perkins annonça une visiteuse, qui avait pris la liberté d'entrer dans le salon de réception. Elle y découvrit Mlle Winkworth, vêtue de batiste pâle, laissant traîner ses doigts d'un air rêveur sur les touches du pianoforte.

« Mademoiselle Winkworth ! Quelle surprise ! Je vous croyais à Londres !

— J'ai demandé à ma mère de faire étape à Bath en chemin. Nous serons demain à Harefield, pour le…

— Pour le mariage. » L'avis était paru dans la presse une semaine plus tôt. « Oui, je suis désolée de ne pouvoir y assister. »

Mlle Winkworth sourit gentiment, comme si elle se doutait que c'était un mensonge.

« Je sais que vous aviez refusé d'aider ma mère, murmura-t-elle. J'avais entendu vos propos sur Lord Arden. » Elle ajouta avec un air complice : « Je ne l'ai jamais vue dans une telle colère. »

Cela semblait moins la bouleverser qu'auparavant.

« J'aurais aimé faire plus », répondit Eliza en toute franchise.

Même si elle n'avait pas été liée sentimentalement à Lord Somerset, il eût été indélicat qu'elle l'interroge sur son attachement pour lui, mais…

« J'espère que vous avez pu nouer une réelle affection pendant votre séjour à la capitale. »

Le rouge qui gagna les joues de Mlle Winkworth prouva qu'elle avait saisi le sens de sa question.

« Oui », dit-elle simplement.

Eliza songea tout à coup que Mlle Winkworth et Lord Somerset – Winnie et Oliver – s'entendraient à la perfection : il avait besoin de protéger, elle avait besoin de l'être. Prendre soin de quelqu'un le valorisait et elle serait gratifiée qu'il s'occupe d'elle. Ils seraient heureux.

« J'ai expliqué à Lord Somerset qu'il ne devait pas contester votre héritage », ajouta la demoiselle à voix basse.

Eliza se demanda si elle avait bien entendu.

« Pardon ? Que lui avez-vous dit ? »

La jeune femme fit une petite moue, comme si elle s'étonnait de sa propre effronterie.

«Je déteste être en désaccord avec lui, mais vous avez été très bonne avec moi et je me sentais tellement coupable que je ne pouvais pas me taire.

— Coupable ? Mais de quoi ?

— C'est moi qui lui ai appris que vous aviez dansé avec Lord Melville, avoua-t-elle en baissant le front. Je vous avais vus et je me suis tue pendant des semaines... Mais après votre dispute, lorsque nous avons commencé à nous fréquenter... » Elle était de plus en plus rouge. «Je le désirais, voyez-vous. Je voulais qu'il soit un peu moins amoureux de vous... »

Eliza la fixa, pantoise. Elle n'aurait jamais imaginé cela de cette jeune personne timorée.

«Eh bien, vous avez atteint votre but», répliqua-t-elle, la bouche sèche, un peu ébranlée.

Au fond, cela ne changeait rien et elle n'aurait pas voulu que les choses se déroulent différemment, mais...

«Il a accepté de vous laisser votre fortune en l'état, poursuivit Mlle Winkworth. Je me suis forcée à prendre un air très triste pendant un certain temps, et ma mère n'est pas contente, mais il a fini par céder.

— Vous êtes beaucoup plus rusée que je le pensais, remarqua Eliza lentement, ce qui lui valut un adorable sourire espiègle de Mlle Winkworth. Merci, je pense... Oui, merci.»

Quelles qu'aient été les motivations de la jeune fille, c'était en effet un cadeau qu'elle lui faisait. Eliza conserverait son personnel de maison, Lord Melville publierait *Médée*, ils pourraient garder la demeure de Berkeley Square, elle ne serait pas tenue de vendre ses biens et…

Elle comprit peu à peu qu'à de multiples égards, sa vie serait beaucoup moins transformée que ce à quoi elle s'attendait et elle en fut ébahie. Elle aurait été heureuse sans cet argent. À coup sûr. Mais recevoir sur un plateau une grâce aussi inattendue…

« Merci, répéta-t-elle.

— En fait, les termes du testament me paraissent très clairs : si vous ne faites plus partie de la famille Somerset, je me demande si la clause n'est pas… automatiquement annulée ? »

L'espace d'un instant, Eliza eut l'impression d'avoir devant elle la lady que Winifred Winkworth deviendrait dans quelques années. Elle ferait une excellente comtesse de Somerset, bien meilleure qu'elle l'avait été. Elle aurait la force qu'elle-même avait mis si longtemps à exploiter.

« Y a-t-il autre chose que je puisse faire pour vous ? ajouta Mlle Winkworth.

— Que pourrais-je demander de plus ? Quoique… Le tableau dans le salon du premier étage à Harefield… C'est un paysage peint par mon grand-père et j'aimerais l'acheter. Dites-moi votre prix. »

Elle pourrait certainement se le permettre, à nouveau. Mlle Winkworth hocha la tête et lui sourit.

« Bonne journée, Lady Somerset. »

Elle lui fit une petite révérence et partit d'un pas léger.

« Ce n'est plus un agneau, mais une jeune louve », commenta Margaret quand Eliza lui raconta un peu plus tard son entrevue, ainsi qu'à Caroline et Lord Melville, mais c'était surtout lui qu'elle regardait.

Il lui dit en souriant : « Je peux vous conduire à Alderley », comme si cette information ne représentait pas un si grand changement. Elle songea qu'en effet, ils auraient pu s'en sortir sans sa fortune, de même que l'argent ne les protégerait pas des difficultés qui les attendaient. Son choix de l'épouser ne serait pas accueilli avec une approbation sans équivoque. Au minimum, une existence entière de regards appuyés et de commentaires à voix basse les attendait, et elle se doutait que le mécontentement des Balfour concernant les décisions qu'elle et sa cousine avaient prises et les personnes qu'elles avaient élues lui serait communiqué sans détour et à un volume sonore élevé.

« Au moins, nous serons bien habillés », murmura Lord Melville comme en réponse à ses pensées.

Elle entrelaça ses doigts dans les siens et serra sa main en guise de réponse.

« Nous devons y aller », annonça Caroline.

Les maisons de Camden Place et de Laura Place étaient vides. Deux voitures à cheval remplies de cartons à chapeaux les attendaient dehors, l'une à destination de Londres, l'autre de Douvres.

« Tu vas me manquer, déclara Lord Melville à sa sœur en serrant sa main avec force.

— J'espère bien », dit-elle en posant le front sur son épaule.

Eliza et Margaret s'éloignèrent un peu pour les laisser ensemble.

« Je ne vais pas te refaire mes adieux, lança Margaret d'une voix ferme. Je ne veux pas avoir les yeux gonflés pendant tout le voyage. Mais tu m'écriras ? »

Eliza hocha la tête, le menton tremblotant, puis tendit la main à Caroline qui s'approchait. Celle-ci l'écarta d'un geste et la serra dans ses bras.

« Tu veilleras sur lui, n'est-ce pas ? lui souffla-t-elle à l'oreille.

— Si tu en fais autant », répondit Eliza sur le même ton.

Elles se mirent en route, laissant Eliza et Lord Melville seuls, enfin. Il lui fit une profonde courbette et un grand moulinet de la main.

« Votre voiture vous attend, madame. J'ai préparé une longue liste de choses à vous dire pendant notre trajet.

— Pourquoi suis-je aussitôt inquiète ? J'espère qu'il n'y aura rien là-dedans d'inconvenant.

— Comment serait-ce possible alors que nous serons chaperonnés comme il convient tout le long du voyage ? » lança-t-il d'une voix de stentor avec un clin d'œil très peu discret.

Quelques minutes plus tard, elle se pencha à la fenêtre de la berline pour regarder Camden Place s'éloigner peu à peu. C'était le premier endroit où elle s'était sentie véritablement, entièrement, intensément heureuse. Mais comme toutes les bonnes choses dans la vie, on ne peut pas en profiter de la même façon à jamais.

Je reviendrai. Bientôt, promit-elle. Bath serait toujours à ses yeux la plus belle des villes.

« Préférez-vous St Paul ou St Mary pour nos noces ? » l'interrogea Lord Melville quand la ville disparut à l'horizon.

Elle détourna les yeux de la fenêtre.

« Je pensais... »

On aurait pu croire qu'après le temps qu'elle avait passé à l'observer, elle serait lassée du spectacle. Mais elle ne l'était pas.

« Vous pensiez...

— Est-ce difficile de se procurer une autorisation de mariage dans un lieu privé ? Vous êtes le genre de gentleman qui n'ignore rien de ces détails.

— J'apprécie peu vos calomnies, madame. »

Il l'observait en souriant avec des yeux pétillants. Si elle avait dû peindre la scène, elle aurait utilisé ses couleurs les plus chaudes et les plus vives, mais elle ne le ferait pas. Certains instants sont faits uniquement pour être vécus.

« Vous ne souhaitez pas une cérémonie en grande pompe ? reprit-il.

— Je l'ai déjà vécue et je préférerais l'éviter.

— Il faudra que je réfléchisse à la question. Maintenant que je vais être lié par les liens du mariage, je risque de devenir un Lord Melville terriblement convenable et insipide. »

Elle se mordit la lèvre pour ne pas sourire.

« Cela me navre. Maintenant que je vais être Lady Melville, j'ai pris une décision diamétralement opposée.

— Ma Lady Melville sera-t-elle extravagante ?

— Absolument. Totalement excentrique. Vous avez toute ma compassion. »

Il rit aux éclats et se pencha pour embrasser le sourire qui éclairait son visage.

« Je suis impatient de la connaître. »

REMERCIEMENTS

L'écriture d'un second roman est une aventure complètement différente du premier. Avoir soudain des lecteurs et des éditeurs bien réels, ainsi qu'une date butoir, fut une expérience étrange, astreignante et enthousiasmante. J'ai surtout été enchantée d'avoir le temps et l'espace nécessaires pour effectuer des recherches documentaires approfondies. Si vous passez à Londres et que vous voulez voir des œuvres d'art de la période georgienne, allez faire un tour à la Tate Britain (l'entrée est gratuite). C'est là qu'avec l'aide précieuse et avisée de Sara Dibb, j'ai commencé mes travaux préparatoires. Si vous vous intéressez à l'histoire coloniale de la Grande-Bretagne et à la vie des habitants d'origine indienne pendant la Régence anglaise, je vous recommande chaudement les excellents ouvrages de Rozina Visram, Arup K. Chatterjee et William Dalrymple. J'adore les romans, mais les biographies des personnes qui vécurent à cette période sont plus complexes et surprenantes que n'importe quelle fiction. J'ai également eu le privilège de m'entretenir avec Ann Witheridge, des London Fine Art Studios, et Dr Arup K. Chatterjee en personne, de la O.P. Jindal Global University, qui ont répondu à mes questions avec bienveillance et générosité. Toutes les erreurs me sont bien entendu imputables et les libertés que j'ai prises par rapport à leurs avis d'experts sont dues à l'influence d'une imagination romanesque.

Avoir plus de temps pour écrire a aussi fait affleurer plus de doutes et je ne remercierai jamais assez mes éditrices, Martha Ashby et Marie Michels, de m'avoir accompagnée du premier jet au manuscrit définitif avec patience, humour et perspicacité. Collaborer avec elles fut un honneur et une joie et je mesure ma chance, aux côtés de ma merveilleuse agente Maddy Milburn (et chacun des formidables collaborateurs de MM) et des grandes dames de l'édition que sont Pam Dorman et Lynne Drew, d'avoir travaillé avec une équipe éditoriale aussi talentueuse et stylée. Je dois de chaleureux remerciements à Georgina Kamsika et Kati Nicholl, dont j'apprécie énormément la finesse et le regard acéré.

J'aimerais remercier toute l'équipe de HarperFiction car la publication d'un livre exige beaucoup de travail, de rapidité, de compétence et d'ingéniosité. Merci à Meg Le Huquet, Emilie Chambeyron, Roisin O'Shea, Sian Richefond, Sophie Waeland, Izzy Coburn, Harriet Walker, Fliss Porter, Alice Gomer, Holly Macdonald, Melissa Okusanya, Hannah Stamp, Dean Russell, et à tous ceux qui prennent part à la chaîne logistique et remuent ciel et terre pour que mon livre soit disponible partout où il doit l'être. Mille mercis aux influenceurs littéraires qui mettent tellement de bonne humeur dans leurs critiques. C'est toujours un plaisir de me connecter avec eux. Merci aussi aux libraires qui continuent à créer des espaces magnifiques au cœur des villes.

Je suis redevable envers mes très indulgents amis. Merci (rayez les mentions inutiles) pour les negronis, les plats de pâtes, les margaritas, le vin. Merci d'avoir répondu à mes questions tous azimuts sur la littérature classique, lu mes livres (et de les avoir fait lire à vos mères), accepté que je donne leurs noms à des personnages, réagi dès que je commençais à parler comme au XIXe siècle dans les conversations normales, de m'avoir pardonnée quand j'annulais des projets et accompagnée au musée.

Je dois bien plus de remerciements que je ne peux en présenter ici à ma famille, éternelle source de sérénité et de réconfort même quand je ne suis pas au mieux de ma forme. À Myla et Joey, qui ont démoli mon premier synopsis avec un enthousiasme inutile. Je ne vous remercie pas, mais je vous pardonne.

Merci enfin à vous, lecteurs et lectrices, d'avoir choisi mon livre. J'espère qu'il vous aura fait sourire au moins une fois. J'adore être en contact avec vous (vous ne pouvez pas savoir comme cela me ravit que vous soyez de vraies personnes et plus des êtres chimériques). N'hésitez pas à me faire signe sur les réseaux sociaux si vous avez le temps.

Sophie

PAPIER CERTIFIÉ

Le Livre de Poche s'engage pour l'environnement en réduisant l'empreinte carbone de ses livres. Celle de cet exemplaire est de :
200 g éq. CO_2
Rendez-vous sur
www.livredepoche-durable.fr

Composition réalisée par Soft Office

Achevé d'imprimer en avril 2025 en France par
MAURY IMPRIMEUR – 45300 Manchecourt
N° d'impression : 284087
Dépôt légal 1re publication : mai 2025
LIBRAIRIE GÉNÉRALE FRANÇAISE
21, rue du Montparnasse – 75298 Paris Cedex 06
marketing@livredepoche.com

27/5709/0